남자가 여자를 사랑할 때

JOY AND ANGER

제니퍼 블레이크 / 장은영 옮김

현대문화센타

옮긴이 **장 은 영**

서울 출생, 덕성여대 영문학과 졸업
번역서로는 <텍사스가 당신을 부를 때>
<신부에게 주는 선물> 등이 있다.

남자가 **여자**를 **사랑**할 때

지은이 : 제니퍼 블레이크
옮긴이 : 장은영
펴낸이 : 양장목
펴낸곳 : 현대문화센타
        (122 - 030) 서울시 은평구 대조동 191-1
        전화 : 384-0690~1   팩스 : 384-0692
        E-mail : hdpub@elim.net   천리안 ID : hdpub
출판등록일 : 1992년 11월 19일(제3-448호)

초판 1쇄 인쇄일 : 1998년 5월 10일
초판 1쇄 발행일 : 1998년 5월 14일

값 8,000 원

ISBN 89-7428-089-2

※잘못 만들어진 책은 교환해 드립니다.

JOY AND ANGER

BY

JENNIFER BLAKE

JOY AND ANGER

by

Jennifer Blake

남자가 여자를 사랑할 때

1

저녁이 어느 틈에 밤으로 변해버리면 늪지는 정겨운 장소와는 거리가 멀어진다. 혹같이 생긴 뿌리로 뒤덮인 사이프러스 아래 축축하고 음침해 보이는 음지가 원시적인 색채를 띠고 있었다. 썩은 통나무들이나 야자수, 물가를 가득 메운 망그로브도 이런 분위기를 내는 데 한몫 했다. 끝을 모르고 자라난 넝쿨과 양치류가 얽혀 있는 나뭇가지며 벌레 우는 소리, 손전등을 비출 때마다 눈빛이 이글거리는 야행성 동물 때문에 더더욱 문명의 기척이 느껴지지 않았다. 믿을 수 없을 정도로 원시적인 곳이었다. 물안개를 헤치면서 부드럽게 미끄러지는 배에 몸을 맡기고 보니 과거를 여행하는 기분이었다.

잘됐어. 정말 잘될 거야.

줄리 불러드는 혼자서 싱긋 웃었다. 영화감독에게 상상력이란 풍부할수록 좋은 게 아닌가. 벌써부터 영화에 써먹을 이미지들을 마음속에 구상해두었다. 한 굽이만 더 가면 주간 촬영을 위해 미리 정해둔 장소가 있었다. 야간 촬영이 하나 더 남았는데 그건 거기서 촬영할 게 아니었다. 낡아빠진 나무배를 타고 여기까지 온 보람이 있을 터였다. 오늘 저녁이야말로 최고의 건수를 챙길 것 같았다.

강둑 근처에 이르렀을 때였다. 물 속의 통나무 비슷한 물체를 피하려다가 배의 우측이 기울면서 기우뚱거렸다. 줄리는 나무판자로 된 의자를 꽉 붙잡으면서 고개를 돌려 가이드를 쳐다보았다. 그는 배의 후미에 서서 장대로 수면을 휘젓고 있었다. 작은 배로 구불구불한 수로를 따라 나가려면 장대의 힘이 유용했던 것이다.

다리가 휜 케이준(프랑스 출신의 이민자 후손)의 얼굴엔 주름이 가득했다. 배 후미에 달린 희미한 전등 불빛 아래에서 그의 눈은 빛을 발하고 있었다. 가이드는 수면에 떠오른 기다란 물체를 바라보면서 고개를 끄덕여 보였다.

「저건 늙은 악어라우. 우리가 뭐하나 싶어 살피러 나온 게지.」

줄리는 무서워하는 척하면서 악어를 바라보았다.

「사람은 안 잡아먹어요?」

이가 빠진 가이드는 미소를 지어 보였다.

「나만 믿어요. 살아 있는 사람은 절대 안 건드리니까. 배를 뒤집는 경우는 있어도. 그것도 다 호기심에서 그러는 거유. 그래도 이왕이면 부딪히지 않는 게 낫겠지.」

「그럼요」

줄리가 앞쪽으로 시선을 돌리면서 가라앉은 목소리로 말했다. 그 모습을 보고 가이드가 쿡쿡대면서 웃었다.

사실 무섭다는 생각은 들지 않았다. 악어가 사람을 덮치는 경우가 거의 없다는 늙은 케이준의 말을 믿었다. 수면에 화살 모양의 파문을 남겨 놓는, 늪에 사는 독사들은 인간을 무서워한다는 사실도.

줄리는 늪의 원시적인 마력에 이끌려 두근거리는 마음을 감추기가 힘들었다. 자신이 느낀 이런 감정을 바로 관객들에게 전달해줄 수도 있을 거란 생각이 머리를 스쳤다.

세트 대신에 야외에서 촬영을 하기로 한 결정은 옳았다. 비용을 줄이는 일이 중요했으니까. 앨런이 파자마 바람으로 뛰어다니면서 잔소리를 해대지 않아도 그런 건 알고 있었다. 이 영화를 제때 끝마쳐야 할리우드에서 뛰어난 여자 감독이라는 소리를 들을 수 있을 것이다. 완성도 역시 이에 못지않게 중요하겠지만.

루이지애나 출신의 젊은 작가가 쓴 책을 영화화하기 위해서 돈을 지불하고 각색한 사람도 줄리였다. <스웜프 킹덤(늪의 왕국)>은 성년기에 이른 소녀의 이야기였다. 문화적인 배경이나 전통이 부(富)나 특권을 압도한다는 주제의식을 담고 있었다. 그 안엔 극적인 장면이 많이 있었다. 케이준 남자가 사춘기 딸을 사이에 두고 뉴올리언스 사교계 출신의 아내와 벌이는 양육권 다툼이 뼈대를 이루었다. 케이준이 늪으로 데려간 딸을 되찾으려고 그의 아내는 폭력배를 고용하는데, 그 장면에는 액션이 넘쳐흘렀다. 유머와 섹스, 애절함까지 가미된 내용에 꽤 괜찮은 배우들이 캐스팅되었다. 줄리로서는 최고의 스타들을 쓸 만한 자본을 감당해내기가 힘들었다. 그렇지만 생각대로 영화가 만들어진다면 흥행은 문제없단 생각이 들었다.

그런 걸 아버지는 미련한 생각이라고 치부해버렸다. 두 번이나 아카데미상 감독상을 거머쥔, 거장 윌리엄 불러드는 딸에게 모험은 하지 말라고 충고했다. 하려거든 저예산 영화나 여성 대상의 영화에나 힘을 쓰라는 얘기였다.

그게 맘을 아프게 했다. 아버지가 믿어주지 않는다는 사실이. 딸이 당신을 지켜보면서 배운 게 많다는 사실도 알아주지 않았고 훨씬 다양한 장르의 영화를 소화해낼 수 있으리란 생각도 해주지 않았다. 경험이 부족해서 그런 건 아니었다. 16밀리미터 필름 영화를 처음으로 만든 게 15년 전 UCLA에 다닐 때였으니까.

남자가 여자를 사랑할 때 9

당시 줄리는 서핑에 미쳐 있었다. 전형적인 캘리포니아 여학생들처럼 늘씬한 금발에 검게 그을린 피부를 해서는 해변에서 살다시피 했었다. 남의 나라 말을 쓰듯이 터널이나 파도를 은어로 바꿔 부르기도 했다. 바다에 대한 애정과 거친 파도에 도전하는 젊은이들에게 매혹된 심경이 한껏 반영된 게 첫번째 영화였다. 자신감을 갖고 주제에 충실하게 접근한 덕분에 행운이 따라왔다. 영화는 서핑과 그걸 즐기는 사람들이 표방하는 본질적인 문제를 끄집어냈다는 평을 받았다. 35밀리미터로 재편집된 영화는 영화감독들의 추천을 받아 칸느영화제 시사회에서 선을 보이기도 했다. 줄리는 그 후로 영화 만들기를 계속 해왔다.

아버지가 줄리한테 재능이 있다는 사실을 인정하지 않는 이유는 다른 게 없었다. 그저 여자이기 때문이었다. 뭐 새삼스러운 일은 아니었다. 아버지는 늘 자기 딸이 장식용 인형처럼 사랑스러웠으면 하는 사람이었으니까. 여자들은 부엌에서 살림이나 하고 남자들의 사랑만 받으면 된다고 생각하는 고집불통에다 남성우월주의자였다. 어머니는 아버지가 주문해서 맞춘 사람 같았다. 그런데도 아버진 항상 불만스러워했다. 다른 여자들과 즐기기에 바빴고, 집에서 벗어나 사냥이나 낚시, 자동차 경주로 소일하기 일쑤였다. 아버진 공상에 빠져서 자유를 추구하는 타입이었다. 결국 어머닌 아버지가 하고 싶은 대로 하게 놔뒀다. 그래도 불—아버지의 친구들이나 줄리까지도 사용하는 아버지의 별명, 황소란 뜻—은 행복해 보이지 않았다.

이혼한 후에 어머니는 루이지애나 중부에 위치한 자신의 고향에 줄리를 데리고 칩거했다. 어머니 안중에 LA에서 누렸던 호사스러움 같은 건 없었다.

가식적인 것들엔 줄리도 별 관심이 없었다. 사실적인 뉴올리언스 거리나 재즈 그리고 늪을 영화에 담고 싶어하는 이유도 그래서였다. 촬영 때문이지만 어린 시절을 보냈던 곳에서 얼마간의 시간을 보낼 수 있어 좋았다. 뭐 촬영 외의 부수적인 소득이긴 했지만.

줄리는 촬영하느라고 뉴올리언스에서 거의 한 달을 보냈다. 뉴올리언스 북서쪽에 위치한 늪에서 일할 시간은 짧게 잡아 4주 정도나 될까. 세트에서 단순 사고가 있었고 소도구가 도난당한 일이나 출연자들이 펑크를 낸 일도 있긴 했다. 그래도 줄리는 주어진 시간 안에 영화를 끝마칠 수 있으리란 생각이 들었다. 작업이 다 끝나면 만감이 교차할 것 같았다. 원작의 내용을 살려야 한다는 압박감, 케이준의 일상과 늪이 갖고 있는 아름다움을 있는 그대로 묘사해야 한다는 의무감에서 벗어난다는 건 분명 기쁨이리라. 그래도 오랜만에 성취감을 마음껏 느끼게 했던 작업을 마치고 나면 서운할 게 분명했다.

줄리는 스태프들과 함께 충실하게 영화를 만들었다. 옆에서 누가 뭐라고 하든지 계속해서 그렇게 자기 암시를 걸어야만 했다. 사실 어떤 때는 자신감이 몇 시간이고 지속되기도 했지만.

배는 강둑 근처를 미끄러지듯이 나아가고 있었다. '블라인드 강(깜깜한 강)'이라고 불리는 강이었다. 복잡하게 구불거리긴 했지만 수로의 경계는 뚜렷했다. 원래는 미시시피 강에 속했던 지류였는데 하도 오랜 세월이 지나서 이제는 미시시피 강과는 연결이 끊어졌다. 물줄기는 대략 남동쪽으로 흐르는 것처럼 보였지만 꼬집어서 말하긴 어려운 상태였다. 이 강은 과거 '바이유 아카디안'이라고 불린 적이 있었다. 그러다가 1930년대 이르러 영어를 사용하던 벌목꾼들이 사이프러스를 벌목하러 오면서 사정은 바뀌었다. 발음하기도 힘든 '바이유 아카디안' 대신 '블라인드 강'으로 바꿔 불렀던 것이다. 수액이 끊임없이 흘러 들어와 물이 검은빛을 띠게 되면서 붙여진 이름이었다.

검푸른 하늘에 달도 뜨지 않은 밤이었다. 은하수를 수놓은 창백한 별들이 근처 나무 높이까지 드리워진 커다란 베일에 이리저리 얽혀 있었다. 습기를 머금은 달콤한 가을 바람이 어깨에 찰랑거리는 머리를 흔들었다. 생선 비린내가 섞였지만 해안가에서 머금은 짭짜름한 냄새 때문에 그렇게 역겹지는 않았다. 배가 지나가면서 일으킨 잔잔한 파문 위로 낙엽이 원을 그리고 있었다. 10월인데도 낙엽들이 눈에 많이 띄진 않았다. 들리는 소리라고는 가이드가 장대를 젓는 소리와 개구리 울음소리, 여기에 간간이 들려오는 부엉이 울음소리가 전부였다. 늑대와 악어가 울부짖는 소리도 들려오긴 했지만.

줄리는 숨을 깊이 들이마셨다가 천천히 내쉬었다. 배는 희미한 전등불을 벗삼아 칠흑 같은 강 위를 평화롭게 흘러가고 있었다. 가이드 조지프는 모터를 장착한 배를 타고 갔으면 했다. 처음엔 속도 때문에 반대하지 않았지만 15킬로미터 정도 지났을 때는 작은 배로 바꿔 타자고 고집을 부렸다. 작은 배가 어떻게 움직이는지 궁금하기도 했고 생각할 여유가 있어서 좋을 것 같았다.

생각 한번 잘했다는 느낌이었다. 커다란 운하와 야영장, 약수터 그리고 강 상류에 위치한 조그만 목조 예배당에 이르기까지 그 동안 본 것만으로도 강의 실체를 파악한 느낌이었다. 희귀종의 나무나 동물도 봤고 운하나 늪지, 진흙탕도 수도 없이 지나쳐 왔다. 전등이 꺼지기 전까지는 가이드가 나서서 이것저것 설명해주었다. 확실히 긴장을 풀고 서두르지 말라는 얘기가 틀릴 게 없었다. 요즘 들어 영화 때문에 지나치게 신경을 곤두세우고 있었다.

지금도 그렇고 스웜프 킹덤이 완성되고 나서도 고삐를 좀 늦춰야겠다는 생각이 들었다. 앨런이 아주 바쁘지만 않으면 어디 섬 같은데 가서 몇 주 동안 휴식을 취했으면 싶었다. 당사자가 말을 들어줄 것 같지 않지만 밑져야 본전 아닌가.

눈앞의 수로가 넓어졌다. 미식축구 경기장 두 개를 합친 크기였다. 군데군데 부들과 수초들이 무성했고, 나뭇잎과 이끼로 뒤덮인 사이프러스는 밤하늘에 가지를 치켜 올리고 있었다. 줄리는 자세히 보기 위해서 몸을 앞으로 내밀었다. 여기가 촬영 장소로 적합할 것 같았다. 배 여러 척이 왔다갔다하는 데 별 지장이 없을 정도로 널찍했다. 주택이나 야영장이 있는 것 같지도 않았고 정박한 배나 동력선 같은 것도 없었다. 사람의 흔적이라곤 찾아볼 수 없는 늪이 눈앞에 펼쳐져 있었다. 믿어지지 않을 정도로 맘에 드는 장소였다.

커다란 벌레가 우는 것같이 웅 하고 낮게 깔리는 소리가 들려왔다. 음이 높아졌다 낮아졌다하면서 소리가 점점 커졌다. 바로 배 앞의 수면에서 물이 튀었다. 낮게 깔리는 정체 불명의 소음 때문인지 아니면 배가 다가와서 그런 건지 몰라도 어떤 짐승이 강둑에서 뛰어든 모양이었다.

「무슨 소리죠?」

줄리가 물었다. 전등 불빛 아래로 작은 파문이 보였다. 조지프가 쿡쿡거리면서 웃었다.

「글쎄, 내 생각엔 늪쥐가 아닌가 싶구만.」

「커다란 쥐를 말씀하시는 거예요?」

「그건 아니라우, 아가씨.」

노인은 반쯤 감은 눈으로 머리를 갸우뚱해서는 소리를 가만히 듣고 있었다.

「에어보트에 탄 사람을 말하는 거유.」

무슨 말을 하는 건지, 아무래도 둘 중 한 사람이 착각을 한 것 같았다. 줄리가 그런 생각을 하고 있는데 나무 사이를 비집고 저쪽에서 두 갈래 빛이 보였다. 빛은 나뭇가지와 넝쿨을 넘실거리면서 수면을 황금빛으로 수놓았다. 정체 불명의 굉음이 점점 가깝게 들려왔다.

그제야 줄리는 가이드가 했던 말을 이해할 수 있었다. 에어보트 소리였다. 언젠가 사진으로 본 적이 있었다. 배 후미에 부착된 엔진과 부채같이 생긴 프로펠러를 이용해 빠른 속도를 낸다고 들었다. 그렇다고 해도 구불구불한 수로를 저런 속도로 움직이다니 엄청난 기세였다.

이상하게도 엔진 소리가 겹쳐서 울리는 것 같았다. 이제 보니 머리 위에서도 엔진 소리가 요란했다. 커다란 플로트(배나 수상비행기가 물에 뜰 수 있게 해주는 부유물)가 좀 우스꽝스럽게 보이는 비행기가 다가오고 있었다. 착륙하려는지 조종사는 조금씩 고도를 낮추었다. 제일 가깝다는 뉴올리언스 국제공항만 해도 최소한 65킬로미터는 가야 한다는데 착륙이라니 그건 좀 이상했지만.

혹시 고장이 아닌가 싶었지만 그런 기색은 없었다. 눈을 들어보니 어느새 헤드라이트 불빛이 나무 위에 내리꽂히고 있었다. 뒤쪽에서 가이드가 케이준들이 쓰는 사투리로 뭐라고 내뱉었다. 그는 얼굴을 찌푸리면서 장대를 들어올렸다가 다시 내렸다. 어느새 배는 좁은 수로를 지나 널찍한 길로 들어서고 있었다.

에어보트는 강 끝에서 선회하더니 나무가 늘어선 직선로로 들어섰다. 그러더니 물거품을 일으키면서 줄리가 탄 배가 있는 쪽으로 다가왔다. 나무들 사이를 지나 널찍한 수면으로 들어서서 순식간에 거리를 좁혀왔다. 조종석에 앉은 남자는 헤드라이트 불빛 때문에 어슴푸레 윤곽만 보였다. 넓은 어깨의 그 남자는 핸들을 단단히 거머쥐고 있었다. 바람 때문에 그의 머리카락이 흐뜨러졌다. 그는 몸을 약간 뒤로 젖힌 자세로 비행기를 응시하고 있을 뿐, 속도는 떨어뜨릴 기미조차 보이지 않았다.

비행기가 하강하는 기세에 나뭇가지들이 흔들렸다. 에어보트의 노란빛과 비행기의 불빛이 한데 섞여 수면 위로 넘실거렸다. 비행기와 에어보트는 점점 거리를 좁히고 있었다.

엄청난 굉음 속에 교차하는가 싶더니 비행기가 스쳐 지나가면서 다시 거리가 벌어졌다. 에어보트에 탄 남자는 비행기를 뒤쫓기 시작했다. 배의 속도는 그대로 유지한 상태였다. 가이드는 장대를 머리 위로 흔들어대면서 부딪칠지도 모른다고 고함을 질러댔다.

에어보트는 줄리가 탄 배를 향해 돌진할 기세였다. 에어보트에 탄 남자는 앞에 배가 있는지 알지도 못했다. 비행기에만 정신이 팔려서 이쪽은 쳐다보지도 않았던 것이다. 몇 초만 있으면 에어보트가 덮칠 것 같았다. 정면 충돌을 막을 길이 없었다. 줄리는 배를 붙잡고 있다가 여차하면 물에 뛰어들 생각이었다.

그때 남자가 고개를 돌리더니 줄리가 탄 배를 발견했다. 그는 핸들을 급하게 꺾으면서 동시에 그쪽으로 몸을 실었다. 엄청난 물보라를 일으키면서 에어보트는 배를 스쳐 지나갔다. 에어보트가 일으킨 물보라 때문에 배가 기우뚱거렸다. 가이드가 뭐라고 소리치면서 균형을 잡으려고 반대편으로 몸을 날렸다. 이미 엎질러진 물이었다. 줄리가 균형을 잃고 물에 빠지고 말았던 것이다.

시커먼 물줄기가 줄리의 머리를 덮쳤다. 차갑고 탁한 물이 피부를 죄어오면서 숨도 쉬기 힘든 통증이 가슴을 파고들었다. 줄리는 천천히 스커트를 들어올려 상체와 팔을 감싸 안았다. 그때 다리에 뭔가 끈적거리는 물체가 닿았다. 끔찍하게 싫은 느낌 때문에 힘이 더 솟아났다. 다리를 박차면서 위쪽으로 솟구치는 바람에 샌들이 벗겨지고 말았다. 스커트를 내리면서 팔을 물위로 뻗었다.

근처에서 엔진이 천천히 돌아가는 소리가 들렸다. 머리 위에서 굵은 저음의 목소리가 들려왔다.

「자, 내 손을 잡아. 안 그래도 당신을 따라 물 속으로 들어갈까 하던 중이었지.」

줄리는 목소리의 주인공을 보기 위해서 고개를 돌렸다. 눈썹을 한껏 찌푸린데다 입가엔 화가 난 기미마저 떠올라 있었다.

줄리의 몸에서 분노가 솟구쳤다. 몸을 돌렸더니 배는 저쪽에 있었고 가이드는 물에 빠졌는지 헤엄치느라 바빴다. 다시 고개를 돌려 에어보트 주인을 쳐다봤다.

「고맙지만 괜찮아요. 그랬다가 귀찮은 일이 또 생기면 어쩌겠어요.」

날이 선 목소리로 줄리가 말했다.

남자는 굽힌 다리에 팔을 올려놓으면서 뒤로 물러났다. 뭔가 재밌어하는 표정이었다.

「아하, 나 때문에 벌써 귀찮은 일이 생기셨다?」

「당신이 앞을 안 보고 달리니까 부딪쳤잖아요.」

「신경이 온통 딴 데 가 있었으니까. 그렇게 수도 없이 전등 좀 깨끗이

손질해두라고 말했건만, 어디 조지프 영감님한테는 먹혀들어야 말이
지.」

「거기다가 영감님이 장대로 어지간히 배를 빨리 몰았어야죠. 다 조지
프 영감님 때문이니까 당신한텐 잘못이 없군요.」

줄리가 가차없이 비꼬면서 말했다.

남자의 얼굴에 천천히 미소가 떠올랐다.

「그런 뜻은 아니었는데……. 내 잘못이라고 인정한다면 거기서 나올
건가?」

줄리는 아무 말 없이 가이드 쪽을 다시 쳐다봤다. 조지프는 뒤집혔던
배를 똑바로 세우고 있었다. 그가 배에 올라타는 걸 보고서 줄리는 그쪽
으로 능숙하게 헤엄쳐 갔다. 과거 해변에서 써먹던 솜씨였다.

에어보트의 모터 소리가 들리는가 했더니 줄리의 앞을 가로막았다.

줄리는 방향을 바꿔서 헤엄을 쳤다. 옆에서 에어보트가 천천히 따라오
는 기미가 느껴졌다. 줄리는 어깨 너머로 에어보트를 훔쳐보면서 다시
방향을 바꿨다. 모터 소리가 점점 작아지면서 에어보트의 속도가 느려졌
다. 헤엄을 치면서 고개를 돌려보니 어느새 배는 바로 옆에까지 와 있었
다.

요리조리 피하는 줄리의 팔을 탄탄한 손이 붙들어 올렸다. 무슨 일이
벌어지는지 생각할 여유도 없이 허리를 옥죄어오는 팔에 이끌려 배 위
에 올라와 있었다. 고무로 뒤덮은 에어보트의 가장자리에 발이 걸렸다
싶더니 바닥에 엉덩방아를 찧고 말았다. 배 주인은 케이준들이 쓰는 불
어로 가이드한테 뭐라고 소리를 질러댔다. 그 말을 듣고 가이드는 웃으
면서 손을 흔들었다. 줄리를 납치한 남자는 보트 앞좌석에 털썩 앉더니
시동을 걸었다. 부르릉 소리를 내면서 에어보트가 수면을 내달리기 시작
했다.

줄리는 너무 기가 막힌데다 넘어지면 안 된다는 생각에 잠시 그 자리
에 가만히 있었다. 피부에 달라붙은 드레스에서 물이 뚝뚝 떨어졌다. 간

신히 비틀거리는 다리를 움직여서 운전석 옆 좌석에 몸을 걸쳤다. 부글부글 화가 끓어오르면서도 한편으로는 두려운 마음이 들었다. 줄리는 배 주인의 셔츠자락을 붙잡고서 세게 잡아당겼다. 엔진 소리 때문에 목소리가 묻혀버려 소리를 냅다 지를 수밖에 없었다.

「지금 어딜 가는 거예요?」

하도 건장한 체격이라서 줄리가 아무리 흔들어대도 남자는 꿈쩍도 하지 않았다. 줄리가 묻는 말에 남자는 장난기가 가득한 시선을 던지면서 말했다.

「집에.」

도발적인 얼굴을 해서 그런 대답을 하니 줄리는 말문이 막혔다.

「허, 내가 그럴 줄 알았어.」

줄리는 배 주인을 쏘아보면서 말하고는 반쯤 일어선 자세로 주위를 둘러보았다. 어느새 손목이 잡혀 다시 자리에 털썩 주저앉았다.

정면을 향하고 있던 그의 시선이 줄리를 향했다.

「분명히 말하지만 우리 집에 간다는 말이 아니었어. 촬영 장소를 말하는 거였지. 뭐 내 집에 가고 싶다면 못 갈 것도 없지만.」

「그런 일은 없을 것 같군요.」

줄리는 이를 악물면서 대꾸했다.

남자는 슬며시 웃으면서 어깨를 들먹거렸다.

「글쎄 두고 봐야 알겠지.」

반신반의하는 마음으로 줄리는 좌석에 몸을 기댔다. 그에겐 상처를 주려는 의도는 없어 보였다. 손길이 따뜻하면 따뜻했지 거칠진 않았으니까. 젖은 머리카락이 눈앞을 가렸다. 줄리는 머리카락을 쓸어 넘기면서 성난 목소리로 물었다.

「내가 누군지나 아는 거예요?」

「어려울 것도 없지. 당신이 이 고장 사람이라면 내가 알았을 거야. 조지프 영감님을 구슬려 이 한밤중에 여기까지 나온다는 게 어디 쉬운 일이어야지. 그만큼 돈도 있고 매력도 겸비한 거 같군. 당신이 입은 야한 드레스는 캘리포니아에서 왔다고 광고하는 것과 똑같아. 관광객들도 강에 배를 타러 올 때는 바지를 입고 나오는 게 기본이라는 건 아는데 말이지. 관광하러 온 게 아니라면 소문도 무성한 영화 촬영 때문일 테고. 나이 먹은 부인 역할 하기엔 너무 어리고 딸 역할 하기엔 나이를 먹었고, 당신은 아마 여자 감독이 아닐까 싶은데.」

「정말 두뇌회전이 빠르시네요. 다른 사람들한테도 늘 이런 식이에요? 아니면 내가 납치를 해달라고 빌기라도 했나요?」

줄리가 비꼬듯이 말했다. 남자는 아무런 대꾸 없이 미소만 지었다.

배의 속도가 늦춰지는가 싶더니 엔진 소리가 작아졌다.

「여긴 지금 가을이야. 루이지애나 남부라 따뜻하다고 해도 병에 걸릴 위험도 있고.」

「뭐에 걸려요?」

남자의 얼굴에 짜증스럽다는 표정이 스쳤다.

「일단 여기 들어오면 주위엔 온통 위험 천만한 일투성이야. 좋게 말하면 신나게 모험을 즐길 수 있는 곳이긴 하지만. 케이준들도 심장마비나 암에 걸릴 수 있다니까. 라 그리프……, 당신한테는 감기라고 해야겠군.」

「난 농담한 거 아니었어요.」

「그럼 내가 지레짐작했었나? 이런 것도 일종의 모험 같은 거야. 내 늪에 왔으니 그 정도는 감수해야 할걸.」

「당신 늪이라고 했어요?」

줄리는 호기심을 애써 숨기면서 물었다.

그는 강렬한 눈빛을 던지면서 짤막하게 대꾸했다.

「내 거지.」

「어떻게 당신 게 되죠?」

「물고기나 악어 떼가 어디서 교미하는지, 오리나 거위 떼가 겨울에는 어디서 노니는지, 늪에 관해선 모르는 게 없거든. 모레파스 강에서 맨책을 지나 폰샤트레인 강으로 흘러 들어가는 시내나 늪도 그렇고. 내가 열 살 때 길을 잃었다가 우연히 알게 된 것들이지. 길을 잃은 건 그때가 처음이자 마지막이었지만. 아무튼 내가 발견했으니까 내 거야.」

「늪쥐가 바로 당신이었군요.」

늙은 케이준이 한 말을 떠올리면서 줄리가 중얼거렸다.

「그렇게들 부르는 사람들이 있더군. 그렇게 불러달라고 한 적은 없지만.」

어둡고 거친 면이 있는 남자를 좋아하는 여자라면 잘생겼다고 할 만한 남자였다. 자기 나이 또래 여자들이 좋아할 타입이었다. 짙은 눈썹에 우뚝 선 코와 튀어나온 광대뼈가 인상적이었다. 눈가에 웃음기가 있었고 그런 눈을 길고 긴 속눈썹이 강조해주고 있었다. 운전대를 잡은 다부진 손은 그을러 있었다. 그 바람에 상처 난 자국이 하얗게 보일 지경이었다. 닳아빠진 셔츠로 감싼 어깨는 근육이 잘 발달되어 있었다. 그에게는 신체가 강건한 사람만이 보여줄 수 있는 여유가 있었다.

아까 줄리를 붙잡다가 그랬는지 셔츠 앞섶과 청바지는 젖어 있었다. 질질 끌리다시피 해서 배에 오른 생각을 하니까 온몸에 소름이 돋았다. 정말 아까는 끔찍 그 자체였다.

「무슨 일을 하죠?」

줄리가 물었다. 칵테일 파티에서 모르는 사람과 대화할 때 흔히 써먹는 질문이었다. 물론 개인적으로 궁금한 면이 적지 않았지만.

「뭐, 그럭저럭.」

전혀 도움이 안 되는 대답이었다. 대답할 맘도 없어 보였다. 줄리는 끈질기게 다시 물었다.

「근처 화학공장이나 제분소에서 일하는 건 아니에요? 근처 바다에서 석유굴착 사업을 하나요? 아니면 어업에 종사하나요?」

「어지간히 못 맞히는데……, 은퇴했다고 하면 맞을걸.」

「당신한텐 잘된 일이군요. 그래도 은퇴하긴 너무 어린 나이가 아닌가요?」

정면을 바라보면서 그가 대답했다.

「아니.」

최소한 가을 날씨에 대해 그 남자가 한 말은 믿을 만했다. 폭삭 젖은 드레스 차림에 바람을 가르면서 내달리는 배에 타고 보니 더 그랬다. 온몸에 소름이 돋고 턱이 덜덜 떨려왔다. 손으로 차가워진 피부를 여기저기 문질렀다.

「좀 천천히 갈 순 없어요? 이러다 얼어죽겠어요.」

「그러니까 더더욱 빨리 가야지.」

부르릉 하는 소리와 함께 에어보트는 더 빠른 속도로 물살을 가르면서 달렸다.

배의 진동에 박자라도 맞추듯 온몸이 떨려왔지만, 줄리는 이를 악물었다. 거센 바람이 몰아쳐서 줄리의 머리카락을 마구 헝클어놓았다. 간신히 고개를 가눌 수 있을 정도였다.

「거의 다 왔어.」

배 주인이 큰 소리로 말했다.

그 말은 사실이었다. 장비 회사에서 밤 촬영을 위해 세워놓은 전등 불빛들이 눈에 들어왔다. 나무들 사이로 트레일러가 아무렇게나 늘어서 있었고 철제로 만든 '성(聖) 제임스 패리시 보트 클럽' 사무소가 눈에 띄었다. '엑셀 영화사'가 주차장과 강을 사용할 수 있게끔 허가를 받은 곳이 바로 이곳이었다. 젖은 옷을 갈아입고 좀 따뜻한 걸 마실 수 있을 것이다. 그러고 나서 늪쥐에게 데려다줘서 고맙다고 하면 끝이었다.

「그러고 보니까……」

엔진을 줄이자 그 반동으로 보트가 선착장을 향해서 천천히 미끄러졌다. 줄리는 선착장 쪽을 바라보면서 말을 이었다.

「당신 이름이 뭔지 물어보지도 않았네요.」

그의 한쪽 입술이 올라갔다.

「아는 이름이 하나 있을 텐데.」

「평상시엔 써먹지도 않는 거잖아요. 전화번호부에 나올 이름도 아니고.」

「레이. 레이 태버리.」

「케이준 출신 맞죠?」

「프랑스와 스페인 피가 섞인 크리올에 케이준이 섞였지. 무슨 뜻인지 알지 모르겠지만.」

「당신은 프랑스와 스페인 혈통이지만 외국에서 태어났어요. 결국 미국이 되겠군요. 동시에 2백 년 전에 영국인들이 노바 스코셔에서 축출한 프랑스 이민들의 후손도 되구요.」

그는 놀란 얼굴을 해서 물었다.

「당신, 역사에 대해서 많이 아는군.」

「사실 나도 여기 출신이에요. 우리 조상은 그저 평범한 영국인이나 아일랜드, 웨일스인이 전부였지만요.」

「절대 평범하진 않아.」

심술궂은 미소를 보고서도 그의 말이 칭찬이라고 생각한다면 바보였다. 뭐 신경 쓸 가치조차 없겠지만.

레이는 영화사의 요트가 두 척 정박한 선착장으로 보트를 접근시켰다. 다음날 촬영 준비를 하는 사람들이 이리저리 움직이고 있었다. 나지막한 목소리로 얘기를 나누는 사람들이 눈에 띄었고 커다란 냄비에서는 음식 냄새가 풍기고 있었다. 에어보트를 바라보는 그들의 시선에는 호기심이 가득했다. 질문 공세에 휩싸이지 않고 숙소로 돌아갈 가능성은 전혀 없어 보였다.

친절하게 해줘야겠다고 결심한 줄리가 레이에게 말했다.

「뭐 마실 것 정도는 드릴 수 있는데 어쩌실래요?」

「다음 기회로 미루지. 가봐야겠어.」

그는 모터를 끄지 않고 선착장으로 뛰어내렸다. 한 손으론 보트를 붙들고 다른 손으로는 줄리를 부축해주었다.

내릴 때 스커트에서 물이 줄줄 떨어지는 바람에 그의 구두가 젖어버렸다. 고맙다는 인사를 간단히 얼버무리고 몸을 빼려는데 그가 손을 놔주지 않았다.

줄리는 왜 그런가 싶어 그를 쳐다보았다. 그의 손은 따뜻하면서도 단단했다.

「왜요?」

줄리는 눈썹을 치켜 올리면서 물었다.

그는 아무 말이 없다가 줄리의 팔을 넓게 벌리고는 앞뒤를 꼼꼼히 살펴보았다. 몸을 빼려고 하자, 그는 재빨리 줄리의 어깨를 잡고는 손가락으로 뒷목을 어루만졌다.

「지금 뭘 하는 거예요?」

줄리는 화가 치밀어 떨리는 목소리로 내쏘았다.

줄리의 말에 아랑곳없이 레이는 어깨에서 손목까지 쓰다듬어 내렸다.

「치마를 들어봐요.」

「이 사람이 미쳤나봐.」

「글쎄, 당신 몸이 아니라 거머리한테 볼일이 있거든.」

그가 장난기 어린 얼굴로 대답했다.

「거머리라구요?」

「분명 어딘가 있을 텐데.」

「거짓말하지 말아요.」

「사실이야. 피를 빨리고 싶지 않으면 다리를 내보여요. 뭐 싫다면 할 수 없지만. 한번 달라붙으면 원래 지들 몸보다 열 배는 통통해질 때까지 피를 빨아야 속시원한 녀석들이거든. 잘못하다간 크게 상처가 남기도 하는데.」

「내가 들여다보면 돼요.」

줄리가 쌀쌀맞게 대꾸했다.

「당신 눈으론 볼 수 없는 곳들이 많은데. 등만 해도 그렇고.」

말하는 게 영 수상쩍었지만 여기저기 슬슬 가려운 느낌이 들었다. 레이는 줄리가 영화 스태프들이나 클럽 사람들을 볼 수 없도록 가로막고 서 있었다. 그의 눈빛은 거칠 것 없이 대담했다. 싫다고 하면 무슨 일을 저지를지 알 수 없었다. 여태껏 줄리를 다루는 손길이 거칠진 않았지만, 맘만 먹으면 무쇠주먹으로 돌변할 것 같았다.

「정말, 이제 그만 할 수 없어요?」

줄리는 격분해서 소리를 질렀다. 잡힌 손을 뿌리치고 달라붙은 치마를 허벅지까지 걷어 올렸다.

레이의 시선이 아래를 향하는가 싶더니 줄리를 뒤로 한 바퀴 돌렸다. 그러더니 아무 감정도 없이, 의사가 환자 진찰하듯 줄리의 몸을 건드렸다. 이런 식의 수영복 심사가 영영 끝날 것 같지 않더니만 마침내 그가 입을 열었다.

「괜찮은 거 같아. 깨끗하군.」

「정말 뭐라고 할 수 없이 고맙네요.」

줄리는 몸을 돌리면서 딱딱하게 말했다.

「고마울 것까지야.」

줄리를 내려다보는 그의 얼굴에서 장난기가 사라졌다. 천천히 고개를 끄덕이더니 뒤로 물러서면서 말을 이었다.

「미안했어.」

뭐 때문에 미안하다는 거지? 강에 빠뜨려서? 아니면 시간을 들여서 거머리를 찾은 거 때문에?

물어볼 사이도 없이 에어보트로 돌아간 레이는 엔진을 가동시켰다. 아까처럼 엄청난 물보라와 소음을 일으키면서 에어보트는 저만치 사라져 갔다.

줄리는 보트가 사라지는 모습을 지켜보았다. 그러다가 고개를 숙여 자신의 몰골을 살펴보니 가관이었다. 치마는 여기저기 얼룩이 진데다 푹 젖어 있었고 신발은 진흙투성이였다. 머리는 엉클어지고 화장품이 얼굴에서 줄줄 흐르고 있는 게 느껴졌다. 무엇보다 늪에 빠진 걸 끌어내준 남자한테 심술궂은 마귀할멈 내지 아무것도 모르는 처녀처럼 굴다니! 자제력이나 교양은 벗어 던지고 어떻게 그런 식으로 행동할 수 있었을까.

조금 있다가 줄리는 고개를 흔들면서 메마르게 웃었다. 늪쥐인지 뭔지 그 남자한테 어떻게 보이든 무슨 상관이야.

레이 태버리는 줄리가 좋아하는 타입이 전혀 아니었다. 대화로 풀어갈 생각은 안 하고 힘만 앞세워서 문제를 해결하려는 남자, 여자를 그저 유희 대상이나 뒤치다꺼리나 하는 존재로 착각하는 남자들은 영 밥맛이었다. 레이 태버리가 줄리의 약혼자 겸 영화 제작자인 앨런 그레이브슨과 같아지려면 백 년이 지나도 어림없었다.

무엇보다도 그 남자에겐 비밀스런 구석이 있었다. 질문을 교묘하게 피해갈 뿐만 아니라 우스꽝스러울 정도로 긴 속눈썹 아래로 자기 생각을 숨기는 데 선수였다.

또 상상하는 버릇이 도졌군. 비밀스런 구석이 있다구? 유부남인지 어쩐지 모르겠다는 거말고 뭐가 또 있겠어? 자기 잘난 맛에 사는 남자라구. 아버지처럼.

그래도 그 남자가 필요했다. 영화를 찍는 데 도움이 필요했다. 그 이상도 그 이하도 아니었지만.

자기가 발견한 늪이며 케이준 출신이라는 얘기를 할 때부터 생각해냈던 일이었다. 정말 현실에 입각해서 있는 그대로의 늪을 화면에 담고 싶었다. 늪이 갖고 있는 영혼이나 풍치를 느낄 수 있는 영화를 만들고 싶었다. 있는 그대로의 모습을 추구하되 그 대상이 품고 있는 정신이나 감정을 중요시해야 한다는 게 줄리의 생각이었다.

촬영을 시작했을 당시부터 늪에서 찍을 장면 때문에 걱정이 태산이었다. 케이준의 발음이나 그들 고유의 풍습을 알아야 했으니까. 물가에서 고기 잡는 모습이나 엄청난 속도의 보트를 타고 구불거리는 수로를 통과해야 하는 신도 골칫거리였다. 꼼꼼하게 살펴봐야 할 부분이 한두 가지가 아니었다.

그걸 옆에서 도와줄 사람은 레이 태버리뿐이었다. 이젠 그를 설득하는 일만 남았다.

2

레이 태버리는 영화 찍는 데 관여하는 일이라면 사양이었다. 아무리 설득해도 소용없었다. 줄리가 무슨 말을 해도 꿈쩍도 안 했다. 줄리는 늪과 케이준 사람들을 어떤 식으로 화면에 담을 건지 설명을 늘어놓았다. 기술감독이라는 감투에다 보통 사람들이 받는 월급의 절반 정도의 보수를 약속했다. 스케줄보다 영화를 일찍 끝냈을 때는 보너스까지 주기로 했다. 거기다 그가 끼지 않으면 제대로 된 영화가 만들어지기 힘들단 얘기를 했는데도 요지부동이었다.

뭐라고 대답해야 하는지는 잊지 않고 있었다. 계속 거절만 하다가는 다시는 아는 척도 안 할 거란 생각에 좀 망설이기도 했다.

전날 레이는 줄리의 눈이 무슨 색을 띠고 있을지 궁금했었다. 이제 보니 줄리의 눈은 겨울날의 풀빛같이 싱그러우면서도 온화한 기가 감도는 초록색이었다. 깨끗하고 지적이면서도 꾸밈이 없었다. 줄리는 보통 여자

들처럼 시시덕거리지 않았다. 그런 태도가 먹혀들지 어떨지는 레이 자신
도 몰랐지만.

줄리는 쉽게 포기하려 하질 않았다. 그렇다고 해서 레이의 맘이 바뀌
진 않을 테지만. 늘씬한 몸매에 황금빛 머리의 예쁜 여자가 해달라는 일
이면 젊은 혈기에 뭐든지 다 해주던 시절이 그에게도 있었다. 그의 시선
은 줄리의 부드러운 입술을 거쳐 금색이 감도는 눈썹을 지나 그림자를
드리워주는 광대뼈를 헤맸다. 두 사람의 키 차이는 머리 하나 정도 될
까. 줄리는 기묘한 녹회색 면드레스에 모래 빛깔의 가죽 벨트를 두르고
있었다. 벨트로 감싼 허리가 얼마나 가늘던지 손으로 직접 가늠해보고
싶을 정도였다.

줄리 불러드는 속이 들여다보이는 여자도 아니었고 겉만 번지르르한
여자도 아니었다. 직선적이면서 동시에 사무적이었다. 그러면서도 뭔가
상처받기 쉬운 면이 있어 보였다. 감수성이 예민하고 지나치게 심각한
면이 있는 것 같았다. 이 여자한테 우스갯소리를 해준다거나 해달라고
할 사람이 있을까 싶다.

줄리는 레이가 입을 열기만 기다리고 있었다.

「불러드 양, 다른 사람들한테 도와달라고 해. 조지프 영감님한테 부탁
하든가.」

레이가 부드럽게 말했다.

「벌써 얘기해봤어요. 영감님은 레이 당신이 그 방면에선 최고라고 하
더군요. 더구나 영감님은 내가 하는 말의 반 이상은 도통 이해를 못하
니…….」

「자기 듣고 싶은 얘기만 듣는 사람이니까.」

레이가 심드렁하게 대꾸했다.

줄리는 눈살을 살짝 찌푸리면서 레이 태버리를 바라보았다. 그렇게 얘
기를 늘어놨는데도 방약무인한 태도를 보이다니 얄밉기 짝이 없었다. 얘
기나 끝까지 들어보고 나서 거절해도 될 텐데 들어볼 생각은 하지도 않

았다. 닳아빠진 나무 집의 버팀목에 기대고 서서는 줄리가 제풀에 지쳐 나가떨어지기만 기다리고 있는 것처럼 보였다. 줄리는 뭔가 마음을 돌리게 할 만한 방법이 없을까 해서 허공으로 시선을 돌렸다.

그의 집은 구불구불한 미시시피 강의 형세를 따라서 건설된 도로 위에 자리잡고 있었다. 늙었지만 아직 생생한 떡갈나무가 바닥까지 나뭇가지를 늘어뜨리고 서서 집안에 그늘을 만들어주었다. 사이프러스로 만든 집은 오랜 시간이 흘러 페인트가 벗겨져 은회색을 띠고 있었다. 다락까지 포함해 방은 일곱 개로 집은 아담한 크기였다. 별로 작아 보이지 않는 이유는 방들이 널찍한데다 2미터 남짓 쌓아올린 벽돌 받침대 위에 집을 건축했기 때문일 것이다. 홍수를 대비하고 통풍을 돕기 위한 설계였다. 받침대와 건물 사이의 공간은 벽돌로 메워서 창고와 차고로 쓰고 있었다. 집 앞과 뒤쪽에 베란다가 있었다. 베란다를 둘러싼 난간은 지붕을 지탱해주고 있는 버팀목들과 이어져 있었다.

집 뒤로 계단을 내려가면 벽돌을 쭉 둘러서 만든 안뜰이 나왔다. 뜰 한 구석에는 바나나 나무들이 심어져 있었다. 개중엔 푸른빛이 도는 조그만 바나나들이 열린 나무도 있었다. 바나나 가장자리에는 자줏빛 꽃이 활짝 피어 있었다. 반대편에는 높이가 3미터에 둘레가 2미터 안팎 정도 되는 자스민 나무가 있었다. 배배 꼬인 모양에다 줄기가 은회색으로 바랜 인상적인 은매화들이 잔디밭 여기저기서 눈에 띄었다. 좀 거리를 두고 호박, 콩, 양파, 순무에다 양배추, 허브 화단까지 갖춘 정원이 있었다. 정원 뒤쪽엔 닭장이 있었는데 그 안에서 닭들이 땅을 파헤치고 있었다. 잔디밭을 거만하게 어슬렁거리고 다니는 수컷 공작의 깃털이 햇빛 아래 녹청색으로 빛났다. 암컷도 네댓 마리 무리 져서 놀고 있었다.

「왜죠?」

줄리가 입을 열었다.

「한번쯤 생각해볼 수도 있을 텐데. 일정한 직업이 없다고 했잖아요. 당장 해야 할 일이 있는 것도 아니고」

「은퇴했다고 그랬지 그런 말은 안 했는데.」

「고작 몇 주 일하는데 그것도 안 돼요? 그 시간도 아까울 정도로 중요한 일이 있냐구요. 잠깐 미뤘다가 영화일 하고 나면 수입도 생기고 좋잖아요. 뭐 사고 싶은 걸 사거나 집을 공사하는 데 써도 되구요.」

「집을 손봐야 될 것 같다고?」

레이는 주변을 한번 둘러보았다.

「괜한 오해 말아요. 그런 뜻으로 한 말이 아니니까. 생각지도 않았는데 돈이 생기면 보통 집을 넓힌다거나 보수공사를 한다거나 그러잖아요.」

황당하다는 듯한 레이의 말에 줄리가 황급히 덧붙였다.

「이 집은 우리 숙모님 거야. 워낙 자연스러운 걸 좋아하는 분이라서……, 더구나 페인트칠 안 한다고 해서 사이프러스가 죽거나 하진 않는다구. 일단 페인트칠을 하다보면 끝이 없어. 무시하고 사는 게 낫지. 돈을 쓰고 싶어 좀이 쑤신다면 할 수 없지만.」

줄리는 잠깐 동안 그를 가만히 보고 있다가 어색한 미소를 지었다.

「무슨 말인지 알겠어요. 눈에 보이는 게 전부는 아니란 얘기겠죠.」

「나를 포함해서.」

「무슨 뜻이에요?」

「내가 꼭 이 일을 맡아야 한다고 생각하는 이유가 뭐지? 나에 대해 아는 것도 없으면서.」

「알 건 다 알아요.」

「글쎄, 당신처럼 자신감이 넘치는 여자와 만나 좋긴 하지만 말이야, 사랑을 나눈 사이도 아닌데 그런 말 하면 우습잖아.」

줄리의 뺨에 홍조가 번졌다. 이내 딱딱한 목소리로 대꾸했다.

「일 얘기하던 중 아니었나요?」

「그랬지.」

슬그머니 그의 얼굴에 떠오른 미소에는 장난기가 배어 있었다.

「정색을 하고 말하는 걸 보고 있자니 나도 모르게 그런 말이 나와버렸군, 미안.」

「어쨌든 본론으로 돌아가서……, 당신은 자격 요건을 완벽하게 갖췄다구요.」

어색한 분위기를 피하고 싶어 줄리는 재빨리 화제를 돌렸다.

「우선 당신은 늪에서 태어나 늪에서 자랐어요. 당연히 당신 할아버지나 아버지한테 얻어들은 것도 많을 테죠. 대학에서 전공은 루이지애나의 역사였구요. 거기다 경영학 전공으로 학위를 하나 더 땄다고 들었어요.」

「조지프가 떠들어댔군.」

「내가 물어본 거예요. 당신이 도움이 되리란 생각을 안 했으면 이 구석진……, 음, 여기까지 오지도 않았어요.」

한참 동안 그의 냉랭한 시선과 줄리의 시선이 교차했다.

「내가 마약 단속기관의 수사관이었다는 사실은 알고 있어?」

「조지프가 그 비슷한 얘길 하긴 했어요.」

「그만둘 수밖에 없었지.」

레이는 덤덤하게 말했다.

「압수했던 마약이 도난당한 사건의 책임을 지고 나온 거야.」

「유죄예요? 무죄예요?」

레이는 가슴을 들썩거리면서 웃었다.

「그런 질문은 해봤자지. 지은 죄가 있어도 안 그랬다고 하면 그만일 텐데. 또 안 그랬다고 해도 누가 믿어주겠어?」

「내가요.」

기묘한 표정이 그의 얼굴을 스쳤다. 줄리의 대답에 어떤 새로운 감정이 싹트기라도 한 것처럼. 아니면 그 자신이 내면에 쌓은 방어벽을 줄리가 부수기라도 한 것 같은 표정이랄까.

놀란 건 줄리도 마찬가지였다. 그에겐 자신을 옹호하려는 기색이 추호도 없었고 변명조차 없었다. 머리나 옷자락을 슬며시 만지작거린다던가 몸을 움찔하지도 않았다. 자기 자신이 남의 눈에 어떤 식으로 비치든 상관없어하는 눈치였다. 줄리가 아는 한, 매력적이다 싶은 남자들 중에 남의 시선을 의식하지 않는 사람은 별로 없었다.

「나를 끌어들이기 위해서라면 맘에 없는 말이라도 불사하겠다 이건가?」

레이는 조용히 말을 꺼냈다.

줄리는 시선을 레이의 어깨 뒤쪽으로 보냈다.

「그럴지도.」

「그렇다면 난 마약에 손대거나 훔친 적이 없다고 말하겠어. 어때, 믿을 수 있겠어?」

「믿지 못할 이유가 없죠.」

「그럴 이유가 없다고? 정말? 당신 말이 사실이라 해도 난 기술감독을 맡을 수가 없는데.」

줄리는 무슨 말을 해도 그의 마음이 바뀌지 않으리란 사실을 깨달았다. 화낼 일이 아닌데도 화가 치밀었다.

「할 수가 없는 게 아니라 그럴 맘이 없는 거겠죠.」

「그런 말 한 적이 없는걸.」

「예의상 그냥 그렇게 말한 거 아니에요? 결국 그 말이 그 말이잖아요.」

갑자기 발소리가 들려 두 사람은 대화를 중단했다. 자그마한 체구의 아주머니가 쟁반을 들고 베란다로 들어섰다. 레이가 말했던 숙모인가 싶었다. 쟁반에는 차가운 아이스티와 잘 구운 파운드 케이크가 먹음직스럽게 담겨 있었다. 케이크를 담은 그릇과 유리잔은 크리스털 세공이 되어 있었고 빳빳하게 풀을 먹인 냅킨 가장자리에는 손으로 직접 뜬 레이스가 달려 있었다. 줄리는 그걸 보고서 깜짝 놀랐다.

「아직까지 그러고들 있는 거야?」

목소리가 시원시원한 게, 숙모는 열정적인 성격의 소유자일 거란 생각이 언뜻 들었다.

「내가 젊었을 땐 남자와 여자가 만나면 말다툼 같은 게 다 뭐야. 그런 거말고 둘이서 할 일이 오죽 많아.」

「어련하셨겠어요.」

조카란 사람이 빙그레 웃으면서 쟁반을 받아들었다.

「만나면 가족이나 친구들 얘기를 했지. 상대가 춤추는 걸 좋아하는지 어쩐지 그런 것부터 아는 게 중요하잖아.」

「불러드 양은 내가 자기 영화에서 일을 했으면 좋겠다네요.」

레이는 테이블이 있는 베란다 반대쪽으로 갔다. 테이블 양쪽엔 흔들의자 두 개가 있었다. 그 근처엔 그네가 있었는데 쿠션이 놓여 있었다. 타인은 식탁을 차리는 레이 옆으로 갔다.

언뜻 보니 두 사람이 서로 눈짓을 교환하는 것 같았다. 무슨 얘기가 오갔을까 머리를 굴리는 참에 타인의 목소리가 들렸다.

「그럼 폴과 같이 일하게 되겠구나. 그런데 뭐가 문제니?」

「폴이요?」

영문을 모르는 줄리가 물었다.

「내 친구. 당신 동료라는 사람이 그 친구를 스턴트맨으로 채용했다던데. 조감독이라고 했던가.」

「오필리아로군요. 영화에 필요한 스턴트맨과 엑스트라를 뽑았다고 하더니. 뉴올리언스에서 어제 왔거든요. 그 바람에 아직 만나볼 시간이 없었어요.」

자본이 부족한 탓에, 오필리아 셀비는 매니저와 조감독 일을 동시에 맡아 했는데 유능하기 그지없었다. 그러니 오필리아가 잘하지 않으면 전반적으로 힘든 상황이 될 수밖에 없었다. 오필리아는 거의 보름간의 여유를 두고 촬영장에 미리 와서 이것저것 준비를 끝마쳤다. 그 동안 줄리는 뉴올리언스로 가서 그 동안 찍은 필름을 편집하는 한편, 늪에서 영화를 찍어도 좋다는 허가를 받아냈다. 그나마 빨리 온 게 어제였다. 배우들은 오늘 오후나 늦어도 내일쯤 도착할 예정이었다.

「도나는 폴의 안사람인데……, 좋아서 어쩔 줄 모르던걸. 폴이 보수를 받으면 도나한텐 다이아반지를 사주고 아들 둘한텐 수영장을 만들어준다고 했다지 아마. 돈이 남으면 배를 사겠지. 왜 걸핏하면 그랬잖니, 새우를 잡아 그걸 내다 팔면서 사는 게 꿈이라고.」

줄리는 레이 옆에 앉아서 아이스티가 담긴 잔과 케이크 접시를 건네받았다.

「조카분한테 스턴트맨 이상으로 보수를 준다고 말씀드렸어요. 위험 부담이 별로 없는 장면밖에 없는데도 스턴트맨은 거의 만 달러를 받게 돼 있거든요.」

「그래봤자 뭐해. 레이는 돈엔 영 관심이 없는걸. 그런 건 레이한테 아무 상관 없어요.」

줄리는 순간 할말을 잃었다. 왠지 혼자만 멍청이가 된 느낌이었다. 레이 태버리의 얼굴에 미소가 흘렀다.

「돈이 아쉬울 때가 있을 거 아니에요. 지금에 여유가 있으면 필요할 때 쓰고 좋잖아요.」

「불러드 양한테 제가 말하려고 했던 건 말이죠, 우리 루이지애나 주민들이 도덕적으로는 타락하고 발에는 물갈퀴가 달린 짐승 정도로 묘사되는 그런 영화 때문에 고생할 생각은 추호도 없다고 말할 생각이었어요. 늪을 괴물 같은 인간과 짐승들로 우글거리는 하수구 정도로 취급하는 그런 영화라면 이젠 질색이라고 말입니다.」

줄리가 써먹었던 수법과 똑같이 이번에는 레이가 자기 숙모에게 말했다.

「내 영화는 안 그렇다구요.」

줄리가 저항했다.

「그런 식으로 영화를 찍을 의도가 없다 치더라도……」

「당신네들에 대해 아는 게 하나도 없으니까 당신이 말한 그런 식으로 현실을 왜곡시킬 거란 말인가요?」

「영화란 게 보통 그런 식이잖아.」

「과장도 심하시군요. 국내에서도 꽤 괜찮은 영화들이 많이 만들어졌다구요. 아카데미상을 탄 영화 같은 것들을 봐요.」

「눈에 확 띄는 스타 군단에다 줄거리가 흥미롭다 싶은 영화들을 말하는 거야? 당신 말대로 괜찮은 영화라고 치지. 그런 영화에 왜 북쪽에서 온 두 남녀가 결혼식에서 정장 차림으로 클록 댄스(나막신 춤, 케이준 전통 춤이 아님)를 추는 장면이 나오지? 거기에 반주로 왜 케이준 음악이 나오는 거야? 성공회식으로 치르는 결혼식(케이준들은 대부분 카톨릭 신자임)은 또 어떻고. 딸의 장례식 때 엄마가 혼자 남겨진 장면도 그래. 친척들이나 아는 사람이 옆에 하나도 없다는 게 우스운 일이지. 여기서 그런 일은 절대 없으니까.」

「맞다, 맞아.」

타인이 옆에서 레이의 말을 거들었다.

「진달래와 은매화가 똑같은 때에 꽃을 피우다니. 세상에나, 내 생애에 그런 광경은 본 적도 없다. 더구나 부활절 때 풀밭에 난 꽃들이 몽땅 가짜였잖아. 조화였다구. 어디 물어나 봅시다. 대체 뭐하자는 애긴지. 결혼식이며 크리스마스, 할로윈 때 누가 그렇게 장식을 하겠어.」

「무슨 영화 애길 하시는지 알겠어요.」

줄리가 어색하게 미소지으면서 말했다.

「관객들이 꽃에 관해선 별 신경을 안 쓸 거라고 생각했을 거예요. 남부 출신 여자들이 식물에 대해선 박사라는 걸 몰랐던 거죠. 장식을 많이 한 건 아마 우스운 장면을 연출하느라 그랬을 거예요.」

타인은 고개를 내저었다.

「그래도 너무 심했어.」

레이가 덧붙였다.

「최고의 영화사에서 제작했다는 영화가 그 모양이니……」

「당신이 어떻게 해볼 수도 있잖아요. 기술감독으로 일하기만 한다면.」

「잘못된 걸 고칠 힘도 없을 텐데, 보고만 있다간 위궤양이나 걸리기 십상이지.」

레이의 말은 맞는 말이었다.

「내가 늪이나 케이준에 대해서 어떻게 묘사할 건지 당신한테 구두로 확실히 해두면 어때요? 최대한 좋은 쪽으로 보이게끔 당신이 직접 장면들을 구성할 수 있게 해주면 어떻겠어요?」

레이가 고개를 흔들었다.

「별로 좋은 생각 같진 않은데. 더구나 다른 데 신경 쓸 일이 있어서 힘들 것 같아.」

갑자기 전화 벨소리가 정적을 깨뜨렸다. 레이는 일어나서 전화를 받으러 안으로 들어갔다. 아무래도 애기를 끝낼 변명거리가 생겨서 달가운 눈치였다.

「그 클록 댄스는 너무 품위가 없었다우.」

타인이 아까 했던 애기를 다시 꺼냈다.

「케이준 전통 댄스가 얼마나 멋진 춤인데……. 우선 남자는 파트너의 등 언저리에 손을 얹고 있다가 파트너가 회전할 때는 치마폭에 손을 대고 있어야 하지. 그렇게 우아한 춤을 놔두고 그런 괴상한 춤은 또 뭐람. 사실 나도 영화 보는 거 좋아해요. 영화를 보면서 영어도 배웠구 말이야. 그래도 영화 만든다는 사람들 너무 심했어.」

「백 번 옳으신 말씀이에요.」

줄리가 솔직하게 말했다.

「조카분 도움이 필요한 것도 그래서구요. 어떻게 조카분 마음을 돌릴 만한 방법이 없을까요?」

타인은 고개를 내저었다.

「레이는 한번 결정한 일은 그냥 밀고 나가는 성격이라 별 소용이 없을걸.」

「촬영 장소에 와서 제가 어떤 영화를 찍는지, 얼마나 제대로 된 영화를 찍으려고 노력을 하는지 눈으로 확인이라도 하면 달라지지 않을까요?」

그 말에 레이의 숙모는 뭔가 골똘히 생각하는 눈치였다.

「그 정도는 어떻게 해볼 수 있을지도 몰라. 레이한테 영화 찍는 걸 보고 싶으니 데려가 달라고 하면 될 테니까.」

한줄기 서광이 비친 것 같아 줄리의 뺨이 붉게 물들었다. 줄리는 레이의 숙모에게 바싹 다가가서 물었다.

「정말 촬영장에 같이 오실 거예요?」

타인이 장난기가 가득한 얼굴로 고개를 끄덕였다.

「근데 말이지, 영화배우들 사인 좀 꼭 받았으면 싶은데. 밴스 스튜어트하고 마들린 드 웰스 같은 스타들을 볼 기회가 어디 흔한가. 신문에서나 가끔 기사가 실리면 볼까. 더구나 난 전부터 밴스 스튜어트 팬이었다우. 그 사람이 나오는 드라마를 매일 밤 빠지지 않고 봤었지. 어디, 내일쯤 가도 될까?」

「그럼요. 오시기만 하면 대환영이에요.」

「그리고 또 할말이 있어요.」

타인의 말에 줄리는 일순 긴장이 됐다.

「뭔데요?」

「영화 찍을 때 집을 빌려주고 돈을 받는 사람들 얘길 신문에서 봤거든. 내 집은 백오십 년도 더 된 퇴물이라 낡았지만 모든 게 다 케이준 식으로 만들어진 집이에요. 돈이 좀 있으면 지붕을 고쳤으면 싶은데, 비가 오면 손님방에 자꾸 비가 새지 뭐야. 우리 영감 에티엔느가 죽고 나선 손보질 못했어. 요즘엔 양철 지붕이 하도 비싸서 부자들이나 엄두를 낼까. 내 집을 빌려 쓸 생각은 없수?」

「그건 좀 곤란할 거 같아요.」

줄리는 안타까운 마음에 덧붙였다.

「돈을 많이 주는 건 다른 게 아니라 집이 파손될 위험이 많아서 그래요. 카메라 각도 잡는 문제 때문에 벽을 부술 수도 있거든요. 무거운 기물을 들고 오르내리다 보면 계단이 엉망이 되기도 하구요. 이렇게 유서 깊은 집에 그런 흠집이 생기면 곤란하잖아요.」

타인의 얼굴엔 실망의 흔적이 역력했다. 그래도 숙모의 미소엔 집에 대한 자부심이 배어 있었다.

「우리 집은 정부에서 지정한 건물로 뽑혔어요. 역사적인 가치가 인정된다고 해서 말이야.」

「정말 그럴 만하네요.」

동쪽 베란다 끝에서 해가 지는 광경을 보면서 줄리가 말했다. 그 근처엔 계절에 걸맞지 않게 무화과나무가 아직도 푸른 나뭇잎들을 매달고서 있었다. 노란빛이 도는 무화과 열매도 열려 있었다. 닭이 알을 낳으면서 꼬꼬댁거렸다. 정말이지 느긋하면서도 평화로운 정경이었다. 갑자기 좋은 생각이 떠올랐다. 기발한 아이디어라서 잠시라도 맘속에 담고 있기가 힘들었다.

「저기요, 숙모님, 배우들이나 스태프들한테 방을 빌려주시면 어때요? 그래도 삯을 받으실 수 있는데. 지붕을 고칠 돈은 충분히 될 거예요.」

「그렇게 오래 있을 거요?」

「아니요. 그래도 폐를 끼치는 건데 그만큼 사례를 해드려야죠.」

「저기 그런데 말이야, 집 전체를 다 빌렸으면 하는 거유? 그 동안은 나도 어딘가 가 있어야 하는 건가?」

「그러시는 게 편할 거예요. 언제 저희가 왔다갔다할지 모르거든요. 촬영장으로 집을 대여하실 때도 잠깐 딴 데 계셔야 해요.」

숙모가 고개를 흔들었다.

「사정이 그렇다면 안 되겠는데. 내가 너무 성급하게 굴었어. 레이가 이사한다고 하면 싫어할 거야. 시기가 별로 안 좋아. 그건 그렇고 방 하나만 빌려주면 안 될까? 비가 아주 조금밖에 안 새는데. 그건 내가 교황님이 친히 축복해주신 묵주에 걸고 맹세할 수 있어요.」

줄리는 한참 동안 숙모를 보고만 있었다. 뚜렷한 이목구비는 고전적이면서도 막연하게나마 프랑스인의 흔적을 느낄 수 있게 했다. 부드러운 피부였지만 나이를 속일 수 없는지 여기저기 주름이 잡혀 있었다. 그래도 눈가에 잡힌 주름은 나이 때문만은 아닌 것 같았다. 줄리가 뭐라고 할까 걱정스러워하는 눈치였다. 그걸 보고 줄리는 그 자리에서 결정해버렸다.

「그렇게 하세요. 제가 빌리면 되니까요.」

줄리는 레이가 돌아오기 전에 떠났다. 자신이 방을 빌린다고 하면 뭐라고 할지 불안해서였다. 숙모를 말릴지도 모르는 일이었다.

오후에 짐을 들이기로 했다. 촬영 준비 때문에 어떻게 될지 몰랐지만 오늘 내로 이사할 생각이었다. 영화 스태프들은 줄리가 어제 찾아낸 늪에서 액션 신을 찍을 준비로 한창 바빴다. 내일이나 모레로 촬영 일정이 잡혀 있었다. 준비하는 과정이 복잡해서 제대로 끝마치려면 그만큼 시간이 필요했다.

방을 빌린 이유가 있었다. 우선 레이 태버리하고 한집에서 지내 나쁠 건 없었다. 같이 있는 동안 맘을 돌릴 수 있을지도 모르니까. 끝까지 안 한다고 버틴다면 할 수 없지만. 그래도 의문 사항이 있으면 슬쩍 물어볼 수도 있을 게 아닌가. 그것도 공짜로. 타인으로부터는 케이준 특유의 생활양식이나 풍습 같은 걸 익힐 수도 있었다. 물론 보수도 없이 그럴 생각은 아니었다. 도와달라고 부탁하면 거절할 분이 아니었지만.

또 다른 이유는 조감독 때문이었다. 줄리와 오필리아는 돈을 절약할 생각으로 한방에서 묵곤 했었다. 좀더 많은 시간을 같이 일할 수 있어서 좋았다. 어떤 때는 새벽까지 같이 일하기도 했다. 어쨌든 그땐 줄리가 독자적으로 영화를 찍을 때였다. 스웜프 킹덤은 줄리가 처음으로 제작하는 영화였다. 제작비가 천 2백만 달러로 빠듯했지만 전에 만든 영화에 비하면 단위가 달랐다. 전엔 보통 몇십만 달러가 고작이었으니까. 이젠 따로 방을 써도 상관없을 것이다.

줄리와 오필리아는 대학 때 만나서 지금껏 친구로 지내는 사이였다. 오필리아는 사무에 능할 뿐만 아니라 엑스트라 심사나 스태프들 식사 문제, 세트 준비까지 완벽하게 해냈다. 영화 만들 때 정말이지 골치 아픈 일들을 처리해주는 사람은 오필리아였다. 커다란 몸집을 해서는 야한 농담을 지껄이길 좋아하는 친구였다.

오필리아는 20센티미터나 되는 시가를 피워 물고 냉장고에는 맥주와 과자 부스러기만 그득 채워놓는 그런 여자였다. 남자들에게 헤픈데다가 새벽에야 잠에 들었다가 늦게 일어나는 버릇이 있었다. 나이가 좀 어렸을 때는 줄리도 그런 것쯤이야 하고 넘겼지만 더 이상은 힘들었다. 뉴올리언스에서 촬영을 하면서 그런 생각이 분명해졌다.

과장되고 대담한 행동 이면에 큰 몸집이나 둥근 얼굴, 애인이 없다는 사실이 열등감으로 작용하고 있다는 걸 모르진 않았다. 어렴풋이 줄리도 짐작하고 있는 사실이었다. 그래서 따로 숙박을 하겠다고 하면 오필리아가 어떤 반응을 보일지 걱정이 됐다.

오필리아는 30킬로미터 정도 떨어진 모텔에 투숙하고 있었다. 그래도 감독 전용의 트레일러가 있으니까 같이 머리를 짜면서 일하는 데는 어려울 게 없었다.

때를 봐서 오필리아한테 애기할 작정이었는데 생각보다 그런 순간이 빨리 왔다. 간식거리나 찾아볼 생각에 오후 일을 끝내고 나서 줄리는 트레일러에 가보았다. 수프를 데우면서 탁자 위에 펼쳐두었던 종이들을 훑어보았다. 영화에 출연할 남자배우의 의상을 스케치한 것들이었다. 그때 오필리아가 쾅 소리를 내면서 문을 닫고 들어왔다. 바로 욕실로 들어간 오필리아의 목소리가 경쾌했다. 촬영기사와 카메라맨들과 맥주 마시러 가기 전에 옷매무새나 고칠까 해서 들렀다는 것이다.

줄리는 일어나 욕실문에 기대고는 사실대로 털어놓았다.

「그래, 걱정하지 말라니까.」

오필리아가 허리를 굽힌 자세로 갈색 머리를 빗질하면서 말했다. 욕실 공간이 좁았기 때문에 허리를 조심스레 펴고 있었다.

「영화 한번 잘 만들어보겠다고 그런다는데 설마 내가 뭐라 그럴까봐? 우리의 줄리 불러드 양이 몸바쳐서 영화를 만드시겠다는데, 내가 어쩌겠어. 그 멋진 케이준 남자를 꼬셔볼 수도 있고 좋잖아. 그 치 나도 봤어. 너만 괜찮다면 내가 대신 몸바치고 싶어지던걸.」

「그럴 필욘 없을 거 같다.」

줄리가 냉담하게 대꾸했다.

「실망이다, 실망.」

오필리아가 천박한 웃음을 흘리면서 자신의 풍성한 머리카락을 땋아 올렸다. 땋아 올린 머리에 '동경의 장미'라고 이름 붙인 나무젓가락으로 쪽을 지었다. 나무 장식은 녹색 티셔츠나 착 달라붙은 청바지와 불협화음을 이루었다.

「정말 괜찮은 거야?」

줄리가 욕실문에 등을 기대면서 물었다.

「소외감 느끼게 하긴 싫단 말이야.」

오필리아가 선홍색 립스틱을 약지에 묻혀 커다란 입술에 문질렀다.

「바보 같은 소리. 이래봬도 몇 년 동안 끈질기게 혼자서 방 쓴 사람이야. 도통 딴 일은 시원찮지만. 거기다 부레 재미에 홀딱 빠졌다구. 이거보다 더 재밌는 게 있으면 나와보라구 해.」

「부레? 그게 뭔지 물어보기가 뭐하다.」

「너 음흉스런 생각했지? 얘가 나한테 전염됐나? 부레는 카드게임이라구. 실망스럽게 해서 미안. 라스베이거스에서 하는 블랙잭은 애들 장난 같다니까. 술집에 갔다가 케이준들이 하는 걸 봤는데 그 인간들 기저귀 찰 때부터 그 짓만 했는지 아주 갖고 놀더라구. 판돈도 장난이 아니야.

계속 돈만 날려댔어. 그것들 돈 따는 재미가 솔솔하니까 날 끼워주는 거지. 오늘밤에 끝장내주고 올 테니 두고봐.」

「그런 술집이 다 있나?」

줄리가 의심스럽다는 듯이 물었다.

「네가 즐겨 찾는 멋진 사교클럽이 아니야. 내 맘에 무지무지 쏙 드는 곳, 고상한 말로 해서 선술집이라고 할까? 또 엄마처럼 잔소리해댈 생각은 하지 마. 날 이기려면 트럭에다 남자 다섯 명까지 불러모아야 할걸. 그래도 나한텐 못 당하지.」

「그럴지도. 그래도 너 여기 주민들 대부분이 교회 다닌다는 거 알잖아. 남자는 남자고 여자는 여자라는 식으로 생각하는 그런 사람들이라고. 눈짓만 보내도 유혹하는 걸로 비치면 어쩔 거야.」

「우와, 이런. 속눈썹 귀엽게 깜빡거리는 연습이나 해둬야지.」

오필리아가 몸을 휙 돌리면서 양팔을 벌렸다.

「눈으로 직접 보고도 그런 말을 하셔? 네 눈엔 이게 초미니스커트로 보이냐구. 노팬티에 눈 튀어나오게 짧은 레이스 치마를 걸친 것도 아닌데 뭐가 걱정이야. 너 친구를 그런 여자로 보는 거야? 보다시피 시어즈 빌딩처럼 안전한 몸이니까 걱정 꺼. 서글픈 현실이지만.」

「트럭 운전사들이 널 보면 정말 품에 안기 딱 좋겠다고 그럴 거야.」

줄리가 솔직하게 말했다.

「길동무나 해달라는 얘기겠지.」

오필리아가 자조하듯이 말했다. 얼굴은 어느새 분홍빛으로 얼룩덜룩해졌다.

「타이어나 갈아 끼우고 운전 교대도 해주는 벽돌집 정도로 볼까. 생각만 해도 끔찍하구나. 다행히 내가 가는 술집엔 낚시꾼들이나 사냥꾼들이 드나들거든. 트럭 운전사는 없지. 정말 무서운 일은 따로 있다니까. 카드게임에서 싹쓸이했다가 쥐도 새도 모르게 똘똘 말려서 늪에 파묻히고 나면 어쩌냐구.」

「그럼 차라리 돈을 잃고 말아.」

줄리의 목소리엔 애정과 걱정이 같이 들어 있었다.

「재수 없는 소린 집어치우시죠.」

오필리아가 상냥하게 대꾸했다.

갑자기 물어볼 게 생겨서 줄리는 그 말을 그냥 무시해버렸다.

「너 며칠 동안 여기 사람들하고 주거니받거니 했을 거 아니야. 혹시 근처에 개인 전용 활주로가 있단 소리 못 들어봤니?」

「아니. 있으면 장비 옮기는 게 편해지겠지만. 왜 그러는데?」

줄리는 전날 밤에 늪에서 봤던 비행기 얘기를 꺼냈다. 움직이는 게 뭔가 석연치 않았다는 말도.

오필리아가 푸른색 아이새도를 바르면서 킥킥거리는 모습이 거울에 비쳤다.

「그날 밤 죽여줬겠구나, 안 그래? 늪을 지키는 기사한테 구출도 받고 거기다 하늘에선 마약 세례까지 받을 뻔하고 말이야.」

「마약 세례라니, 무슨 얘길 하는 거야?」

「분명히 뭔 일이 있긴 있는 거야. 음, 한밤중에 중남미에서 날아온 비행기가 수면 위로 낮게 날아가는 거야. 엔진을 아예 꺼버리던가. 강에선 고깃배가 기다리고 있지. 보트에서 불빛으로 신호를 하면 비행기에서 물건을 떨어뜨려. 방수 처리를 하고 물에 뜰 수 있게 스티로폼을 가득 집어넣어서 말이야. 그렇게 포장해서 내려보낸 걸 고깃배에 탄 사람이 건져내. 그러고 운하를 따라 배를 타고 쭉 가다보면 도로가 나올 거 아냐. 그럼 거기로 올라가서 짠 하고 거래를 하는 거야. 트럭 뒤에서 말이야. 물건은 트럭에 탄 사람들이 가져가고 그러고 나서 트럭 타고 붕一, 정말 깔끔 그 자체 아니겠어?」

「현대판 해적들이군.」

줄리가 얼굴을 찡그리면서 말했다. 전날 레이가 비행기를 쫓던 모습이 떠올랐다. 줄리가 탄 배와 부딪치는 바람에 일이 제대로 안 풀렸는지 화가 나 있었다. 잠깐 들렀다 가라고 했을 때도 시간에 쫓기는 사람처럼 그냥 가버렸다. 물건이 비행기에서 떨어지길 기다리고 있었는데 신호를 보내지 못하는 바람에 건수를 못 챙겼을지도 모른다. 미친 듯이 속도를 내면서 달린 건 비행기를 따라잡으려고 그랬을까? 하지만 그게 사실이라면 자신을 물에서 꺼내주거나 촬영장소까지 데려다주지 않았을 텐데. 그래도 그 남자는 마약 단속기관에서 쫓겨난 경력이 있는 사람이었다.

「신경 꺼. 난 말이야, 뉴올리언스에서 쥐도 새도 모르게 죽은 사람들 시체를 여기 어디다 내다 버린단 말까지 들었다니까. 시내에서 한 시간 정도 떨어진 곳에 무시무시한 데가 있댄다. 늪이 있어서 증거를 인멸하기 아주 편하고 말이야. 어쨌든 그게 우리랑 무슨 상관이니. 몇 주만 있으면 뜰 건데 상관없잖아.」

「네 말이 맞는 것 같다.」

「당연하지.」

오필리아가 눈을 찡긋해 보이더니 트럭 열쇠를 흔들면서 밖으로 나갔다.

조금 있다가 줄리는 트레일러를 빠져 나왔다. 나무 뒤편으로 황혼이 지면서 강가를 연한 빛으로 물들이고 있었다. 촬영 끝나고 나서 이런 시간을 즐기곤 했다. 시끌벅적하던 소리들이 사라지고 대부분의 스태프들이 숙소나 가까운 술집, 아니면 식당에 있을 시간이었다.

촬영장을 배회하다보면 아이디어가 떠오르곤 했다. 다른 각도에서 사물을 비춰본다던가 다른 장소에 배우를 옮겨놓는다던가 배역을 바꿔보기도 했다. 찍은 필름들이야 따로 보관되어 있지만 머릿속에서 맘대로 바꿀 수가 있었다. 그러다보면 그 동안은 미처 느끼지 못했던 감정들이 떠오르거나 자극을 받기 마련이었다.

자신이 어떤 효과나 이미지들을 만들고 싶은지 분명히 아는 게 중요했다. 그래야 방향을 제대로 파악할 수가 있었다. 오케스트라를 이끄는 지휘자가 먼저 방향을 잡아야 연주자들이 합심해서 화음을 낼 수 있는 거와 같은 이치였다. 다들 협력해서 하나의 완성된 영화를 만들 수 있게 끔 맨 앞에서 이끌어주는 게 자신의 소임이었다.

다들 즐겁게 일하는지 살피는 것도 해야 할 일이었다. 어떤 감독들은 극도의 긴장 속에서 배우들의 성질을 돋우거나 심적으로 압박감을 줘야 좋은 연기가 나온다고 말하기도 했다. 줄리는 그런 생각엔 반대였다. 전문직에 종사하는 사람들처럼 배우들도 편한 분위기에 있어야 제대로 일을 해낼 수 있단 생각이었다. 예술가들의 겉치레 같은 건 취미가 없었다. 어쨌든 재미있으라고 하는 사업 아닌가. 물론 능력이 닿는 한 최고의 작품을 만들고 싶은 것도 사실이지만.

자신의 일에 만족하는 게 제일 중요했다. 아무리 잘된 영화라도 일 년은 꼬박 바쳐야 마무리가 됐다. 그런 마당에 자신이 하는 일에 만족하지 못하면 직업을 잘못 선택한 게 아니고 뭐겠는가.

줄리는 강가로 천천히 걸어 내려갔다. 놋쇠로 만든 거울 같은 강가에 수은등이 빛을 흩뿌리고 있었다. 스러지는 황혼 속으로 장밋빛 빛줄기가 어른거렸다.

바로 옆의 커다란 사이프러스가 반대쪽 기슭에 그림자를 드리웠다. 그 오른쪽으로 말뚝을 박아 만든 나지막한 다리가 있었다. 강과 도로가 연결되는 지점이었다. 보트 클럽, 촬영장소와 연결돼 있기도 했다. 운하는 도로와 평행선상에 있었다. 벌목꾼들이 늪에서 벌목한 나무들을 옮기기 위해 몇십 년 전에 파서 만든 것이었다. 이내 이곳에선 수로의 역할을 하게 되었지만.

블라인드 강이 다리 앞에서 운하와 합쳐졌다. 두 개의 수로가 촬영장을 둘러싸고 삼각형 구도를 이루고 있었다. 보트 클럽의 뒤뜰과 이어지는 늪이 삼각형 구도를 이루는 세 번째 면이었다. 덕분에 불청객이나 좀도둑을 막기가 쉬웠다. 그렇지 않았으면 다리와 차도가 만나는 지점에 세워둔 초소로는 역부족이었을 것이다.

사이프러스 아래 나무로 만든 부두가 보였다. 두 척의 유람선이 정박해 있었다. 그날 아침 도착한 쾌속정이 바로 옆에 매어져 있었다. 반짝반짝 은빛의 윤을 발하는 게 맘에 꼭 들었다. 바닥이 둥근 알루미늄 소형 보트에 비하면 쾌속정은 속도도 엄청났고 최첨단의 기술로 만들어졌다. 그 옆의 보트는, 근처 강둑에 묶인 카누와 비슷한 크기였다. 이것도 그날 낮에 들여왔다. 쾌속정과 소형 보트 그리고 유람선 한 척이 내일 촬영에 쓰일 예정이었다. 밴스 스튜어트를 대신할 스턴트맨이 소형 보트에 타고, 영화에서 아내가 고용한 해결사 역할을 할 배우들이 쾌속정을 타기로 했다. 이동카메라는 유람선에 실어놓을 작정이었다.

아침엔 밴스와 연습촬영을 하느라 바쁠 것이다. 밴스는 자기가 직접 위험한 신을 찍겠다고 고집했지만 줄리가 허락하지 않았다. 제작사에서 그렇게 하라고 했어도 반대했을 것이다. 멍이 들거나 긁히기라도 하면 나을 때까지 기다릴 시간이 없었다. 하물며 병원에 입원해야 하는 상황이 생길지도 모르는 일이었다.

「영화를 몽땅 다시 바꾸고 싶어진 거니?」

줄리는 고개를 돌려 스탠 맥널리가 다가오는 걸 바라보았다. 스턴트맨 담당에 특수효과까지 맡아보는 사람이었다. 스탠은 절뚝거렸다. 과거 스턴트맨을 하면서 얻은 훈장이었다. 50년대 후반의 서부를 배경으로 한 영화였다. 그때 사고로 스턴트는 더 이상 하지 못하게 됐다. 대신 스턴트 감독 일을 시작했는데, 늘 장비는 조심스럽게 다루고 준비는 철저히 끝냈다. 항상 조심하는 프로 중의 프로였다.

줄리가 미소를 지으면서 고개를 흔들었다.

「그냥 이런저런 생각을 하던 중이에요. 내일 촬영할 거요. 오늘 새로 들어온 사람과 강에서 연습한 건 어땠어요?」

머리 뒤편의 빛 때문에 숱이 별로 없는 스탠의 은빛 머리카락이 반짝거렸다.

「폴 리슬릿이란 사람이야. 솜씨가 괜찮아 보여. 태어나서 지금까지 수도 없이 배를 타봤을 테니까.」

「스턴트를 해본 적이 없다면서요. 그쪽 방면 전문가를 쓸걸 그랬나봐요. 이번이 처음이라면 쉽지 않을 거예요.」

「영화배우 단체에 속해 있잖아. 그럼 전문가지 뭐야. 그냥 쫓고 쫓기는 장면이 전분데 어려울 게 뭐 있냐구. 더구나 리슬릿은 아주 빨리 배우던데. 우리한텐 여기 지형을 아는 사람이 필요하다니까. 돌출하거나 가라앉은 장소가 어딘지, 수로가 어디로 통하는지 그런 데 빠삭한 사람 말이야. 리슬릿이 맨 앞에서 다른 배들을 안내해줘야지 다른 수가 없어.」

두 사람은 배들을 어떤 식으로 움직일지, 파도와 지평선을 특수촬영할 때 카메라 앵글과 구도를 어떻게 잡을지에 대해 얘기를 나누었다. 큰 키에다 붉은 머리를 한 촬영기사 앤디 러셀이 추천한데다 줄리도 찍고 싶었던 신이었다. 할말을 다 끝내고 나니까 침묵이 흘렀다.

스탠은 라이터를 켜서 담뱃불을 붙였다. 라이터 불빛 아래 기미가 두드러져 보였다. 촬영하면서 햇빛을 하도 많이 쏘인 탓에 생긴 기미였다. 담배 쥔 손을 뒤로 돌려 줄리한테 담배연기가 가지 않게끔 하면서 스탠이 입을 열었다.

「오필리아 말이, 어젯밤에 만난 케이준이 일하기 싫다고 했다며?」

「아직은 몰라요. 내일 한번 둘러보러 오기로 했어요. 그때 가서 봐야죠.」

「그 치가 없어도 별 상관 없잖아. 자료도 이것저것 훑어봤고 이런저런 사람들하고 얘기도 많이 해봤으니까. 이제 그 정도면 전문가 수준은 넘을 거다. 좀 헷갈리는 부분은 대강 꾸며대면 되잖니.」

「꾸며대는 건 싫어요.」

「나도 알아. 그래도 다들 그런 식으로 찍는 거야. 전체적인 인상이 어떠냐가 중요한 거야. 관객들한테 남는 건 그런 거니까. 그렇게 세세한 것까진 신경들 안 써.」

「<스틸 매그놀리아스>에서 조화를 썼던 거하고 뭐가 달라요? 그런 걸 눈여겨보는 사람들도 있다니까요.」

「신경 쓸 정도는 아니야.」

줄리는 고개를 저었다.

「난 신경이 쓰인단 말이에요. 어떤 게 옳은 건지 알면서 다른 식으로 할 순 없어요.」

「그 말은 꼭 네 아버지 대사 같다.」

「아버지한테도 한두 가지 괜찮은 생각이 있을 테죠.」

「그렇겠지.」

스탠이 담배를 한 모금 빨았다. 코 주위로 담배연기가 감돌았다. 스탠의 목소리에는 불(Bull) 불러드를 못마땅하게 여기는 감정이 짙게 배여 있었다. 줄리의 아버지가 영화를 시작하던 무렵, 자기 영화에 스탠을 출연시켰다. 그때 그 영화를 찍다가 발생한 사고 때문에 스탠이 다리를 절게 된 것이다. 그 당시 상황은 잘 모르지만 스탠 또한 자신의 사고가 아버지 탓이라고 생각하고 있는 것 같았다.

줄리는 어릴 때부터 스탠을 알고 있었다. 사고가 생기기 전엔 자주 집에 놀러오곤 했으니까. 나중에 부모님이 이혼하고 나서도 스탠은 카드를 보내왔고 루이지애나를 지나칠 때면 줄리와 어머니가 사는 집에 들렀다. 언젠가 소풍에 같이 데려가기도 했다. 조용조용한 목소리로 엄마와 이런저런 얘기를 하면서 줄리한테는 아이스크림을 사주기도 했다. 그리고 자기 차에 태워 이곳저곳 구경시켜줬다. 시간이 흐르며 방문이 뜸해진다 싶더니 그도 아예 없어져버렸다.

줄리는 LA로 이사해오면서 스탠을 직접 찾아 나섰다. 파티나 스튜디오에서 얼굴을 마주칠 기회도 있었고 짬짬이 따로 시간을 내기도 했다. 스탠은 꽤 괜찮은 영화 몇 편에서 스턴트 감독 일을 맡아서 했다. 그래도 최근 몇 년간 일한 작품은 그다지 많지 않았다. 줄리는 스웜프 킹덤을 찍기 전부터 스턴트 감독으로 당연히 스탠을 찍었다. 선택 한번 잘했단 생각이 들었다.

그들은 한참 동안 말이 없었다. 스탠은 가만히 담배를 피웠고 줄리는 팔로 몸을 감싸 안은 채 앉아 있었다. 밤 공기가 차가웠다. 밤이 깊어지면서 나무 아래 그림자가 점점 어두워지고 있었다. 스탠이 운동화 신은 발로 담배꽁초를 짓밟았다.

「고민할 거 없어. 이건 그저 영화일 뿐이야. 너도 알다시피 그 동안 영화가 셀 수도 없이 만들어졌잖니. 그러다보면 대작도 있고 졸작도 있는 게 당연해. 네 능력껏 최선을 다해 만들면 되는 거야. 그 다음은 신경 쓰지 마라. 그 수밖에 없어.」

줄리는 그에게 따뜻한 미소를 보냈다.

「이런 얘긴 하기 싫지만 아저씨한테 무게 잡는 역할은 안 어울려요.」

「그래도 내가 한 말은 잘 생각해봐. 잘 자라.」

모자는 쓰지도 않았지만, 스탠은 모자 끝에 손가락을 대고 인사하는 시늉을 해 보였다. 다리를 절면서 사라지는 스탠의 뒷모습을 보면서 줄리는 생각에 잠겼다.

스탠이 한 말은 도움아 될 법한 충고였다. 그걸 받아들일 수 있었으면 좋겠단 생각이 들었다. 정말 그런 생각이 간절했다.

3

정말 레이 태버리가 올까?

다음날 새벽 잠자리에서 눈을 뜬 순간부터 그 생각이 줄리를 따라다녔다. 생각해야 할 것들이 많은데 자꾸만 그 생각이 머릿속에 떠올랐다. 그래서 왠지 화가 치밀었다.

사무실에서 잠깐 일을 했다. 줄리는 트레일러 상부에 위치한 건물을 사무실로 쓰고 있었다. 시멘트로 문 앞에 계단을 만들었다. 오필리아가 불평을 하면서도 옆에서 일을 도와주었다. 처음 한 시간은 내내 전날 돈을 몽땅 잃었다고 구시렁댔다. 전날 맥주에다 딸기 다이키리(칵테일의 일종)를 섞어서 '부어라 마셔라' 한 통에 머리가 지끈거린다고 했다.

줄리는 앤디 러셀, 스탠 맥널리와 일찍 아침을 먹었다. 보트 클럽에다 허가를 받고 만들어놓은 매점 대신에 사무실에서 대강 때웠다. 셋이서 몇 가지 손봐야 할 문제점들을 처리했다. 일이 끝나고 나서 앤디와 스탠은 촬영 준비를 하러 나갔다. 줄리는 사냥꾼과 어부 역할을 해줄 엑스트라 후보들을 골라내기 위해 사진들을 훑어보고 있었다. 사진 테스트를 거치고 난 사람들은 오필리아가 연락을 해서 직접 면담을 할 수 있게 주선해줄 것이다. 이제 30분쯤 지나 해가 뜨면 다들 일을 시작할 수 있었다.

줄리의 비서가 도착했다. 그 지방 출신의 아가씨로 촬영할 동안만 일해주기로 했다. 일은 잘했지만 스타들을 동경하는 빛이 역력한 아가씨였다.

비서가 숨을 헉 하고 멈췄다가 이내 한숨을 내쉬면서 인사를 했다. 트레일러 바깥문이 열리면서 밴스 스튜어트가 들어오고 있었다. 비서한테 인사를 하면서 밴스는 사무실 안으로 들어와 책상 앞에 놓아둔 의자에 털썩 앉았다.

줄리는 앞에 쌓아놓은 사진에다 마저 표시를 하고 일하던 걸 한쪽으로 치웠다. 앞에 앉은 배우는 중간 키에 갈색 머리카락, 연한 푸른색 눈동자를 하고 있었다. 시력과 상관없이 착용한 콘택트렌즈 때문에 눈빛이 더 부드러워 보였다. 황갈색 면티에 국방색 바지를 걸치고 느긋한 자세로 의자에 앉아 있는데도 긴장한 느낌을 주었다.

「화장은 잘 됐네요. 의상은 좀 별로인 것 같은데.」

줄리가 그의 얼굴을 살펴보고 나서 말했다.

「안 그래도 의상 때문에 온 거야.」

밴스는 불만스럽다는 투로 말했다.

「닳아빠진 청바지에다 '타이거스, 파이팅!'이라고 써 붙인 티셔츠 쪼가리라니, 하!」

「그래서요?」

「장 피에르란 인물은 케이준이라는 자기 뿌리를 되찾으려는 사람이라고 생각했는데 말이야.」

「지금 입은 의상과는 다른 걸 입지 않았을까 생각한다는 말이에요?」

밴스가 손으로 슬쩍 머리를 쓰다듬고는 조금 뜸을 들였다가 눈썹을 내리깔면서 입을 열었다.

「내 생각엔 해적같이 보이려면 셔츠를 풀어헤치고 소매는 어깨까지 올려야 될 것 같은데.」

「아, 남자다운 가슴을 드러내는 게 좋지 않겠느냐, 이 말인가요?」

줄리는 웃음을 애써 참으면서 물었다.

「그렇지. 아니, 내 말은…… 이봐, 줄리.」

「밴스, 정말 가슴 아픈 일이지만요, 케이준 전통 복장은 20세기 들어서 그만 입게 되었다구요. 케이준들도 우리와 똑같이 청바지에 티셔츠를 입고 지내요.」

「그래, 젠장. 어떻게 좀 바꿀 수 없을까? 아주 멋질 텐데. 새로운 패션을 만들어내는 거나 다름없을 거야.」

「안 돼요. 사실에 어긋나면 안 된답니다. 의상도 마찬가지구요. 안 그래요? 멋쟁이 씨.」

「일할 재미를 다 빼앗아가는군.」

줄리는 밝게 웃어 보였다.

「힘든 일이죠. 그래도…….」

「누군가 해야 할 일이라고?」

밴스가 한껏 과장을 섞어서 정 떨어진다는 식으로 말했다.

「맞는 말이에요. 여기 온 김에 부탁할 게 있어요.」

줄리는 타인이 레이 태버리와 같이 촬영장에 올 거란 것과 사인을 얻었으면 한다는 얘기를 했다.

「나이 먹은 아줌마를 구워삶아서 어떻게 해서든 기술감독을 확보해보시겠다?」

밴스의 얼굴은 끔찍하다는 표정 그 자체였다.

「그럴 것까지야. 그냥 평소처럼 우아하게 행동해달라구요. 타인이 실망하면 안 되니까.」

「태버린가 하는 사람한테 우리 인상을 좋게 보이고 싶단 말이군.」

「손해볼 건 없잖아요.」

줄리가 방어적으로 대꾸했다.

「어쨌든 촌티 나는 시골 사람들한테 잘해줘야 한단 말이잖아.」

「날 생각해서 잘해주란 말이에요.」

부드러운 목소리였지만 그 안엔 확고한 의지가 담겨 있었다.

밴스가 줄리를 한참 동안 바라보고 있다가 갑자기 빙긋 웃었다.

「뭐, 그렇게 말한다면이야.」

밴스는 나갈 기색을 보이지도 않고 얘기를 계속했다.

「나하고 마들린하고 같이 어제 뉴올리언스에 있었으면 좋았을 텐데. 칵테일 바에서 어떤 사람을 만나서 얘기를 하게 됐거든. 그 사람이 자기 집으로 우릴 초대하더라구. 정말 대접 한번 근사했어.」

「마들린은 오늘 아침 어딜 간 거예요?」

「쇼핑하러 시내로 갔을 거야. 섬머랑 개 엄마하고 같이 갔을걸. 조금 있어야 돌아올 거야. 어쨌든 어제 우리가 먹었던 음식은 환상 그 자체였어. 치킨에다 훈제 칠면조, 입에서 살살 녹는 소시지를 잔뜩 넣고 끓인 수프하며, 아주 독특한 향료 맛이 나더라구. 인스턴트 음식말고 직접 만든 밥을 내오더군. 엄청나게 커다란 프랑스 빵에다 내가 가지고 간 샤르도네(샴페인의 일종)를 곁들여 먹었지. 정말 돼지처럼 먹어댔다니까. 그래서 오늘 아침에 얼굴에 뽀루지가 돋았나 했더니 모기한테 물린 자국이더라구.」

밴스는 주로 먹는 얘기를 많이 했다. 영화에 종사하는 사람들 대부분이 밴스와 비슷했다. 별미에 익숙하다는 사실을 들어 자신들의 세련됨을 과시하는 건지 아니면 머릿속에 온통 먹을 것만 가득 차서 그런 건지 알 수가 없었다. 음식을 너무 조금씩 먹다보니 음식 생각이 날 만도 하겠지만.

「부럽네요, 그런 기회를 놓치다니.」

줄리가 인내심을 발휘해서 대꾸했다.

「수프 말이에요. 뾰루지말고.」

밴스는 삐딱하게 미소지었다. 이 미소가 인기를 끄는 데 한몫 한 건 분명했다.

줄리는 자리에서 일어나 책상을 빙 돌았다. 이 지역에선 해가 뜨고 지는 걸 확실히 구분하기가 힘들었다. 늪 안개와 무성한 나뭇가지 때문에 동이 트는 모습을 뚜렷하게 보기 힘들었다. 빛이 조금씩 강렬해지면서 주차장을 내리비췄다. 방금까지 사무실 창 너머로 뿌연 어둠만 보였는데 이제는 사람들의 움직이는 모습이 눈에 들어왔다. 햇빛이 차창과 이슬 젖은 풀잎을 어루만지고 있었다. 줄리는 문가까지 갔다가 뒤를 돌아보면서 말했다.

「그렇게 소중한 얼굴이라면서 스턴트맨을 안 쓰고 그냥 한다구요?」

「내가 좀 생각이 모자랐지. 그래도 해보라고 하면 할 참이야. 그냥 가만히 앉아서 보고만 있으면 너무 무기력한 기분이 들어. 또 그런 모습이 신문에라도 나봐. 뭐라고들 하겠어.」

밴스는 자리에서 벌떡 일어나 줄리에게 다가갔다.

「그렇다고 모험을 할 순 없잖아요.」

밴스는 바깥 계단에서 줄리를 따라잡았다.

「줄리, 나와 같이 공식석상에 얼굴을 내밀자고 한 건 진심이었어. 마들린이 있건 없건 상관없다구. 영화 끝내기 전까지 당신에 대해서 좀더 알고 싶어.」

줄리는 밴스에게 재빨리 시선을 던졌다. 밴스 스튜어트는 재능도 있고 사리 분별도 할 줄 아는 배우였다. 약속 시간을 어긴 적도 없었고 늘 자기가 맡은 배역에 대해 연구를 했다. 야망도 있고 성취욕도 강한 사람이었다. 가끔 화려함만 찾거나 이기적일 때도 있었지만. 밴스는 오프 브로드웨이(브로드웨이 외곽에서 만들어지는 비상업적인 영화나 연극) 제작사와 뮤지컬 무대에서 경력을 쌓았다. 그러다 드라마에서 술 좋아하는 바람둥이 역할로 인기를 얻기 시작했다. 드라마로 많은 팬들을 확보한 이후라 근래 3년 동안 그가 출연한 영화는 흥행에도 성공했다. 그에겐 젊고 싱싱한 여자들이 붙어 있었다.

더구나 밴스는 파티를 좋아했다. 샴페인을 들고서 사람들과 우르르 몰려다녔다. 물론 코카인을 담은 병도 뺄 수 없었지만. 앨런이 밴스를 만난 것도 이런 파티에서였다. 앨런은 단번에 그가 장 피에르 역할로 적합하리란 생각을 했다.

줄리는 직감적으로 바람둥이를 구분해낼 수 있었다. 자신의 용모나 성격을 이용해서 여자들을 굴복시키려고 하는 그런 타입의 남자를 알아보는 건 쉬웠다. 남자들은 도전하고픈 욕망이나 자만심, 아니면 여자한테 원하는 게 있을 때 그런 짓을 하곤 했다. 밴스는 그런 타입이 아닌 것 같았지만 조심할 필요는 있었다.

「매일 얼굴 맞대고 일하잖아요.」

「일 얘길 하는 게 아니야.」

「이런, 난 지금 일을 생각하던 중이었는데. 그나저나 의상담당이 저쪽에서 부르는 소리 안 들려요?」

밴스는 어깨 너머로 의상 전용 트레일러 쪽을 바라보았다. 퉁퉁한 몸집에 회색 머리를 한 의상담당이 이쪽을 빤히 쳐다보고 있었다. 늘 그렇듯 두 겹으로 짠 바지와 셔츠를 헐렁하게 걸친 채.

얼굴을 찡그리면서 밴스가 말했다.

「나중에 얘기하자구.」

「글쎄요.」

줄리가 손을 흔들면서 그를 보냈다.

줄리로선 달갑지 않은 얘기지만 또 나올 게 분명했다. 밴스의 접근을 막을 방법을 궁리할 시간이 없었다. 걱정할 건 그것말고도 많았으니까. 좀 문제가 심각해진다 싶으면 앨런을 들먹이면 될 것이다. 배우가 제작자한테 맘대로 반항하지는 못할 테니까.

따뜻하고 청명한 날이었다. 가을날에 피어오르는 엷은 아지랑이가 햇빛의 기세를 좀 누그러뜨렸다. 빛이 촬영하기에 딱 좋아 화면에 그림자가 별로 생기지 않을 것 같았다. 촬영은 별 문제 없이 처음부터 무난하게 시작되었다.

줄리는 대형 신문사의 연예부 기자와 애기를 나누면서 오전을 보냈다. 얼마 되지도 않는 휴식시간을 쪼개면서까지 이러는 이유가 따로 있었다. 일단 신문에 보도가 되면 사람들의 흥미를 끌 수도 있고 협조를 얻기도 쉬웠다. 더구나 줄리는 '어떤 광고라도 훌륭한 광고이다'라는 할리우드식 사고를 철저히 신봉하고 있었다.

오후가 되기 전에, 늪에서의 추격 신을 대부분 찍었다. 보트에 탄 밴스를 근거리에서 촬영하는 장면도 끝냈다. 이제 스턴트맨이 등장할 까다로운 추격 신만 남았다. 다들 그 장면을 찍을 준비를 끝냈다.

줄리는 이제나저제나 레이와 타인이 오기만을 기다리고 있었다. 배를 타고 올 거란 생각에 들락날락하는 차나 트럭에는 신경도 쓰지 않았다. 전에 레이가 에어보트를 타고 있었던 게 떠올랐기 때문이었다. 촬영기사와 애기하다가 언뜻 고개를 들어보니 키가 큰 케이준 남자와 나이 먹은 부인이 지프에서 내리고 있었다. 예상하지 못했던 일이라 줄리는 깜짝 놀랐다.

두 사람만 온 게 아니라 한 사람이 더 있었다. 까무잡잡한 피부에 갈색 머리, 뭔가 매력을 풍기는 여자였다. 차분한 몸가짐을 보니 꼭 드가(인상파 화가, 우아한 여자들의 모습을 많이 다룸)의 그림에 등장하는 발레리나 같았다. 줄리는 앤디 러셀에게 하던 말을 끝내고 세 사람에게 다가갔다.

타인의 소개로 그 여자가 도나 리슬릿이라는 걸 알았다. 지금 운하 밖에서 지시를 기다리고 있는 스턴트맨 리슬릿의 부인이란 것도
「같이 오자고 내가 그랬수. 괜찮겠지? 남편이 영화 찍는 걸 보고 싶어서 죽겠다는데 어째. 나도 구경왔음 싶다고 그랬더니 이 사람이 거의 반

강제로 레이한테 데려다 달라고 했다니까.」

「그거 잘됐네요.」

줄리가 재빨리 타인과 미소를 교환하면서 말했다.

「잘 오셨어요. 실망이나 하지 않으셨으면 좋겠네요. 영화 촬영이란 게 별로 재미없는 일이거든요. 어떨 땐 정신없이 바빴다가 어떨 땐 한정 없이 지체가 되는 일이라서요.」

「그래도 재밌을 거 같은데요.」

도나의 목소리는 명랑했지만 냉정한 기색이 남아 있었다. 주변 상황에 동요하는 모습을 보이기가 싫은 것 같았다. 그렇긴 해도 선글라스 뒤에 가려진 두 눈은 이리저리 둘러보느라 바빴다.

타인은 몽땅 다 알고 싶어했다. 줄리는 촬영이 진행되는 상황을 체크하면서 타인의 질문에 대답을 해줬다. 스탠, 오필리아가 여섯 명쯤 되는 스태프들과 같이 보트를 준비했다. 케이준 장 피에르가 낡아빠진 알루미늄제 소형 보트를 타고, 전 부인이 고용한 해결사들이 탄 쾌속정을 따돌리는 신을 찍을 차례였다. 대본에서처럼 속도감 넘치는 장면이 연출되어야 하는 장면이었다.

원거리 촬영 장면들은 거의 다 끝났다. 보트 클럽 하부에 위치한 운하를 따라서 속도를 내는 장면이나 U자형으로 생긴 만곡부를 엄청난 속도로 질주하는 장면도 필름에 담았다. 이틀 전 줄리가 탄 배가 재난을 당할 뻔했던 바로 그 장소에서 촬영을 할 차례였다. 알루미늄 보트와 쾌속정이 사이프러스와 다 죽은 통나무들을 뚫고 술래잡기 놀이를 하는 장면이었다. 맨 마지막엔 폴 리슬릿이, 줄기만 꺾여 물에 떠 있는 거대한 사이프러스를 이용해 쾌속정을 따돌려야 했다. 각본대로라면 보트는 이 나무를 발판 삼아 그루터기가 가득한 늪을 뛰어넘어야 했다. 뒤따라오던 쾌속정들이 그루터기에 막혀서 옴짝달싹 못하는 동안 유유히 하류로 도망치면 끝이었다.

급하게 만들어놓은 수상 촬영용 대형 판목을 하류에 띄워놓고 카메라를 설치했다. 줄리와 다른 사람들은 몇 분 있다가 그 판목 쪽으로 위치를 옮길 예정이었다.

밴스 스튜어트는 자신의 트레일러에서 나와 일행이 있는 곳으로 느긋하게 걸어왔다. 타인에게는 어느 정도 공손한 태도를 보였다. 재능을 추켜세우는 그녀의 말에 고맙다는 말을 하면서 복사한 영화대본에 자기 사인을 곁들여 건네주기까지 했으니까. 감격해서 발그레해진 볼을 보고 맘이 움직였는지, 타인만 따로 그 근처로 데려가서 그날 촬영한 얘기를 들려주었다.

레이 태버리는 한쪽에 무심한 태도로 서 있었다. 억지로 끌려왔다고 들었지만 정작 그 자신은 그런 얘기를 꺼내지 않았다. 그의 시선은 줄리를 향했다가 타인과 밴스 쪽으로 바뀌었다. 뭔가 비웃음이 섞인 시선이었다. 그의 눈빛 속에는 타인한테 저러는 게 무슨 꿍꿍이속이 있는 게 아니냐는 의구심도 들어 있었다.

'생각대로 된 마당에 그쪽엔 신경 쓸 필요가 뭐 있겠어. 그저 이 기회를 잘 이용해 그의 마음을 돌리기만 하면 되니까.'

줄리가 그런 생각을 하고 있는데 날카로운 경적소리가 울려 퍼졌다. 검은 색채가 빠른 속도로 다리를 지나 보트 클럽의 주차장으로 들어서고 있었다. 운전석엔 제복을 입은 운전사가 앉아 있었다.

잔뜩 먼지를 일으키면서 차가 멈춰 섰다. 그 안에서 마들린 드 웰스가 가죽지갑을 팔에 낀 채로 모습을 드러냈다. 곱슬곱슬한 검은머리를 높이 묶어서 갸름한 얼굴 모양이 실물보다 더 도드라져 보였다. 마들린의 빨간 입술에 어린 미소를 탐욕스럽다고 말한 평론가도 있었다. 사실 틀린 얘기는 아니었다. 몸에 딱 달라붙는 정장은 이런 거친 촬영 장소와는 전혀 어울리지 않았다. 배역과는 맞는 옷차림이긴 했지만.

마들린 뒤에는 섬머 대버트가 따라오고 있었다. 영화에서 딸 알리시아 역할을 맡은 아역배우였다. 섬머의 엄마 아네트 대버트도 동행하고 있었다. 세련미가 철철 넘치는 여배우 뒤를 졸졸 따라오는 모습들이 꼭 설자리가 없어 어쩔 줄 모르는 사람들 같았다.

「왜 그리 놀라는 거야? 못 볼 사람 본 것처럼.」

마들린이 까르르 웃으면서 줄리에게 말했다. 냉혹한 여자 역할만 하도 오랫동안 하는 바람에 굳어진 웃음소리였다.

「우린 오늘 촬영이 없지만 소문을 듣자하니 재밌는 걸 찍는다고 해서 모텔로 안 가고 이쪽으로 바로 왔지. 밑져야 본전이니까.」

스턴트맨이 등장하는 장면을 말하는 거겠지. 그것만 볼 생각에 온 건 아닐지 모르겠지만. 마들린은 원래 위험 천만한 장면을 촬영할 때는 빼놓지 않고 구경했다. 물론 마들린만 그런 건 아니었다. 아슬아슬한 장면일수록 촬영장에 구경하러 오는 사람들도 많았다. 줄리는 오늘 촬영이 보통 때보다 더 많은 관심을 모았다는 게 좀 맘에 걸렸다.

마들린과 스태프들은 뉴올리언스에서 소문을 들었을 테니 뭐 새삼스러울 건 없었다. 촬영장에서 소문이란 무시할 게 못 됐다. 귀엣말로 속닥거린 얘기가 어느새 이쪽 끝에서 저쪽 끝으로 옮겨져 눈 깜짝할 사이에 신문에 실리게 됐다. 영화를 찍을 때는 한정된 장소나 집단 속에서 엄청난 집중력을 발휘해야 하기 때문에 그럴 수밖에 없었다.

각자 다들 소개를 나누었다. 마들린은 아까 차에서 내릴 때부터 레이한테서 눈길을 떼지 못하는 눈치였다. 이때다 싶었는지 마들린은 그의 옆으로 다가가 찰싹 달라붙었다.

「당신이 늪쥐로군요. 아닌가요? 당신 얘긴 들어봤어. 진짜 우리랑 같이 일할 거예요?」

줄리는 오필리아와 스탠한테만 레이 얘기를 했었다. 소문이 성가시다고 하는 건 바로 이런 때를 두고 하는 말이었다.

줄리가 재빨리 대답했다.

「아직 정해진 건 아니에요. 마들린이라면 어떻게 설득해볼 수 있을지 모르지만.」

마들린은 줄리를 쳐다보지도 않고 레이에게 유혹하는 미소를 보냈다.

「그런 일이라면 언제나 환영이야. 이봐요, 내 차에 가서 한잔할래요?」

도나 리슬릿이 재수 없다는 듯 코웃음을 쳤다. 줄리가 그쪽을 보니 도나가 무서운 눈초리로 마들린을 쏘아보고 있었다. 자기 자신의 감정이나 생각이 아니면 전혀 상관 안 하는 마들린의 태도는 같은 여자들 틈에서 반감을 불러일으키곤 했다.

단점이야 많았지만 내숭은 떨지 않는 타입이었다. 그래도 마들린은 철저히 자기 중심적인 여자였다. 마들린은 돈의 가치를 잘 알고 있었다. 보석, 옷, 차, 각종 고급품들을 살 수 있었던 것도 다 돈 때문이었으니까. 무엇보다 남자들을 좋아했다. 특이한 남자들이 등장할 때마다 마들린은 꼭 맛있는 별미를 대하는 것처럼 군침을 흘렸다. 마들린 때문에 레이 태버리가 맘을 바꿀지도 모르는 일이었다. 마들린한테 빠져 나온다는 게 쉬운 일은 아닐 테니까.

어쨌든 레이는 그런 상황에서 눈 하나 깜짝 안 하고 있었다.

「말씀은 고맙지만 안 되겠네요. 숙모가 남자 주연배우만 쫓아다니기 전에 잘 살펴봐야 할 것 같아서.」

레이가 잠깐 동안 미소 띤 얼굴을 보이면서 말했다.

「내가 뭘 한다구?」

타인이 밴스와 함께 돌아와서는 화가 난 목소리로 물었다.

조카가 자기 숙모에게 싱긋 웃어 보였다. 동시에 마들린이 잡고 있던 팔을 단호하게 빼면서 아역배우와 그 애의 엄마에게 미처 못했던 인사를 했다.

어린아이는 어릴 때부터 영화 촬영장만 돌며 살아와서 그런지 조숙함 이상을 풍겼다. 레이와 마들린 사이에서 오가는 말이나 행동을 하나도 놓치지 않고 지켜보고 있었다. 레이랑 악수를 하면서 아이는 알 만하다는 식의 미소를 흘렸다. 레이의 냉정한 시선을 보더니 아이의 미소가 사라졌다. 그리고는 언제 그랬냐 싶게 평상시처럼 뚱한 표정이 되었다.

섬머는 열두 살치고는 조그만 몸에, 왠지 질서라곤 없어 뵈는 얼굴을 하고 있었지만 카메라 앞에서는 표정이 아주 풍부한 아이였다. 일곱 살에서 열네 살까지를 왔다갔다하면서 투정 부리는 말괄량이에서 천사 역할까지 자유자재로 소화해냈다. 스웜프 킹덤에선, 처음엔 레이스가 덕지덕지 붙은 옷을 입고서 엄마가 하라는 대로 하는 인형 같은 아이였다가 나중엔 무서울 것 없이 날뛰는 천방지축 역할을 맡았다. 여태껏 나이에 걸맞지 않게 빼어난 연기를 보여주었다. 가끔 촬영장에서 힘들게 한다거나 신경질을 부려서 좀 그랬지만.

「재밌게 구경하시다 가셨으면 좋겠네요.」

아네트 대버트가 쇳소리가 나는 목소리로 레이와 타인에게 말했다.

「뭐 재미있는 게 당연한 일이지만. 우리 배우들이 좀 특이해 보여도 알고 보면 순진하거든요.」

섬머의 엄마는 맞장구를 쳐주길 기대하듯이 말을 멈췄다. 주변에서 별 호응을 보이지 않자 실망하는 기색이 감돌았다. 자기도 어렸을 때 아역 스타란 소릴 들었다고 사람들이 알아줬으면 했다. 자기 딸과는 다르게 동글동글 만 금발에 보조개가 쏙 들어가는 인형같이 예쁜 아이, 어쨌든 그게 겨우 오륙 년 지속되었을까 성인 배역까지 이어지질 못하고 끝나버렸다. 그 덕에 매일 자기 좋았을 시절만 들먹이면서 징징 짜는 타입이 되고 말았다. 딸을 꼭 대 스타로 키워보겠다는 생각은 변함없으면서도, 왠지 자신의 처지를 서글퍼하는 눈치였다. 매니저 기질이 풍부한지 좀더 많은 대사나 더 나은 카메라 앵글, 훨씬 강렬한 광고 효과를 따내기 위해서라면 안면 몰수가 되었다. 어떻게 해서든 딸 몫으로 해주고 싶어서 별별 참견을 다 해댔다. 그 바람에 촬영진들은 슬슬 피해 다녔지만 배우들한테는 떠받들어지는 신세가 되었다. 줄리도 인간적으로 안됐다 싶은 생각이 없진 않았지만 웬만하면 부딪치지 않으려고 했다.

도나 리슐릿이 손으로 햇빛을 가리면서 물가로 가더니 손을 흔들었다. 운하 근처에 떠 있는 보트 안에서 마른 몸집의 남자가 일어섰다. 검게 그을린 얼굴에 의기양양한 미소를 지으면서, 도나의 남편은 아내에게 손을 흔들었다. 레이를 보더니 엄지손가락을 치켜세웠다.

폴은 스탠 맥널리한테 지시 사항을 듣고 있었는데, 스탠은 근처에 떠다니는 유람선을 타고 반대편에서 소리를 질러대고 있었다. 유람선 조종사가 스탠한테 몇 마디 듣더니 보트 방향을 부두 쪽으로 돌렸다.

「이제 하류로 가봐야 할 시간이에요.」

줄리가 레이와 일행에게 말했다.

「가볼까요?」

섬머가 보트 쪽을 흘끔거리면서 아랫입술을 깨물었다. 한참 생각에 잠긴 얼굴로 레이 태버리를 쳐다보더니 줄리에게 말했다.

「나도 보고 싶은데…… 엄마랑 같이 봐도 돼요?」

줄리가 뭐라고 하기도 전에 아네트 대버트가 말을 꺼냈다.

「섬머, 무슨 소릴 하는 거야. 가봤자 방해만 할 텐데. 내일 찍을 낚시신 연습은 안 할 거야?」

「엄마…….」

아이는 항의하는 소리를 내질렀다.

「일보다 중요한 게 뭐 있어. 애가 다 알면서 그러네.」

아네트가 새된 목소리로 딸을 야단쳤다. 그걸 보고 아이를 데리고 갈까 생각도 했지만 그냥 웃는 얼굴로 섬머의 어깨를 두드려주고 말았다. 줄리는 나머지 사람들과 유람선이 있는 쪽으로 발길을 돌렸다.

일행은 우르르 몰려서 배 위에 올랐다. 천천히 모터 돌아가는 소리가 들렸다. 부두를 벗어나 속도를 내기 시작하면서 굽이치는 강을 내달렸다. 물살을 헤치고 지나가면서 강물은 두 폭으로 나뉘었다. 그 바람에 생긴 물결이 강둑에 와서 부딪혔다. 물살에 반사되는 햇빛에 눈이 부셨다.

유람선이 가까이 다가가자, 흰색 왜가리가 공중으로 날아올랐다. 세공한 다이아몬드처럼 반짝거리는 수면 위에 천천히 날갯짓하는 모습이 그림자로 비쳤다. 강기슭에 늘어선 나무들은 서늘한 그림자를 드리우고 있었다.

줄리는 기분 좋게 몰아치는 바람을 즐기고 있었다. 이틀 전 레이와 만났을 때가 떠올랐다. 레이가 심각한 표정으로 이쪽을 바라보고 있었다. 자신과 시선이 마주쳤을 때는 입술에 미소가 떠올랐지만.

「여기까지 숙모를 모시고 오느라 고생하셨어요.」

「어디 내가 숙모를 모시고 온 건가? 숙모가 날 데리고 오신 거지.」

그가 나지막한 목소리로 말했다.

「어쨌든 후회는 안 할 거예요.」

레이의 시선이 줄리에게 머물렀다. 햇빛을 받아서 뺨 근처가 복숭아빛이 섞인 황금빛으로 물들어 있었다.

「그럴지도 모르지. 후회해도 상관없을 정도로 가치 있는 일인지 모르겠지만.」

레이가 한 말을 듣고 줄리는 앨런을 떠올렸다. 자신과 동거하면서 앨런이 그 비슷한 말을 하는 걸 한번도 본 적이 없었다. 나중에 후회를 하지 않겠단 생각에 앨런은 할 수 있는 한 모든 일을 다 하는 사람이었다. 그렇지 못한 사람을 보면 미련한데다 선견지명은 하나도 없다고 할 게 분명했다. 어쨌든 제작자의 입장에선 그런 성격이 장점으로 작용하기 마련이었다. 신중해서 나쁠 건 없었다.

수상 촬영을 위한 대형 판목에 플로트(물에 뜨게 하는 장치)를 달아서 물가에 고정해놓았다. 그 위엔 엑스트라와 장비들이 들어 차 있었다. 줄리는 촬영기사에게 다가가 몇 마디 질문을 던졌다. 그러고는 이어폰을 귀에 꽂고서 스탠이 폴 리슬릿과 해결사 역할을 하는 배우들에게 지시하는 말을 들었다. 소형 보트와 쾌속정이 꼬리를 물면서 빙글빙글 돌았다. 그러는 동안 크레인에 장착된 주 카메라와 판목과 유람선 위에 설치한 카메라, 그리고 음향기기 확인이 끝났다. 시간이 자꾸 지연되자, 오필리아가 차가운 음료수를 사람들에게 나눠주었다.

마침내 모든 준비가 끝났다. 줄리의 입에서 액션, 하는 말이 떨어졌다. 주 카메라 옆에 있던 오필리아와 유람선에 있는 스탠이 그 말을 받아서 반복했다.

줄리는 항상 액션 신에선 긴장하는 편이었다. 계획대로 만들어내기란 거의 힘들다고 봐야 했다. 생각지도 않았는데 달갑지 않은 일이 생길 수도 있었다. 그걸 원상 복구하는 데 드는 비용도 만만치 않았다. 종이에 적어놓았을 때는 굉장할 것 같던 효과도 찍어보면 너무 비현실적이란 생각이 들게 했다. 정말 비웃음거리밖에 안 되는 것들도 있었다. 다른 장면 촬영 때는 고분고분하던 스태프들이 액션 신을 찍을 때는 왜 그렇게 말들이 많은지. 갑자기 별별 아이디어들을 다 내놓곤 했다.

모든 게 순조롭게 진행되고 있었다. 보트가 운하 좌우로 늘어선 나무 사이를 뚫고 포말을 일으키며 날아갈 듯 내달렸다. 꼭 지퍼가 열린 것처럼 배 뒤편에서 포말이 양편으로 나뉘었다. 배는 빈터를 지그재그로 가로지르더니 나무 밑동과 반쯤 가라앉은 통나무들을 피하면서 나아갔다. 폴 리슬릿은 조종석에 쭈그리고 앉아 뒤편에서 쾌속정이 쫓아오는지 어떤지 어깨 너머로 확인하고 있었다. 쾌속정에 탄 검은 양복 차림의 남자 하나가 몸을 숙인 채 기관총을 난사하기 시작했다. 총탄이 수면에 부딪히며 요란한 소리가 들려왔다. 보트는 좌우로 왔다갔다하면서 총알을 요리조리 피했다. 그리고 커브를 돌아 빽빽하게 들어선 사이프러스들을 휙 하고 지나쳤다. 사이프러스들은 촬영 판목 반대편에 들어서 있었다.

스턴트맨은 침착함을 잃지 않고 자신이 갖고 있는 조정 기술을 대담하게 펼쳐 보였다. 보트는 나무 사이를 뚫고 지나면서 햇빛 아래 모습을 나타냈다가 눈 깜짝할 새에 그림자만 남기고 사라지곤 했다. 찍어놓으면 정말 볼 만할 장면이 될 게 분명했다.

스탠이 탄 유람선이 수로 저쪽에서 갑자기 모습을 나타내더니 쾌속정을 뒤쫓기 시작했다. 스탠은 이동카메라 옆에서 무선전화기를 들고 고함을 치면서 지시 사항을 알려주었다. 카메라맨한테도 뭐라고 소리를 질렀다. 엔진 소리가 하도 요란하게 울려서, 스탠이 하는 말을 그 사람들이 알아듣기나 한 건지 알 수가 없었다.

줄리는 슬그머니 곁눈질로 레이를 쳐다봤다. 아예 판목 끝으로 자리를 옮겨 강에서 연출되는 장면을 뚫어져라 쳐다보고 있었다. 그 모습을 보니까 지금 촬영이 제대로 되고 있다는 생각에 만족스러웠다. 스태프들과 같이 만들어낸 장면이 얼마나 재미있으면 저렇게 열심히 볼까 싶었다.

총을 난사하는데도 보트는 속도를 올리면서 유유히 내달렸다. 정면에서 보트를 촬영하기 위해, 유람선이 보트보다 앞서가고 있었다. 그러다 폴 리슬릿이 방향을 바꿔 보트를 획 돌렸다. 뒤따라오는 쾌속정을 유인해 사이프러스가 무성한 곳까지 끌고 갈 차례였다.

레이가 허리에 양손을 얹더니 소형 보트 쪽을 뚫어져라 살펴보았다. 갑자기 고개를 획 돌리면서 줄리한테 소릴 내질렀다.

「당장 멈춰, 빨리!」

줄리는 이어폰을 빼고 몸을 돌렸다. 주변이 온통 시끄러운데다 집중하고 있던 참이라 레이가 무슨 말을 했는지 긴가민가했다.

「왜 그래요?」

「뭔가 잘못됐다니까. 보트가 제대로 움직이질 않고 있다고. 자세히 좀 보란 말이야.」

그가 격렬한 어조로 말했다.

줄리의 눈엔 이상할 게 없어 보였다. 속도가 떨어지지 않은 건 스턴트맨이 그렇게 배를 운전하고 있어서 그럴 테고……. 그게 아닌가? 배가 제때 안 움직여주는 건가? 아니면 너무 빠른 속도로 달려서 움직임이 불안정한 건가?

「컷!」

줄리가 큰 소리로 외쳤다.

「컷, 컷!」

줄리의 컷 사인이 메아리쳐서 오필리아와 스탠에게 전해졌다. 이어폰이 지지직거리면서 두 사람이 컷을 외치는 소리가 들렸다. 그 소리에 스태프들 입에서는 욕지거리가 튀어나왔다. 곧 이어 카메라들이 끼익 소리를 내며 멈췄다.

이미 때는 늦었다. 보트가 사이프러스 사이를 질주하는데 그 뒤에선 쾌속정이 바짝 따라오고 있었다. 배들이 희미하게 보일 듯 말 듯하더니 갑자기 우지끈 부러지는 소리가 들렸다. 엄청난 물을 튀기면서 보트 전체가 마구 돌다가 쿵 소리를 내며 사이프러스에 정통으로 부딪혔다. 그 충격으로 쇠붙이가 잘려 나가면서 날카로운 소리가 귀를 찢었다. 보트는 이내 뒤따라오던 쾌속정과 정면으로 충돌했다. 쾌속정이 허공을 한 바퀴 돌더니 굉음과 함께 보트를 덮쳐버렸다. 유리가 와장창 깨지면서 공중에 날렸다. 쾌속정이 다시 수면에 부딪히는 소리가 귀청을 찢었다. 엔진 소리가 잦아드는가 싶더니 이내 잠잠해졌다.

도나 리슬릿이 찢어질 것 같은 비명을 내질렀다. 레이 태버리가 성큼 다가가 도나를 품에 안았다. 도나의 얼굴이 그의 넓은 가슴에 파묻힐 때까지 힘껏 끌어안고 있었다. 늪의 수면에 선혈이 붉게 물들었다.

4

「일을 못하겠다면, 아니, 당신 영화 때문에 우리가 엄청난 거금을 손해볼 것 같으면 우린 손떼겠어. 다른 제작사한테 넘기게 될지도 모르겠군.」

「넘긴다구요?」

줄리가 감정을 억누른 목소리로 물었다. 상대는 사무실을 맘대로 점령하고 들어와서 줄리의 의자를 차지하고 앉아 있었다.

「우선 다른 감독으로 대체해야겠죠. 돈 들어가는 데 신경 좀 많이 쓰는 인물로.」

「그렇게는 못해요.」

줄리가 따지고 들었다.

「못하긴, 알면서 그러는군.」

딱딱했던 남자의 표정 위에 미소가 어렸다.

「내가 한마디만 하면, 그걸로 끝이야.」

보험회사에서 나온 회계사와 만나면 별로 즐겁지 못하리란 생각은 했지만 이렇게 울화가 치밀 줄은 몰랐다. 나흘 동안이나 영화 촬영이 중단된 상황이라 폭발하기 일보 직전이었다. 성 제임스 지역의 보안관 사무소에서 사건 조사를 한답시고 사고 현장을 폐쇄시켰던 것이다. 경관들에다 방송국에서 들이대는 마이크, 줄리는 시달릴 대로 시달린 상태였다. 어떤 기자들은 예의를 갖춰 질문하기도 했지만 노골적으로 무례하게 질문해오는 치들도 있었다.

그래도 분노를 일으킨 주범은 따로 있었다. 바로 눈앞에 있는 회계사 데이비스였다. 지난 며칠 동안 서류를 마구 뒤적거리면서 의자며 전화까지 몽땅 빼앗아버리다니. 정말 참기 힘든 일이었다. 자기가 일하는 공간을 침해당한다는 것 자체가 끔찍했다. 그 인간은 서류를 몽땅 뒤져대면서 줄리한테 온 편지까지 손을 댔다. 제일 큰 고역은 그 잘난 척하는 태도를 참아줘야 한다는 사실이었다. 데이비스는 뚱뚱한 체구에다 앞머리가 벗겨진 작자였는데, 지저분한 몸에서는 악취가 풍겼다. 워낙 본바탕이 부실하다보니 자기한테 있는 권위란 권위는 다 내세워 그걸로 위안을 받으려 했다.

「현실을 직시해야지. 이번 보트 사고로 예산이 엉망진창이라구. 파손된 기구 교체하고, 폴 리슬릿 장례비에다 스턴트맨 두 명 치료비, 거기다 스태프들이 하릴없이 먹어댄 음식에 방값까지, 그 돈 다 합치면 얼마나 될 거 같아? 2주도 안 돼 제작비는 바닥날 거고 우리 회사에서 그 비용을 감당해야 할 것 아닌가. 내일 회계사 팀들이 와서 대본을 철저히 훑어보고 비용을 최소한으로 삭감할 거야. 우리 회사로선 당연한 권리 행사지. 쓸 데 없는 것들은 다 빼버려야 하니까. 덕지덕지 해댄 장식들 말이야.」

줄리가 냉정한 시선을 던지면서 반박했다.

「덕지덕지 장식만 해댄 것들은 없어요. 장면 하나하나, 대사 한 줄, 필

름 한 컷에 나름대로 의미나 목적이 있으니까 만들었단 생각이 안 들어
요?」

「그렇게 열 받을 것까진 없잖아. 여자가 감독이라서 영화가 영 시원치
않단 얘길 한 것도 아니고.」

「그런 얘길 안 했다구요?」

따지고 싶단 생각에서 한 말이었다.

「결단력이나 의지가 있어야 영화를 찍을 수 있을 거 아닌가.」

「틀린 말은 아니군요.」

「당연하지. 줄거리의 연속성이니까 그 자체로 완벽하다느니 어쩌니 하
는 말도 늘어놓을 거 없어. 나도 다 들어본 말이니까. 그래봤자 쓸 데
없는 생각일 뿐이야. 요즘 영화 찍는 데 드는 비용을 생각해보면 그런
건 중요한 게 아니지. 일만 제대로 해줄 사람이 있으면 되는 거야. 아주
간단한 이치잖아. 우리 여감독께서 그렇게 못하시겠다면 다른 사람을 구
해봐야겠지.」

「회계사들이란!」

상대에 대한 혐오감 때문에 줄리의 목소리는 냉랭했다.

「그렇게 생각해도 할 수 없지. 그럼 난 이제 서로 이해한 걸로 생각하
겠어. 그레이브슨과 얘길 해봐야겠지만.」

「제 약혼자는 아직 사고에 대해 모를 텐데 무슨 할말이 있겠어요」

보통은 앨런과 어떤 사이인지 드러내놓고 얘기하는 편이 아니었다. 이
남자가 하는 말이 참기 힘들 정도로 비열해서 평소에 안 하던 짓을 다
했다.

「그래도 이쪽에서 연락을 해봐야지.」

「그래야 직성이 풀리겠다면 하시든지요」

줄리가 딱딱하게 대꾸했다.

「계속 여기 상황을 지켜보겠어. 그리고 하나 더, 불시에 회계 감사를
한다고 해도 군소리는 없어야 해.」

「무슨 말인지 잘 알겠어요. 이제 보니 할 일이 좀 있는데, 어쩌죠? 사무실에서 내쫓는 것 같아 좀 뭣하지만, 어쩌겠어요, 제가 일해야 하는데. 그거 감시하러 오신 거잖아요?」

남자의 창백한 얼굴에 홍조가 떠올랐다. 그제야 그 밉살스러운 인간은 서류를 챙겨 넣기 시작했다.

보험회사 직원을 내보내면서 문을 쾅 닫고 나니까 좀 분이 풀렸다. 그래도 아직 일에 집중하긴 힘들었다. 무엇보다 데이비스의 지독한 냄새가 아직도 남아 있었다. 방향제 한 통을 다 뿌려대도 그 냄샌 없어질 것 같지 않았다. 거기다가 마음을 진정하기가 힘들었다.

폴 리슬릿이 죽은 건 자신 때문이었다. 조종석 케이블이 배터리에서 새어 나온 산 때문에 부식된 건 자기 잘못이 아니었지만. 그렇지만 촬영을 해도 괜찮다는 최종 판단은 감독 자신의 몫이었고 그 결과 폴이 죽었다. 스탠과 폴 리슬릿한테 하고 싶은 대로 해도 좋다고 하지 말았어야 했는데, 지금 생각해보니 무모한 일이었다. 추적 신을 좀더 신중한 쪽으로 끌어갈 수도 있었다. 상태가 완벽하다는, 보트 회사의 말만 곧이곧대로 믿다니. 스태프들한테 점검을 맡겼어야 했다.

사실 점검을 했다고 해도 아무 일 없었으리란 장담은 할 수 없었다. 스턴트 중에 사고가 일어난다고 해서 이상할 건 없었다. 최고라는 말을 듣는 스턴트맨이라도 뼈를 부러뜨리지 않은 사람은 없으니까. 직업 특성상 어쩔 수 없는 일이었다. 영화에서 위험스럽게 보이는 장면들은 실제 촬영도 위험했다. 보수가 높은 이유도 그만큼 위험 부담이 크기 때문이었다. 사실 영화 찍다가 목숨까지 잃는 경우도 많았다.

하지만 줄리가 영화를 찍는 동안 한번도 그런 일이 없었다.

보트가 충돌하는 장면이 머릿속에서 떠나질 않았다. 레이는 나지막하게 욕설을 내뱉었고 타인은 공포에 질린 외마디 소리를 질렀다. 아직도 줄리 머릿속에선 도나 리슬릿의 비명소리가 끊임없이 메아리치고 있었다.

스웜프 킹덤에 관한 건 몽땅 잊어버렸으면 싶기도 했다. 영화를 끝까지 찍을 수 있을 것 같지 않았다. 루이지애나를 떠나 LA로 돌아갔으면 하는 생각, 해변가에 누워 햇빛과 바람에 취해 다음 영화를 구상할 때까지 모든 걸 잊어버렸으면 하는 생각이 정말 굴뚝 같았다. 짐 안 싸고 있는 게 용할 정도였다.

그래도 그건 안 될 일이었다. 자신에게 의지하고 있는 사람들이 한둘이 아니었다. 이 영화에 들인 돈이 아까워서라도 그렇게는 할 수 없었다. 더구나 자신이 할 수 있다는 걸 증명해 보여야 했다.

폴 리슬릿의 장례식은 오후에 있었다. 어떤 사람이든 사고로 비명횡사했을 경우에는 사체 부검을 해야 하는 게 관례였다. 그래서 오늘에야 장례를 치를 수가 있었다. 줄리는 자신과 엑셀 영화사 이름으로 꽃을 보냈다. 스스로는 그것으로 됐다, 더 이상 뭘 할 수 있겠냐는 생각을 하려고 부단히 애를 썼다. 사실 그게 아니란 걸 자신이 더 잘 알고 있었다. 죽은 사람의 친구나 가족들 앞에 얼굴을 내밀 생각만 해도 몸이 움츠러들었다. 전부터 장례식에 가는 게 끔찍하게 싫었다. 더구나 이번엔 사람들 앞에 설 자신이 없었다.

마음을 정하긴 했지만 끔찍하게 싫은 일을 할 생각을 하니 온통 걱정이었다. 고문이 따로 없었다. 점심 시간이 될 때까지 한 일이 하나도 없었다. 할 수 없이 줄리는 펜을 쾅 내려놓고서 사무실을 나왔다.

더구나 장례식에 걸맞는 옷이 없어서 남색 정장에, 챙이 넓은 모자를 골랐다. 미사에 참석해보니 왠지 지나치게 차려 입은 것 같았다. 장례 미사는 간략하면서도 숙연했다. 성당은 오래된 빅토리아식 건축물이었다. 동행이 있어서 그나마 다행이었다. 스탠이 같이 가주겠다고 나섰던 것이다. 정말 고마운 일이었다.

장례식에서 줄리는 스탠과 함께 의자가 늘어선 천막 맨 뒤쪽에 서 있었다. 생기를 잃은 국화와 카네이션 향기가 허공에 떠다녔다. 스탠은 마지막 기도가 끝나기 전에 가자고 했지만 줄리는 그렇게 할 수 없었다.

기왕 온 김에 할 일은 해야 했다. 도나 리슬릿 주위에 몰려든 사람들이 하나둘씩 사라지길 기다렸다가 그쪽으로 발길을 옮겼다.

「뭐라고 드릴 말씀이 없어요.」

동정하는 마음에서 줄리는 도나의 팔을 가볍게 잡았다가 놓았다. 옆에서 미망인을 부축하고 있는 남자에겐 시선을 주지 않았다. 그 남자가 레이 태버리란 걸 분명히 의식하고 있었지만. 그리고 노란 머리의 사내아이들도 될 수 있는 한 쳐다보지 않으려고 했다. 레이의 팔에 안겨 있는 아이는 말 그대로 어린애였고 다른 아이는 자기 엄마한테 기대고 서 있었다.

「정말이지 진심으로 안됐다는 말씀을 드리고 싶어요.」

「그렇게 말한다고 달라지는 게 뭐 있나요?」

도나 리슬릿이 목이 메어 간신히 입을 열었다. 눈물 때문에 화장이 온통 범벅이 돼 있었다.

줄리를 바라보는 레이의 시선은 냉랭했다. 눈가의 근육이 잔뜩 긴장한 모습이었다.

「불러드 양한텐 잘못이 없잖아. 위험하다는 걸 알면서 고집을 부린 사람은 폴이었으니까.」

도나는 어떻게 그럴 수 있느냐는 눈빛으로 레이를 올려다봤다. 까만 눈동자엔 눈물이 가득 고여 있었다. 둘은 한참 시선을 주고받았다. 조금 있으려니까 미망인이 한숨을 내쉬면서 줄리에게 몸을 돌렸다.

「그렇긴 하죠. 어쨌든……, 고마워요.」

그 사람들이 지나갈 수 있게 줄리는 뒤로 물러났다. 지난 이틀 동안 익숙해진 울적한 감정이 가슴을 무겁게 짓눌렀다. 눈물 한두 방울이라도 흘리고 나면 좀 괜찮아지지 않을까 싶었다.

두 남녀는 애들과 함께 지프가 서 있는 곳으로 다가갔다. 다들 서로에게 몸을 기댄 채 함께 걸어가고 있었다. 미망인은 죽은 남편의 친구에게 몸을 기대어 간신히 몸을 지탱하고 있었다. 그 모습에는 슬픔을 함께 나

눈 사람들만이 나눌 수 있는 동지의식 같은 게 배어 있었다.

그들을 지켜보고 있으려니 관음증에라도 걸린 느낌이었다. 줄리는 눈을 돌려 묘지를 죽 둘러보았다. 루이지애나 남부에서 보통 그렇듯이 무덤은 대리석과 화강암을 써서 지상 위에 만든 것들이었다. 돌로 만든 십자가나 꽃병, 이끼가 낀 비석에는 해묵은 슬픈 사연들과 아픔이 아로새겨 있었다. 시간이 지나 그 애달픈 맘이 조금씩 사라지면서 견딜 만하다고 느낄 때가 있었을 것이다. 폴 리슬릿의 죽음도 예외는 아니리라. 언젠가는 그런 날이 오겠지.

「이런, 아가씨.」

생각에 잠겨 있던 줄리의 등뒤에서 타인의 목소리가 들렸다.

「그 동안 어디에 처박혀 있었던 거야? 언제 이사오나 싶어 이제나저제나 기다리고 있었는데.」

줄리가 간신히 미소를 지으면서 말했다.

「그러셨어요? 이런 일까지 생겼는데 없던 일로 하자고 그럴 것 같아서요. 조카분도 제가 눈앞에 얼씬거리는 걸 싫어할 것 같고.」

「레이가? 그 애가 무슨 말을 합디까? 그 애가 싫어하다니 말도 안 돼. 오늘밤에 짐 챙겨서 들어와. 벌써 나흘 전부터 환기시켜놓고 시트도 깨끗한 걸로 갈아놨는데. 레이 말로는 에어컨 상태도 괜찮다고 했고……, 오늘 저녁식사하기 전까진 들어와야 해. 이웃집에서 오늘 아침에 새우를 갖다줘서 음식을 많이 만들었거든. 도나한테도 좀 갖다줘야지.」

줄리는 그렇게 하겠다고 약속했다. 호의를 베풀겠다는 의지가 듬뿍 담긴 얼굴을 보니 어쩔 수가 없었다. 줄리는 그런 타인이 고마웠다. 그녀는 침착하게 현실을 받아들인 듯 줄리에게 아낌없는 도움의 손길을 내주었다. 사람들을 위로해주고 돌봐주는 일이 타인한테는 아주 중요한 것처럼 보였다. 줄리한테 도움이 필요하단 생각이 들어서 그런 건지 아니면 원래부터 심성이 친절해 그런 건지 모르겠지만.

줄리가 짐을 챙겨 타인의 집으로 들어왔을 때 레이는 없었다. 타인이

가방과 컴퓨터, 잡동사니를 담은 상자를 같이 옮겨줬다. 타인은 조금 있다가 베란다에서 같이 와인 한잔 하자면서 나갔다.

방은 크고 널찍했다. 창문이 두 개, 식당으로 통하는 문이 하나 있었다. 전통적인 프랑스 스타일로 지은 집이라 모든 방들이 서로 연결되어 있었다. 방들은 서로 마주 보게 되어 있어서 친밀감을 더해주었다. 그러다보니 자연 사생활 침해가 있을 것 같았다. 줄리의 방은 식당과 침실을 개조해서 만든 주방과 함께 뒤편에 있었다. 타인의 방은 앞쪽 귀퉁이에 있었다. 방 사이에 만들어놓은 욕실 두 개 중에서 하나를 쓰면 될 것 같았다. 앞쪽 중앙에는 거실이 있었고 그 옆으로 레이의 방이 붙어 있었다.

침실의 가구들은 수수하면서도 깔끔했다. 사주식 침대는 평범한 목재로 만들어졌지만 오랜 세월이 가져다준 풍치와 우아한 멋을 풍겼다. 목재 장롱 문에는 거울이 붙어 있었다. 침대보와 베갯잇 모두 하얀 면사로 레이스를 떠서 빳빳하게 풀먹인 것들이었다. 직접 다 손으로 만든 게 분명했다. 상아로 만든 십자가가 침대 위쪽에 걸려 있었다. 프랑스식 유리창(양쪽으로 열게 되어 있는 창문)은 계란형이었는데 큐피드 무늬가 양쪽에 하나씩 그려져 있다. 사이프러스로 만든 마룻바닥에는 빨강, 파랑, 초록의 깔개들이 깔려 있었다. 오랜 세월 세탁을 하다보니 어느새 연한 빛깔로 변해버렸다.

구식이긴 욕실도 마찬가지였다. 갈고리 모양의 다리가 달린 욕조, 나무로 만든 변기 뚜껑, 구식 세면대가 그랬다. 두툼한 타월도 많고 온수는 콸콸 나와 목욕하는 덴 지장이 없었다.

줄리는 목욕을 하고 나서 청바지와 니트로 갈아입었다. 짐을 다 치우고 일감은 따로 방 구석에 놓인 테이블 위에 늘어놓았다.

혼자 있었으면 다른 사람들과 얼굴 맞대기 싫어 방에 처박혀 일이나 하고 있었을 테지. 줄리는 그런 생각을 하면서 타인을 찾으러 갔다.

「저번에 내가 했던 말, 왜 레이가 간섭 안 할 거라고 했잖수, 알아들은 걸로 생각할게.」

타인이 입을 열었다. 두 사람은 베란다의 흔들의자에 앉아 와인을 음미하고 있었다. 주위엔 어느새 땅거미가 지고 있었다.

「오늘밤에 이사올 거라고 했더니 괜찮다고만 하던걸.」

「저를 피하려고 어디 간 건 아닌가 했는데, 다행이네요. 어, 아까 보니까 차가 없던데요.」

「아직 도나네 있을 거야. 도나와 애들도 그렇지만 폴의 부모님과 형제들도 있으니까. 자기가 있는 게 도움이 된다 싶으면 계속 거기 있겠지.」

「저도 두 분한테 방해가 되면서까지 있을 순 없어요. 저 때문에 불편하신 게 있으면 언제든지 말씀하세요.」

「오늘 줄리가 와줘서 얼마나 좋은지 몰라. 혼자서 밥 먹는 건 싫거든.」

타인은 얼굴을 살짝 찌푸리면서 말했다.

「그럼 레이는 저녁식사 때까지 못 오는 건가요?」

「글쎄, 그 앤 아무 때나 들어왔다 나가는 애니까. 냉장고에 음식이 있으면 먹고 없으면 자기가 만들어 먹는걸. 도와줄 수 있으면 집도 손봐주고, 뭘 더 바라겠어. 걔가 와주면 좋고 가도 그만이야. 또 올 건데 뭘.」

줄리는 타인을 빤히 쳐다보면서 물었다.

「조카분하고 여기서 같이 사시는 거 아니었어요?」

「이런, 아니야. 레이는 뉴올리언스에 살아.」

「조카분이 늪이랑 자기 얘기를 하는 투로 봐선 그렇게 안 보였거든요. 그런 말은 한마디쯤 해줬어도 될 텐데.」

「걘 원래 장난을 좋아하거든.」

타인이 미소를 지으면서 말했다. 조카의 응석이라면 뭐든 다 받아줄 것 같은 미소였다.

「한번 바보나 돼보라고 그런 거라면 잘됐네요. 정말 혼자만 바보가 된 기분이에요.」

「아니, 그게 아니라 다 장난이라니까. 어떨 때 걔는 자기 발가락 사이에 물갈퀴가 있는 척을 한다니까. 그래놓고선 남들이 그걸 믿는지 안 믿는지 보는 거야.」

「좀 유치하네요.」

「그렇긴 하지만 워낙 하는 일이 재미가 없으니까. 아니, 레이는 정말 늪에서 자랐어. 집이 가까우니까 폴과 같이 자라다시피 했지. 나한테 요리감을 갖다준답시고 매일 가재니 찌르라기, 농어 같은 걸 잡아오곤 했어.」

「둘이서…… 아주 단짝이었나봐요.」

폴에 관한 얘기는 듣기가 괴로웠지만 레이에 관해서는 알아둬서 나쁠게 없었다. 물론 영화 때문이었지만.

「음, 그랬었지. 걔들이 열세 살인가 열네 살 되던 해 여름에 닳아빠진 거룻배가 떠내려오는 걸 건진 적이 있었어. 미시시피 강까지 그 배를 끌고 나가서 고기도 잡고 수영도 하고 그랬다지. 부자들이 탄 요트를 보면 배를 뒤집었다는 거야. 큰 보트가 덮쳐서 그런 것처럼 말이지. 그러고는 뒤집힌 배 아래에 들어가서는 숨어버리는 거야. 왜 배가 뒤집히면 그 안에 빈 공간이 생기잖수. 거기 숨어 있으면 숨쉬는 건 문제없지 뭐. 요트에 탄 사람들이 한참을 찾아댔겠지. 그러다가 슬그머니 나타나서 구조받는 척했다는 거야. 애꿎은 사람들 실컷 걱정만 하게 만들고 말이지. 어떨 땐 돈까지 받아냈다니까. 근데 레이 아빠 친구가 강에서 낚시하다 이걸 봤지 뭐야. 레이와 폴이 집에 가고 나서 한 10분쯤 후에 배는 몽땅 타버렸지.」

줄리의 웃음소리가 타인의 나직한 웃음소리에 섞였다. 와인을 한 모금 마시면서 줄리가 말했다.

「아까 레이가 재미없는 일을 했다고 하셨죠?」

타인이 상관하지 말라는 듯 손을 흔들었다.

「내 정신 봐. 레이가 마약 단속기관을 그만둔 걸 또 깜빡했네. 세월 참 빠르기도 하지.」

더 이상 물어봤다간 타인만 곤란해질 것 같아 줄리는 가만히 있었다.

주변 공기가 후덥지근했다. 정원 아래 있던 닭이 닭장 안으로 자러 들어가면서 꼬꼬댁거렸다. 귀뚜라미와 개구리들이 부르는 단조로운 만가가 평화롭게 들렸다. 비가 오면 운다는 청개구리 울음도 가끔 섞여 들려왔다. 비가 올 기미는 전혀 안 보였지만.

「그럼 레이 부모님은 근처에 사세요?」

「오빠와 새언니는 레이가 대학 다닐 때 교통사고로 돌아가셨어.」

「저런…… 그랬군요. 레이한테 형제들은 없어요?」

「여동생이 있는데 결혼해서 애가 셋이야. 애틀랜타에 살고 있지. 뉴올리언스엔 외할머니가 계시고. 나까지 낀다고 해도 가족이라곤 그게 전부야, 폴도 이제 갔으니. 레이와 폴은 한핏줄은 아니었지만 형제 이상으로 가까웠거든.」

「그렇게 친한 사인지 몰랐어요.」

「정말 친했어. 둘이서 아주 늪을 휘젓고 다녔어. 어릴 때 홍역도 똑같이 앓았고 풋볼이든 뭐든 같이 했거든. 잠깐 동안이었지만 고등학교 때 둘 다 도나한테 빠진 것도 레이는 폴의 죽음 때문에 아주 괴로워하고 있어. 조금만 더 빨리 알아챘다면 그런 불상사는 막을 수 있었을 거라고 생각하는 것 같아.」

「그 사고는 아무도 막지 못했을 거예요.」

줄리의 목소리는 차분했다. 레이가 어떤 느낌일지 알 수 있을 것 같았지만.

타인이 한숨을 내쉬었다.

「그랬겠지.」

두 사람은 화제를 돌렸다. 보안관이 조사를 끝내고 사건은 사고로 종결되었다는 얘기도 그 중 하나였다. 얘기하다보니 보안관은 타인의 친척뻘되는 사람이었다. 여기 사람들이 얼마나 가깝게 지내는가를 알면 사실 별로 놀랄 것도 없었다. 와인이 다 떨어지고 나니 오래 앉아 있을 생각이 사라졌다. 그래서 저녁을 먹으러 안으로 들어왔다.

새우 요리는 정말 근사했다. 뉴올리언스에 잠깐 있을 때 가봤던 식당과 비교해도 손색이 없었으니까. 정원에서 직접 딴 부드러운 강낭콩과 신선한 호박 맛이 기가 막혔다. 건포도와 파인애플로 만든 소스를 뿌린 푸딩도 입에서 살살 녹았다.

촬영장에 있었으면 인스턴트 음식으로 간단히 때웠을 거란 얘기를 하면서 줄리는 타인의 음식 솜씨를 극찬했다. 타인은 그런 과다한 칭찬은 집어치우라고 했다. 타인이 만든 음식과 인스턴트의 맛은 천지 차이란 얘기를 해도 쉽게 수긍하진 않을 것 같았다. 화기애애한 분위기 속에서 두 사람은 식탁을 치우고 설거지를 했다. 타인이 자기 방에서 TV를 같이 보자고 했지만 줄리는 괜찮다고 했다. 촬영 계획을 짜야 한다는 이유를 들어서 자기 방으로 갔다.

한 시간 정도, 나지막하게 들리던 TV 소리가 끊어졌다. 그제야 줄리는 스토리보드(영화의 주요 장면을 그려서 붙여놓은 판)에서 섬머와 밴스가 연기해야 할 부분을 손대기 시작했다. 강의 액션 신은 당분간 그냥 놔둘 생각이었다. 언젠간 해야 할 일이지만 지금 당장은 아무래도 손대기 힘들었다.

커튼 뒤로 번쩍거리는 번개 때문에 정신 집중이 안 됐다. 자리에서 일어나 창문을 열었다. 시원하고 상쾌한 바람이 들어왔다. 비 냄새도 같이 실려 들어왔다. 그 바람에 방 안 공기가 퀴퀴하게 느껴졌다. 줄리는 에어컨을 껐다.

프랑스식 문을 열고 베란다로 나갔다. 하늘에선 천둥소리가 나지막하게 울렸다. 폭풍우라고 하긴 좀 뭐했다. 번갯불이 어두운 하늘을 가르긴 커녕 희미하게 깜빡거리는 게 고작인데다 중이 염불할 때처럼 중얼대는 천둥소리라니. 비가 후드득 떨어졌다. 머리 위 지붕에서도 빗방울 흩어지는 소리가 불규칙적으로 들려왔다.

루이지애나에 내리는 비. 세상 어디서도 이렇게 촉촉하게 스며드는 비는 찾을 수 없을 것 같았다. 이렇게 자연스럽게 느껴지는 비도 있을까. 캘리포니아에선 햇빛이 내리쬐는 날이 대부분이라 구름 낀 하늘에서 빗방울이 떨어지기라도 하면 민망할 정도였다. 섬이나 산악 지대에서는 비가 오는 계절이 정해져 있어서 그때를 빼면 거의 내리지 않았다. 하지만 루이지애나에서는 달랐다. 언제 비가 올지 몰랐으니까. 어떤 땐 단비도 됐다가 어떤 땐 달갑지 않은 비가 되기도 했다. 그래도 다들 비를 무시하진 못했다. 기껏해야 도랑이나 씻어주던 비가 언제 홍수나 허리케인으로 돌변할지 모를 일이었다.

베란다 난간에 내리는 빗줄기가 점점 굵어졌다. 가차없이 쏟아지는 빗소리가 끊이지 않고 들려왔다. 양철 지붕에 떨어지는 빗소리가 음악처럼 들렸다. 한참 듣다보면 잠이 잘 올 것 같았다. 피로가 몰려와 어깨를 무겁게 짓눌렀다. 이제 잠자리에 들 시간이었다.

조금 뒤, 줄리는 길이가 짧은 실크가운 차림에 머리 빗을 들고 욕실에서 나왔다. 고개를 한쪽으로 돌리고 엉킨 머리카락을 빗어 내리던 참이었다. 그러다 갑자기 동작을 멈췄다.

혼자가 아니었다. 키가 큰 남자가 침대 발치에 몸을 대자로 뻗고 누워 있었다. 레이 태버리가 팔베개를 하고 누워서는 찌푸린 얼굴로 줄리를 바라보고 있다.

「문을 활짝 열어놨더군. 별로 추천하고 싶지 않은 행동인데.」

레이가 입을 열었다.

「시원한 게 좋아서 그랬어요. 거기다가…….」

「시골이니까 위험도 없을 거라고 생각하셨다 이 말이지? 몰래 들어올 사람들도 없을 테고.」

「그런 셈이죠.」

줄리는 다시 빗질을 하면서 턱을 들어올렸다.

「잘못 생각하고 있었다는 거 이젠 알겠어?」

「충분히 알아들었으니 이제 나가주셨으면 감사하겠어요. 저도 잠자리에 들어야 하거든요.」

레이는 한참 동안 줄리를 바라보고 있더니 고개를 흔들었다.

「또 무방비 상태로 나오는군, 안 그래? 조심성이 없는 거야, 아니면 진짜 내가 어떤 말을 할지 들어보고 싶은 거야?」

「난 불장난처럼 무책임한 짓은 질색이에요. 알아들을 수 있는 말로 분명히 말했어요. 여기서 나가주셨으면 한다고.」

심장이 고동치는 소리를 무시하면서 줄리가 대꾸했다.

「딴마음은 없다고? 참, 당신은 무책임한 짓은 싫다고 했지. 나중을 생각해서 지금 접수해두겠어. 어차피 같이 일하게 될 텐데 말이야.」

하도 아무렇지도 않게 말해서 하마터면 무슨 말인지 못 알아들을 뻔했다. 그의 갈색 눈엔 줄리가 어떤 반응을 보일까 궁금해하는 빛이 어려 있었다. 레이 말을 놓치지 않은 것도 순전히 그 눈빛 때문이었다. 줄리는 빗을 주머니에 넣고 고개를 돌려 머리를 뒤로 넘겼다.

「우리가 같이 일하게 될 거라고 했어요?」

「그래. 몇 가지 문제만 해결된다면 말이지.」

그가 대꾸했다.

레이는 날렵하게 몸을 일으켜 세우고 앉았다. 이내 무릎 한쪽은 세우고 나머지 한쪽 다리는 마루에 쭉 뻗었다.

「어떤 문제요?」

「우선 폴이 했던 스턴트 신을 하고 싶어. 그 녀석이 못한 장면도 포함해서.」

줄리는 그의 시선을 한참 동안 살폈다. 한치의 흔들림 없는 시선이었다.

「그럴 만한 이유라도 있어요?」

「돈 때문이야. 당연한 거잖아.」

「그래요?」

줄리가 천천히 대꾸했다.

「내 생각은 다른데요.」

「변덕이 생겼다고 해두지. 챙길 돈도 많고 사람들한테 박수갈채를 받을 생각을 하니 맘이 바뀌었다고 하던가. 케이준이 할 수 있는 일도 있다 뭐 그런 걸 증명하고 싶어졌다고 생각해도 좋고. 이 중에 맘에 드는 걸로 아무거나 골라.」

줄리의 얼굴에 미심쩍다는 표정과 상처받은 표정이 교차했다. 따져 묻고 싶은 마음을 꾹 참고 줄리가 말했다.

「좋아요. 자신 있으면 그렇게 하세요. 그게 전분가요?」

「여기 관습이나 늪에 관한 이런저런 문제들은 내가 최종적으로 감독권을 행사할 수 있었으면 해. 전에 당신하고 그렇게 얘기가 된 것 같은데.」

「그건 당연히 통과, 그리고 나머진 또 뭐예요?」

「다른 게 있다는 걸 어떻게 알았지?」

장난기가 가득한 눈으로 그가 물었다.

「경험과 육감이란 게 있으니까요. 그럼 남은 건 또 뭐죠?」

레이는 잠깐 멈칫하더니 고개를 끄덕이면서 말했다.

「도나한테 조그만 역할이라도 하나 줄 수 없을까? 돈도 벌고 그때 그 사고도 잊어버릴 수 있게 말이야.」

「자기 남편이 죽은 데에서 일하는데 그 기억이 잊혀지겠어요.」

줄리가 솔직하게 터놓고 말했다.

「도나가 제정신에서 그런 말을 한 건 아니겠지만 그래도 그렇게 하고 싶다는 걸 어떡하겠어. 도나는 애들을 가르치는 교사야. 그 동안 몇 년 쉬긴 했지만 중간고사가 끝나서 자리가 생기면 학교에 돌아갈 생각이야. 어쨌든 도나 생각은 그러니까 나도 물어봐 주겠다고 했지.」

도나는 자신이 배우가 되고 싶다는 환상을 품고 있을 게 분명했다. 그런 타입은 수도 없이 목격했다. 자신이 좀 예쁘다고 자만심에 빠져서, 영화사에 잠깐 얼굴만 비쳐도 인생이 바뀌지 않을까 생각하는 그런 젊은 여자들. 그런 게 아니라면 레이와 같이 있고 싶어서 그럴 테지. 그런 생각을 하고 있는데 레이의 눈 속에 냉소적인 표정이 떠올랐다. 자신이 너무 삐딱하게만 생각한 것 같아서 무안했다.

줄리는 고개를 끄덕이면서 말했다.

「거리와 상점 내부를 찍을 신이 한두 개 있긴 한데……, 루처나 그래머시에서 찍을 생각이에요. 그 장면에서 엑스트라로 출연시킬 수는 있어요. 오필리아한테 가서 신청서를 내고 사진 한 장만 찍으면 되거든요. 어때요?」

「도나가 아주 좋아할 거야.」

「잘됐네요.」

줄리는 슬그머니 손을 올려 가운을 제대로 여몄나 확인했다.

「이젠 할말 다 끝난 거죠?」

「나 때문에 자꾸 신경 쓰이나보지?」

줄리는 그의 시선을 맞받았다. 호기심은 별로 없고 오히려 짜증 섞인 눈빛이었다. 불장난은 그만두기로 마음먹은 것 같았다.

줄리가 천천히 입을 열었다.

「솔직히 말해 난 불리하다 싶은 건 싫거든요. 사람들이 허락도 안 받고 내 영역을 침범하는 것도 싫고.」

「영역이라.」

「내 방이나 사무실, 내가 들어왔다 나갔다 하는 장소요.」

「그것도 일종의 무슨 병이라고 들었는데. 난 옷을 다 입고 있는데 그쪽은 잠옷 차림이라 불편한 건 아니고? 아무리 당신이 자유 분방한 캘리포니아 출신이라고는 해도 말이야.」

순간 줄리의 얼굴이 확 달아올랐다.

자신의 육체에 대해 수치심을 느끼지 않는다는 게 줄리는 내심 자랑스러웠다. 십대 때부터 비키니 차림으로 해변을 돌아다니지 않았던가. 그것도 손수건 한 장 크기나 될까 싶은 아슬아슬한 비키니를 걸치고 말이다. 홀딱 다 벗고 자는 버릇을 들인 게 벌써 몇 년인지. 보통 때라면 옷을 훌렁 다 벗고 있어도 아무 상관 없다고 말했겠지만 지금은 좀 사정이 달랐다. 레이가 한 말이 틀린 건 아니었으니까.

「뭐, 몸을 드러낸 거랑은 아무 상관이 없어요…… 이런 한밤중에 별로 친하지도 않은 사람이 내 방엘 들어왔는데 어쩌라구요. 나한테 뭘 기대해요?」

「오히려 당신이 뭘 기대하고 있는지 내 쪽에서 물어봐야 할 것 같은데.」

「그런 거 하나도 없어요. 전혀 없어요.」

「다행이네. 나도 이상한 생각 따윈 하지 않았으니까. 그러니까 앉아서 월요일 아침에 찍을 신 얘기나 하자구. 내가 어떻게 도와주면 되지?」

「지금 말이에요?」

눈에 어두운 그늘이 지는가 싶더니 레이가 거칠게 말했다.

「지금보다 좋은 때가 어디 있어? 끼여들 사람도 없고 기술적인 문제가 생긴 것도 아니잖아. 카메라니 조명이니 스태프들 하나 없이 당신과 나 둘뿐이고 거기다 시간은 남아도니까.」

죽은 폴 생각을 떨쳐버리려고 이러는 건 아닌가 싶었다. 누군가 같이 있어줄 사람이나 뭔가 할 일이 필요해서 말이다. 그런 생각에 졸음이 확 달아났다. 줄리도 그런 면에선 마찬가지였다.

「좋아요. 그렇게 말하는데 안 할 순 없죠.」

줄리는 침대 머리맡으로 가서 베개를 세워놓고 등을 기대고 앉았다. 아까 일할 때 앉았던 의자도 있었지만 그냥 무시해버렸다. 다리를 내놓고 거기 앉았다간 레이가 또 무슨 이상한 얘길 꺼낼까 싶어서였다.

그런 모습을 바라보는 레이 태버리의 입가에 미소가 스쳐 지나갔다. 레이의 시선은 줄리의 젖은 머리카락과 화장기 없이 깨끗한 얼굴에 머물러 있었다. 줄리와 마주 보는 자리에 있으면서도 기둥에 등을 기대고 앉은 모습이 느긋하기 짝이 없었다.

계속 고민해왔던 문젯거리를 털어놓고 나니까 겨우 일에 집중할 수 있었다. 줄리는 한번 어디에 빠져들면 다른 건 다 잊어버리는 타입이었다.

레이는 놀랄 만큼 이해가 빨랐다. 찍으려는 장면의 뒤편에 깔린 생각들이 어떤 건지, 또 그걸 줄리가 어떤 식으로 보고 있는지 금세 파악해냈다. 독단적인 면도 별로 없어 보였다. 제작비와 예술적인 면을 고려해 수정한 계획안을 어느 정도 받아들이긴 했으니까. 무엇보다 침착성을 잃지 않는 태도가 줄리에게는 인상적이었다. 경험으로 봐도 여자와 한참 말씨름을 하다보면 괜히 자존심 상해하는 게 남자들이었다. 특히 관습이나 풍습같이 애매한 문제라면 더 그랬다.

줄리는 대본을 훑어보면서 그의 도움이 필요한 부분을 체크했다. 아까 손댔던 스토리보드도 같이 보여줬다. 레이는 대본과 스토리보드를 아무렇게나 놓더니만 몇 가지를 지적했다.

「자, 여기, 장 피에르가 자기 부인이 고용한 해결사들을 미행하는 장면 좀 봅시다.」

레이는 대본에서 다음주쯤에 찍기로 예정된 신을 짚었다.

「해결사들 뒤를 살금살금 쫓아가다가 풀숲으로 몰래 돌아가서 따돌린다니, 되지도 않을 얘기지.」

「무슨 말이에요?」

줄리가 배를 깔고 누웠다. 그제야 레이가 표시한 부분을 제대로 볼 수 있었다. 레이도 그쪽으로 몸을 굽히면서 대본을 넘겼다.

「늪에 들어가면 키 작은 종려나무들이 빽빽하게 들어서 있어. 그러니 옷깃만 스쳐도 부스럭 소리가 나지. 들키지 않으려면 당신네 장 피에르는 기다시피 해야 된다구. 이런 식으로 뛰어다니다간 코끼리들이 쿵쾅거리는 소리처럼 사방에 울려 퍼진다니까.」

줄리가 미소를 지었다.

「진흙탕에서 기어다니라고 하면 밴스가 엄청 싫어할 텐데.」

「그래도 어쩔 수 없지. 그리고 이 장면, 장 피에르가 쾌속정 주위를 돌다가 하류 쪽으로 가면서 강어귀로 빠지는 부분. 그런 식으로 계속 가다간 절대로 쾌속정을 따돌리지 못할 거야. 수로를 고속도로처럼 생각하면 안 돼. 배가 지나가면서 생긴 거품만 없어지는 데도 10분에서 20분은 걸릴 거야. 차라리 개울 같은 곳으로 유인하는 게 낫지. 막다른 골목 같은 곳이 있는 개울이면 더 좋고. 그랬다가 모터를 끄고 노를 저어서 강으로 다시 돌아가는 거야. 아까 가려고 했던 강어귀가 나올 때까지 계속 노를 저으면서 가면 돼. 2~3킬로미터 정도 지나면 그땐 모터를 다시 켤 수 있을 테고 흔적 하나 없이 깨끗하게 빠져 나올 수 있지.」

레이는 폴이 끝마치지 못한 장면의 마지막 부분을 언급하고 있었다.

「무슨 말인지 알겠어요. 그 부분은 아직 신경 안 써도 돼요. 나중에 할 거니까.」

줄리가 굳은 목소리로 말했다.

「그럴 건 또 뭐 있어? 촬영 안 할 것도 아니면서.」

「아직…… 그 일은 생각하고 싶지 않아요.」

「그런다고 있었던 일이 없어지나? 그냥 눈 딱 감고 해치우는 게 낫지.」

그 말을 들으니 소위 사나이들의 무용담을 그렸다는 영화 대사들과 비슷했다. 이를 악물고 고통을 견뎌라, 배짱을 가져라, 말에서 떨어져 딩굴어도 다시 일어나라, 이런 대사들. 줄리의 아버지 불 불러드 같은 사람이 좋아할 대사였다.

줄리는 차갑게 대꾸했다.

「그런 건 내가 알아서 결정해요.」

레이가 굳은 얼굴로 나지막하게 말했다.

「여부가 있겠습니까, 아가씨.」

레이와 줄리는 어깨가 서로 닿을 정도로 가까운 곳에 있었다. 코끝을 스치는 애프터쉐이브 로션 냄새, 깊이를 헤아릴 수 없는 눈동자. 옆에 있다보니 속눈썹의 움직임까지 선명하게 보였다. 레이의 내면에 잠재된 힘이랄까, 그런 게 느껴졌다. 셔츠 아래 팽팽한 어깨나 청바지에 감싸인 탄탄한 허벅지가 자꾸 신경 쓰였다.

바깥에선 비가 세차게 내리고 있었다. 양철 지붕에 부딪혀 빗소리가 요란하게 들렸다. 창문에 떨어져 내리는 빗방울이 은빛으로 반짝거렸다. 습기를 머금은 공기가 피부를 파고들었다. 왠지 그 공기가 두 사람 주위를 친밀하게 감싸주고 있는 것만 같았다. 줄리는 가슴 한복판에서부터 동통이 몰려와 숨쉬는 것조차 힘들었다.

「잘난 척할 생각은 아니었어요」

줄리가 눈을 내리깔면서 자리를 옮겼다.

「오늘 일진도 안 좋았고……, 아직 편한 마음으로 그 장면을 대하기가 힘드네요. 오늘은 이걸로 끝냈으면 싶은데, 안 될까요?」

한참 동안 줄리의 기색을 살피던 레이가 갑자기 자리에서 일어났다. 집어 든 대본을 돌돌 말아서 손에 쥐고는 문가로 향했다.

「좋으실 대로.」

떨어져 있으니까 확실히 긴장도 사라졌다. 같이 좀 붙어 있었다고 잔뜩 긴장해서는 아무 말이나 지껄여대다니, 줄리는 내심 화가 치밀어 올랐다.

「스웜프 킹덤을 찍는 데 같이 일해주셔서 고맙단 말 하고 싶어요. 덕분에 훨씬 좋은 영화를 찍을 수 있을 거예요」

줄리가 입술을 축이면서 말했다.

「시간이 지나봐야 알지. 내가 나가고 나면 문은 잠그는 게 좋아.」

줄리는 침대에서 일어났지만 움직일 생각은 안 했다.

「그럴게요」

「참, 그리고 마루에 양동이 있으니까 필요하면 쓰라구. 지붕이 샐지도 모른다고 숙모가 갖다두셨어.」

레이가 사려 깊게 덧붙였다.

「그렇게 마음 써주시고 정말 자상하시네요.」

「어디 놔야 정확히 빗물을 받을 수 있는지 가르쳐달라면 가르쳐주고.」

줄리가 황급히 말했다.

「아뇨, 됐어요. 내가 할게요.」

입술 끝이 올라가는 게 미소를 지으려는 것 같았다.

「그러시다면.」

레이는 고개를 저으면서 문을 닫고 나갔다.

「그쪽도 좋은 꿈 꾸길.」

줄리는 혼자서 중얼거리고 발소리가 사라질 때까지 꼼짝도 않고 가만히 있었다.

5

오필리아가 한 손엔 커피를, 나머지 손엔 도넛을 들고 줄리의 책상으로 다가왔다. 의자에 앉아서는 책상 위에다 아침거리를 늘어놓고 설탕 세 개를 한꺼번에 커피 안에 넣으면서 말했다.
「나한테 말 좀 해봐. 대체 악어 태버리를 어떻게 구워삶은 거야?」
「악어?」
「늪에서 만난 원탁의 기사 있잖아. 크로커다일 던디는 아닐 테고……, 여긴 그런 종류의 악어는 없으니까. 그 남자 악어와 맞붙어 싸워본 적은 없다니? 부탁인데 아니라고는 하지 말아줘. 이 가녀린 소녀의 순정을 짓밟는 거니까.」
「그거 안됐네. 미안하지만 아니올시다.」
「이런 젠장, 그런 말은 하지 말아달라고 했잖아. 어쨌든 구미가 당기는 쪽으로 자세히 얘기 좀 해봐.」

「또 미안해서 어째. 네가 기대하는 그런 일은 아예 없었는걸.」

줄리가 미소를 띠면서 말했다.

「분위기 깨는 덴 선수라니까.」

「그냥 자기가 하겠다고 했어. 설득하고 자시고 할 것도 없이.」

「됐어, 다 알아들으셨다구. 어쨌든 난 그 남자를 편하게 대해줬어.」

줄리는 새벽녘에 촬영장으로 나왔다. 다른 사람들을 깨우지 않으려고 살그머니 집을 나왔다. 레이의 지프가 집 앞에 있는지 어쩐지 살펴본다는 걸 깜빡했다. 줄리는 비스킷을 한입 베어 물면서 물었다.

「벌써 도착한 거야?」

「몇 시간 전에 왔어. 이것저것 들쑤시면서 물어보더라. 그러다 마들린 여사께서 친히 그 백합같이 흰 손으로 만든 커피랑 오믈렛을 좀 들어보지 않겠냐고 끼여들었지. 당연히 자기 차로 가서 말이야. 과연 그 남자가 뭐라고 했을까? 기대하시라.」

「나, 원 참!」

「정답입니다. 마들린이 그렇게 가정적인 여자로 보이려고 노력하는 것도 다 꿍꿍이속이 있지. 은막의 여왕 자릴 사퇴하고 뉴올리언스 귀족 마누라로 들어앉으시겠다는 그런 꿍꿍이속이라니까.」

「그래서?」

「그래서라니?」

오필리아가 도넛을 먹으면서 물었다.

「레이 태버리와 그게 무슨 상관이냐구?」

오필리아가 눈을 동그랗게 뜨면서 대답했다.

「정말 모르는 거야? 말도 안 돼. 마들린 여사의 정보통에 의하면 뉴올리언스에서 유명한 플레이보이쯤 된다니까. 조상 대대로 물려받은 재산이 엄청나다는 거야. 사교클럽 회원에 고급 맨션, 거기다 스포츠카랑 전용 비행기까지 있다던데.」

「됐다 됐어.」

줄리가 말도 안 된다는 듯 웃었다.

오필리아는 커피에 도넛을 녹여 먹었다.

「장난치는 거 아냐. 마들린이 사실이라고 맹세까지 했다니까. 사기치는 건진 몰라도.」

「말도 안 돼. 마약 단속기관에서 일하던 사람이었다니까.」

줄리가 딱 잘라 말했다.

「몇 년 전에 은퇴했다잖아. 그 남자 할머니였나, 심장마비로 죽고 나서 엄청난 재산을 물려받았대. 그런데도 자기 회사 일엔 손도 안 댄다나.」

줄리가 얼굴을 찌푸렸다. 듣고 보니 그럴싸했다.

「그럼 왜 늪에서 허송 세월은 한대니? 자기네 회사도 있다면서. 우리 일은 또 왜 해주겠대?」

「그걸 누가 알아. 네가 한번 꼭 물어봐라.」

오필리아가 도넛 가루가 묻은 손가락을 핥으면서 말했다.

「궁금하면 직접 물어봐. 가뜩이나 걱정할 것도 많아 죽겠는데. 영화만 잘되게 해준다면 무슨 상관이야. 그 사람이 뭘 하든 말든.」

줄리가 단호하게 말했다.

「으음, 그러세요? 내 생각도 그래요.」

오필리아가 장난기 어린 목소리로 말하면서 담배를 꺼냈다. 줄리는 모르는 척하고 의자에서 일어나 다시 일을 시작했다.

오필리아한테 한 말은 진심이었다. 레이 태버리 때문에 신경 쓰느라 보낸 시간이 얼만데, 미뤘던 촬영을 본궤도에 올려놓고 제대로 끝내려면 일에 집중하는 수밖에 없었다. 레이의 출신 배경 따위를 따져봤자 영화가 더 잘되는 것도 아니었다.

그래도 오필리아가 한 말이 사실인지 알아서 나쁠 건 없지 않은가. 마들린은 자기 차의 문에 기대고 서 있었다. 굴곡 있는 몸매를 유감없이 드러내주는 새틴 잠옷에 머리엔 수건을 둘러매고 있었다. 빨간 계열로 화장을 해서 얼굴이 눈에 확 띄었다. 강으로 내려가는 레이를 아주 만족스럽다는 듯이 지켜보고 있었다. 신참내기 기술감독은 강둑에 서서 밴스와 섬머한테 낚시하기 좋은 곳을 알려주느라 바빴다. 레이는 마들린의 풍성한 식탁을 마다한 것 같았다.

「오필리아는 정말 멍청하기 짝이 없어. 골치 아픈 일만 만들어낸다니까.」

줄리가 오필리아한테 들은 얘기를 했더니 마들린이 화를 냈다.

「대체 왜 쪼르르 달려가서 그런 얘길 고자질하는 거냐구. 그래봤자 감독만 바보 되잖아. 하긴, 그래서 그런 짓을 한 거야. 오필리아 양께선 맨날 감독한테 샘만 낸다니까.」

「샘을 낸다구요? 오필리아가? 말도 안 되는 소리.」

줄리가 눈썹을 치켜 올리면서 미소를 지었다.

「아니라니까. 자기한텐 없는 게 감독한텐 다 있잖아. 용모나 지적 수준……, 허리 치수도 천지차이고. 거기다 감독이라고 앨런이 뒤에서 받쳐주잖아. 영화도 잘되고. 그런데 질투를 안 하고 배겨?」

「갠 일하는 재미에 푹 빠져서 질투고 뭐고 할 게 없어요.」

「맘대로 생각하셔. 그래도 어쨌든 레이에 관해서 당신한테 떠벌렸잖아.」

마들린이 사람들 얘기, 특히 여자들에 관해 말할 땐 좀 신랄하다 싶은 점이 많았다. 정상의 자리에 서려고 갖은 노력을 다하는 동안 같은 여자라면 무턱대고 적대감을 느끼는 습성이 생긴 것 같았다. 그런 마당에 마들린이 하는 말을 곧이곧대로 받아들일 순 없는 일이었다.

줄리가 다시 물었다.

「그럼 그 얘기가 사실이에요?」

빠져 나온 머리카락을 정리하면서 마들린이 대꾸했다.

「정말이야. 난 남자에 대해서는 빠삭한 사람이니까. 촬영장에 왔을 때 누군지 단번에 알아보겠던걸. 몇 주 전에 뉴올리언스에서 내가 점찍어뒀던 남자였어. 베르사이유란 식당에서 마주쳤는데 귀부인같이 보이는 할머니랑 같이 왔더라구.」

「그런 말 안 했잖아요.」

「감독이 관심 있을 줄은 몰랐지. 뭐 앨런도 있는데.」

앨런을 내세워 은근히 압력을 주려는 것 같았다. 줄리는 슬그머니 웃음이 나왔다.

「그냥 좀 이상해 보이잖아요. 너무 이중적이고.」

「이중적일 것까지야. 그냥 자기 얘기하길 싫어하는 거라구. 안 믿겨지지? 나도 그래. 자기 자랑만 해대는 남자배우들만 보다가 이런 타입을 보니까 너무 신선한 거 있지. 안 그래?」

「글쎄, 난 별 관심이 없어서.」

줄리가 담담하게 말했다.

마들린이 뭐라고 말을 하려는데 갑자기 비명소리가 들려왔다. 섬머가 강에서 내지른 소리였다. 찢어질 듯이 내뱉는 비명소리엔 히스테릭한 짜증이 섞여 있었다. 아파서 내지르는 소리가 아니었다. 아이는 낚싯대를 바닥에 던지고는 이내 머리카락을 쥐어뜯으며 발을 동동 굴렀다.

밴스가 머리를 흔들면서 나지막이 욕설을 내뱉었다. 레이는 순간 굳어져서 그 꼴을 가만히 지켜보고 있었다. 가만히 있으니까 아이는 더 소리를 질러댔다. 그리고는 낚싯대를 마구 밟아댔다.

레이가 재빨리 섬머의 어깨를 잡고 꼼짝도 못하게 했다. 레이가 섬머한테 뭐라고 말하는 것 같았다. 무슨 말을 했는지는 모르겠지만 효과가 있었다. 섬머가 입을 다문 것이다. 아이는 어깨를 잡아 빼더니 휙 돌아서 차로 뛰어갔다.

줄리가 아이를 따라잡아 팔을 잡았다.

「왜 그런 거니?」

줄리가 걱정스럽게 물었다.

「무슨 일 있었어?」

줄리를 쳐다보는 섬머는 자존심에 상처를 받아서 화가 잔뜩 난 얼굴
이었다.

「나한테 버릇없는 애라고 했단 말이에요. 나한테 버릇없는 애라니. 난
버릇없는 애가 아니란 말이야. 어디 두고 봐. 낚시하는 거 배우나 봐라.
그딴 거 못하건 말건 무슨 상관이야. 안 할 거예요. 절대 안 한다구요.」

아이는 줄리의 팔을 뿌리쳤다. 급하게 뛰어가면서 팔다리가 뒤엉켰다.
간신히 자기 차로 가선 문을 쾅 닫았다. 줄리는 고개를 저었다. 다음에
무슨 일이 벌어질지 안 봐도 뻔했다.

아네트 대버트가 머리카락을 휘날리면서 모습을 드러냈다. 입매가 딱
딱하게 굳어 있는 게 잔뜩 못마땅한 표정이었다. 이내 줄리한테 와서는
따지기 시작했다.

「저 남자가 우리 애한테 무슨 짓을 한 줄 알아요? 감히 내 딸한테 손
을 대다니. 애가 저렇게 겁에 질린 건 본 적이 없다니까. 당장 저 남자
가 사과 안 하면 경찰에 신고하겠어요.」

「그럴 필요는 없잖아요. 그냥 서로 오해를 한 건데…….」

줄리가 달래듯이 말했다.

「오해라니요! 이건 성 추행이라니까. 그게 아님 뭐예요?」

「말도 안 되는 소리예요.」

줄리가 단호하게 말했다.

「정말 말도 안 되는 소리지.」

레이가 어느새 다가왔는지 등뒤에서 말했다.

「내가 걔한테 느낀 충동은 그런 거랑 상관없으니까. 부인, 따님은 정
말 골칫덩어리로군요. 낚싯대 던지는 걸 한두 번 해보다가 안 된다고 낚
시 도구를 다 부숴놨어요. 몇백 달러나 하는 걸 말입니다. 낚싯대를 잘
못 잡아서 그렇다고 한 말에 저렇게 나올 수도 있는 겁니까?」

「딸애는 감수성이 풍부해서 그래요. 예술가 특유의 기질 말이에요.」

아네트가 거만하게 고개를 치켜들면서 말했다.

「다른 애들과 똑같이 취급할 순 없죠. 그리고 무슨 권리로 당신이 내 딸한테 손을 대요? 걔가 무슨 짓을 하든 어떻게 손을 댈 수가 있어요?」

「손을 대다니요? 등짝 한 대 후려갈길까 하다 말았는데. 댁의 따님이 제 낚시 도구를 망쳐놓았단 말입니다.」

아네트 대버트의 시선이 흔들렸다.

「그건, 내가 보상해드리죠. 어쨌든 내 딸애한테 잘못했다고 사과하세요.」

「나한테 미안하다고 하면 그때 하겠습니다. 그 전엔 안 돼요. 낚시하는 장면에서 바보처럼 찍히고 싶으면 하고 싶은 대로 하라고 하세요. 감수성이 지나치게 풍부해서 성질만 내는 아이한테 허비할 시간 따윈 없으니까요.」

아네트가 냉혹한 미소를 지었다.

「섬머는 그 신은 안 하겠다고 그랬어요.」

「좋으실 대로.」

「그럴 순 없어요.」

줄리가 끼여들었다. 전후 사정을 듣고 보니 섬머나 아네트를 달래볼까 하던 맘이 몽땅 사라졌다.

「화가 나서 내뱉은 말에 응석만 받아주지 말고 계약서를 먼저 들여다보세요. 낚시하는 신은 꼭 찍어야 해요, 오늘 당장.」

섬머의 엄마는 입술을 삐쭉 내밀고 줄리와 레이를 번갈아 쳐다보았다.

「어디 생각 좀 해보구요.」

「잠깐만, 엄마.」

섬머가 차 문에 서서 큰 소리로 외치고 있었다. 아네트 대버트는 화가 나서 몸을 획 돌렸다. 아이는 느릿느릿 계단을 내려와서는 세 사람이 있는 곳까지 왔다.

「그게 아저씨 건지 몰랐어요. 소도구 담당자한테서 가져온 줄 알았다구요. 내가 딴거 사드릴게요.」

레이의 험악한 표정은 변함없었다.

「아니, 내가 사는 게 낫겠다.」

「진짜 사드리고 싶어요.」

아이가 숨을 들이마셨다. 창백했던 얼굴에 혈색이 돌아왔다.

「그럼…… 그걸로 아저씨가 어떻게 하는지 가르쳐주세요.」

「내가 왜 그래야 하는데?」

「지금 얘가 잘못했다고 그러는 거잖아요.」

아네트 대버트가 두 손을 모아 쥐고서 말했다.

「그래요?」

레이가 조용히 말했다.

「그런 얘긴 아직 못 들은 거 같은데.」

섬머의 얼굴에 갖가지 감정이 스쳐갔다. 반항심과 자존심으로 똘똘 뭉친 얼굴에서 수치심과 죄의식이 깃들인 얼굴이 되었다. 결국 아이는 목소리를 가다듬고 말했다.

「제가 잘못했어요.」

레이의 얼굴에 웃음이 떠올랐다. 의외로 너무 따뜻한 웃음이었다.

「기분이 상했다면 아저씨도 잘못했다.」

「아니에요. 그냥 좀 화가 났어요.」

「화가 나는 건 자연스러운 거야. 그건 잘못이 아니지.」

「낚시하는 거 가르쳐주실래요? 저기…… 그 신이 있어야 할 것 같거든요. 저 진짜 멍청하게 보이긴 싫어요. 아무렇게나 하기도 싫구요.」

아이의 눈빛을 한참 동안 가늠해보더니, 레이가 천천히 고개를 끄덕였다.

「릴은 어떻게 손보면 괜찮을 것 같은데 낚싯대는 못쓰게 됐어. 아저씨 숙모네 집에 딴게 있는데 같이 가지러 갈래?」

「지금요?」

섬머의 얼굴이 환하게 빛났다.

「빨리 가요.」

「가기 전에 할 일이 있잖니.」

레이가 자리에 서서 말했다.

「뭐요?」

섬머가 못마땅한 얼굴로 물었다.

「엄마한테 물어보고 가야지. 어린애 성 추행범과 같이 가라고 하실지 모르겠다.」

아이가 고개를 돌리고 아네트에게 말했다.

「엄마, 잠깐만 있다가 올게.」

그래도 레이는 꼼짝도 안 하고 있었다. 섬머가 레이의 옷을 잡아당겼다.

「말했잖아요. 가기 전에 할 일이 또 있는 거예요?」

「엄마한테 허락을 받아야지.」

아이는 레이의 손을 흔들면서 말했다.

「아저씨 정말 짜증나게 하네.」

「안 되겠구나.」

「치, 알았어요. 엄마 가도 돼요?」

아네트 대버트는 딸의 질문에 좋아하기는커녕 잔뜩 독이 오른 것 같았다. 딱딱한 목소리로 아네트가 대꾸했다.

「멀리만 안 간다면.」

레이가 줄리를 쳐다봤다.

「촬영 스케줄에 지장이 생기진 않을까?」

「섬머를 주로 찍을 거예요. 섬머가 금세 준비할 수 있으면요.」

레이가 고개를 끄덕이며 아이를 데려갔다. 아네트 대버트는 몸을 휙 돌리더니 자기 차로 돌아갔다. 곧이어 문이 쾅 닫히는 소리가 들렸다.

「이런, 이럴 수가!」

마들린이 계단을 내려와서 줄리에게 다가왔다.

「동감이에요.」

줄리가 냉정하게 대꾸했다.

「우리 섬머가 대체 무슨 꿍꿍이속으로 저러는 거 같아? 뭐 나도 감이 오긴 하지만.」

「사춘기라서 그럴 거예요.」

「불쌍한 것 같으니. 우리 기술감독한테 폭 빠진 것 같아. 생전 처음으로 자기한테 이기는 남자도 있구나 싶어 홀딱 간 거 같아. 불쌍하게 말이야.」

줄리는 심각한 얼굴로 두 사람의 뒷모습을 지켜봤다.

「아네트 말이 어떤 면에선 맞아요. 섬머는 감수성이 아주 예민한 애잖아요. 다음주면 헤어질 사람한테 정이 들면 나중에 힘들 텐데. 아버지 같은 사람이 필요해 그런 건 알겠지만.」

「나쁠 건 없잖아. 거기다 걔가 고분고분해지면 우리야 좋지. 이유가 무슨 상관이야.」

줄리가 아무 대꾸도 안 했더니 마들린이 덧붙였다.

「저 케이준, 정말 괜찮은 남자야. 섬머가 폭 빠지는 것도 당연하지.」

「그래요?」

줄리가 반신반의하듯 물었다.

「어머, 웬일이야. 저렇게 휘어잡는 맛이 있어야 멋있지. 저항할 수 없는 매력이랄까. 감독은 그런 생각 안 들어?」

「내가 열두 살이에요? 난 좀더 섬세한 타입을 좋아해요.」

「레이는 맘만 먹으면 섬세해질 수 있는 남자라니까.」

「뭐, 그럴 수도 있겠죠. 그래도 나한텐 앨런이 있는데 무슨 상관이에요.」

「그래, 앨런이야말로 섬세한 남자의 대명사니까.」

마들린이 비웃음을 흘리면서 말했다.

「당연하죠.」

줄리는·아무렇지도 않게 대꾸하면서 그 자리를 떠났다.

조금 있다가 앨런한테서 연락이 왔다. 예상하고 있던 일이었다. 사고가 일어난 후 줄리는 그에게서 연락이 오길 기다리고 있었다. 앨런의 비서한테 다급한 일이라고 했더니 사업차 유럽에 갔다는 말만 앵무새처럼 반복했다. 비서도 앨런이 언제 돌아올지 모른다고 했다. 돌아올 날짜를 확실히 정해놓고 떠난 게 아니라면서.

사실 앨런은 그 동안 파리와 스위스에 다녀왔다. 눈치를 보니 전날 밤에 도착한 것 같았다. 제작비를 후원해주기로 한 남아프리카와 아랍 출신의 사업가들과 만나 협상을 하고 왔다고 했다. 새로운 영화를 찍는 데 들일 비용이 5천만 달러, 그 돈을 따내기 위해 앨런은 유럽에 다녀온 것이다. 줄리는 그 영화가 자기 몫이 아닐 거란 생각이 들었다. 앨런으로부터는 아무 언급이 없었지만 눈치가 그랬다. 그냥 자연스럽게 얘기하면 누가 뭐래? 대강 얼버무리면서 화제를 돌리는 앨런한테 화가 났다.

「혼자 힘들었지?」

앨런이 나지막한 목소리로 위로를 했다.

「마른 하늘에 날벼락이 떨어져도 유분수지. 내가 당장 그쪽으로 갈게.」

줄리는 지금 앨런이 어떤 모습으로 전화를 받고 있을지 상상이 갔다. 분명히 다리는 책상 위에 올려놓고 가죽의자에 편하게 앉아 있을 것이다. 홍차 한 잔에 과일과 빵을 늘어놓고 말이야. 세련되고 느긋한 모습으로. 앨런은 갈색 머리에 늘씬한 체격의 소유자였다. 눈빛은 겨울 하늘을 연상시켰고 말투를 들어보면 동부에 있는 사립학교 출신이란 게 표가 났다. 앨런은 캘리포니아와 매사추세츠, 서부와 동부의 영향을 한꺼번에 받은 사람이었다.

줄리의 얼굴에 미소가 떠올랐다.

「올 필요 없어요. 지금 하고 있는 일도 있는데. 다 잘될 거 같아요. 보험회사 끄나풀만 빼면. 그 인간이 옆에서 들들 볶아대지만 않았으면 좋겠어요.」

「보험회사한테 그럴 권리가 있다는 거 알잖아.」

「그걸 내가 몰라서 그러는 거예요? 그게 아니잖아요. 이 인간 정말 괜히 싫은 짓만 골라 한다니까. 정말 왜 그런대요?」

「내가 한번 그 사람과 얘기해볼게, 됐어?」

「고마워요.」

「그 동안 혼자서 어떻게 지냈어?」

그가 나지막한 목소리로 덧붙였다.

「당신 나 보고 싶었어?」

「당연하죠. 짬 날 때마다 생각했는걸. 참 나 숙소 옮겼어요.」

「나도 들었어. 기술감독이 새로 왔다면서? 자세히 얘기 좀 해봐. 어떤 사람이야?」

「그 얘긴 또 어디서 들었어요?」

「생각이 잘 안 나. 돌아와 보니까 여기저기서 메시지를 수도 없이 남겨놨더라구. 어때, 그 친구 일은 잘하는 것 같애?」

줄리는 앨런한테 레이에 관해 상세하게 말해주었다. 마들린이 했던 말만 빼고.

「레이 태버리란 친구가 스턴트도 같이 한단 말이지. 그러면이야 좋지. 본전은 챙기는 셈이니까.」

「그런 생각은 안 해봤지만 듣고 보니 그렇네요.」

「그럼, 잘 생각해봐, 보험회사 직원이 추가 비용을 따지는 것도 당연하잖아. 앞으로 경비를 최대한 줄여야 해. 조금만 기다려봐. 며칠 내에 일 끝낼 거니까 그때 그쪽으로 갈게. 몇 시간 정도는 같이 보낼 수 있을 거야. 정말 당신과 이렇게 얘기하는 게 얼마 만이야?」

「기다리고 있을게요.」

두 사람은 몇 분 동안 이런저런 얘기를 하다가 전화를 끊었다. 끊고 나서도 줄리는 한참 동안 손을 전화기에 올려놓고 있었다. 앨런이 오면 정말 좋을 거야. 힘들 때 기댈 수도 있고 촬영장에서도 큰 힘이 돼주겠지. 그러면서도 자신이 제대로 하고 있는지 살펴보러 오는 건 아닌가 싶어 마음이 심란했다. 사실 앨런은 줄리의 재능을 인정해주는 편이었다. 자기가 존경해 마지않는 감독인 불 불러드한테 물려받은 재능이니 오죽하겠냐는 식이었다. 앨런은 자금을 지원해주면서도 한번도 이래라 저래라 간섭한 적이 없었다. 가끔 심미적인 면에 있어서 이런저런 의견을 내놓는 게 전부였다. 최종 편집 단계에서는 비평가적 기질을 발휘하긴 했지만. 그래도 이번엔 사정이 달랐다. 스웜프 킹덤의 제작비와 5천만 달러를 대놓고 비교할 순 없는 일이었다. 뭐 평상시보다 훨씬 웃도는 제작비이긴 했지만. 5천만 달러 정도 되면 사정은 달라지기 마련이었다. 그 정도 돈 앞에서 침착할 사람은 별로 없었다. 앨런도 예외는 아니었다.

앨런이 이번에 기획한 일이 문제는 문제였다. 그런 거금을 들여 다음 영화를 제작하기로 한 마당에 지금 찍는 영화에 돈을 더 쓸 순 없었다. 촬영장에 직접 오겠다고 한 것도 그래서일 거란 생각이 들었다.

그래도 줄리는 그런 식으로 생각하긴 싫었다. 앨런과 사귄 지 7년이나 되었다. 같이 있으면 편했다. 그래서 사정이 허락할 때는 동거 생활을 했다. 앨런은 줄리에게 조언자이자 진정한 친구였다. 자신의 재능을 믿을 수 있게 된 것도 앨런 덕이었다. 줄리가 하고 싶다는 걸 막은 적도 없었다.

일 때문에 떨어져 있다가 오랜만에 만나는 일이 많았지만 그렇다고 너무 반가워 감정이 복받치거나 하진 않았다. 떨어져 있다고 해서 상대편을 비난하지도 않았지만. 앨런은 예술이나 음악, 음식 문화에 식견을 넓히게끔 도와주었고 또 든든한 안식처를 제공해주었다. 줄리를 있는 그대로 인정해주고 가족처럼 대해준 사람도 앨런이었다. 앨런은 줄리의 보호자였고 줄리는 앨런의 자랑거리였다.

그런데 이 영화를 찍기 시작하면서 앨런이 조금씩 변하기 시작했다.

그 이유를 알 수가 없었다. 자금 때문에? 아니면 내가 야심만 자꾸 키우는 것 같아서? 앨런이 점점 멀어지는 느낌이었다. 전보다 신경은 많이 써주는 것 같았지만 실제로는 그렇지 않았다. 뉴올리언스에서 촬영할 때 잠깐 들러서는 겨우 하루 있다가 LA로 돌아가 버렸다. 줄리가 하는 말을 듣긴 하는데 반응이 영 신통치 않았다. 처음에는, 도와주지 않아도 충분히 해낼 거라 믿으니까 저러는구나 싶었지만 지금 와선 그도 자신 없었다.

별 사고 없이 그날 촬영이 시작됐다. 낚시를 계기로 장 피에르와 딸이 서로 더 잘 알게 되는 부분이었다. 또 알리시아가 서서히 늪에서의 생활이 주는 해방감을 맛보게 되는 신이었다. 오늘은 소득이 많은 날이었다. 여태껏 찍은 필름 중에서 최고였으니까. 레이는 낚시하는 방법을 알려주고 늪에 관한 대사를 손질해주었다. 오늘 촬영이 잘 된 건 전적으로 레이의 도움 때문이었다. 카메라 앞에서 밴스는 말투나 동작, 섬머를 대하는 태도까지 레이와 흡사하게 연기해냈다. 줄리는 만족스러웠다. 아니 그 이상이었다.

다음 촬영은 늪에서 장 피에르와 해결사들이 서로 쫓고 쫓기는 신이었다. 레이의 말에 따라 장 피에르가 늪을 기어서 해결사들을 따돌리는 것으로 내용을 고쳤다. 이 장면에 이틀 정도 시간을 할애할 작정이었다. 그 다음은 도로시아가 자기 남편을 늪까지 쫓아와 총으로 위협하는 장면이었다. 결국 남편 속임수에 이리저리 끌려 다니다가 기운이 다 빠져서는 지저분한 몰골로 야영장에 도착한다는 내용이었다. 줄리는 섬머가 늪이라는 새로운 세계에 빠져드는 과정을 좀더 세심하게 다루고 싶었다. 몇 장면 더 늘려볼까 하는 생각이 들었다.

대략 여기까지가 이번 주에 끝내야 할 촬영 목록이었다.

다음주 월요일에는 야영장에서 찍을 장면들이 많았다. 통나무집은 벌써 오필리아가 구해놓았다. 거기서 도로시아 역할을 맡은 마들린이 장 피에르를 유혹해 뉴올리언스로 돌아오게 하려고 할 것이다. 그러다 되레

자기가 늪의 신비스러운 달빛과 옛사랑에 굴복하게 되지만. 그 부분은 중요한 장면이었다. 두 사람 모두 서로에게 느끼는 감정을 인정하면서도 현실은 그게 아니란 사실을 깨닫게 되는 장면이었다. 다 해서 2주 정도면 충분할 것 같았다.

마지막으로 남는 건 문제의 액션 신이었다. 레이가 죽은 친구를 대신해 스턴트를 하기로 되어 있었다. 폭발 장면은 영화에서 클라이맥스를 이루는 중요한 부분이었다. 이걸 찍는 데는 이틀 내지 사흘이면 충분할 것 같았다. 그게 끝나면 장비를 걷어치우고 시내로 자리를 옮겨 상점 내부나 거리를 찍기로 했다. 생각이 바뀌어 더 찍게 되면 사정은 달라지겠지만 거기서는 별로 시간이 걸리지 않을 것이다. 사실 줄리는 케이준들의 생활 방식을 조금이라도 더 화면에 담아보고 싶었다.

그날 저녁 촬영 계획을 짜고 있는데 사무실 문을 노크하는 소리가 들렸다. 레이가 문틈으로 얼굴을 들이밀고 물었다.

「이제 가봐야 할 것 같은데, 지금쯤 숙모가 저녁 준비를 다 해놨을 거야.」

「조금 있다가요. 그냥 먼저 가세요.」

줄리는 책상에서 얼굴을 들지도 않고 말했다.

「문제가 생긴 거야?」

「별로 중요한 건 아니에요.」

「기술적인 문젠가?」

「글쎄요.」

줄리가 고개를 들고 대답했다.

「그럴지도 몰라요.」

레이가 다가와 책상 한 귀퉁이에 엉덩이를 걸치고 앉았다.

「뭔데?」

「달빛 비치는 강에서 수영하는 장면이 있거든요. 장 피에르와 도로시아, 그러니까 밴스와 마들린은 딸 때문에 싸우는 입장이지만 이 장면을 통해 애정이 되살아나게 돼요. 상대방을 성적으로 의식하면서 긴장이 흐르는 상황이죠. 그러다가 갑자기 그런 감정들이 몽땅 사라지는 거예요. 다시 합칠 수 있다는 희망도 사라지고. 이 장면에서 이런 현실적인 면을 부각시키고 싶어요. 꿈속에서처럼 몽롱하면서 섹시한 분위기도 내면서 말이에요. 근데 내가 직접 물에 빠져보니까 안 되겠어요. 그래서 지금 뭘로 그 신을 대체할까 생각 중이에요. 이런 분위기와 똑같은 느낌을 줘야 할 텐데.」

레이가 눈썹을 치켜 올렸다.

「바꾸지 않아도 될 것 같은데.」

「그래요? 물이 너무 차갑다구요. 거기다 거머리도 있는데.」

줄리가 웃으면서 말했다.

「수영하다보면 추운 건 금세 없어진다구. 또 거머리 같은 건 거의 없어.」

「그래도 있긴 있는 거잖아요. 안 그래요?」

줄리는 뭔가 집히는 게 있어서 물었다.

「글쎄, 있을 수도 있겠지.」

그가 싱긋 웃으면서 말했다.

줄리는 손으로 얼굴을 감쌌다.

「내가 바보지. 또 속았어.」

「그건 아닌데.」

줄리가 고개를 드는 걸 보고 그가 재빨리 덧붙였다.

「여름이 되면 거머리들이 많아진다니까.」

「그렇겠죠.」

줄리가 뚱한 얼굴을 해서 말을 이었다.

「그래도 너무 어두워서 안 돼요. 사이프러스나 통나무도 그렇고 쓰레기까지 떠다닐 텐데. 거기다 악어랑 뱀이 나올지도 모르잖아요. 됐어요, 딴걸로 바꿀 거니까.」

「그런 일은 각본 쓰는 사람들이 하는 거 아닌가?」

「내가 각본을 썼거든요. 근데 아무리 생각해도 적당한 걸 찾기가 힘들어요.」

레이가 줄리에게 몸을 굽히며 말했다.

「머리를 쥐어짜 봤자 무슨 소용이야. 혹시 알아, 배를 채우고 나면 생각이 날지.」

맞는 말이었다. 더구나 레이가 있으니까 앞으로 집중하긴 글렀다. 줄리는 문득 자기 할머니를 모시고 고급 식당에 들어가는 레이의 모습을 그려봤다. 상상이 잘 안 갔다. 행동거지나 옷차림 때문에 그런 건 아니었다. 늪이란 환경과 전원, 지프, 그리고 낡은 숙모의 집까지 모두 레이한테 너무나 자연스러웠다. 정말이지 꾸밈이라곤 하나도 없었다. 그냥 그 안에 자연스럽게 속한 사람처럼 보였다. 그런데 고급 맨션에 스포츠카라니, 너무 안 어울린단 생각이 들었다.

줄리는 그냥 다 무시해버릴까 했지만 그럴 수가 없었다. 궁금증이 가시질 않았다.

타인은 고기와 신선한 야채를 넣고 진한 수프를 끓여놓았다. 정작 타인 자신은 외출하고 없었다. 이웃집에 내기 빙고 게임을 하러 간다는 메모가 있었다. 두 사람은 식사를 다 끝내고 설거지를 했다. 아까 그 수영하는 신 때문에 계속 공방전이 오갔다.

마침내 레이가 입을 열었다.

「좋아, 수영복 들고 한번 가보자구.」

「지금 뭐라구……, 됐어요. 강엔 벌써 들어가 봤잖아요, 뭘.」

「이번엔 다르다구. 일이 중요한 거 아닌가? 당신 입으로 사실적인 영화를 만들겠다고 했잖아.」

「다 필요 없어요.」

줄리가 머리를 저으며 말했다.

「순 겁보잖아. 수영은 절대 안 하겠다니……. 그럼 배를 타고 강에 나가보는 건 어때? 정말 괜찮은 장소를 알고 있는데. 안 가면 두고두고 후회할 거야.」

후회할 게 분명했다. 마음 한편에서 경고하는 소리가 들려왔지만 그래도 따라갔다. 저렇게 말하는 걸 보니 아주 특별한 장소일 거란 생각이 들었다. 더구나 뭔가 영화 찍는 데 도움이 될지도 모르는데 거절할 순 없었다. 같이 일하면서 레이한테 얻은 게 하도 많다보니까 더욱 그랬다.

정말 특별하다고 할 만한 곳이었다. 에어보트를 타고 두 사람은 강 외각 쪽으로 빠져 후미진 곳까지 내려갔다. 에어보트가 간신히 빠져 나갈 정도로 좁은 늪을 3~4킬로미터 남짓 지나쳐왔다. 그러다가 길이 넓어지며 막다른 곳에 다다랐다. 완전히 동그란 모양으로 호수를 이룬 곳이었다. 물가를 빙 둘러 검은색의 커다란 사이프러스들이 자라 있었고 겨풀과 수련 잎들이 물 기슭을 떠다녔다. 달빛은 밝은데 호수에선 김이 모락모락 피어올랐다. 물안개가 잔잔하면서도 칠흑같이 검은 수면 위에 깔려 있었다. 달빛에 반사되어 수면은 월장석처럼 빛을 냈다. 에덴동산이나 다름없었다. 현실 세계와 너무 동떨어져 있어서 아침이 되면 사라질 것 같았다.

두 사람이 탄 배는 호수 중앙까지 천천히 미끄러져 갔다. 줄리는 가만히 주위를 둘러보았다. 벌레들이 우는 소리가 조용하게 들려왔다. 이끼가 낀 나무 주위를 물안개가 부드럽게 감싸고 있었다.

줄리는 레이가 움직이는 소리를 못 들었다. 어느새 물 속에 들어가서 옷들을 벗어 던지고 있었다. 눈앞에서 레이가 기척도 없이 수면 위로 솟구쳐 올라왔다. 달빛을 받아 머리카락에 맺힌 물방울들이 반짝거렸다. 머리를 흔들자, 물방울이 사방으로 튀었다. 레이는 물살을 가르며 힘차게 헤엄쳐나갔다. 지나간 자리에 거품이 일어났다.

레이는 정말이지 깜깜한 밤이나 늪의 일부처럼 보였다. 물을 만난 물고기처럼 당당하고 야성적인 모습, 물안개 사이로 레이의 모습이 보였다가 사라지곤 했다. 달빛을 받아 몸이 움직일 때마다 은빛으로 빛났다.

레이가 잠수하면서 잔잔하던 물에 소용돌이가 일었다.

레이가 갑자기 시야에서 사라져버렸다. 어디 갔나 싶어 이리저리 둘러봤다. 악어는 먹이를 찾으면 자기 몸으로 죄어 물 속까지 끌고 들어간다고 하던데. 아무래도 자신을 물에 빠뜨리려는 수작이 아닐까 싶었다. 그래서 에어보트 주변을 샅샅이 살펴봤지만 아무 기척이 없었다. 큰 소리로 이름을 불렀지만 대답이 없었다. 화가 나면서도 한편으로는 두려운 마음이 생겼다. 분노와 공포가 엄습해왔다. 할 수 없이 옷과 신발을 벗어 던지고 강물에 뛰어들었다.

줄리는 어느새 레이의 품안에 있었다. 그녀는 잔뜩 화가 난 얼굴로 레이를 무섭게 쏘아보았다.

「춥진 않아?」

레이가 달래듯이 조용히 물었다.

「하나도 안 추워요.」

줄리가 날카롭게 내쏘았다.

「어디 뱀이나 악어가 보이는 거 같아?」

「눈앞에 있잖아요.」

「이런.」

그가 뒤쪽으로 느긋하게 헤엄쳐갔다. 유혹이라도 하듯 두 팔을 벌린 채.

잠깐 물놀이 좀 한다고 손해 볼 건 없잖아. 줄리는 레이와 헤엄치면서 기분 내키면 잠수도 해봤다. 두 사람 다 수영이 능숙해서인지 호흡이 척척 맞았다. 두 사람은 비슷하게 물에서 나와 에어보트를 붙들었다. 물 속에 떠다니던 두 사람의 몸이 닿았다. 한참 운동을 한 직후라 둘 다 숨을 거칠게 몰아쉬고 있었다.

줄리는 레이의 까만 눈동자를 들여다봤다. 바보 같은 짓이란 걸 알면서도 시선을 피할 수가 없었다. 몸 속 깊은 곳에서 뜨거운 기운이 솟아올랐다. 에너지를 소모해서 그런 것만은 아닌 것 같았다. 고동치는 심장,

팔다리에선 기운이 빠져 나갔다. 레이가 부드럽게 줄리를 붙들었다. 따뜻하면서도 강요하지 않는 손길이었다. 레이의 시선이 줄리의 입술에 머물렀다. 그의 입술이 천천히 줄리의 입술에 와 닿았다.

거부하는 말이나 몸짓을 한번이라도 했다면 레이는 아무 말 없이 그만두었을 것이다. 그런데도 줄리는 가만히 있었다. 그와의 키스가 너무 자연스럽고 피할 수 없는 운명 같았다. 더구나 자신도 간절히 원하고 있었던지라 도저히 거부할 수가 없었다.

달빛 때문일 수도 있었고 둘만 있었던 탓일 수도 있었다. 아니면 호기심 때문이거나 두려움 때문일지도 모른다.

레이의 입술은 따뜻하면서도 달콤했다. 레이가 강하게 입술을 겹쳐오는 바람에 줄리는 입술이 얼얼했다. 그는 혀로 달래듯 부드럽게 줄리의 입술을 열었다. 두 사람의 몸은 바짝 밀착되어 있었다. 레이의 혀가 줄리의 입술 안에서 부드럽게 움직였다. 줄리도 그의 입술이 주는 감촉을 마음껏 맛보았다. 한마디로 키스는 경이로운 느낌을 주었다. 그 감정이 너무 강렬한 나머지 두려운 마음이 들었다.

두 사람은 천천히 떨어졌다. 상대를 응시하면서 두 사람은 서로의 안색만 살피고 있었다.

6

「내가 당신 영역을 침범한 건가?」

레이가 부드럽게 물었다. 그의 숨결이 뺨을 간질였다.

「당연하죠.」

줄리도 시선을 내리깔며 조용히 말했다. 단단하게 솟은 레이의 광대뼈가 눈에 들어왔다. 검고 곱슬곱슬한 머리가 목 언저리에 그림자를 드리우고 있었다.

「일부러 그런 거예요?」

「그럴지도 모르지. 이젠 어쩔 건데?」

「뭐, 간단해요.」

「간단해?」

「추운데 당신이 따뜻하게 해준 셈치면 돼요.」

그가 고개를 끄덕여 보였다.

「그게 좋겠군. 거기다 당신한테 앨런만한 남자는 없을 테니까.」

「그건 아니에요.」

줄리가 떨리는 눈빛으로 그를 바라보았다. 왠지 서글픈 마음도 들었다.

「이제 다음은 뭐지?」

한숨을 내쉬자 가슴이 들썩거렸다. 그 바람에 속옷 레이스가 물 속에 부옇게 비쳤다.

「수영 신 찍을 계획 짜야겠죠.」

한참 가만히 있다가 마침내 레이가 입을 열었다.

「그럼 내가 하자는 대로 하는 거야?」

「설득 한번 잘 했잖아요.」

「글쎄.」

레이는 굳은 얼굴로 대꾸하고 줄리의 허리에 둘렀던 손을 천천히 거두었다. 에어보트에 올라탄 레이는 줄리에게 손을 내밀었다. 레이가 의자 뒤에서 타월을 꺼내 건네주었다. 줄리가 몸을 말리는 동안 레이는 옷을 걸쳐 입었다. 그리고 푸른색 담요까지 꺼내 줄리의 무릎에 걸쳐주었다. 무슨 꿍꿍이속으로 이런 것까지 준비해놨나 싶어 줄리는 어이가 없었다. 그런데도 레이는 태연하게 웃음을 지으며 에어보트를 출발시켰다.

돌아오는 동안 두 사람 모두 아무 말이 없었다. 머리가 마르기도 전에 집에 도착했다. 집에 들어서자마자 줄리는 부엌으로 갔다. 주전자에 물을 채우는 동안 레이는 커피메이커에 커피를 넣었다. 줄리가 컵을 꺼내 돌아서는데 레이가 설탕과 크림을 식탁에 놓는 게 보였다. 순간 줄리의 머리에, 이 기묘한 연대감은 뭘까 하는 생각이 스쳤다. 말하지 않아도 서로 통한다는 느낌이랄까.

별일 아니었지만 아까 일도 있고 해서인지 마음이 불편했다.

커피 냄새가 방 안을 가득 메웠다. 주전자에서 물 끓는 소리가 들리기 시작했다. 갑자기 지지직거리며 누군가의 목소리가 들렸다. 줄리는 깜짝 놀라 냉장고 위에 놓인 무전기를 쳐다봤다.

「우리 숙모의 숨겨진 악덕이라고 해야겠지. 순찰차 무전을 중간에서
몰래 도청하는 거야. 경찰 내에서도 호기심 많은 부인네들이나 사기꾼들
을 피해 주파수를 계속 바꾸기는 하지. 그래봤자 소용없어. 숙모의 팔촌
이 꼬박꼬박 가르쳐주거든.」

「보안관 말이군요.」

「그래.」

「이럴 수가. 숙모님이 도박에다 그것도 모자라서 순찰차 도청을 다 하
시다니.」

「그거라도 안 하면 스트레스 쌓여서 밖으로 나돌아다니기만 할 거라
나. 뭐하면서 돌아다닐 건진 물어보지 않는 게 낫지.」

잠깐 농담을 했더니 긴장이 사라지는 느낌이었다. 일부러 그럴 의도로
레이가 시작하지 않았나 싶었다.

「뭐 적을 게 있어야 수영 신 콘티를 짜죠. 종이와 볼펜 갖고 올게
요.」

「그건 다 여기 있어.」

레이가 서랍을 열어 필기 도구를 꺼내 비닐이 깔린 탁자 위에 놓았다.
한참 써서 그런지 비닐로 만든 식탁보는 온통 칼자국투성이였다. 탁자
양쪽으로 나무의자가 놓여 있었다.

줄리가 찬장에서 컵을 꺼내 탁자 위에 올려놓았다. 뭐라고 말을 해야
할 것 같았다.

「마들린한테 군소리는 안 듣겠네요. 이 장면이 제일 마음에 든다고 그
랬거든요. 누드 신이 없어질 거라고 하면 분명히 광분했을 거예요.」

「나도 대본에서 봤어.」

레이가 커피메이커를 탁자에 올려놓았다.

「정말 누드 신을 하겠대?」

「하고 싶어서 안달이 난걸요. 요즘은 다들 그래요. 가슴 한번 드러내

지 않은 여배우가 배우냐는 식이죠. 남자배우들은 엉덩이를 안 보이면 배우가 아닌 것처럼 난리들이구요. 밴스가 좀 꺼리는 눈치예요. 뭐 굳이 누드 신으로 갈 건 없단 생각이 들지만요. 그래도 이 장면에선 누드로 하는 게 더 자연스러울 것 같아요. 뭐 허리 위까지만 나오게 할 거지만.」

「그럴 이유라도 있어?」

레이가 줄리더러 앉으라고 의자를 빼주었다.

줄리는 레이를 한번 쳐다보고 나서 자리에 앉았다. 보통 남자들과는 다르게 허튼 소릴 하지 않았다. 일부러 노골적인 애기를 해서 당황하게 만드는 타입들이 있었다. 아니면 화제를 꼭 야한 쪽으로만 돌리려고 하는 남자들도 많았다. 레이는 그저 영화에만 관심이 있는 사람처럼 보였다.

「잘못했다간 포르노로 낙인찍힐 수가 있거든요. 그랬다간 괜찮은 영화관에서 상영하기 힘들어요. 거기다가 전면이 나체로 나오면 아무래도 관객들이 스토리에 집중하기 힘들죠. 배우들의 연기를 놓치기도 쉽구요.」

「괜히 야한 쪽으로만 관심 둔단 말이지?」

레이가 의자 뒤로 기대앉으면서 물었다.

「영화 속에 누드 신이 나오면 관객들이 남자배우나 여배우와 자고 싶단 생각을 하기 쉽다구요. 그게 아니면 같이 영화 보러 온 애인과 말이에요. 생각이 온통 딴 데 있는데 어떻게 스토리에 집중하겠어요?」

레이가 고개를 흔들면서 낮게 웃었다.

「왜 그래요?」

줄리는 커피가 다 됐는지 커피메이커를 한번 확인해보며 물었다.

「왜 프로듀서 양반이 당신과 아직 결혼을 안 했는지 모르겠어. 눈먼 장님 아니면 귀머거린가? 아니면 멍청하거나.」

줄리는 손가락으로 탁자 위의 물기를 건드렸다.

「애기 안 해본 건 아니에요. 서로 스케줄이 안 맞다보니까 그렇게 된

거죠. 내가 결혼하고 싶었을 땐 그 사람이 내 나이가 너무 어리다고 생
각했어요. 일하면서 자리 잡을 때까지 기다리기로 했죠. 그 사람이 결혼
하려 했을 땐 내가 야외 촬영 나가느라 바빴구요.」

「둘 다 별로 내켜하지 않는 것 같은데.」

줄리가 얼굴을 찌푸렸다.

「나보다 앨런은 열네 살이나 많아요. 딴게 아니라 서두르면 안 좋으니
까 그러는 거예요. 영화 시작하면서 사업적인 면에 관해선 그 사람한테
거의 다 배웠다구요. 물론 창조적인 면은 아버지한테 보고 배웠지만. 난
앨런을 통해 자신을 존중하는 법을 배웠어요. 불 불러드의 딸이라서가
아니라 내 자신이니까 소중하단 걸 가르쳐준 사람이에요.」

「여전히 미적지근해.」

「남들 눈엔 그렇게 보일지도 몰라요. 정신과 의사들이 흔히 하는 말로
아버지 상을 찾는다느니 그런 것과는 달라요. 그 이상이라구요. 앨런은
날 이해해주고 내 자신 그대로를 인정해주니까요.」

「당신 영역을 침범 안 하신다 그거군.」

레이가 줄리를 똑바로 쳐다보며 물었다.

「내가 싫어하면요.」

「그러는 당신은요? 왜 아직 결혼 안 했죠?」

「아니, 했었어. 아내는 뱃속의 아이랑 같이 죽었지만. 임신한 지 7개월
밖에 안 됐는데 조산이었어. 같이 있어줘야 했는데 그렇게 못했지.」

위로의 말을 해줘야 할 것 같았지만 레이의 표정을 보니 그만두는 게
나을 것 같았다.

「그때 어디 가 있었는데요?」

「마약 단속기관에서 일하고 있을 때였어. 정신없이 일에만 매달렸지.
세상을 다 구할 것처럼 말이야. 안 해도 될 일까지 닥치는 대로 다 맡아
서 했어. 지금 생각하면 아무것도 아닌데 말이야.」

레이가 갑자기 입을 닫았다. 본의 아니게 맘을 털어놔서 당황했을까.

「전엔 영화 만드는 게 지금보다 아주 재밌었어요. 즐기면서 했죠.」

줄리가 침묵을 깨뜨렸다.

「내 딴엔 내가 상상의 세계를 만들어낸다는 생각을 했어요. 사람들한테 살아갈 힘도 주고 자기 자신을 돌아볼 수 있게 하려고 말이에요. 그런 건방진 생각 지금은 안 해요. 그저 관객들이 내 영화를 보고 뭔가 얻는 게 있으면 좋겠다고 생각하죠.」

굳어져 있던 레이의 얼굴이 좀 펴졌다.

「그만두고 싶은 거야?」

「그건 아니에요. 가끔, 아주 가끔 그런 생각이 들긴 하지만. 이쪽에서 하는 말은 들은 척도 안 하고 배우들이 시시한 장난이나 하거나 아니면 뭐 되는 일 하나도 없을 땐 그렇죠. 그래도 어떤 땐 마음속에서 구상했던 것보다 훨씬 아름다운 장면들이 화면에 나올 때도 있어요. 그럴 땐 의욕이 생겨요.」

「아버님께선 자식이 대를 이어 영화를 하는 거에 대해 어떻게 생각하시지?」

「자랑스러워하시는 거 같아요. 좀 의외이긴 하지만. 매일 내가 찍은 영화 애길 사람들한테 하세요. 보는 사람마다 영화 좀 보라고 닦달하시거든요. 그래도 이번 영화는 반대하시더라구요. 내가 감당 못할까봐 그러시는 거예요.」

「감당하기 힘들어?」

조용하면서도 호기심이 깃들인 목소리였다.

줄리가 고개를 갸웃거리며 대꾸했다.

「글쎄요, 지금은 그냥 일에만 매달리는 수밖에 도리가 없어요. 아까 수영 신에서 말이에요…….」

커피가 다 끓었다. 그 동안 두 사람은 함께 머리를 맞대고 아이디어를 짜냈다. 그림으로 그려가며 카메라 앵글을 어떻게 잡을 건지 의논했다. 한쪽에서 의견을 내면 다른 쪽은 상대편에게 질문을 하는 식으로 대강 의견을 모았다. 줄리는 일단 생각해낸 아이디어는 몽땅 종이에 적었다.
별로다 싶은 것들을 추려내니 반타작쯤 되었다.

「대본을 훑어보고 생각한 건데……」

레이가 말을 꺼냈다.

「장 피에르가 처음엔 죽을 수도 있단 생각을 못했을 거야. 늪에서 해
결사들을 이리저리 유인해서 끌고 다닌 것도 장난 삼아 그랬을 거라구.
멋도 모르고 달려든 도시 놈들 한번 골려주자 싶어서 말이야. 수영 신이
그런 생각에 한몫 했겠지. 설마 아내가 자길 죽일까 하고 말이야.」

「맞아요. 그나마 두 사람 사이에 남아 있던 애정이 다 사라졌다는 걸
보여주는 장면이 바로 그 추적 신이에요. 키스 몇 번 하고 옷 벗는 것까
지 찍어도 좋겠지만 그 정도론 아무래도 부족할 거 같아요. 당신 말대로
장 피에르가 그런 맘이 들려면 말이죠.」

「러브 신은 아주 세세하게 다루지 않을까 생각했는데.」

줄리가 어깨를 으쓱해 보였다.

「눈빛 마주치는 것만으로도 러브 신이 될 수 있는데요 뭐. 침대에서
뒹구는 것만 러브 신이 아니에요. 사실 파도가 세차게 밀려든다거나 나
무가 미친 듯이 흔들리는 장면으로 암시만 줘도 그만이에요.」

「침대에서 뒹구는 쪽으로 하는 게 좋겠어. 뭐, 당신 수준으로 물 속에
서 사랑을 나눈다는 게 뭔지 알까 싶지만.」

레이가 큰 소리로 웃으며 말했다.

「내가 모를 것 같아요?」

얼굴이 달아올랐지만 줄리는 무시했다.

「그럴 것 같은데. 암시를 주면서 대강 때울 거면 좀 자극적인 걸로 하
라구.」

「수련이 떠다니는 걸로 하면 어떨까 싶어요. 원래 수련은 다산을 의미
하잖아요.」

줄리가 양손으로 턱을 받치고서 대꾸했다.

「그건 연꽃인데……, 연꽃은 부처와 동일하다나 뭐 그런 얘길 들은 적 있어.」

「휘황찬란한 달빛 아래, 수련이 물위에서 핑그르르 도는 장면을 생각해봐요. 너무 멋있을 거예요.」

「좋은 영감이 떠오르셨군.」

레이가 헛기침을 하며 말했다.

「그냥 웃자고 해본 소리가 아니에요.」

「나도 알아. 음, 나한테도 그런 좋은 영감이 떠올랐으면 좋겠어.」

레이가 일어나 커피잔을 치우기 시작했다.

「그만 해요. 강가에서 노을지는 광경도 찍어둬야겠어요. 하늘빛이 너무 곱고 가지각색이라 배경으로 써먹으면 아주 멋질 거예요.」

「그게 다 화학 공장에서 내뿜는 매연 때문에 그렇게 보이는 건데.」

「그래도 꼭 집어넣었으면 좋겠어요. 처음 자막 나올 때 배경으로 써보면 어떨까 싶거든요. 조지프 영감님이 노을진 하늘 아래 나룻배를 젓는 모습이 맨 처음에 나오는 거예요. 평화롭고 향수를 불러일으키는 광경이죠. 그러다 갑자기 장 피에르가 탄 보트가 그 옆을 엄청난 속도로 지나가는 거예요. 뉴올리언스로 자기 딸을 데리러 가는 거죠. 그런데 조지프 영감님한테 부탁하면 해주실까요?」

「싫어할 이유가 있을까?」

레이가 커피잔을 씻으면서 어깨 너머로 줄리에게 시선을 던졌다.

「몇 주 동안은 좋아서 어쩔 줄 몰라하실걸. 이 참에 영화배우가 된 것처럼 말이야. 아마 자기가 나오는 장면이 중요하단 사실을 알게 되면 보수를 턱없이 달라고 할 거야.」

「기억해두죠.」

줄리가 담담하게 말했다.

줄리는 메모지를 뜯어 주머니에 넣었다. 그리고 레이와 같이 설거지를 끝내고는 바로 잘 자란 인사를 하고서 방으로 돌아왔다.

잠이 안 왔다. 커피를 입에 달고 있을 때가 많았지만 이런 한밤중에 마시는 일은 드물었다. 줄리는 메모지를 훑어보았다. 별로 손댈 부분이 없는 것 같아 기분이 좋았다. 책을 볼까 싶었지만 샤워가 급선무였다. 머리가 있는 대로 갈라지고 뻗쳐 있을 게 분명했다. 줄리는 옷을 다 벗은 뒤, 욕조에 들어갔다. 일부러 거울은 들여다보지 않았다.

욕조엔 샤워기가 붙어 있었고 얇은 나일론으로 만든 커튼이 달려 있었다. 천막 안에서 목욕하는 것과 비슷한 느낌이었다. 비누에선 라벤더 향기가 났다. 비누거품이 많아서 샴푸로 쓰기에 딱 좋았다. 줄리는 느긋하게 머리를 문질렀다. 샤워기를 틀어 몸을 헹구는데 비누거품이 몸의 곡선을 따라 흘러내렸다. 그 바람에 아까 강에서 있었던 일이 떠올랐다.

조금 있으니까 노크소리가 들리는 것 같았다. 긴가민가해서 샤워기를 잠그고는 손으로 눈을 비비며 커튼 사이로 타월을 집어 들었다.

「누구세요?」

「거머리 점검차 나왔습니다.」

레이였다. 목소리에 장난기가 잔뜩 배어 있었다. 그러면서도 가슴 떨리게 하는 뭔가가 있었다. 줄리는 타월로 몸을 감싸고 욕조에서 나와 큰 소리로 외쳤다.

「내 방에 어떻게 들어왔어요? 방금 분명히 문을 잠갔는데.」

「집주인과 같이 살다보면 아무래도 유리한 점이 있는 법. 거기다 이렇게 오래된 집에서 문을 걸어봤자 그게 그거야.」

「대단하시네요.」

줄리는 가빠오는 숨을 간신히 억눌렀다.

「생각해줘서 고맙지만 거머린 하나도 없어요.」

욕실문이 끼익 소리를 내면서 천천히 열렸다. 레이가 문가에 기대면서 말했다.

「정말이야? 정말 자세하게 살펴봐야 한다니까.」

레이는 청바지 차림이었는데 샤워를 했는지 머리가 젖어 있었다. 좁은 공간이라서 그런지 레이는 더 건장해 보였다. 느긋하면서도 침착한 모습, 절대 강요하거나 위협하는 태도가 아니었다. 레이의 눈빛이 줄리의 시선을 붙들었다. 기대를 하면서도 확신은 못하겠다는 눈빛이었다.

레이가 타월을 감싼 줄리의 손을 붙잡았다. 그리고 엄지손가락으로 손등을 부드럽게 문질렀다. 레이한테서 남성적이면서도 상큼한 냄새가 났다. 온몸에 맹렬한 욕구가 일어났다.

그를 원하고 있는데 아닌 척하긴 싫었다. 그에 관한 거라면 뭐든지 알고 싶었다. 안기고 싶었고 사랑받고 싶었다. 레이와 함께 정신없이 쾌락에 몸을 맡기고 싶었다. 잠시 모든 걸 잊어버리고 싶단 생각도 들었다. 어쨌든 줄리는 지금 이 순간 레이를 원했다.

줄리는 들고 있던 타월을 떨어뜨리고는 손끝으로 레이 가슴에 난 털을 부드럽게 쓸었다. 그리고 입술을 접근시켰다.

「날 유혹하려는 거야?」

입술에 와 닿는 레이의 숨결이 따뜻하면서도 달콤했다.

「그래요.」

줄리가 눈을 감으며 대답했다.

레이가 줄리의 몸을 안아 올렸다. 그는 침실에 들어가 줄리를 침대에 부드럽게 내려놓았다. 그리고 청바지를 벗고 줄리 옆에 누웠다. 줄리는 레이에게 몸을 밀착시켜 그의 몸이 주는 단단한 감촉을 즐겼다.

레이의 입술은 부드럽고 촉촉했다. 그는 익숙한 손놀림으로 줄리의 몸에서 쾌락을 이끌어냈다. 동시에 그녀에게도 마음껏 자신의 몸을 탐험할 수 있게 했다. 한참 동안 두 사람은 상대방의 육체를 정신없이 탐닉했다. 누가 먼저랄 것도 없이 신음소리를 내면서 정신없이 한몸이 되었다.

두 사람의 사랑은 아주 격렬하게 이루어졌다. 뭐 놀랄 일도 아니었지만. 그래도 신선한 충격이긴 했다. 힘겨운 탐닉이 끝났을 때 두 사람은 서로의 몸을 꼭 껴안았다. 둘 다 방금 전의 경이로운 체험 때문에 멍한 상태였다. 아무 말 없이 그저 상대방의 가슴 뛰는 소리만 듣고 있었다.

레이는 줄리의 헝클어진 머리카락을 쓰다듬고는 팔꿈치를 세우고서 귓가에 속삭였다.

「왜 자꾸 수련 생각이 나는 거지?」

「나도 모르죠.」

줄리가 눈을 감은 채 대꾸했다. 줄리는 미소 띤 얼굴로 레이의 품안에서 잠이 들었다.

줄리가 일어났을 때 레이는 옆에 없었다. 직업의식이 지나치게 투철하군, 줄리는 양팔을 머리 위로 쭉 펴면서 이렇게 생각했다.

옆으로 돌아누워 레이의 흔적이 남아 있는 베개를 살그머니 쓰다듬었다. 줄리의 얼굴에서 어느덧 미소가 사라졌다. 왜 아무 말도 없이 몰래 빠져 나갔을까? 혹시 하룻밤 불장난 상대로 내가 필요했던 걸까?

자신은 앨런을 배신했다. 양심의 가책도 없이 나중은 생각지도 않고 다른 남자와 잤다. 전엔 이런 일이 한번도 없었다. 어떻게 이런 일이 생겼지? 어떻게 내가 앨런한테 이런 짓을 할 수 있어? 아무리 생각해도 이해하기 힘들었다. 너무나 이중적이다 싶은 남자가 아닌가. 늪에서 본 남자가 진짜인지 아니면 소문으로 들은 뉴올리언스의 플레이보이가 본모습인지 알 수가 없었다. 그 남자의 본모습이 어떤지도 모른다. 지금까지 그런 건 아무 상관 없다 싶었지만 지금은 아주 중요했다.

줄리는 천장에서 벽으로 다시 창문으로 시선을 돌렸다. 그런다고 해서 실마리가 잡힐 리 없는데도.

머릿속이 온통 뒤죽박죽이 된 기분이었다. 창 밖에는 해가 중천에 떠 있었다.

줄리는 침대에서 벌떡 일어나 속옷을 주워 모으고는 옷장에서 청바지와 스웨터를 꺼내 욕실로 갔다.

오늘은 장 피에르가 해결사들과 늪에서 숨바꼭질하는 장면을 찍을 차례였다. 감독이 지금 어디서 뭐하고 있나, 언제쯤 촬영을 시작할 건가, 다들 구시렁대고 있겠지.

아직 카메라는 안 돌아가고 있었지만, 줄리가 도착했을 때 촬영 준비는 잘 진행되고 있었다. 오필리아와 스탠이 전날 자세하게 작성해놓은 스토리보드를 참조해서 일을 진행시켜났다. 보트 클럽 바로 뒤에 위치한 늪에서 촬영할 거라 장비 옮기는 건 문제가 없었다. 해결사들이 자동소총을 쏠 때, 불이 붙는 장면에 써먹을 특수효과는 어제 준비를 끝냈다. 레이는 밴스에게 겨풀에 베이지 않는 방법과 부스럭거리는 종려나무 사이를 통과하는 법을 가르쳐주고 있었다. 늪뱀을 알아보는 방법이라든지 다른 소소한 일들에 대해서도 알려주었다. 해결사 역할을 하기로 한 배우들한테는 밴스와 정반대로 하라고 시켰다. 그래야 관객들 눈에, 장 피에르가 늪에 관해 통달한 걸로 보일 테니까.

줄리가 촬영장에 도착했을 때, 촬영에 쓰일 악어들도 들여오고 있었다. 악어들은 철창 안에서 싯누런 눈으로 이것저것 살펴보고 있었지만 아직 이른 아침인데다 전날 밤에 생닭을 먹어치워서인지 축 늘어져 있었다. 장 피에르가 위급한 시점에서 악어를 이용해 해결사들의 길을 가로막는 부분이 있었다.

「쇠사슬로 잘 묶어두세요.」

스탠이 악어를 가져온 사람한테 소리를 질렀다.

「아무 데나 돌아다니면 곤란해요. 촬영장이 엉망이 되면 큰일이잖아요.」

「이놈들은 아무 데나 돌아다니지 않는데요.」

악어를 가져온 사람이 어깨 너머로 느릿하게 말했다.

「막대기로 몇 대 때리면 가만히 있습죠.」

이내 카메라도 다 자리를 잡고 촬영 준비가 끝났다. 추적 신의 도입부에서 밴스가 질퍽대는 진창을 피하려는 바람에 몇 번이고 다시 찍었다. 고개를 숙여야 하는데도 밴스는 덤불 속을 통과하면서 겨풀에 안 베이려고 고개를 쳐들고 달렸다.

얼마 후, 밴스가 감을 잡기 시작하면서 나머진 술술 풀렸다. 밴스와 해결사들은 몇 번이나 화염에 휩싸인 곳을 뛰어다니는 연습을 했다. 촬영은 한 번에 끝났다.

점심을 간단히 때우고 나서, 장 피에르를 놓친 해결사들이 서로 상대방을 탓하는 장면을 찍었다. 밴스한테 휴식시간을 좀 주기 위해서였다.

「좋았어. 다들 비켜서!」

스탠이 큰 소리로 외쳤다.

「악어들은 어때? 됐어. 한 번밖에 못 간다는 거 알지? 잘해봐. 자, 이제 갑시다.」

해결사 역할을 맡은 배우들은 이리저리 긁히고 먼지가 묻은 분장을 하고서 소도구 담당한테 총기를 받았다. 소도구 담당이 실탄을 잔뜩 장전해 건네준 것들이었다.

「잠깐만 기다려요.」

레이였다.

줄리는 앤디 러셀과 애기하고 있다가 레이의 목소리가 들리는 쪽으로 고개를 돌렸다. 하루 종일 레이를 의식하고 지냈다. 레이가 우스갯소리를 섞어가며 배우들한테 지시 사항을 전달할 때마다 자꾸 신경이 쓰였다. 가끔 두 사람은 몰래 미소를 교환하기도 했다. 점심때 같이 샌드위치를 먹었으면 했지만 전화하느라고 바빠서 어쩔 수가 없었다.

줄리가 레이 옆으로 갔더니 스탠이 절뚝대면서 다가와 먼저 입을 열었다.

「무슨 문제가 있는 거야?」

「그럴지도 몰라요. 소도구 담당자가 방금 실탄을 장전했잖습니까?」

「그게 뭐?」

「잘못하다간 구경하는 사람들까지 맞을 수 있어요. 거기다 도로까지 바로 옆에 있으니 더하죠.」

「그럴까? 고작 악어 몇 마리 죽이는 것 가지고 뭘 그래. 총도 땅에다 쏠 건데 위험할 리 없지. 자, 알아들었으면 좀 비켜. 촬영해야 하니까.」

스탠의 심드렁한 대꾸에도 레이는 꼼짝 안 했다.

「그렇겐 못하겠습니다.」

「지금 무슨 소릴 하는 거야?」

「잠깐만요. 이 사람이 하는 말 좀 들어보구요.」

줄리가 스탠의 팔에 손을 올려놓으며 말했다.

「영화 몇 장면 때문에 죄 없는 악어만 죽는 꼴 아닙니까. 관객들한테 스릴 좀 주려고 말이죠.」

「젠장, 악어 가지고 왜 이리 난리야.」

스탠이 버럭 소리를 질렀다.

「멸종될 희귀종도 아닌데 무슨 소릴 하는 거야? 널리고 널린 게 악어 사냥꾼들이고 그 사람들은 시도 때도 없이 악어를 사냥할 거 아냐.」

「시도 때도 없이는 아니죠. 사냥하는 철이 따로 있으니까요. 어찌됐든 여기서 악어가 죽어 몸부림치게 할 수는 없어요.」

스탠의 얼굴에 핏대가 섰다. 자기 분을 못 이겨 입술이 떨리고 있었다. 주변에선 스태프들이 숨을 죽이고 이 광경을 지켜보고 있었다. 바람에 야자수가 흔들리는 소리와 모기 떼의 울음소리가 주위의 침묵을 깨고 있었다.

스탠이 입을 열기도 전에 줄리가 나섰다.

「해결사들이 악어한테 총을 쏘는 건 딴게 아니라 잔뜩 겁을 먹어서 긴장한 상태라 그런 거예요. 자기들이 장 피에르 손에서 놀아나고 있는 것 같아서 말이죠. 바스락거리는 소리만 나도 정신없이 총탄을 퍼붓는 이유도 그래서예요.」

레이가 딱딱한 얼굴로 줄리에게 말했다.

「명목이야 좋지. 그냥 공포탄만 쏴도 되잖아. 그리고 피는 물감을 사용하면 되고 악어를 죽일 것까진 없다구.」

「그런 별것도 아닌 일에…….」

「별것도 아닌 일이라니. 악어들이 햇빛이나 비바람, 달빛도 아주 좋아한다는 거 알아? 짝짓기하면서는 즐거워서 울어대기도 하고. 새끼들한테 노래도 불러준다구. 인간 이상으로 자기 삶에 애착을 갖고 있는 녀석들이야.」

카메라 뒤편에서 오필리아가 날카로운 목소리로 말했다.

「거 봐, 내가 뭐랬어? 악어 인간이라고 했잖아.」

「젠장, 웃기지도 않네.」

스탠이 나직하게 내뱉었다.

「우린 가서 촬영이나 하자.」

줄리는 가만히 서서 까맣게 탄 레이의 얼굴을 바라보고 있었다. 한참 있다가 그녀는 고개를 돌리고 말했다.

「총알을 빼요.」

「줄리…….」

스탠이 끼여들었다.

「제 말대로 하세요. 그럴듯하게 보이게 할 수 있잖아요? 특수효과든 뭐든 방법을 다 써보세요. 악어들은 절대 건드리면 안 돼요.」

스탠이 굳은 얼굴로 고개를 끄덕였다.

「감독은 너니까.」

「고마워요, 아저씨.」

줄리는 스탠의 팔을 잡고 스태프들한테 소리를 질렀다.

「자, 30분 동안 휴식이에요.」

그것으로 다 끝난 건 아니었다.

그날 저녁 늦게 줄리가 촬영장을 나올 때 스탠이 뒤따라왔다.

두 사람은 아무 말 없이 걷기만 했다. 둘 다 하루 종일 시달려서 노곤한 몸을 이끌고 종려나무 잎을 헤치며 나아갔다. 앞에서 스태프들 목소리가 들려왔다. 간간이 웃음소리가 터져 나오기도 했다. 뒤에서 나는 소린가 싶기도 했지만. 줄리는 레이가 어디 있을까 궁금했다. 얼굴을 본지 한 시간이 넘었다. 벌써 집에 갔을지도 모른다.

주위에는 두 사람밖에 없었다. 다람쥐가 눈앞에서 쪼르르 나무 위로 올라갔다가 사라졌다. 스탠은 잠깐 동안 다람쥐를 쳐다보다가 조심스레 앞뒤를 살폈다.

「이제 됐군. 아무도 없어.」

스탠이 줄리에게 시선을 던지며 입을 열었다.

「너, 태버리하고 그렇고 그런 사이가 된 거냐?」

「내 사생활이니까 관심 끄세요.」

줄리가 아무렇지도 않은 척하며 대꾸했다.

「네가 그 녀석하고 뭔 일을 하던 상관 안 해. 내가 신경 쓰는 건 영화라구. 넌 지금 정신이 딴 데 팔려서 제대로 감독 노릇을 못하고 있잖아. 태버리가 자기 멋대로 다 하게 놔두고 말이야.」

스탠이 단호하게 말했다.

「아저씨, 무슨 말을 그렇게 하세요.」

줄리는 은매화 가지에 매달린 잎들을 잡아뜯었다. 그 바람에 향긋한 냄새가 피어올랐다.

「그럼 아니란 말이니? 그 녀석 입에서 나오는 말이라면 성경에 나오는 말인 것처럼 다 따르는데도? 뭐든지 그 녀석 편만 들고 있잖냐.」

「악어에 관한 거라면 그 사람 말이 맞아요.」

줄리는 화를 억누르면서 말했다.

「동물보호협회에서 들고일어날 수도 있잖아요.」

「나 참, 개나 뭐 말이면 또 모를까.」

「그렇게 장담하진 못하죠. 어쨌든 그런 데서 들고일어나면 우리만 힘들잖아요.」

스탠이 고집스러운 얼굴로 대꾸했다.

「그런 식으로 태버리 편을 들 것 없어. 너 그렇게 하면 안 돼. 스태프들끼린 다 가족 같은 건데, 어디서 굴러온 촌뜨기 때문에 가족을 무시해도 되는 거야? 아무리 태버리한테 마음이 있어도 그렇지.」

줄리는 은매화 가지를 뚝 부러뜨렸다. 그리고 땅에 떨어뜨려서 발로 짓밟아버렸다. 자신과 레이의 관계가 그렇게 눈에 보일 정도일 줄은 몰랐다. 스탠은 자신을 너무 잘 알아서 그렇다 쳐도 다른 사람들은 어떨까? 언젠간 다른 사람들도 알아차릴 게 뻔했다. 스탠의 말처럼 스태프들끼린 가족 같은 면이 없지 않았다. 고생이란 고생은 같이 하고 남들은 알지도 못하는 촬영 용어를 써가며 대화를 하다보니 그럴 수밖에 없었다. 사람들 앞에서 레이 편을 들었으니 그런 관계를 무시한 거나 다름없었다. 스탠이 중간에 끼여드는 바람에 이렇게 되긴 했지만 잘못은 자신에게 있었다.

「레이 태버리를 왜 돈주고 고용했겠어요? 필요하니까 쓴 건데, 그 사람 말 안 들을 거면 뭣하러 비싼 돈을 들여요?」

「내 말이 그 말이야. 뭣하러 돈을 낭비하냐구. 그 치가 없어도 상관없잖아.」

줄리가 스탠에게 단호하게 말했다.

「레이는 늪에 관해선 모르는 게 없는 사람이에요. 그 사람은 어떤 게 맞는지 어떻게 해야 하는지 다 알지만, 우린 모르잖아요.」

줄리가 강조하듯이 덧붙였다.

「누구 하나 제대로 아는 사람이 없다구요.」

「그건 신경 안 써도 돼. 밴스한테 덤불 숲에서 어떻게 움직여야 하는지 내가 가르쳐줄 수도 있었어. 태버리가 먼저 나서서 그렇지. 너도 제작비를 아껴 써야 하는 거 알잖아. 그러니까 태버리를 그냥 내보내. 뭐 별다른 이유가 없으면.」

「왜 그러시는 거예요?」

줄리가 딱딱한 목소리로 물었다.

「왜 그렇게 레이가 못마땅하시냐구요?」

스탠은 트레일러와 사무실이 세워진 공터에 시선을 두면서 대꾸했다.

「너무 자신감이 넘치는 타입이야. 분명히 뭔가 속셈이 따로 있어서 기술감독이 된 거야. 이래저래 꼬치꼬치 캐묻고 다니는 것만 봐도 그래. 정말 눈엣가시라고.」

「일하느라 그런 거겠죠.」

「글쎄, 그건 두고 봐야겠지. 아무튼 난 그 녀석 하는 짓거리가 맘에 안 들어.」

두 사람은 보트 클럽의 주차장에 도착했다. 스탠은 아무 말 없이 쩔뚝거리며 보트 클럽 쪽으로 갔다.

줄리는 잠깐 동안 서 있다가 사무실로 발길을 돌렸다. 아저씨 말이 맞을까? 진짜 레이가 일하곤 상관없이 뭔가 캐내려고 한다구? 그게 사실이라면 왜 그런 걸까?

그게 사실이라고 쳐도 스탠은 또 왜 저렇게 나오는 거지? 영화에 문외한인 사람들이 영화에 관해 궁금해하는 건 보통이었다. 영화 찍는 데 방해만 안 된다면 문제될 건 하나도 없었다. 스탠은 별것도 아닌 일에 기분이 잔뜩 상해 있었다.

오필리아도 전에, 레이가 아무한테나 말을 걸고 다닌다는 말을 했다. 스탠 말마따나 뭔가 다른 속셈이 있는 건지도 모른다.

그거야 천천히 알아내면 되겠지. 줄리는 그렇게 생각했다.

스탠 말대로라면 한 가지 확실한 게 있었다. 그 어느 경우도 자기 맘에 안 들게 뻔했다. 스탠 이상으로

7

누군가 사무실에 있었다. 비서는 벌써 퇴근하고 없을 때였다. 사무실 바같은 조용했다. 재떨이는 깨끗하게 비워져 있었고 잡지들도 차곡차곡 쌓여 있었다. 비서가 나가면서 사무실도 잠갔을 텐데 문이 반쯤 열려 있었다. 종이 넘기는 소리도 났고 서랍이 닫히는 소리도 들렸다.

줄리는 문을 활짝 열어 젖혔다. 벽에 문이 부딪히며 탕 소리를 냈다. 레이가 책장 옆에 서서 고개를 들었다. 손에 들고 있던 서류를 훑어보고 있었던 모양이었다. 레이는 한편으론 놀란 것 같기도 하고 좀 짜증스러워 보이기도 했다.

「뭘 찾을 건지 도와줘요?」

줄리가 짐짓 아무렇지도 않은 척 밝은 목소리로 물었다.

「그럴 리가 있나. 사무실도 당신 영역에 속하잖아.」

그 말을 들으니까 어젯밤 일이 떠올라 얼굴이 달아올랐다. 레이의 눈빛이 따뜻해서 그런 것도 있었지만.

줄리는 맘과는 다르게 담담한 목소리로 말했다.

「이 사무실은 공공시설이 아니에요. 뭘 하고 있었는지 말씀해보세요.」

그의 얼굴에서 미소가 사라졌다.

「그렇게 나오면 나도 말 꺼내기가 힘들지.」

「그럼 뭐라고 할까요?」

조금 찔리는 구석이 있긴 했다. 아무래도 스탠이 한 말에 영향을 받은 것 같았다. 이 남자의 이중적인 모습에 왠지 석연치 않은 구석이 있기도 했다. 누가 됐던 간에 허락도 없이 몰래 자기 물건에 손대는 건 꺼림칙했다. 그게 레이라고 해도.

「알았어, 알았다고.」

레이가 조금 뜸을 들였다가 덧붙였다.

「미안해. 여기서 당신을 기다리고 있다가 뭐 찾을 게 생각나서 그랬어. 다음 번엔 먼저 물어볼게. 이제 됐어?」

살짝 찌푸린 얼굴로 사과하는 레이를 보니 슬그머니 화가 풀렸다.

「뭘 찾고 있었는데요?」

「폴이 탔던 배를 제조한 회사 이름을 찾고 있었어. 도나는 제조회사에 책임이 있는 게 아닐까 생각하고 있거든. 나도 그렇고.」

순간 줄리는 가슴이 쿵 내려앉는 기분이었다. 그녀는 의자에 앉으면서 간신히 입을 열었다.

「그럼 도나 리슬릿이 재판을 청구한단 말인가요?」

「그런 말은 안 했어.」

「여태껏 경과로 봐서 어떻게 될지 뻔해요. 배를 만든 회사도 그렇지만 영화사도 무사하긴 힘들다구요. 보험회사에서 잡아먹을 듯이 난리 치겠죠. 데이비스가 엄청 좋아하겠네요. 어떻게 하면 나한테서 스윔프 킹덤을 빼앗아갈까 기회만 엿보고 있는 인간인데.」

「무슨 소릴 하는 거야?」

레이가 눈살을 찌푸리며 물었다. 줄리가 간단하게 사정을 설명한 후 덧붙였다.

「도나가 꼭 그렇게 나올 필요는 없잖아요. 안 그래도 보험 혜택을 받게 될 텐데 말이에요. 진상을 안다고 해서 도나 맘이 편해지겠어요? 거기다 그건 그냥 사고였어요.」

줄리가 목소리를 높였다.

「당신도 봤잖아요. 우리 모두 다 같이 본 거라구요. 배의 조종 케이블이 망가져서 그런 거라니까요.」

레이가 고개를 흔들었다.

「폴이 그런 걸 그냥 지나쳤을 리가 없어. 배에 이상이 있었으면 미리 알아차렸을 거야. 분명히 원인은 딴 데 있었던 거야.」

줄리가 머리카락을 손으로 쓸어 올리며 말했다.

「정 그러면 회사에 물어봐요. 뭐라고 할지. 폴이 탄 배는 사오 년쯤 된 거라서 닳아빠진 거였어요. 유람선이나 쾌속정은 다 새걸 들여왔지만 말이에요. 장 피에르가 쓰던 배가 낡은 거니 어떡해요. 한참 쓰던 배처럼 보이려니까 그럴 수밖에 없었죠.」

「배를 들여왔을 때 누가 점검했지?」

「오필리아가 송장에 사인을 하고 나서 스탠이랑 정비기사가 점검했어요. 그 배는 사실 이맘때쯤 모터를 바꾸고 새로 수리하기로 했거든요. 그래서 세심하게 살펴보지 않은 것 같아요. 거기다 스턴트맨들은 대개 자기가 직접 장비 점검을 해요. 믿을 사람은 자신뿐이라고 생각하는 거죠. 그러다보니 다른 스태프들은 다시 점검할 필요성을 못 느끼는 거예요.」

「서로 생각이 엇갈려서 생긴 일이다, 그런 얘기군.」

「그렇게 밖에 설명할 수 없네요.」

줄리는 자책감으로 무거운 얼굴이 되어서 레이의 시선을 피했다.

「사실 <트와일라잇 존>의 감독 존 랜디스가 어떻게 빅 모로우와 애들을 둘이나 죽게 했는지 이해할 수 없단 말을 하곤 했어요. 무모하고 냉혹하구나 싶었죠. 이젠 좀 생각이 달라졌어요. 감독 입장에서 스턴트맨들이 위험을 무릅쓰고 연기하는 걸 보면 그 사람들한테 점점 위험한 일을 시키게 돼요. 그러다보면 강도가 자꾸 커지게 되죠. 무사히 그 순간을 모면하고 나면 앞으로도 무사할 거란 생각을 하면서 말이에요.」

레이가 서류를 캐비닛에 올려놓고 책상 한 귀퉁이에 앉았다.

「내가 봐도 사실 별로 위험한 장면은 아니었어. 배가 정상적으로 움직였으면 아무 일 없었을 거야. 괜히 자책하지 말라구.」

「난 감독이니까요. 촬영장에서 벌어지는 일에 대해선 다 내 책임이에요. 통솔권이 있으니까 책임도 따르는 게 당연하죠.」

「랜디스 같은 사람도 나중에 혐의가 풀렸는데 뭘.」

「민사재판에선 몇 년 동안 판결이 안 났어요. 결국 수백만 달러로 합의를 봤지만.」

「도나가 재판하겠다고 하진 않았어. 그냥 진실을 알았으면 하는 거야. 사고에 관한 건 다 잊어버리게 말이야.」

「나도 그랬으면 좋겠어요.」

레이가 고개를 끄덕였다. 금세 사라졌지만, 잠깐 동안 레이의 얼굴에 불안감이 스쳐갔다.

「우리 새우하고 가재 튀김 먹으러 갈까? 숙모는 성당 모임에 갔어. 오늘은 우리끼리 때워야 한다구.」

「좋아요. 난 원래 튀기는 덴 별 솜씨가 없지만.」

「우리가 해먹자는 게 아니라 미든도르프에 가자는 얘기였어. 이 근처에서 제일 괜찮은 해산물 식당이거든. 거기선 모리패스 호수나 맨책 수로가 한눈에 다 보여. 모리패스랑 폰샤트레인 호수를 통과하는 운하도 그렇고.」

모리패스 호수는 블라인드 강의 맨 후미에 위치하고 있었다.

「배 타고 가는 거예요?」

「그러구 싶다면.」

「아니, 차 타고 가도 상관없어요.」

「정말이야?」

줄리가 앉은 회전의자를 한 바퀴 돌리며 레이가 말했다.

「달빛 아래서 수영은 싫고?」

「오늘밤은 싫어요.」

줄리의 얼굴에 그늘이 졌다. 손은 가슴에 꽉 모아 쥐고 있었다.

「그거 실망인데. 아무래도 딴걸 생각해 봐야겠군.」

레이는 줄리에게 몸을 숙여 입술을 살며시 포갰다. 그리고 혀로 안쪽 입술선을 더듬었다. 차가웠던 줄리의 입술에 온기가 돌았다. 줄리는 손을 레이의 어깨에 올려놓고 그의 몸을 끌어당겼다.

「이런, 이런, 정말 재밌군.」

문가에서 누군가의 목소리가 들렸다.

레이가 천천히 고개를 들었다. 줄리는 천천히 숨을 들이마시면서 고개를 돌렸다. 밴스가 문고리를 잡고 서 있었다.

「무슨 일이에요?」

질투와 상처받은 자존심 때문에 밴스의 눈빛이 흐려졌다.

「볼일이야 있었지. 뭔지 다 잊어버렸지만.」

밴스가 비꼬듯 말했다.

「나중에 다시 오지. 그러는 게 낫지 않겠어? 문은 닫아줄 테니까 걱정 마. 앨런이 이걸 아는지 모르겠군. 소문이 퍼지면 곤란하겠지? 그 친구가 아무것도 모른다면 말이야.」

미든도르프 식당으로 향하는 차 안에서 두 사람은 생기가 없었다. 레이는 운전에 집중할 수가 없었다. 차는 고속도로를 따라 북쪽으로 향하고 있었다. 벌써 바깥은 어두워져서 앞이 잘 보이지 않았다. 레이는 화물 운반을 위해 고속도로를 따라 파놓은 운하를 손으로 가리켰다. 늪을 통과하는 넓은 도로를 건축하면서 파일을 세우느라 화물선이 동원되었다고 했다. 두 사람은 주머니쥐나 너구리가 자살 충동이 일어나서 한밤중에 도로에 뛰어드는 일을 화제로 삼았다. 그 불쌍한 동물들 시체는 말똥가리들이 처리한다고 했다. 화제를 바꿨는데도 가라앉은 분위기는 여전했다.

레이는 가끔씩 줄리에게 시선을 던졌다. 생각에 잠긴 얼굴이었다. 무슨 생각을 하나 싶었지만 왠지 알기가 두려웠다.

사실 레이는 너무 서두르지 않았나 생각하고 있었다. 변명의 여지도 없었다. 어젯밤 줄리의 방으로 가지 않으려고 자신을 억눌렀지만 그건 불가능했다. 자신은 정신없이 줄리에게 끌리고 있었다. 마음 한편에서 경고의 목소리가 들려왔지만 그렇다고 그런 감정을 무시할 순 없었다.

레이는 유리창에 비친 줄리의 모습을 바라보았다. 단아하게 앉아 고개를 갸웃거리고 있었다. 윤곽이 뚜렷한 입술은 부드러운 곡선을 그리고 있었다. 누군가가 유혹해주기를 기다리고 있는 것처럼.

줄리는 자의식이 강한 타입이었다. 그래서 더 도전의식 같은 게 솟아나는지도 모른다. 줄리가 경계심을 풀고 꿈이나 생각 같은 걸 함께 나눴으면 싶었다. 줄리가 무슨 색을 좋아하는지 다음 선거 땐 누굴 찍을 건지, 알고 싶은 게 너무 많았다. 줄리에 관해서라면 뭐든지 알고 싶었다.

아까는 밴스 스튜어트의 얼굴에 한방 먹이고 싶은 걸 간신히 참았다. 건방진 자식 같으니! 어떻게 줄리한테 그런 비열한 말을 할 수가 있지? 혹시 두 사람 사이에 뭔가 있었던 걸까? 그 자식은 대체 줄리한테 어떤 존재지?

레이는 눈살을 찌푸리면서 헤드라이트 불빛 아래 드러나는 도로에 시선을 주었다. 그런 질문을 할 권리가 없다는 건 알았다. 더구나 경솔한 짓을 했다간 밴스 스튜어트가 어떻게 나올지 알 수 없었다. 촬영장에 있을 땐 줄리와 친밀한 모습을 보이지 말았어야 했다. 줄리와 스태프들 사이가 어긋나게 된 것도 자신 탓이었다. 원래대로 회복하기 위해선 무슨 일이든지 해야 했다.

레이는 고개를 돌려 옆자리에 앉은 줄리를 쳐다보았다. 줄리는 차창 너머로 지나치는 늪과 나무들을 응시하고 있었다. 레이가 한참 만에 입을 열었다.

「루이지애나에서 학교를 다녔다고 했는데 어쩌다가 LA에 정착하게 된 거지?」

줄리는 선뜻 대답했다.

「엄마가 돌아가시고 나서 아버지가 같이 살자고 했거든요. 방학 때 한두 번 아버지랑 같이 지내긴 했었어요. 그때부터 햇빛을 받으며 해안에서 노는 데 맛들였죠. 그래서 아버지랑 같이 살기로 했어요.」

「아버지랑 같이 지내기는 괜찮았어?」

「처음엔요.」

머리를 의자에 기대면서 줄리가 대답했다. 말을 하니까 차라리 낫다 싶었다.

「아버지는 손이 큰 사람이라 차도 주고 용돈도 많이 줬어요.」

「어릴 땐 그게 꿈같은 일이잖아.」

「그렇긴 해도 아버진 간섭이 심했어요. 어떤 친구를 사귀고 어떤 식으로 생각해야 한다는 것까지 간섭한걸요. 어릴 땐 옆에 없다가 갑자기 가장으로서 권위를 내세웠으니 어땠겠어요. 하루 일과를 몽땅 보고하란 식이었다구요. 정말 말도 안 되는 일이라고 생각했어요. 괜히 아버지로서의 자존심 같은 걸 내세우는구나 싶었다구요. 지금은 책임감 때문에 그랬을 거란 생각이 들지만요. 워낙 천방지축인 애를 다루려니까 더 했겠죠.」

너무 안 어울리는 말 같아 레이는 웃음이 나왔다.

「당신이 천방지축이었다고?」

「그 이상이었어요.」

줄리가 솔직하게 고백했다.

「잠깐 동안 여자친구 넷이랑 오빠 같은 남자애 둘과 해변에서 같이 살기도 했어요.」

「학교는 안 다닌 거야?」

「일 년 정도 그랬죠.」

「그러고 나서는?」

「그것도 시간이 지나니까 지루해지더라구요. 그래서 아버지가 준 비디오 카메라로 시간을 때우는 일이 많아졌어요. 파도나 서핑하는 사람들을 찍었죠. 해보니까 기술적으로 모르는 게 많더라구요. 그러다보니 누구한테 물어봤겠어요?」

레이가 트럭을 지나치며 말했다.

「당신 아버지였겠지.」

「그 전하곤 상황이 달라졌어요. 상대방이 하는 얘기를 귀담아 들어주게 됐죠. 전에는 네가 잘났네, 내가 잘났네, 하면서 서로 목소리만 높였거든요. 어쨌든 학교에 돌아가서 공부를 다시 시작했어요. 따로 나와서 살긴 했지만요. 아버지가 일이 없을 때를 골라 닥치는 대로 영화를 찍었어요.」

줄리의 목소리에 뭔가 석연치 않은 구석이 있어 보였다. 레이가 조심스럽게 물었다.

「꽤 오랫동안 독립해서 살았군.」

「그런 셈이에요. 앨런과 같이 지낸 걸 빼면.」

앨런에 관해선 까맣게 잊어버리고 있었다. 줄리도 자기 약혼자에 관해선 더 이상 별말이 없었다.

「늪이 정말 방대하네요. 가도가도 끝이 없는 걸 보니까.」

「전보다는 덜한 거야. 공원이니 주택들이 잔뜩 들어서면서 말이야.」

「케이준들은 왜 여기 정착한 거죠? 그 당시 더 살기 좋은 곳도 많았을 텐데 말이에요.」

「당시 이 땅은 스페인 사람들 몫이었어. 그런 걸 케이준들한테 넘겨준 거지. 사실 늪에 정착한 건 아니었고 강가에서 살았지. 뭐 그래봤자 늪이 바로 코앞이었지만. 당시 사람들은 늪을 탐험하기도 하면서 자기 집처럼 편하게 지냈어. 뭐 산을 정복하려는 사람들과 비슷한 거겠지만.」

「저 산이 거기 있으니까.」

줄리는 에베레스트 산을 정복했던 말로리의 말을 인용했다.

「당신 조상도 그랬어요?」

질문을 하는 줄리의 눈빛이 이상하게 빛나 보였다. 레이는 좀 의아한 생각이 들었지만 그냥 별생각 없이 대답했다.

「그런 셈이야. 과거엔 가족들끼리 재미 삼아 그랬지. 지금 내 사촌들은 사는 게 바빠 그런 건 모르고 지내지만.」

「아버지는 뭘 하셨어요? 저기, 직업이 뭐였냐구요?」

「잠깐 농부였다가 화학공장에서 일하시게 됐지. 작은아버지는 설탕공장에서 일하셨고. 작은아버진 타인 숙모의 남편이었어. 집에 돌아오시면 정말 재미있었어. 온통 설탕가루를 날리면서 들어오는 모습이 눈사람처럼 보였거든. 숙모는 작은아버지를 세상에서 제일 달콤한 남자라고 부르셨어.」

「그랬을 거예요.」

줄리가 웃음기 배인 목소리로 말했다. 눈빛엔 뭔가 아직도 고민하는 기색이 남아 있었다.

두 사람이 탄 차는 오르막길을 올라 꼭대기에 이르렀다. 모리패스 호수가 눈 아래 펼쳐져 있었다. 왼쪽으론 넓고 까만 호수가 오른쪽에는 좁은 수로가 있었는데 폰샤트레인이라고 불리는 내해(內海)와 맞닿아 있었다. 폰샤트레인이란 이름은 루이 14세의 해군장관쯤 되던 꽁트 드 폰샤트레인의 이름을 딴 것이었다. 차가 구부러진 다리를 건넜다. 화물선이나 거대한 어선들이 통과할 수 있게끔 높이 설계된 다리였다. 레이는 식당 주차장에 차를 세웠다.

식당은 소박한 편이었다. 낮고 좌우로 긴 건물 외형에 빨간 줄무늬 차양이 창문에 붙어 있었다. 울긋불긋한 색으로 칠한 대형 간판은 관광객들의 시선을 끌기 위해 만든 것 같았다. 영업을 시작한 건 벌써 50년 전의 일이었다. 손님은 어부들이나 이 근방 사람들만 있는 게 아니었다. 뉴올리언스에서 온 사람들에다 풋볼 경기를 보러 루이지애나 북부에서 놀러온 사람들도 있었다. 거기다 관광객까지 손님은 정말 가지각색이었다.

나무를 깔아서 그런지 실내장식은 아늑했다. 주위에서 식사를 하는 사람들의 목소리가 나직하게 들렸다. 게살에 콘밀, 땅콩기름 냄새가 코를 자극했다. 종업원이 레이가 말한 구석 자리로 두 사람을 안내해줬다. 지나가면서 레이는 몇 번인가 친구들과 인사를 나눴다. 스태프들도 어디서 소문을 들었는지 서너 군데 자리를 잡고 식사를 하고 있었다. 줄리는 스태프들한테 손을 흔들어 보였다.

메뉴엔 스테이크에 닭요리, 햄버거까지 있었다. 생굴이며 삶은 가재, 구운 새우, 레몬버터를 발라 구운 가자미까지 다양했다. 곁들이는 요리로 야채 샐러드에 양배추 샐러드, 감자 튀김, 옥수수 빵도 있었다. 소박하면서도 푸짐한 메뉴였다.

레이는 풀리푸세란 와인을 주문했다. 별로 유명한 상표는 아니었지만 괜찮은 와인이었다. 두 사람은 와인을 음미하며 메뉴판을 들여다봤다. 그러면서 튀김요리랑 와인이랑 곁들여 먹는 게 좋은지 어떤지 얘기를 나눴다. 레이는 특별메뉴를 주문했다. 노릇노릇 튀긴 메기 필레(가시를 발라낸 생선토막)였다. 줄리는 여러 가질 다 맛볼 생각으로 한 접시에 새우, 굴, 메기, 게살이 다 나오는 요리를 시켰다.

종업원이 메뉴를 받아 적고 나서 메뉴판을 가져갔다. 레이는 빈 유리잔에 와인을 따르고 나서 의자에 기대앉았다. 그러고는 조용히 입을 열었다.

「그 애길 할까 아니면 그냥 무시해버릴까?」

「뭐라구요?」

줄리가 와인 한 모금을 마시며 물었다. 테이블에 놓인 촛대의 불빛이 유리잔 바닥에 반사되었다. 불빛이 줄리의 얼굴에서 흔들렸다. 그 바람에 지나치게 침울한 얼굴이 더 강조되는 것 같았다.

「뭔가 고민이 있는 거 아냐? 그 얘길 좀 해봐.」

잠깐 동안 망설이더니 줄리가 고개를 끄덕였다.

「사실 있긴 해요. 당신이 뉴올리언스에선 플레이보이로 유명하단 얘길 들었거든요. 늪쥐라고 불리는 케이준한텐 너무 안 어울리는 말이죠.」

예상했던 질문이 아니었다.

「마들린한테 들었어?」

「한 다리 건너서 들었다는 말이 맞겠군요.」

「마들린이 과장한 거야.」

「그래도 뉴올리언스에 아파트 갖고 있는 거 맞죠?」

「그래.」

「아주 고급 맨션이라면서요. 거기다 보통 가정의 생활비로는 몇 년치를 털어 넣어도 살까 말까한 이태리제 스포츠카는요?」

「마들린은 정말 할 일이 그렇게 없는 거야?」

「전용 비행기도 있다면서요?」

한숨을 내쉬는 걸 보니 그 말도 맞는 모양이었다.

「명화 수집이나 요트 얘기도 한 거야?」

「아뇨. 사교 클럽 얘긴 했어요.」

「사교 클럽 회원이라서 엄청나게 감명받은 건 아니고?」

「루이지애나 출신이라 나도 안다구요. 사회적 지위나 출신 배경이 좋을 때 가능한 거 아닌가요? 아까 차 안에서 뉴올리언스 가족들 얘길 할 기회를 줬잖아요. 그런데도 왜 아무 말 안 했죠? 뭐 숨길 거라도 있는 거예요? 당신 진짜 모습을 알면 사람들이 싫어할까봐 두려운 건가요?」

레이는 줄리의 얼굴을 살폈다. 나한테 실망한 걸까, 아니면 혐오스러

운 걸까? 혹시 잔뜩 호기심을 숨기고 하는 말은 아닐까? 레이는 줄리가
냉랭한 이유가 뭘까 생각해보았다.
「그래야 마들린이 쫓아다니지 않아서 좋잖아.」
「농담하는 거 아니에요.」
「나도 아니야.」
레이가 심각하게 말했다.
「별로 중요한 얘기도 아닌데 뭣하러 떠벌리고 다니겠어. 거기다 길 가
는 여자를 붙들고 '이봐요, 아가씨, 난 굉장히 돈도 많고 사회적으로도
유명인사거든' 하고 말하는 취미도 없어.」
「아, 그러세요? 어쨌든 사람들 바보 만들고 아주 재밌겠어요.」
줄리의 푸른 눈동자에 분노가 일었다. 레이는 줄리의 화를 가라앉히려
고 말했다.
「그건 아니야. 나한테 돈 좀 따로 비축하라고 얘기하는 사람한테 그럼
내가 뭐라고 하겠어? 먼저 단정을 내린 사람은 당신이잖아. 그땐 당신이
랑 같이 일할 거란 생각을 안 했어. 거기다가 한지붕 아래에서 살게 될
지는 몰랐지.」
「친히 날 도와주시기로 맘을 먹었을 때나 새벽에 내 침대에서 기어나
가면서 왜 한마디 못해줘요? 몇 시간 걸리는 것도 아니고 그냥 '근데,
당신한테 말 안 한 게 있거든' 정도면 되는데.」
레이는 줄리의 모습을 가만히 바라보고 있었다. 달아오른 얼굴이며 화
를 못 이겨 스웨터 위로 들썩거리는 가슴이 매혹적이었다. 정신 차려야
해. 레이는 마음속으로 자신을 나무랐다. 지금 줄리한테 넋을 잃어봤자
도움될 건 없었다. 생각지도 않은 어려움에 봉착한 만큼 원인을 따져봐
야 할 필요가 있었다.
「미안해.」
레이가 불쑥 사과를 했다.
「됐어요, 그만 해요.」

줄리가 냉정하게 사과를 거부했다.

「제대로 사과하려면 전부 자기 잘못인 걸 시인해야 하는 거 아니에요?」

레이는 몸을 숙이고 낮은 목소리로 대꾸했다.

「딴건 모르겠지만 오늘 아침에 아무 말도 없이 그냥 당신 방에서 나온 건 내 잘못이야.」

「내가 지금 그것 때문에 그러는 거예요?」

줄리가 화가 나서 쏘아붙였다.

「아니, 나도 일찍 빠져 나오고 싶었던 건 아니었다구. 자는 걸 깨워서라도 그런 말을 했어야 했는데…… 숙모 때문에 할 수 없었지.」

무슨 말인지 금세 감이 왔다.

「아!」

「그래, 숙모도 이해 못하시는 건 아냐. 드라마에서 야한 장면 나오면 좋아서 친구들과 수다도 떠시니까. 그래도 내가 어젯밤에 내 침대에서 안 잤다는 걸 아시면 실망하실 거야. 어쨌든 숙모 집이잖아. 옳고 그른 건 다 숙모 판단에 따라야 하는 입장이 될 수밖에 없지.」

「숙모님이 아신다면…….」

줄리가 들릴 듯 말 듯 덧붙였다.

「나한테 더 실망하실 거예요.」

음식이 나오는 바람에 레이는 할말을 못하고 말았다. 두 사람은 묵묵히 음식을 먹었다. 점점 둘 사이의 긴장이 커지기만 했다. 줄리는 눈을 내리깔고 있었다. 가끔 눈살이 찌푸려지는 건 자기도 어쩔 수가 없었다. 결국 줄리가 포크를 탁 내려놓았다. 레이를 바라보는 눈빛이 너무나 진지했다. 순간 한 대 얻어맞았을 때처럼 배가 움찔했다.

「저기요, 내 생각에 우린…… 아니 내가 어제 실수한 거 같아요. 자제력을 완전히 상실했어요. 나한테도 책임이 있다는 거 알아요. 거부할 수도 있었는데 안 그랬죠. 거기에 대해선 뭐라고 할말이 없어요. 설명할 자신도 없구요. 앨런도 있는데 당신과 계속 그렇게 지낼 순 없어요. 난 정말 너무 죄의식이 느껴져요.」

레이는 순식간에 식욕이 달아나버렸다. 남은 와인을 다 마시고 나서도 한참 동안 잔을 붙잡고 있었다. 조심스럽게 테이블에 유리잔을 내려놓으며 담담하게 말했다.

「아까 밴스가 한 말 때문에 그런 거야?」

줄리가 고개를 흔들었다.

「오늘 아침에 일어났을 때부터 그런 생각이 들었어요. 앨런과 같이 보낸 시간을 무시할 순 없어요. 우린 정말 기쁠 때나 슬플 때나 변함없이 같이 지냈으니까요. 그리고…… 우린 서로를 이해하고 존중해요. 그 사람은 나한테 이런 취급 받아선 안 될 사람이에요.」

레이는 할말이 많았지만 그런다고 달라질 건 없었다. 지금은 그냥 신사적으로 깨끗이 물러날 수밖에 없었다. 정말 끔찍하게 싫은 일이었지만.

「어젯밤 일 때문에 책임감 같은 거 가질 필요 없어.」

「그럼 됐어요.」

줄리가 시선을 피하면서 대답했다.

「돈 때문에 거절당한 건 이번이 처음인 거 같은데.」

레이가 자조적인 어투로 말했다.

「그게 아니에요.」

줄리가 재빨리 말을 이었다.

「우린 서로 너무 달라요. 살아가는 방식도 그렇고. 처음부터 너무 오해도 많았구요. 뭐 당신은 아주 재미있었겠지만요. 앨런도 앨런이지만 우리가 이러는 건…….」

「옳지 않다고?」

「그래요.」

줄리는 도와줘서 고맙다는 식으로 말했다.

「그냥 없었던 일로 치고…… 잊어버리면 돼요.」

레이는 뭐라고 한마디 하려다가 입을 꾹 다물었다. 대신에 줄리한테 딴걸 물었다.

「그럼 앞으로도 촬영하는 동안은 같이 일하고 한지붕에서 지내게 되는 건가?」

「가능하면 그렇게 해야겠죠.」

「불가능한 일은 아니야.」

「난 그럼 됐어요. 타인 숙모와 빨리 헤어지는 건 싫어요. 거기다 왜 떠나야 하는지 설명하기도 그렇고…….」

레이는 간신히 미소를 지으면서 말했다.

「그거야 끔찍한 일이지. 숙모라면 억지로라도 입을 열게 할 수 있을걸.」

「그렇겠죠.」

줄리가 미소를 지을 듯 말 듯하면서 대답했다. 그래도 걱정스러운 눈빛은 여전했다.

「그 이후엔 들들 볶일 사람이 나만 남겠군.」

「그렇겐 안 하실 거예요.」

「내가 저지른 죄 때문이 아니라 당신을 쫓아냈다고 화내실걸.」

「지붕을 새걸로 갈았으면 하시니까요.」

레이는 그런 뜻에서 한 말이 아니었지만 그냥 넘어가기로 했다. 사실 설명할 자신도 없었다. 그 대신 후식을 먹을 거냐고 물어봤지만 줄리는 사양했다. 레이는 계산서를 달라고 손짓했다.

레이는 줄리가 영화사에서 돈을 낼 거라고 할 줄 알았다. 아니면 반씩 부담하자고 할 거라고 생각했다. 하지만 그게 아니었다. 아무튼 레이로 선 다행이었다. 눈치가 빨라서 그런 건지 아니면 돈 많은 걸 알았으니 내라는 얘긴지 알 순 없었지만. 줄리가 손을 닦으러 간 사이에 자신이 내면 될 일이었다.

지갑에서 돈을 꺼내 테이블에 올려놓았다. 종업원에게 남기는 팁이었다. 계산서를 집으려는데 술병에 와인이 아주 조금 남아 있었다. 그걸 잔에 따라서 들어올렸다. 와인을 들여다보는 입가에 일그러진 미소가 떠올랐다. 손이 가볍게 떨리고 있어서 노란 액체도 덩달아 흔들리고 있었다. 한참을 앉아서 손에 든 와인 잔만 바라보고 있었다. 그러다 갑자기 술잔을 들어 목구멍에 들이붓고는 테이블에 잔을 내려놓았다. 그리고 뒤도 돌아보지 않고 자리를 떠났다.

8

줄리는 잠을 설쳤다. 레이와 같이 저녁 먹던 일이 마음속에 자꾸 떠올랐다. 꼭 영화를 반복해서 돌려보는 기분이었다. 영화라면 편집하면서 대사 더빙을 다시 해야 할 듯했다. 마음속에서 들려오는 레이의 목소리는 억양이 있었다 없었다 하면서 제멋대로였다. 표정과 말이 영 딴판일 때도 있었다.

이제 이런 관계는 그만두자는 줄리의 말에 레이는 아주 너그럽게 나왔다. 그 이상 바라기는 힘들 정도였다. 그 덕에 아주 힘든 시간을 수월하게 넘겼다. 그래도 이런 걸 기대했던 건 아니었다. 꼬집어서 뭐라 말하긴 힘들지만……, 그럴 리가 없다는 식의 반응이나 화를 내면서 비난조로 나올 거라고 생각했다. 순순히 나와줘서 고맙다는 생각이 들면서도 다른 한편으론 이게 아니다 싶었다.

아예 관심 밖의 일이라서 문제 삼을 가치조차 없다고 생각했는지도 모른다. 더구나 구경꾼들이 많은 식당이었으니까 말하기가 거북했을지도 모른다. 두 가지 다 별로 그럴싸해 보이진 않았다.

지금 마음이 복잡한 이유가 레이가 했던 말 때문인지 아니면 상처받은 자존심 때문인지도 알 수 없었다.

줄리는 꼭 바보가 된 느낌이었다. 그렇게 자기 마음을 모를 수도 있는 것일까. 하룻밤 사랑으로 끝낼걸 왜 시작했을까? 이렇게 도망치듯이 빠져 나올걸. 레이의 어떤 점이 자신을 이렇게 만들었을까? 정말 너무 혼란스러웠다. 레이와 이런 관계를 지속한다는 생각만 해도 공포가 몰려왔으니까. 그러면서도 레이가 순순히 거절을 받아들였다는 사실에 맘이 아팠다. 레이의 이해를 구한답시고 앨런 얘기를 꺼냈다. 오랜 세월 동안 삶의 중심이 되어준 사람을 배신하는 데 거리낌이 없을 리 없었다. 진심에서 한 말이었다지만 정말 그게 전부였을까?

레이는 복잡한 남자였다. 처음엔 남자다운 것만 내세우는 타입인 줄 알았다. 자존심으로만 똘똘 뭉쳐서 섬세함이라고는 하나도 없는 남자라고 생각했다. 지금은 그게 아니란 걸 알게 되었지만……, 그 이상의 뭔가가 있었다. 레이는 자신의 본모습을 좀처럼 드러내려 하지 않았다. 농담이나 하면서 얼렁뚱땅 넘어가려고 하질 않나, 자신을 숨기는 덴 선수였다. 말을 안 하는 만큼 상상의 여지가 많았다. 실제와는 전혀 다른 모습을 마음대로 추측할 수도 있을 테고…… 그래서 줄리는 두려운 마음이 들었다. 레이의 본모습이 뭘까 싶어 두렵기도 했지만 그게 전부는 아니었다. 그 동안 질서 정연하고 안전했던 자신의 삶이 송두리째 흔들리진 않을까 해서 두렵기도 했다.

그렇다고 해서 문제될 건 없었다. 레이와 문제를 해결했으니까 이젠 정신적으로 고민할 필요가 없었다. 영화만 만들면 됐다. 며칠만 있으면 촬영도 다 끝날 테고 그럼 여길 떠날 수 있었다. LA로 돌아가면 옛날의 생활로 돌아갈 수 있을 것이다. 앨런에게 돌아가 다음 영화를 준비하겠지. 그게 끝나면 또 다른 영화를 찍고.

며칠 동안, 하루 열네 시간 이상을 일만 하다보니 다른 생각을 할 여력이 없었다. 손에 잡힌 일에만 집중할 수 있었다. 촬영도 마찬가지였다. 섬머랑 밴스가 낚시하면서 서로에 관해 좀더 이해하게 되는 신이 그랬다. 두 사람이 함께 배를 타고 폭풍우를 이겨내는 장면도 마찬가지였다. 장 피에르와 알리시아가 폭풍을 계기로 더욱더 친밀해지는 부분이었다. 이 사건을 계기로 알리시아 역을 맡은 섬머는 아버지한테서 용기를 얻게 된다.

고용한 해결사들이 영 시원치 않으니까 도로시아가 직접 총을 들고나서서 남편을 쫓는 신도 아주 만족스러웠다. 진흙투성이가 된 마들린은 우아함을 모조리 상실한 채, 도로시아 역할을 정말이지 잘 해냈다. 이 장면에서 도로시아는 자신의 남편이나 늪을 침범할 수 없다는 사실을 깨닫게 된다. 나체로 수영하는 신은 한밤중에 촬영했다. 찍고 보니 주인공들의 숨은 감정이 현실과는 동떨어진 분위기에서 너무나 잘 묘사되었다. 말로 표현하기 힘들 정도로 아름다운 영상이 화면에 담겼다. 편집한 화면을 보고 마들린과 밴스는 자축하면서 좋아했다. 줄리 자신도 그렇게 좋은 장면이 나오리란 생각은 못했다.

레이는 항상 곁에 있었다. 가끔 짤막한 질문을 하기도 했고 묻는 말에 대답도 했다. 그럴 때면 서로 시선을 피하기 일쑤였지만.

줄리가 시선을 두는 곳마다 레이가 있었다. 웃고 있거나 얘기하고 있을 때나 줄리의 시선은 자꾸 그쪽으로 갔다. 레이는 장난을 쳐서 섬머를 웃게 만들었고 마들린을 달래주기도 했다. 밴스한테는 자꾸 자극을 줘서 더 노력을 하게끔 했다. 더구나 스태프들한텐 어떻게 환심을 얻었는지 잘 어울려 지냈다. 아무렇지도 않게 서로 말장난을 할 정도였다. 오필리아하고도 장단이 잘 맞아서 같이 술 마시고 농담하는 사이가 되었다. 오필리아가 웃어젖히는 걸 보면 분명 저질스러운 얘기나 해대고 있을 게 분명했지만. 쉬는 시간이면 경찰이나 관리인들과 커피를 마시곤 했다. 도로나 늪을 순찰하다가 잠깐 쉬려고 보트 클럽에 들른 사람들이었다.

　주위가 온통 어두워졌을 때 밴스가 사무실을 찾아왔다. 기술감독 얘기를 들먹일 게 뻔했다. 의자에 털썩 앉아서는 대뜸 입을 열었다.

「정말 태버리하고 당신 뭐하자는 거야? 이가 갈릴 정도로 서로 앙숙인 척하더군. 지금 보니까 그 자식 오필리아 트레일러에 좋아라고 들어가던걸. 거기야말로 한마디로 이동식 창녀촌 아냐?」

「남의 일에 신경 쓰지 말아요.」

　줄리가 냉랭하게 말했다.

「그래? 어디 신경 쓸 게 또 있어야 말이지. 이거 정말 궁금한데……, 둘이서 사랑싸움이라도 한 거야? 아니면 앨런 때문에 다 집어치우기로 한 거야?」

　줄리는 그의 눈을 똑바로 바라보며 물었다.

「당신이 그건 왜 신경을 써요?」

「그거야 당연하지.」

　밴스가 분개해서 내뱉었다.

「남자한테 냉정하게 굴기로 소문이 파다한 여감독 아니셨나? 그런데 어쩐 일인지 촌뜨기한테 정신이 나갔으니. 나 같은 사람은 완전히 무시하고 말이야.」

「당신 말처럼 정신 나간 적 없어요.」

「당신 손에 놀아날 뻔했어.」

「그건 그렇다 치고 뭘 바라는 거예요? 나와 같이 침대에 간 걸 자랑하고 싶은 거예요? 아니면 신문 기사에 실리는 걸 보고 싶어요? 됐어요. 그런 거 하나도 달갑지 않다구요. 내가 충고 하나 해줘요? 여자한테 호감을 사고 싶을 땐 말이에요, 먼저 자기 감정에 솔직해지세요.」

　밴스는 가만히 줄리를 보고 있다가 주머니에서 새끼줄 비슷하게 생긴 걸 꺼내더니 한입 베어 씹기 시작했다.

「지금 담배 씹는 거예요? 당신이?」

　밴스는 맛있다는 걸 자랑이라도 하듯 소리를 내면서 씹었다.

「여기 사람이 준 거야. 페리크라고 인디언들이 피우던 담배야. 여기 특산물이라 전세계 어딜 가봐도 찾아볼 수 없지. 맛이 괜찮은 편이야. 마약만은 못해도」

「정말 놀랄 노자네요.」

「그래? 물론 마약만큼 죽여주진 못하지.」

「물론 마약만큼 죽여주진 못하겠죠.」

줄리가 밴스의 말을 흉내냈다. 한참 동안 가만히 줄리를 보고만 있다가 밴스가 입을 열었다.

「가끔 당신 정말 짜증날 때가 있어.」

「그걸 이제야 알았어요?」

「나한테만 그런 거겠지. 원래는 마음이 약한 편이잖아. 일벌레라서 그렇지 순둥이 아니냐구. 아네트는 아니라고 부득부득 우겨대지만 말이야. 그래봤자 나한텐 안 통하지.」

「순둥이는 절대 아니에요.」

줄리가 화난 얼굴로 말했다.

「그러시겠지. 까딱 잘못했다간 당신 일하는 게 힘들겠어. 걱정이 좀 되는데.」

「그건 또 무슨 얘기예요?」

「아네트 대버트의 출셋길을 막았다면서? 아네트가 그러는데, 당신 아버지 영화에 오디션을 받으러 갔었다지. 아버지와 단둘이 되길 기다렸다가 당신이 그랬다면서? '아빠, 저 여잔 목소리가 너무 웃겨서 안 돼'라고.」

줄리는 기억을 더듬었지만 생각나는 게 전혀 없었다. 아버지가 가끔 줄리한테 의견을 물어보긴 했다. 여자들한테 지성은 기대하지 않으면서도 육감은 믿을 만하다고 생각하신 것 같았다.

「그런 일이 있었다면 아마 몇 년 전일 거예요.」

「그래? 당신이 십대였을 때잖아? 그런데도 기억이 안 난다고? 문제가 더 심각해지는군.」

「왜요? 내가 기억도 못할 정도로 무심했다는 게 드러나서요? 일부러 사람들 희망을 짓밟거나 하진 않아요. 내가 그랬으면 미안하게 생각해요. 그래도 악의가 있어서 그런 건 아니었다구요. 아네트 목소리에 문제가 있는 건 사실이잖아요. 좀 목소리를 낮게 깔거나 굵게 내면 어디 덧나나? 왜 그렇게 안 한대요?」

밴스가 어깨를 으쓱해 보였다.

「내가 알아? 당신한테 책임을 덮어씌우고 싶은 걸지도.」

「날 그렇게 싫어하면서 딸을 출연시킬 생각은 왜 했나 몰라.」

「그건 딴게 아냐. 아네트는 당신이 빚진 거나 다름없다고 생각하더군. 섬머한테 들어오는 돈으로 당신은 빚을 갚는 셈이지. 아네트 입장에선 손해본 만큼 받아내겠다는 거 아니겠어?」

「아네트 자존심도 보통이 아니네요.」

「배우한테 자존심이란 건 없어.」

순간 푸른 눈동자가 흐려지는가 싶더니 밴스가 자조적으로 말했다.

「배우한텐 자아라는 게 있지. 불완전하고 파괴적인 자아가. 그게 상처를 입으면 견뎌내질 못한다니까.」

사무실 바깥에서 문이 열리는 소리가 들렸다. 이내 발소리가 이어졌다. 줄리는 위치상 바깥을 내다볼 수 없었지만 줄리랑 마주 보고 있던 밴스는 달랐다. 소리만 듣고도 누군지 대강 짐작이 가긴 했지만.

갑자기 밴스가 자리에서 일어나 줄리에게 다가갔다. 그러더니 줄리의 얼굴을 손바닥으로 감싸고 입술을 덮쳐왔다. 미처 피할 사이도 없었다.

하는 듯 마는 듯 메마른 키스, 감정이라곤 찾아보기 힘들었다. 몇 초나 있었을까 밴스가 금세 고개를 들었다. 그리고 굳은 목소리로 말했다.

「내가 뭐랬어? 조심하랬지.」

그제야 몸을 돌려 문 쪽으로 갔다. 거기 서 있던 남자에게 승리감에 젖은 미소를 던지면서 밴스는 사무실을 나갔다.

「불편하면 나중에 다시 올까?」

레이가 아무렇지도 않게 말했다.

줄리는 숨을 깊게 들이마셨다. 흔적이라도 없앨 것처럼 손을 입가에 대었다가 다시 내려놓았다. 그리고 딱 부러지듯 말했다.

「그럴 거 없어요. 당신한테 복수하자는 심산에서 저러는 거니까. 나한테는 너 망신 한번 당해보란 거겠죠. 아예 신경 꺼버리는 게 나아요.」

「그래도 손 좀 봐줘야 될 것 같은데.」

냉랭한 목소리였다.

「그래서 뭘 어쩌려구요. 당신 약올랐다고 광고하는 거나 다름없잖아요.」

「다시는 그런 일이 없게 하면 되지.」

「내가 어떻게 해볼 수 있을 거예요.」

「그래? 어떻게 할 건데? 장 피에르 역 그만 하고 싶으냐고 위협이라도 할 거야? 이제 와서 대역을 쓰면 돈이 얼만데, 그런 말이 통할 거 같아?」

「편집만 조금 하면 섬머만 주인공으로 만드는 건 쉬워요. 밴스는 완전히 들러리로 남게 하는 수가 있죠.」

레이는 줄리를 빤히 쳐다보다가 쓴웃음을 지었다.

「정말 피도 눈물도 없이 냉혹한걸. 당신과 말싸움하면 안 된다는 결론이 이래서 또 나오는군.」

줄리는 모멸감에 휩싸였다. 밴스에다 레이까지 이렇게 나오니까 더했다. 그래도 허리를 꼿꼿이 세우면서 줄리가 물었다.

「그건 그렇다 치고 뭐 볼일이라도 있어요?」

그의 눈을 보니 뭔가 재밌어하는 눈치였다. 서서히 사무실 안의 분위기는 긴장감이 감돌았다. 줄리의 얼굴이 달아오르기 시작했다. 자기가 방금 한 말이 도발적으로 들릴 수도 있으리란 생각이 들었다. 레이가 가만있으니까 더 민망했다. 정말 말이 잘못 나왔구나 싶었다. 프로이드 이

론대로 말실수에도 무의식이 작용한다니까.

레이가 목을 가다듬더니 말을 꺼냈다.

「사실, 당신한테 할말이 있었지.」

「뭔데요?」

애써 차분한 목소리로 줄리가 물었다.

「그 동안 미뤄둔 추적 신을 찍는 게 어떨까 싶어. 오필리아는 당신이 준비를 다 끝낸 것 같다고 하던데. 나도 준비가 끝났다는 얘길 하려고.」

아무리 시간이 지나도 마음의 준비가 될 것 같지 않았다. 그래도 어쨌든 넘어야 할 산이 아닌가.

「좋아요. 내일 오후 괜찮겠어요?」

줄리가 간신히 입을 열었다.

「좋아.」

「좋아요.」

말은 그렇게 하면서도 줄리는 레이의 시선을 피하고 있었다.

「아저씨, 얘기 좀 해요.」

줄리가 수상 촬영을 위해 만들어놓은 판목 위에 서서 스탠한테 말했다. 수석 카메라맨이 장비를 정리하고 있었다. 카메라맨들은 배 점검이 끝나기만 기다리고 있었다. 줄리는 햇빛이 괜찮다 싶을 때 촬영을 시작할 계획이었다. 추적 신 전부를 다시 찍을 건 아니었다. 운하에서 강 하류까지의 장면은 예전에 폴이 한 걸 그냥 쓸 생각이었다. 그래서 그 당시의 날씨나 시간, 태양 각도까지 맞추려다보니 힘들었다. 배 외양까지 그때랑 똑같이 보이게 만들어야 했다.

쾌속정은 수리를 말끔히 끝내서 꼭 새것같이 보였다. 반면 소형 보트는 너무 망가져서 특별히 따로 수리하러 내보냈다. 간신히 똑같은 모델에다 비슷한 외형을 갖춘 보트를 찾아냈다. 그걸 다시 페인트칠하고 표백했다. 그래야 햇빛에 바랜 것처럼 보일 테니까. 찌그러진 부분도 똑같이 만들었다. 전처럼 보이려고 검은색 플라스틱으로 등록번호를 붙이고 오래 쓴 것처럼 보이게끔 글자를 벗겨냈다.

스탠은 스크립터와 애기하다가 고개를 돌렸다. 스크립터는 젊은 여자였는데 대본이랑 제대로 맞아떨어지는지 감독하고 있었다. 스탠이 절뚝거리면서 줄리한테 다가왔다. 그리고 아주 지친 표정으로 물었다.

「왜 그래?」

「괜히 지레짐작하지 마세요. 잘못된 거 지적하려는 게 아니니까.」

줄리가 덧붙였다.

「그냥 물어볼 게 좀 있어서 그래요. 아저씨 생각엔 내가 너무 무리한 걸 찍으려는 것 같아요?」

「왜? 초조하니?」

「그런 거 같아요.」

「걱정 마. 다 잘될 테니까.」

「아저씬 그때도 그렇게 말했잖아요.」

스탠이 툴툴거리면서 말했다.

「그래, 그랬지. 그래도 이번엔 태버리가 하잖아. 머리에 쥐색 가발을 쓰니까 좀 폼이 덜 나서 그렇지 그 치만큼 조종할 사람이 없을걸.」

줄리의 입가에 미소가 떠올랐다. 밴스 머리카락 색깔이랑 똑같은 가발을 받았을 때 레이의 표정이라니! 끔찍하게 싫어하는 게 눈에 보일 지경이었다. 줄리가 미소를 거두고 물었다.

「솔직히 말해주세요. 아저씨, 내가 너무 힘든 걸 요구하는 건가요?」

「내 말 좀 들어봐. 그 생각을 계속 염두에 두고만 있으면 돼. 너처럼 그런 걸 생각 않고 자기 원하는 대로만 고집하는 감독들이 오히려 일 저지르기 십상이다.」

줄리는 천천히 고개를 끄덕였다.

「아저씨, 말씀 고마워요.」

「됐어.」

스탠이 돌아서서 전기기사한테 냅다 소리를 질렀다. 기사는 케이블이 물에 떠다니는 것도 모르고 있었다.

신경이 날카로운 이유가 또 있었다. 강에서 왔다갔다하는 어선이 최소한 열두 척은 보였다. 영화사하고는 아무 관계도 없으면서 촬영장 주위를 돌고 있었다. 이 지방 출신 남자들에 어린 남자애들, 이따금씩 여자애들도 보였다. 스턴트 장면이라고 하니까 좋아서 구경나온 것 같았다. 영화사에서 촬영장 출입을 통제할 순 있었다.

하지만 기념품 좀 얻어가겠다는 심산에서 소도구에 손대거나 진기한 거 없나 두리번대는 사람들이 있으면 곤란했다. 그래서 관계자 외의 출입은 통제하는 입장이었지만 그렇다해도 강은 어떻게 해볼 도리가 없었다. 경찰이 에어보트를 타고서 구경꾼들이 촬영을 방해하지 못하게 하고 있었다. 구경꾼들을 많이 몰아내긴 했지만 정신 산만하게 하는 건 마찬가지였다. 촬영이 시작돼서 배들이 속도를 한참 내고 있는데 갑자기 그 사람들 배가 불쑥 튀어나오기라도 하면 어쩔까 싶었다. 그러다 사고라도 생기면 큰일이었다.

거기다 죽은 폴 리슬릿의 아내가 촬영장에 와 있으니 정신이 더욱 산만할 수밖에 없었다. 도나 리슬릿은 창백한 얼굴을 해서는 회색 드레스를 입고 있었다. 머리는 뒤로 묶어 핀으로 단단히 고정시켜놓았다. 얼굴엔 긴장한 빛이 역력했지만 끝까지 지켜보겠다는 결심 또한 역력했다.

마들린은 보통 때도 그렇지만 오늘도 엄청나게 빼어 입었다. 사람들 시선이 다 그쪽으로 갈 정도였다. 노란 바지에 노란 블라우스, 거기다 노란 샌들을 신고 있었다. 굽이 10센티미터는 족히 돼 보이는 신발이었다. 선글라스 테까지 노란 색으로 맞췄으니 노랑 일색이었다. 섬머도 자기 엄마랑 같이 구경하러 나와 있었다. 레이한텐 박수부대까지 딸려 온 것 같았다. 손뼉 칠 일이 꼭 생겨야 할 텐데, 줄리는 중얼거렸다.

타인은 오지 않았다. 도저히 지켜볼 자신이 없다고 했다. 집에서 이제

나저제나 촬영이 무사히 끝나기만을 기다리고 있을 게 분명했다.

타인이 그러는 것도 당연했다. 자신도 끝날 때까지 어디 딴 데 갔으면 싶었다. 그게 아니면 구경꾼들이라도 몽땅 내보냈으면 시원할 것 같았다.

이렇게 관심이 많은 걸 보니 인간 내면에는 잔인함이 도사리고 있으리란 생각이 들었다. 로마 시대에 검투사들 경기를 보러 온 사람들이나 자동차 레이스에 몰려드는 사람들과 뭐가 다를 게 있을까. 죽음을 무릅쓰는 상황을 즐기는, 그런 야만적인 욕구가 인간 내면에 존재하는 것 같았다. 그걸 필름에 담으려고 하는 자기 자신도 뭐 다르겠는가. 사람들의 저속한 욕구를 부추기는 데 한몫 하는 것 같아 기분이 안 좋았다.

줄리는 정말 촬영에서 손떼고 싶었다. 스태프들과 기술자들이 준비를 다 끝낸 마당에 그럴 순 없었다. 돈만 해도 시간당 몇천 달러가 소모되었다. 취소한다고 해도 뭐라고 해명할 방법이 없었다. 주위에선 시시하게 그게 뭐냐느니, 여자들 변덕은 어쩔 수 없다드니 하며 떠들어댈 게 분명했다. 거기다 일류 영화감독이 될 기회는 한순간에 물거품이 돼버릴 게 아닌가. 그래도 사람 목숨과 비교할 순 없었다.

도나 리슬릿은 쓸쓸한 눈으로 촬영 준비를 지켜보고 있었다. 마들린이나 다른 사람들은 도나한테 관심이 없었다. 아까부터 말을 걸어주는 사람이 하나도 없는 것 같았다. 그래서 자꾸 신경이 그쪽으로 갔다. 도나의 남편이 죽은 건 자기 책임이라는 생각 때문이기도 했다. 줄리는 천천히 그쪽으로 걸어갔다.

「여기까지 오시느라 힘드셨죠? 용기가 많이 필요하셨겠어요.」

「글쎄요, 사실 정 떼려고 온 거예요. 그 동안 너무 악몽을 많이 꿔서, 내 생각엔……. 아마 이해하기 힘드실 거예요. 레이가 이번에 제대로 해낸다면 그 끔찍한 장면 대신에…….」

도나가 말을 더듬는 걸 보고 줄리가 얼른 거들었다.

「무슨 말씀인지 이해하겠어요. 저도 고통을 극복하는 방식은 사람마다

다를 거라고 생각하거든요.」

「영화에 출연할 수 있게 해줘서 고맙다는 말 드리려고 했어요. 얼마나 가슴이 떨리는지 모르겠어요. 촬영 시작할 때만 기다려지네요.」

줄리는 도나가 출연하기로 한 거리 장면에 대해 상세히 설명해주었다.

도나 리슬릿은 온화한 성격에 지적인 면도 있어 보였다. 그러면서도 그녀의 말투에서는 진솔하지 못하고 조금은 과장된 태도가 보였다. 아무래도 줄리한테 거리를 두고 있는 게 분명했다. 믿을 수 없어서 그런 건지 아니면 남편이 죽은 건 줄리 탓이라고 생각해서 그런 건지 알 수 없었지만.

어쨌든 자기가 출연하기로 한 장면에 대해 들을 때만 빼고 줄리가 하는 말은 듣는 둥 마는 둥했다. 소형보트에 탄 레이를 쳐다보느라 정신이 반쯤은 딴 데 가 있었다.

준비가 끝났다는 신호가 왔다. 줄리는 간신히 거북한 상황을 모면한 기분이었다. 도나한테 웃는 낯으로 몇 마디 하고선 자기 자리로 돌아왔다.

촬영에 들어가도 좋다는 오케이 사인이 떨어졌다. 소형보트는 강 하류로 질주하기 시작했다. 뒤에선 쾌속정이 다가왔다. 스탠과 카메라맨이 탄 유람선이 그 뒤를 바짝 따라붙었다. 배들이 일으킨 물보라가 주위로 퍼졌다.

쾌속정에 탄, 해결사 역을 맡은 배우가 총을 난사하기 시작했다. 스태프들이 배의 속도를 고려해, 보트의 옆면에 특수효과로 폭발을 일으켰다. 폭발과 함께 보트 옆면에서 물이 분수처럼 솟구쳐 올랐다. 보트는 원을 그리면서 한쪽으로 방향을 획 바꿨다. 보트는 포말 위를 춤추듯이 움직여가고 있었다. 그리고 눈 깜짝할 사이에 사이프러스 사이를 통과했다. 그 앞엔 사이프러스들이 잔뜩 가로막고 있었다. 보트는 엄청난 속도로 그쪽을 향해 돌진했다.

스탠이 옆에서 뭐라고 지시할 필요도 없었다. 한치의 오차도 없이 스턴트는 완벽하게 수행되었다. 줄리는 손에 든 워키토키도 잊은 채, 넋을 잃고 바라보고 있었다.

여태껏 폴 리슬릿의 조종 실력이 정말 빠르다고 생각했지만 지금 레이는 카메라가 쫓아오지 못할 정도로 빠른 속도를 내고 있었다. 보트의 몸체가 4분의 3 정도 물 밖으로 나왔다. 조금 있다 공중으로 점프할 것 같은 자세였다. 방향을 이리저리 획 트는 동작도 폴이 할 때보다 훨씬 깔끔하고 군더더기가 없었다. 보트는 사이프러스들 사이로 모습을 나타냈다 사라졌다 하면서 질주했다. 전에 폴이 했을 땐……, 지금쯤 그루터기들이 잔뜩 있는 곳까지 다 갔을 텐데. 그런 생각이 머리에 스치자 구역질이 날 것만 같았다.

뒤에서 도나 리슬릿이 목이 메인 목소리로 중얼거렸다.

「어떻게 하지……, 어떻게 해.」

마들린은 흥분한 나머지 숨을 헐떡거리고 있었다. 입술을 벌린 채 레이를 쳐다보느라 정신이 없었다. 아네트 대버트는 두 팔로 딸을 꼭 안은 채, 무서워서 꼼짝도 못하고 있었다. 섬머는 울었는지 눈이 충혈돼서는 입술을 잘근잘근 씹고 있었다.

줄리는 그쪽에 신경 쓸 여력이 없었다. 숨구멍이 막힌 것처럼 숨쉬기가 곤란했다. 갈비뼈 사이에서 심장이 튀어나올 것 같았다. 심장 뛰는 소리가 천둥소리처럼 귀를 때리고 구역질이 솟았다. 이마엔 송골송골 땀이 맺혔다. 이젠 정말 그만둬야 한다는 생각이 스쳐갔다. 세상에 이보다 더한 고문은 없을 것 같았다. 배를 멈춰야 해. 조금 있으면 끔찍한 일이 벌어질 거야. 안 돼. 머릿속에서 미친 듯이 그 말이 맴돌았다.

그런데도 입 밖에 낼 수가 없었다. 공포 때문에 혀가 마비된 탓일까. 거기다 자신이 무슨 소리라도 냈다가 집중력이라도 잃게 만들면 끝장이었다.

레이가 스탠과 같이 계획을 짰다는 사실은 알고 있었지만 이렇게 힘든 걸 기획했을 줄은 꿈에도 몰랐다. 배가 지나가면서 만들어낸 포말이 눈이 부실 정도로 아름다운 무늬를 그리고 있었다. 배가 움직이는 모습도 아름답긴 마찬가지였다.

또 한 차례 총탄 세례가 이어졌다. 보트 속도가 점점 빨라졌다. 배들 간의 간격도 점점 좁혀지고 있었다. 보트는 공중으로 점프할 때 발판으로 써먹을 나무 쪽으로 내달렸다.

보트는 정면을 향해 날아갈 듯이 움직였다. 줄리 뒤편에서 누군가 경탄이 섞인 욕지거리를 내뱉었다. 그 장면을 잡느라고 주 카메라가 각도를 최대한 움직였다. 그 바람에 주 카메라를 장착한 크레인에서 끼익 하는 요란한 소리가 났다. 줄리의 심장이 고통스럽게 고동쳤다. 입술이 벌어졌지만 아무 소리도 안 나왔다.

보트는 엄청난 속도로 반쯤 가라앉은 나무 위를 덮쳤다. 속도는 최대한 높인 상태였다. 물에서 소용돌이가 생겼다. 레이는 핸들이 흔들리지 않게 꽉 붙들었다.

소형보트는 금속성의 덜컹 소리를 내면서 나무와 부딪쳤다. 양철통이 거센 폭풍우와 맞부딪쳐서 내는 소리 같았다. 보트가 허공을 향해 치솟더니 공중으로 떠올랐다. 모터가 비명을 울리면서 프로펠러가 미친 듯 회전했다. 배는 포물선을 그리면서 그루터기 위를 넘었다. 물줄기를 사방에 퍼부으면서 보트가 수면 위로 착지했다. 보트 양쪽에서 물보라가 솟구쳤다가 사방으로 튀었다. 레이는 속도를 늦추지 않고 정면을 향해 보트를 움직였다. 유유히 뒤따라오던 쾌속정을 따돌리고 수로 끝으로 사라졌다.

주위에선 숨소리 하나 들리지 않았다. 쾌속정이 속도를 늦추며 쓰러진 나무를 피하는 모습을 카메라에 담았다. 해결사 역할을 하는 배우들이 화가 나서 어쩔 줄 몰라하는 모습도 화면에 담았다. 사방에서 박수갈채가 터져 나왔다. 레이가 보트의 속도를 늦추고 방향을 바꿨다. 촬영 판목 쪽으로 다가오는 모습은 정말이지 느긋했다. 구경하던 사람들이 외쳐대는 고함소리며 휘파람소리가 강가에 울려 퍼졌다.

다른 사람들처럼 줄리도 박수를 쳤다. 레이는 보트 위에서 가발을 벗어 던지고 머리를 좌우로 흔들었다. 그 바람에 머리가 흐트러졌다. 어선에 탄 구경꾼들한텐 씩 웃으면서 환호성에 답하듯 손을 흔들었다. 그걸 보고 있으려니까 줄리는 화가 머리끝까지 치솟았다.

레이가 생명을 걸고 스턴트를 했다는 것 때문에 너무 화가 났다. 스탠과 둘이서 짜고 자신에겐 비밀로 했다는 것도 그랬다. 거기다 여자들한테 천진난만한 미소를 던지니까 더욱 화가 났다. 남은 걱정하느라고 심장이 터질 지경이었는데 저렇게 태평한 얼굴을 하다니. 줄리는 끓어오르는 분노를 삭이기가 힘들었다.

무엇보다도 레이가 불러일으킨 두려움이 너무나 상상 이상이었기 때문에 화가 났다.

9

줄리는 일요일 하루 촬영을 안 하기로 했다. 대부분의 감독들은 주말이고 뭐고 할 것 없이 일 주일 내내 일했다. 줄리도 가끔 그런 때가 있었지만 이번 주는 예외였다. 모두에게 힘든 한 주였으니까. 수영 신 때문에 꼬박 며칠 동안 한밤중까지 작업을 했으니 다들 재충전할 시간이 필요했다. 거기다 타인이 미사에 같이 가야 한다고 은근히 압력을 넣었다. 줄리도 숙모의 기분을 상하게 하긴 싫었다.

레이와 같이 셋이서 오전 미사에 참석했다. 미사가 끝나고 점심을 먹으러 집에 돌아왔다. 수프와 감자 샐러드에 따끈따끈한 식빵이 식탁에 올랐다. 두 사람에게 설거지를 맡기고 나서 타인은 낮잠을 자러 갔다. 몇 초도 안 돼 다시 슬리퍼 끄는 소리가 들렸다.

「줄리, 깜빡 잊고 말 안 한 게 있는데……」

타인은 문가에서 고개를 들이밀고 입을 열었다.

「이번 주 금요일 밤에 레이 사촌이 결혼하는데 같이 가자구. 우리 남편의 큰누나한텐 손녀딸이 되니까 나한텐 조카손녀뻘이 되지. 결혼식은 성 요셉 성당에서 있을 거야. 아주 거창하게 치를 것 같아. 조카손녀가 의사를 물었거든. 그래서 걔 엄마가 사돈들한테 기운다는 소릴 안 들으려고 아주 벼르고 있더라구.」

줄리가 미소를 지으면서 물었다.

「정말 안 가면 후회할 것 같은데요.」

「그렇다니까. 산더미처럼 쌓인 산해진미에다 와인이 철철 넘치는 분수라니. 거기다 머니 댄스라는 것도 있어. 남자들이 신부 드레스와 면사포에 돈을 핀으로 꽂아주는 거야. 누가 알아?」

타인이 윙크를 하면서 덧붙였다.

「영화에 결혼식 장면을 넣고 싶어질지도. 저번에 찍은 그 정신없이 머리만 아픈 장면은 좀 보기 그렇더구만. 결혼식 장면을 대신 넣어서 사람들한테 본때를 보여주는 거야.」

물론 타인 말대로 할 건 아니었지만 줄리는 웃으면서 고개를 끄덕였다. 줄리는 찬장 위를 닦아내고서 행주를 헹궜다. 레이는 남은 음식 찌꺼기를 닭과 공작새한테 던져주려고 나갔다. 줄리는 부엌을 한번 둘러보고 식당으로 나왔다.

레이가 문을 쾅 닫으면서 식당으로 다시 들어왔다.

「어제 우리가 찍었던 장면 중에서 마지막 부분 말이야.」

「왜요?」

줄리가 조심스럽게 물었다.

「대본에 보면 장 피에르가 해결사들을 따돌리고 나서 강어귀로 사라진다고 돼 있던데, 그 부분은 어제 안 찍었잖아.」

줄리가 손가락으로 이마를 문질렀다.

「찍긴 찍었어요. 사고가 나던 날, 밴스를 찍은 게 있거든요. 장 피에르가 엔진을 끄고 해결사들이 지나가길 기다리는 부분이에요. 근데 배가

지나가면서 생긴 거품 때문에 해결사를 따돌리는 건 말이 안 된다면서
요. 그래서 그걸 그냥 쓰긴 좀 뭐해요.」
「제대로 찍을 만한 장소가 있는데 가보면 어때?」
「오늘요?」
줄리가 물었다. 그 동안 쌓인 피로나 풀까 해서 낮잠이나 잘까 생각하
고 있던 참이었다.
「별로 안 걸릴 거야. 보트로 가기 뭐하면 그냥 비행기 타고 가서 둘러
볼 수도 있고.」
「그럴 필요 없어요. 괜히 힘만 들걸.」
레이한테 전용 비행기가 있다는 걸 깜빡하고 있었다.
「힘들 거 하나 없어. 점검차 한번 타볼 생각이었거든. 그걸 끌고 나간
게 하도 오래 전 일이라.」
「그러려면 뉴올리언스까지 가야 하잖아요?」
「45분밖에 안 걸리는데 뭘. 일요일이니까 더 빨리 갈 수 있을지도 몰
라.」
영화를 끝내야 할 날이 얼마 안 남고 보니 의무감이 앞섰다.
「간다고 해서 촬영을 거기서 하겠다고 아주 정한 건 아니에요.」
「나도 알아. 그냥 의견을 제시하는 것뿐이야.」
레이가 애써 근엄한 표정을 지으면서 말했다. 눈빛은 안 그랬지만.
쓸 만한 장소를 하나 건질 게 분명했다. 레이는 줄리가 어떤 이미지들
을 화면에 담고 싶어하는지 다 꿰뚫어보고 있는 것 같았다. 그냥 거기로
정하자고 할 확률이 높았다. 머릿속에 스탠이 했던 말이 떠올랐다. 레이
가 자기 멋대로 하게 놔둔다고 그랬나? 그런 마당에 레이가 골라놓은
장소로 정하자고 하면 뭐라고 할지 뻔했다. 감독 재량으로 별소리 못하
게 만들면 그만이긴 했다. 운이 좋으면 들키지 않고 그냥 넘어갈 수도
있을 테고.
「옷 갈아입고 오게 잠깐만요.」

흰색 원피스에 벨트를 하고 교회에 다녀왔는데, 아직 그 옷차림 그대로였다. 레이도 정장 바지에 하늘색 와이셔츠를 입은 채였다. 소매를 걷어올리고 옷깃을 풀어놓긴 했지만.

「그럴 거까지 뭐 있어? 거기 갔다 와서 뭐할지 정한 것도 아닌데.」

「집에 와서 잠이나 잘까 생각 중인데요.」

「날씨가 이렇게 좋은데 잠을 잔다고? 뭐 그러고 싶다면이야.」

정말 아름다운 오후였다. 따뜻한 날씨가 며칠 동안 계속되었다. 남쪽 지방이니까 따뜻한 건 당연한 일이겠지만. 그러면서도 날씨는 적당히 서늘했다. 습도는 50퍼센트 정도 될까. 속살거리는 바람에 나뭇잎이 떨어졌다. 두 사람이 탄 차가 지나가는 바람에 노란 낙엽들이 바람을 일으켰다. 북부에선 겨울이, 길고 긴 잠을 자는 계절로 표현되기 쉽겠지만 여기는 사정이 달랐다. 여기 가을은 짧은 겨울잠 전에 잠깐 조는 정도나 될까.

그저 잠잘 생각뿐이군, 줄리는 속으로 생각했다. 할 수 없이 졸음을 쫓으려고 레이한테 몇 마디 말을 붙였다.

세스너기(미국산 경비행기)가 정비를 마치고 두 사람을 기다리고 있었다. 레이가 정비공한테 전화를 해서 가겠다고 미리 말해두었다. 한참 동안 레이는 점검표를 꼼꼼하게 살펴보았다. 햇빛이 유리창을 통해 작렬했다. 태양열 때문에 기내 온도가 삽시간에 치솟았다. 한참 만에 점검표를 내려놓고 엔진을 가동시켰다. 엔진 소리가 기분 좋게만 들렸다. 비행기는 활주로를 내달리기 시작했다. 눈 깜짝할 사이에 하늘을 날고 있었다.

레이는 폰샤트레인 호수를 선회했다. 강의 중심부를 통과하는 기다란 강둑이 눈에 들어왔다. '본느 카레' 방수로와 공항 부근까지 이어지는 늪이 보였다. 드넓게 펼쳐진 고속도로 위를 달리는 차들이 꼭 벌레 떼 같았다. 조금 있다가 비행기 고도를 낮추고 꼬불꼬불한 미시시피 강과 공장들, 작은 마을 위를 둘러보았다. 오래된 가옥들이 강을 따라 쭉 늘어서 있었다. 그러고 나서 선샤인 다리를 지나쳤다. 과거 주지사였던 지미 데이비스와 루이지애나의 전성기를 기념하는 뜻에서 축제된 다리였다. 석유로 벌어들인 돈이 있는데 세상에 못할 일이 뭐 있겠냐는 식으로 생각하던 때였다. 맘만 먹으면 늪까지도 황금 연못으로 바꿀 수 있다고 생각했을지도 모른다.

영화 촬영 장소를 지나치긴 했는데 하도 순식간의 일이라 알아보기가 힘들었다. 비행기는 블라인드 강의 구불거리는 지세를 따라 날아갔다. 고도를 좀 낮췄더니 운하나 늪 어귀에 늘어선 야영장이며 보트들이 더 잘 보였다. 사방은 늪으로 둘러싸여 있었다. 비행기가 다가오니까 나무에 앉아 있던 새들이 푸드덕거리면서 떼를 지어 날아갔다. 레이는 강이 끝나는 부근에서 비행기를 급상승시켰다. 나무가 쭉 늘어선 모레파스 호수가 한눈에 들어오고 그 주위를 갈매기 떼가 날고 있었다. 조금 있다 레이는 방향을 틀었다.

줄리는 마음이 가벼웠다. 잘 왔다는 생각, 마음 내키는 대로 비행하는 게 이렇게 즐거운 일인지 미처 몰랐다. 눈 아래 펼쳐지는 광경을 보면서 줄리는 좀더 분명하게 늪에 관해 파악할 수 있었다. 촬영장이 미시시피 강이나 호수와 어떻게 이어지는지 직접 볼 수 있는 기회였다.

비행기의 에어컨 시설엔 문제가 없었지만 햇빛 때문에 눈이 부셨다. 내부에서 가죽 냄새와 기름 냄새가 났다. 레이가 바른 애프터쉐이브 로션의 레몬 향기도 그 안에 섞여 있었다. 뒷좌석에 앉으려 했는데 레이는 반강제로 부조종석에 앉혔다. 그래야 더 잘 보인다고 했다. 그 말이 맞긴 맞았다.

줄리는 원래 비행기를 무서워하진 않았다. 그래봤자 항공사 비행기들이나 회사에서 제트기를 타본 게 전부였지만. 사실 이번에 레이와 같이 비행을 하면서 걱정이 없지는 않았다. 비행기를 갖고 있는 거랑 조종 실력은 별개의 문제였으니까. 하지만 그런 생각은 기우에 불과했다. 비행기를 다루는 실력도 보트 다룰 때처럼 능수 능란해 보였다. 조종핸들을 탄탄하게 붙잡고 있는 모습엔 한치의 흐트러짐이 없었다. 그러면서도 느굿해 보였다. 레이는 유리창 너머로 늪을 내려다보느라 정신이 없었다. 줄리가 옆에 있다는 사실조차 잊어버린 것 같았다.

「여기서 보니까 에덴동산이 따로 없네요. 이렇게 가도가도 끝도 없이 펼쳐져 있는 걸 보니까요.」

「여긴 아직 생태계가 그대로 보전된 상태야. 전 국토를 통틀어봐도 이런 곳은 얼마 안 돼. 여기선 철새 떼나 오리, 거위 떼를 쉽게 볼 수 있거든. 하긴 공해 때문에 조금씩 망가지고는 있지. 공장에서 나오는 산업폐기물에다 농가에서 사용하는 농약 때문에 그래. 거기다 개발한답시고 여기저기 조금씩 늪을 메워버리는 통에 어디 배겨낼 수가 있어야지.」

「사람들이 가만있진 않을 거 아니에요?」

「자연보호협회나 시민단체, 그리고 몇몇 정치가들이 노력을 하긴 하지. 하지만 계란으로 바위 치는 격이야. 그만큼 힘들어.」

「장 피에르한테 대사 몇 줄 더 주면 되겠네요. 환경을 보호합시다, 뭐 이런 식으로 말이에요. 장 피에르라면 그쪽에 관심을 갖고 있었을 것 같단 생각이 드네요.」

레이의 얼굴이 대번에 환해졌다. 그의 시선은 줄리의 얼굴에 머물러 있었다.

「정말 좋은 생각이야. 바로 저기가 내가 말한 장소야.」

말이 끝났을 땐 벌써 그 자리를 지나쳐버렸다. 줄리는 자세히 보려고 고개를 돌렸다. 강폭 자체가 좁은데다가 썩은 통나무들과 야자수들이 빽빽하게 둘러싸여 있었다. 양쪽으로 강어귀가 백 미터 간격으로 떨어져 있었다. 한쪽은 입구가 거의 막힌 상태였다. 여기서라면 배에 포말이 잔뜩 생겨도 상관없을 것이다. 노를 저어서 반대쪽 강어귀로 가버리면 그만일 테니까.

「저기가 막혀 있어서 막다른 길처럼 보이겠어요.」

줄리가 손가락으로 가리키면서 말했다.

「장 피에르가 꼭 공중으로 사라진 것처럼 보이겠지.」

「그 말 들으니까 갑자기 시원찮은 서부 영화 생각이 나네요.」

「그 정도로 유치해 보여?」

레이가 씩 웃으면서 물었다.

「유치하게 안 보이려면, 해결사들이 장 피에르가 어디 갔나 어리둥절 해하고 있을 때 모터 소리가 들리게 해야죠. 해결사들은 소리를 듣고 장 피에르가 도망쳤다는 건 알지만 어떻게 도망쳤는지 지금 어디 있는지 짐작을 못하는 거예요.」

「뒤에 남은 해결사들이 욕지거릴 퍼붓는 장면이 나오겠지. 그래봤자 PG(미성년자 부적당 영화)등급 정도밖에 안 될 테지만. G(가족영화)등급은 흥행이 글러서 안 된다면서? 전에 X(성인영화)등급도 싫다고 했지.」

「심의제도는 내가 만들었나요, 뭐?」

줄리가 대꾸했다.

「섬머 말로는 G등급 영화는 애들이나 보는 거라던데, 그나마 PG 정도 돼야 흥행이 될 거라더군.」

「나보다도 더 잘 아는 것 같네요.」

「똑똑한 애야. 놓치는 게 별로 없어.」

바로 밑에서 수로를 따라 움직이고 있는 보트가 눈에 들어왔다. 흰색 보트는 빠른 속도로 질주하고 있었다. 온통 흰색 옷을 입은 남자가 조종 석에 앉아 있었다. 흰색 옷이라 그런지 햇빛에 반사되어 뿌옇게 보였다.

「저거 촬영장 유람선 아니에요?」

줄리가 뒤를 돌아보면서 물었다.

「그런 거 같아?」

「카메라 고정대를 본 거 같아요. 누가 배를 끌고 나온 건지 모르겠지 만.」

「그냥 재미 삼아 타고 나온 거겠지.」

「촬영할 때만 쓰는 거라 열쇠로 잠가놨을 거예요. 임대계약할 때 그렇 게 하기로 했거든요」

「다시 돌아가 보지 뭐.」

레이는 비행기 고도를 낮추면서 방향을 틀었다. 눈앞에 아까 그 보트가 보였다. 보트는 야영장과 선착장이 늘어서 있는 운하 부근으로 다가가다가 비행기를 보고는 선착장으로 방향을 바꾸었다. 갑자기 속도가 줄더니 천천히 움직였다. 이내 보트 창고 안으로 미끄러지듯 들어갔다.

「내가 잘못 봤나봐요. 미안해요.」

줄리가 고개를 흔들면서 말했다.

「괜찮아.」

레이는 다시 비행기 고도를 높였다.

그때 갑자기 줄리의 머릿속에 잊고 있었던 일이 떠올랐다.

「우리가 만났던 날 밤에 비행기가 내려오던 거 기억해요? 부딪치기 전에 말이에요.」

「왜 그러는데?」

레이가 고개를 끄덕였다.

「그런 비행기들이 마약을 늪에 떨어뜨린단 얘길 들었어요. 나중에 보트에서 건져낸다면서요. 전에 마약 단속기관에 있었다니까 물어보는 거예요.」

「사실이야. 몇 년 전엔 자동차까지 동원했다구. 그랜드 포인트 근처에 다리가 하나 있는데 그땐 공사 중이라 길을 막아놨지. 그런데 거기서 한 8내지 9톤 정도 되는 마리화나를 트럭에 싣고 있는 걸 경찰한테 들킨 거야. 주민한테 제보를 받고 경찰이 출동했거든. 그놈들 뒤쫓느라고 난리도 아니었지. 이집 저집 울타리를 다 뚫어놓고…… 그때 울타리 성한 집 얼마 없었을걸.」

「재밌었겠어요.」

「아직도 그 얘기를 하는 사람이 있으니까. 요즘엔 거의 보트로 하지 차로는 안 해. 섬이나 만을 통해 들여온다구. 금주령이 내렸던 시대에 몰래 술을 들여왔을 때처럼 말이야.」

「해안이라든지 수로에 관해 잘 아는 사람이라야 가능하겠는데요? 아니면 그런 사람들을 고용하던가.」

레이가 고개를 돌려서 줄리를 똑바로 쳐다보았다.

무슨 딴 생각이 있어서 한 말은 아니었다.

「저기, 플로리다와 비교하면 어때요? 거기보다 마약을 거래하는 사람들이 많아요?」

「점점 규모가 커지고 있어. 정부에서는 뉴욕이나 휴스턴, 마이애미, 그리고 LA 같은 대도시나 단속을 강화하고 있으니까 더 나빠질 밖에. 마약상들은 정말 끈질기고 용의 주도한 녀석들이야. 절대 만만하게 볼 녀석들이 아니라구. 단속이 심하다고 해서 가만히 보고만 있다가 감옥 갈 녀석들이 아니지. 다 자기들 나름대로 자구책을 찾아낸다니까. 그 녀석들, 원래 활동했던 데를 버리고 딴 데로 거점을 옮겨버렸어. 후미진 늪 같은 델 찾아서 말이야. 여긴 정말 위치가 좋아. 지도를 봐도 루이지애나는 위치상 중앙에 있다구. 서부든 동부든 어디라도 거래하기가 쉽지.」

레이의 표정이 무섭게 변했다. 그걸 본 줄리가 충동적으로 물었다.

「단속기관을 나온 걸 후회한 적은 없어요?」

레이가 알 수 없다는 듯 어깨를 으쓱해 보였다.

「사실 돈이나 경찰을 투자하기만 하면 마약 문젠 해결될 거라 생각했거든. 그러다가 슬슬 그 생각에 회의가 오기 시작했어. 마약사범을 퇴치하기 전에 중독 문제를 해결해야 해. 마약을 남용하는 사람들은 스스로 책임지는 수밖에 없어. 누군가 '우리의 적은 바로 우리 자신이다'라고 그랬지. 내가 생각해도 백 번 타당한 말이야.」

「좀 냉정하다 싶네요.」

「당신의 자유주의적 감수성에 거슬리는 얘기였다면 미안.」

레이가 차분한 목소리로 말을 이었다.

「아마 한 20년은 됐을걸. 마약 중독자들한테 동정표를 던진 게 말이야. 그 바람에 지금 어떻게 됐는지는 당신도 알 거 아냐. 거의 매일 밤 뉴스 시간에 보도되는 게 그거밖에 더 있어?」

「그래서 어쩌자는 건데요? 중독자들을 몽땅 다 감옥에 처넣으란 얘기예요?」

「중독에서 벗어나는 데 걸리는 시간이 최소한 일 년에서 오 년은 걸려. 마약이랑 관련돼 잡혀 들어온 사람이나 뱃속에 있는 아이한테까지 중독시키는 사람들을 보면 보통 그래. 학교에서도 마약 중독에 관해 극단적으로 설명할 필요가 있어. 마약에 중독되느니 차라리 칼로 자해하는 편이 낫다는 식으로 말이야. 사려는 사람이 없으면 파는 사람도 없어질 거 아냐.」

「근데 그게 현실에서 가능할까요?」

줄리는 레이가 어떻게 생각하는지 궁금했다.

「그건 아무도 모르지. 사실 적발한다고 해도 새 발의 피라구. 얼마나 걸려들 것 같아? 마약 천 킬로그램 있으면 그 중에 한 일 킬로그램 정도 압수할까? 마리화나 백 톤당 일 톤쯤? 그러니까 중독을 막는 게 그만큼 중요한 거야.」

줄리는 대답이 없었다. 마약 단속기관에서 레이같이 생각하는 사람이 몇이나 될까 싶었다. 이렇게 회의적인 생각을 하다보면 주어진 임무를 수행하기도 힘들 것 같았다.

비행기가 선회하면서 햇빛이 정면으로 비쳤다. 그 바람에 줄리는 눈을 뜰 수가 없었다. 단조로운 엔진 소리를 듣고 있으려니 편안해졌다. 갑자기 하품이 나오려고 했다.

「그러지 말고 뒷좌석에 가서 눈 좀 붙여. 그럼 내가 뱀이 있나 살펴볼 테니까. 하늘을 나는 게 어떤 건지 뱀한테 알려주는 셈치고.」

「뱀이요?」

줄리가 반신반의하면서 물었다.

「걱정할 것까진 없어. 잠깐 살펴보기만 하면 되니까. 혹시 낙하산 타고 탈출해야 하는 일이 생기면 미리 알려줄게.」

「정말 고맙네요. 그래도 정비공이 알아서 다 살펴봤을 거 아니에요?」

「그래도 내 목숨은 내가 책임져야지.」

「그래요?」

줄리가 웃으면서 뒷좌석으로 갔다.

등을 기대고 누워 있는데 에어컨 소리가 조그맣게 들려왔다. 눈을 감았더니 잠이 들락 말락 했다.

레이가 하는 말이 하나도 틀린 게 없단 생각이 들었다. 그렇게 쉽게 그의 말을 믿을 수 있다는 사실이 신기했다. 보통 무턱대고 누굴 믿진 않았으니까. 레이가 장난 삼아 자유분방한 감수성 어쩌고 했을 때도 별로 기분이 상하진 않았다. 너무 졸려 화낼 기운이 없어서 그런 건지 아니면 싸우고 싶지 않아서 그런 건진 몰랐지만.

이렇게 멋진 오후를 망치고 싶진 않았다. 마약 남용에 관해 고정 관념 같은 건 없었다. 하나밖에 없는 소중한 육체를 죽이는 거나 다름없는데 마약을 한다는 건 바보짓이었다. 그렇다고 마약 사범들한테 화를 내긴 뭐했다. 스태프진 중에도 그런 사람들이 있었지만 일에 지장이 없는 한 간섭할 일이 아니었다.

누군가 자기 일을 제대로 못해서 폴이 죽은 건 아닐까? 별로 달갑지 않은 생각이었다. 줄리는 그 생각을 마음속에서 지워버렸다.

줄리는 눈을 뜨고 주위를 살폈다. 조종석에 앉은 레이의 뒷모습에 시선이 갔다. 왠지 미더운 느낌이 들었다.

다시 눈을 감았다. 너무 피곤해서 금세 잠이 들어버렸다.

꿈결에 어렴풋이 라디오 소리를 들은 것 같았다. 레이가 침착하게 응답하는 소리도 들은 것 같았다. 그때까지도 잠에서 깬 상태가 아니었다.

갑자기 기체가 덜커덩 움직이는 바람에 눈이 뜨였다. 기류 때문에 흔들린 것 같았다. 목이 뻣뻣했다. 나른하면서도 멍한 느낌이었다. 생각보다 오랫동안 잠들었던 건 아닌 것 같았다.

창문에 차양을 쳐놓았나 싶게 주위가 어둑어둑했다. 줄리는 바깥을 내다보았다.

아래쪽에 떠다니는 구름이 보였다. 그 아래로 반짝거리는 수면이 눈에 들어왔다. 줄리는 설마 하면서 눈을 비볐다. 파도가 밀려와 모래사장을 적시는 걸 봐선 바다가 분명했다.

급하게 일어서느라고 안전벨트 생각은 못했다. 그 바람에 배가 꽉 죄어서 신음소리가 나왔다. 후닥닥 벨트를 풀고 있는데 레이가 웬일인가 싶어 고개를 돌렸다. 줄리는 벌떡 일어나 조종석으로 달려가다시피 했다.

「어떻게 된 일이에요?」

줄리가 부조종석에 앉으면서 물었다.

「안전벨트를 매야지. 잘못하다가 머리에 혹이라도 생길지 몰라. 바다 위를 날다보면 기체가 흔들리는 수가 많거든.」

레이는 한참 동안 줄리의 얼굴을 살폈다. 줄리의 기분을 살피고 있는 것 같았다.

「바다라니!」

줄리가 흥분해서 큰 소리로 외쳤다.

「장난치는 거면 가만 안 둘 거예요.」

「플로리다 해변이야. 기체에 문제가 생겼다고 하면 당신 화낼 거야?」

「진짜 생겼어요?」

줄리가 순간 굳어서 물었다.

「사실은……」

레이가 계기판을 들여다보더니 줄리에게 시선을 돌렸다.

「그렇진 않아.」

「그럼 무슨 문제예요?」

「원초적인 문제라고나 할까. 바닷가재 요리가 먹고 싶거든.」

줄리가 가만히 있다가 단호하게 말했다.

「지금 우리가 어딨는지, 어딜 갈 건지 사실대로 얘기해요. 나 지금 폭발하기 일보 직전이에요.」

「폭발한다고? 생각보다 너무 약소한데. 죽이고 싶단 생각은 안 들었을까 몰라.」

「그러고 싶은 생각이 굴뚝 같다는 것만 아세요. 그래도 같이 수장되는 건 싫으니 할 수 없죠. 내가 참는 수밖에.」

레이가 쓴웃음을 지으면서 말했다.

「나소야.」

「나소라니, 바하마에 있는 나소에 간다구요?」

「나소가 아직 바하마에 붙어 있다면 그렇겠지.」

「나한테 물어보지도 않고 그냥 가면 어떻게 해요?」

「나랑 같이 가주겠어?」

줄리가 그 말은 무시하면서 말했다.

「뱀이 나온다느니 어쩌느니 또 사기 친 거죠?」

줄리를 바라보는 레이의 눈빛은 흔들림이 없었다.

「에어보트를 타고 갔으면 시간도 절약되고 훨씬 잘 볼 수 있었던 거 아니에요?」

「꼭 그런 건 아냐. 위에서 보는 광경과 차이가 있다 뿐이지.」

줄리는 팔짱을 끼면서 정면을 응시했다.

「잘됐어요. 혼자서 바닷가재 맛있게 드시라구요.」

「바닷가재를 별로 안 좋아하는 거야?」

레이가 떠보듯이 물었다. 사실 줄리는 바닷가재 요리라면 정신을 잃을 정도로 좋아했다. 그래도 그런 얘긴 안 할 작정이었다.

「집에 도착하려면 시간이 한참 걸려. 꽤 걸릴 거라구. 그 전에 배가 고플지도 몰라.」

레이의 차분한 말에 줄리는 뭐라고 한마디 해주려다가 입을 다물었다. 진작부터 배가 출출했다.

「대체 왜 이러는 거예요?」

목소리를 높이지 않으려고 했지만 잘 안 됐다.

「어떤 여자들은 납치라도 당해서 이런 멋진 야경이 연출되는 곳까지 데려오면 좋아라 하겠죠. 미안하지만 난 안 그래요. 당신 눈엔 내가 그럴 사람처럼 보였어요? 내 의지하곤 상관없이 억지로 하는 일은 딱 질색이라고 했잖아요. 그런데 남이 나서서 너는 아무것도 모르니까 도와준다고 해봐요.」

「진짜 알긴 아는 건가?」

레이가 나지막하게 물었다.

「당신이라면 물론 자기가 원하는 게 뭔지, 어떤 게 좋은 건지 정확하게 알겠지. 언제나 그렇게 자신감이 넘쳐서 좋겠어. 그래도 생각해봐, 아직 가재 요리를 시식해본 것도 아니잖아. 먹어보지도 않고서 벌써 마음을 정한 거야? 싫은 쪽으로?」

줄리는 얼굴에 피어오르는 열기를 느낄 수 있었다.

레이는 내가 자신을 원하지 않는다고 생각하는 걸까? 내가 그렇게 확신하고 있다고 생각하는 걸까? 레이의 까만 눈동자가 줄리를 향했다. 그 눈에서 열기가 느껴지는가 싶더니 무전기가 지지직거렸다. 갑자기 질문이며 지시 사항이 쏟아졌다. 레이는 고개를 돌려 단호한 말투로 응답했다.

두 사람 다 공항에 착륙할 때까지 아무 말이 없었다.

신분증 제시로 모든 절차가 끝났다. 레이가 무전기로 예약해둔 렌터카가 밖에 대기하고 있었다. 달빛에 반짝이는 파도와 야자수들이 늘어선 해변을 지나 야외 식당에 도착했다. 조금 있다가 따끈따끈한 바닷가재 요리가 나왔다. 공항에서 나온 지 채 한 시간이 안 된 시간이었다.

공기 중에 짭짤한 바다 냄새와 꽃 향기, 기름 냄새가 떠돌았다. 해안에서 불어오는 바람에 촛불이 흔들렸다. 야자수가 머리 위에서 사르락 소리를 냈다. 화분에 매달린 장식용 전구들이 춤을 췄다. 식당 주변에 화분들이 여러 개 놓여 있었다. 수평선 너머 달빛 아래로 바다가 출렁거렸다. 검은 바다는 달빛을 받아 은빛 비늘이 달린 괴물처럼 보였다. 눈앞에선 요트가 몇 척 떠다녔다. 범선은 손님을 싣고 바다에 나갈 차비를 하고 있었다. 해변의 어선들이 확성기를 통해 들려오는 레게음악에 맞춰 흔들거렸다.

레이는 그레이클리프에 가자고 했지만 줄리가 거절했다. 그레이클리프는 바하마에서 최고급 식당을 구비한 유서 깊은 호텔이었다. 기왕 섬에 온 마당에 바닷바람을 맞으면서 먹고 싶었다.

바닷가재는 아주 감칠맛이 났다. 신선한 레몬 버터에다 딱딱한 빵, 참깨까지 곁들여서 고소한 향기를 풍겼다. 와인의 톡 쏘는 맛이 입맛을 돋우는 데 한몫 했다. 한 모금 마실 때마다 복숭아 향기가 그윽이 입 안에 퍼졌다.

바닷가재를 먹다보니 계속 화내기가 힘들었다. 삐쳐서 골내고 있는 것 자체가 어색했다. 식용이랍시고 꽃이랑 야채로 만든 프랑스식 요리만큼 안 어울린다고나 할까. 껍질을 깨는 데 쓰는 망치며 집게를 써가면서 먹는 것도 정말 번거로운 일이었다. 버터가 떨어질 때마다 냅킨으로 잽싸게 받는 것도 힘들긴 마찬가지였다.

포만감이 드니까 왠지 마음도 너그러워졌다. 레이한테 속았다는 생각 때문에 아직도 화가 덜 풀리긴 했지만 그래도 눈앞에서 맛있게 먹고 있는 사람한테 화를 낼 순 없잖은가.

레이 태버리는 아주 즐거워 보였다. 줄리의 기분은 개의치 않는 모습이었다. 레이는 자상하게 잔에 술을 따라주거나 가재 껍질을 대신 깨뜨려줬다. 해산물 냄새가 배지 않게 손가락을 문지르라고 레몬을 건네주기도 했다. 도움이 필요하다 싶을 땐 옆에서 미리 알아채고 도와주었다. 노골적이다 싶은 행동은 하나도 없었다. 적당한 거리를 유지하려는 기색이 역력했다. 그러면서도 온통 줄리한테만 신경을 쓰고 있었다. 그래서 왠지 마음이 불편했다.

두 사람은 해변을 바라보면서 커피를 마셨다. 관광하러 온 사람들은 가지각색이었다. 술 취한 사람, 옷을 벗어 던진 사람. 어떤 사람은 밝은 표정이었고 어떤 사람 얼굴에는 그늘이 져 있었다. 조금 있다가 두 사람도 관광객 대열에 끼여서 상점을 돌아보았다. 줄리는 밀짚모자를 하나 샀다. 두 사람은 주차장에 세워둔 차를 타고 공항으로 향했다.

레이가 속도를 줄이고 주차장에 차를 세웠다. 바다가 내다보이는 언덕배기였다. 운전대에 손을 얹은 채로 가만히 있다가 줄리한테 말했다.

「해변에서 산책이나 하고 갈까? 돌아가기 전에 잠깐만.」

레이가 깍듯이 물어보긴 했다지만 왠지 발이 안 떨어졌다. 와인에 약간 취한 상태에서 달빛이 훤한 밤바다를 구경한다는 게 얼마나 유혹적인지, 바다에서 살다시피 했던 적도 있는 줄리한텐 더 그랬다.

파도가 몰아치진 않았다. 산호초 때문에 파도의 기세가 한껏 누그러진 것 같았다. 줄리는 마음이 약해졌다.

레이는 절대 자기 타입은 아니었다. 공통 관심사가 있는 것도 아니고 목표가 동일한 것도 아니었다. 배경이나 사는 장소, 생각하는 방식까지 천지 차이였다. 그런데도 마음이 끌렸다.

레이는 저만치 혼자 걸어가고 있었다. 토라진 아이처럼 혼자 앉아 있을까, 아니면 바닷바람에 머리를 휘날리면서 모래사장을 산책할 수도 있었다. 줄리한테는 선택의 여지가 없었다.

레이는 언덕 위에서 기다리고 있었다. 해안으로 가려면 비탈길을 내려가야 했다. 레이는 먼저 내려가서 줄리에게 손을 내밀었다. 비탈길이 끝나고 모래사장이 눈앞에 펼쳐졌다. 잡고 있던 손을 놓고서 레이는 바닷가로 걸어갔다. 그리고 가만히 서서 바다를 바라보고만 있었다. 파도가 밀려와 신발 주위에 무늬를 그려 넣었다.

해변은 초승달 모양으로 펼쳐져 있었다. 언덕 때문에 도로와 주차장은 보이지 않았다. 공기는 습기를 잔뜩 머금고 있었다. 바다 표면이 꼭 은색 장식을 수놓은 공단처럼 보였다. 달 주위로 달무리가 천 조각처럼 걸

처 있었다. 어둠 속에서 화물선이 검은 연기를 내뿜으면서 다른 세계로 사라져갔다.

레이는 고개를 돌려 줄리를 바라보았다. 두 사람은 발을 맞춰서 천천히 걷기 시작했다. 바람 때문에 줄리의 실크 스커트가 레이의 다리에 휘감겼다. 레이는 손을 주머니에 깊숙이 집어넣은 채 천천히 말했다.

「막무가내로 그럴 생각은 전혀 없었어. 머릴 좀 식히는 게 좋을 것 같아서 그랬지. 밤낮으로 일만 했잖아. 잠도 제대로 못 자서 눈가엔 그늘까지 졌다구. 미리 얘기했으면 분명히 싫다고 했을 거 아냐. 그래서 안 물어본 거야.」

「날 위해서 그랬단 말이죠.」

「당신도 그렇지만 나도 좀 피곤이 쌓였고…….」

「그런 얘길 들으면 내가 좋아할 것 같았어요? 저번에 끝내기로 했잖아요.」

「그런 얘길 언제 했나? 기억에 없는걸.」

「정말 자꾸 그럴 거예요? 내가 하자는 대로 하기로 했잖아요.」

「생각이야 달라질 수도 있는 거니까. 그냥 여기서 패배를 인정하고 우아하게 항복하는 건 어때?」

「고마워하면서 항복하라는 건 아니구요?」

「그런 야한 꿈은 아직 안 꿔봤는데.」

낮은 목소리가 신경을 자극했다. 이렇게 마음이 흔들릴 수도 있는 건지 이해가 안 됐다. LA에 있을 때는 사람들과 야한 농담을 해도 아무렇지도 않았다. 당황해서 말문이 막혀본 적도 없었다. 동료들끼리 서로 감정이 없어 그러는지도 모른다. 야한 농담쯤이야 재미로 아무렇지도 않게 내뱉는 게 보통이었다. 레이 태버리와 있으면 감정이 극과 극을 달렸다.

「꿈 얘기 한 게 아니었어요. 그때 내가 그만두자고 그런 것 때문에 괜히 이상한 생각 하지 말았으면 해요.」

「무슨 생각을 한다는 거야?」

「아까 한 말을 들어보니까 그런 생각이 들던데요, 뭘.」

「그게 뭔데?」

차라리 말을 하지 말걸 하는 생각이 들었다. 무슨 생각으로 그런 말을
꺼냈는지 알 수가 없었다. 그냥 지레짐작일 수도 있었다. 그래도 이제
와서 말을 주워 담을 순 없었다.

「내가 실망했다고 생각하고 있잖아요. 그때 우리 둘이 사랑을 나누고
나서 내가 실망해서 그런 거라고……, 절대 그건 아니에요. 또 나한테
무방비 상태로 아무 말이나 마구 한다고 할 참이었죠? 나도 다 아니까
그만 해요. 그런 건…….」

「그랬다가 무슨 소릴 들으라고. 내 정신 건강을 위해서라도 그래선 안
되겠지?」

레이가 부드럽게 말했다.

줄리는 머리카락을 휘날리면서 가만히 서 있었다. 눈 속에서 분노의
그림자가 조금씩 사라지고 있었다.

「레이…….」

한숨을 내쉬는 것처럼 그의 이름을 불렀다.

두 사람은 서로의 눈동자에 빨려들 것처럼 응시하고 있었다. 눈동자에
서린 상대방을 향한 감정을 발견하고 서로에게 다가갔다.

그 순간 줄리는 자신이 레이에게 느끼는 감정이 사랑일지도 모른단
생각이 들었다. 그래봤자 후회만 할 거란 생각이 들었지만 끌리는 마음
은 어쩔 수가 없었다. 인정하긴 싫었지만 자신은 그의 사랑을 갈구하고
있었다.

레이의 입술에서 짭짤한 소금기가 느껴졌다. 줄리도 레이 못지않게 열
정적으로 혀를 움직였다. 레이의 입술을 따라 맴돌다 단단한 치아를 살
짝 건드렸다. 입 안을 마음껏 탐험하면서 잇몸의 부드러운 감촉을 즐겼
다. 줄리는 레이의 몸에 자신을 각인시키기라도 할 것처럼 가슴을 밀착
시켰다. 레이의 팔에 힘이 가해지더니 줄리를 좀더 가까이 끌어당겼다.

심장 뛰는 소리가 파도 소리랑 같이 귀에 들려왔다. 바람이 달아오른 열기를 식혀주었다. 조용하고 부드러운 밤이었다. 구름 뒤에 모습을 반쯤 숨긴 달이 아스라이 빛을 비추고 있었다.

언덕배기 쪽으로 그늘진 곳이 있었다. 두 사람은 동시에 그쪽으로 움직였다. 그리고 상대방의 단추를 끌렀다. 원피스가 스르르 모래 위로 미끄러졌다. 두 사람은 입술을 떼지 않은 상태에서 무릎을 꿇었다. 줄리는 그의 등에서 셔츠를 끌어내렸다.

레이가 줄리의 가슴을 두 손으로 감쌌다. 실크 속옷 위로 봉긋하게 솟은 유두를 손가락으로 쓰다듬었다. 그의 손이 가슴을 스쳐 등뒤의 브레지어 호크를 풀었다. 레이는 머리를 숙여서 부드러운 가슴을 애무했다. 하얀 가슴 위에 푸른 정맥이 도드라져 보였다. 레이는 가슴에 얼굴을 파묻고 따뜻한 살 냄새를 맡았다. 레이의 눈썹이 움직이면서 가슴을 간질였다.

두 사람은 옷을 마저 벗고 모래사장 위에 누웠다. 파도 소리를 들으면서 두 사람은 상대방을 끌어안고 부드럽게 애무했다. 쾌락을 연장시키기 위해 천천히 아주 천천히 상대방의 육체를 탐험했다.

기대했던 것 이상이었다. 가슴 밑바닥에서부터 황홀한 느낌이 치솟더니 핏줄을 타고 온몸을 돌았다. 두 사람은 열정적으로 한몸이 되었다. 한참 자극을 받고 난 뒤라 더 이상 참기가 힘들었다. 레이는 숨도 쉴 틈 없이 줄리의 몸을 파고들었다. 너무나 자극적이고 열정적이라서 줄리는 두려운 느낌마저 들었다. 쾌락의 정점에서 두 사람은 함께 말로 표현하기 힘든 충족감을 맛보았다. 순간 여기 이 모래사장과 달빛 그득한 바다를 영원히 잊지 못하리란 생각이 줄리의 머리를 스쳤다.

두 사람은 옷을 입고서 언덕 위로 올라갔다. 렌터카의 배터리를 누가 훔쳐가서 차를 움직일 수가 없었다. 두 사람은 마주 보면서 웃음을 터뜨렸다. 할 수 없이 버스를 기다렸다 공항까지 타고 갔다. 어디쯤 차를 주차시켰는지 렌터카 회사에다 알려줬다. 그리고 나서 한참을 비행기와 차

속에서 보냈다. 돌아가는 시간이 만만치가 않았다.

　타인의 집에 도착했을 때 두 사람 얼굴에서 웃음기가 사라졌다. 흔들 의자에서 웬 남자가 일어났다. 그의 시선은 두 사람의 구겨진 옷차림에서 줄리가 쓴 밀짚모자로 움직였다. 마지막으로, 줄리의 허리에 팔을 두르고 걸어오는 레이에게 시선이 머물렀다. 남자는 늘씬한 체격에 갈색 머리를 하고 있었다. 몸가짐엔 타고난 우아함 같은 게 배어 있었다. 낮게 깔리는 목소리가 카랑카랑하게 울려 퍼졌다. 말투로 봐선 교양 운운하는 동부인 냄새가 물씬 풍겼지만.

「잘 있었어, 줄리? 좋은 밤이지? 아니 좋은 아침이라고 해야 하나? 아까부터 당신을 기다렸더니 시간이 다 헷갈리는걸. 어디 갔었냐고 물어보면 실례겠지? 그래봤자 대답은 뻔할 테고, 안 그래?」

　앨런이었다.

10

「오늘 아침에 내가 너무 심하게 굴어서 미안해.」

앨런이 창문에서 고개를 돌리면서 말했다. 오필리아의 사무실로 썼던 트레일러를 당분간 앨런이 쓰기로 했다.

「너무 피곤해서 그랬어. 기분 상하게 했다면 미안해.」

줄리가 문에 들어서자마자 앨런이 입을 열었다. 아까부터 무슨 말을 할 건지 미리 연습하고 있었던 것 같았다. 줄리는 자기 약혼자를 쳐다보았다. 아까와는 180도 다른 깍듯한 태도였다. 목소리엔 지친 기색이 깃들여 있었다. 앨런의 태도는 전과 다르게 뭔가 과장된 구석이 있었다.

앨런이 변한 게 아닐 수도 있겠지. 줄리의 머릿속에 그런 생각이 떠올랐다. 레이같이 워낙 격식에 얽매이지 않는 사람과 지내다보니까 그렇게 된 걸지도 모른다. 레이는 줄리와 있을 때도 격 없이 구는 걸 좋아했다. 다른 사람한테도 그건 마찬가지였다. 앨런은 몇 주 동안이나 떨어져 지내는 관계를 용납하는 사람이 아니었다. 더구나 이렇게 줄리한테 사무적으로 말을 건넨다는 건 꿈도 꾸지 않을 사람이었다. 물론 앨런은 격식을 따지는 사람이었다. 영국적인 사고를 신봉한 나머지 행동거지가 영국신사랑 비슷하단 소리를 들으려고 갖은 노력을 다했다. 분명한 사고를 지니고 있으면서도 같이 있으면 즐거운 편이었다. 그래도 항상 거리를 두고 줄리를 대했다. 여태껏 한번도 이런 생각을 해본 적이 없는데……, 그 동안 생각이 많이 바뀐 게 분명했다. 과거엔 친밀한 사이라도 어느 정도 거리를 남겨둬야 한다는 생각을 했다.

앨런이 오늘처럼 지나치게 화려하다 싶어 보이긴 처음이었다. 앨런은 주름 하나 없는 회색 바지에 회색 넥타이를 맞춰 입고 있었다. 은색이 섞인 갈색 머리는 뒤로 세심하게 넘겨져 있었다. 테니스장에서 살다시피 한 탓에 얼굴은 검게 타 있었다. 책상 위에선 홍차가 김을 모락모락 내고 있었다. 대체 자기 찻잔은 어디서 찾아냈을까. 마노로 만든 사무도구들이나 검은색 전화기는 또 누가 설치했나 싶었다. 앨런이 딱 좋아하는 식이었다. 오필리아가 미리 준비해놓은 것 같았다. 앨런을 비웃으면서도 이렇게 세심하게 준비한 걸 보니 악취미나 다름없었다.

줄리가 조용히 입을 열었다.

「그렇게 말해줘서 고마워요.」

「아냐, 그렇게 고함을 쳐댈 일이 아니었어. 어디 갔는지 아는 사람이 있어야지. 태버리랑 같이 갔을지도 모른다고만 얘기들 하니……. 숙모란 사람한테 가서 언제 돌아올 건지 물어봤더니 애매한 대답만 하잖아. 혹시 무슨 일이 생긴 건 아닌가 별별 생각이 다 들더라구. 새벽까지 안 돌아오면 경찰에 연락해볼 생각이었어.」

「올 거라고 미리 귀띔만 해줬어도 말을 해놓고 갔을 거예요. 어디 갈 건지 나도 몰랐거든요. 그냥 충동적으로 나소까지 갔다 왔어요.」

줄리는 간단히 전날 밤에 있었던 일에 대해 얘기를 해줬다. 물론 거기까지 납치 비슷하게 갔단 말은 안 했다. 그 말을 했다간 또 다른 얘기를 해야 할 것 같아서 그만뒀다.

아까는 레이가 바로 끼여들어서 앨런의 입을 막아버렸다. 아침에 얘기를 나누는 게 좋겠다고 말한 사람이 레이였다. 그 덕에 줄리는 아침까지 눈 붙일 시간을 얻었다. 레이는 시간이 좀 지나면 앨런의 화도 가라앉을 거란 생각을 한 것 같았다. 줄리의 팔을 잡고 방까지 데리고 간 사람도 레이였다. 줄리는 문을 닫고 안도의 한숨을 내쉬었다. 조금 있다가 바깥에서 냉랭한 목소리로 얘기하는 소리가 들려왔다. 이내 앨런이 계단을 내려가서 차를 몰고 돌아가는 소리가 들렸다. 레이가 들어와서 무슨 얘길 하지 않을까 생각했다. 최소한 잘 자란 얘긴 해줄 줄 알았다. 벌써 아침이 됐는데도 레이 얼굴은 볼 수가 없었다.

「태버리 애긴 안 하는 게 낫겠지?」

앨런이 고개를 돌렸다. 한쪽으로 올라간 입가엔 희미하게 미소가 떠올라 있었다.

「생각해보니까 나한테도 잘못이 있는 것 같아. 내가 그 동안 당신한테 소홀히 한 건 사실이니까. 여기 혼자 떨어져서 일하게 놔뒀잖아. 그 동안 당신이 별 불만 없는 것 같아 걱정 안 했지.」

「별로 불만은 없었어요.」

줄리가 변호하듯 말했다. 누가 뭐래도 앨런한테 상처주긴 싫었다.

「글쎄, 사실 처음부터 상대방한테 구속은 안 하기로 했잖아. 전엔 이런 일 없었으니까 앞으로도 그럴 줄 알았지.」

「레이와 그럴 생각은 없었어요. 어쩌다보니 그렇게 돼버렸어요.」

「그랬을 거야. 그 동안 나도 외도 한 번 안 했다곤 할 수 없어. 그건 진짜 거짓말이니까. 당신도 모르진 않겠지. 남자만 화낼 권리가 있다곤 생각지 않아. 그렇긴 해도 감정을 억누르긴 힘들어. 나 나름대로 안 그러려고 노력하는 중이라구.」

앨런이 자기를 낮춰서 말하는 걸 보니 마음이 움직였다. 품위를 중요시하는 사람치고는 아주 많이 양보한 셈이었다. 그 동안 쌓였던 애정이 솟아오르는 게 느껴졌다. 줄리는 가만히 그의 팔에 손을 얹었다.

「사실 당신 같은 남자는 별로 없어요.」

「성인군자까진 안 돼도 노력해보는 수밖에. 우리 둘을 위해서라도 말이야. 나도 괜히 문제 삼고 싶지 않아. LA로 가면 전하고 똑같아질 텐데 뭐. 정말 당신을 잃고 싶진 않아.」

앨런 말을 듣고 보니 뭔가 마음에 걸렸다. 그게 뭔지 딱 꼬집어서 말하긴 힘들었지만 해묵은 정을 무시하긴 힘들었다.

「레이와 전에 끝내기로 했어요. 서로 관심 분야가 너무 다르니까 관계를 지속할 가능성도 사실 없었구요. 더구나 그 사람은 나중에 어떻게 할 건가 그런 얘긴 없었어요. 촬영 끝나면 그 사람과 있었던 일도, 아마 흐지부지될 거예요.」

「그 말 들으니까 맘이 좀 놓이는걸. 그래도 촬영 끝나기 전까진 어쩔 거야?」

앨런이 부드럽게 물었다.

「나도 모르겠어요.」

줄리의 눈동자엔 우울한 빛이 가득했다.

「시간이 좀 필요할 것 같아요. 그래도 걱정할 거 없어요. 남자를 양쪽에 두고 요리조리 저울질하는 일은 없을 테니까.」

「안 그럴 거라는 거 나도 알아. 그런 얘긴 뭣하러 해?」

앨런이 나무라듯 말했다.

「그래야 할 것 같아서요. 어쨌든, 기분 상했으면 미안해요. 이럴 생각은 정말 없었어요.」

앨런이 한참 줄리의 얼굴을 보고만 있다가 의자에 가서 앉았다.

「내가 이렇게 일찍 도착할 거란 생각은 못했을 거야. 그럴 만한 이유가 있었어. 개인적으로 할말이 있었거든. 소문이 먼저 퍼질까봐 급하게 온 거야.」

앨런의 표정이 하도 심각해서 가슴이 덜컥 내려앉았다. 줄리는 책상 앞에 놓인 의자에 털썩 앉았다.

「소문이라뇨?」

「그 동안 한참 생각해 보고 나서 결정한 거야. 사실 이 작업 시작할 때부터 그랬던 거지만. 갑자기 맘을 바꾼 건 아니니까 오해는 하지 말았으면 좋겠어. 모든 문제점을 일일이 따져보고 결론을 내린 거니까. 당신 감정도 생각 안 해본 게 아니야. 내가 왜 당신 재능과 능력을 모르겠어. 내가 얼마나 자랑스럽게 생각하는데. 그 동안 기대 이상으로 정말 잘 해 줬고…… 당신처럼 특출한 감각에다 감수성까지 갖춘 감독이 어디 많나? 거기다 어떻게 해야 관객들한테 감명을 주는지도 너무 잘 알고 있잖아.」

「앨런, 괜히 딴소리하지 말고 솔직하게 말해봐요. 무슨 얘길 하는 거예요?」

「내 입장을 좀 이해해줬으면 좋겠어. 나로선 후원자들한테 어떻게 해서든지 스웜프 킹덤이 좋은 작품이란 이미지를 줘야지 않겠어? 더구나 예산 안에서 작업을 끝마쳐야 된다구.」

「그거야 내가 알아서 할 일 아닌가요?」

「물론 그렇긴 하지.」

앨런이 재빨리 덧붙였다.

「감독이니까 대중들한테 인기를 얻었으면 하는 마음이야 당연하겠지. 재정적인 면에 있어서도 마찬가지일 거야. 그렇지만 촬영장에서 사람이 죽어 나갔으니 이런저런 소문이 도는 건 어쩔 수 없잖아. 이런 상황에선 그걸 상쇄할 방법을 찾아내는 수밖에 없어. 영화의 질적인 면보다 인기를 더 중요시하는 게 현실이니까.」

「그래도 사람들이 영화를 보고 나면……」

「그럴 여력이 없어. 극장에 내보내기 전에 제대로 완성하는 게 더 중요하잖아. 내가 하는 애길 들으면 맘이 달라질걸. 신인 감독이라면 누구나 군침을 흘릴 만한 일이지. 성공할 가능성이 한 백 배는 더 많아질 거야. 아주 완벽한 계획이야. 처음부터 왜 그 생각을 못했나 몰라.」

「도대체…….」

줄리는 갑자기 말을 멈췄다. 생각만 해도 끔찍한 일이 머릿속을 스쳤다. 순식간에 얼굴에서 핏기가 사라졌다. 줄리는 등을 의자에 기대면서 손으로 팔을 감쌌다. 그리고 떨리는 목소리로 물었다.

「아버질 고용했군요.」

「생각 좀 해봐. 아버지랑 딸이 같이 감독을 한다고 하면 어떨 것 같아? 두 사람을 같이 출연시키려고 방송국마다 서로 난릴걸. 커크 더글러스랑 마이클 더글러스, 그리고 마틴 쉰이랑 찰리 쉰 부자가 같이 출연한 거랑 뭐가 달라?」

「아버지하고 내가 배우예요? 거기다가 그런 건 중요한 게 아니잖아요. 영화 자체가 중요한 거지. 당신이 나한테 이럴 순 없어요.」

「다 영화가 잘되자고 그러는 거야. 아버지랑 같이 합심해서 일하면 당신도 좋잖아?」

「합심해서 일한다구요?」

줄리가 어처구니가 없다는 듯 소리쳤다.

「우리 아버질 몰라서 하는 소리예요. 우리 아버질 존경해왔다는 건 알지만 실상은 달라요. 우리 아버지란 사람과 같이 지내본 적이 없어서 그러는 거라구요. 이 영화를 자기 식으로 만들 게 분명해요. 그럴 작정이 아니었다고 해도 결국은 그렇게 될 거라구요.」

「그래도 별로 상관없잖아. 벌써 대부분 끝내놓은 상태인데, 감독님이 끼여든다고 해서 뭐 크게 달라질 게 있겠어?」

줄리가 콧방귀를 뀌면서 말했다.

「그걸 말이라고 해요? 아버지는 액션 지향적인 감독이라구요. 아버지 영화를 보면 확실히 속도감이나 서스펜스는 있어요. 남자들끼리 통하는 의리니 우정 같은 걸 많이 다루니까 그럴 수밖에 없죠. 그런 만큼 섬세한 면은 찾기 힘들어요. 일단 아버지가 편집 작업을 거쳤다 하면 내가 만들어냈던 이미지는 몽땅 없어질 거라구요.」

「감독님이 만드신 영화는 흥행에 실패한 적이 없어.」

「영화를 더 잘 만들려면 불 불러드 감독이 꼭 계셔야 한다, 그런 말인가요?」

「그런 뜻이 아니야. 그래도 감독님이 오시면 여기서 있었던 일이 잘 무마될 거야. 두 사람이 같이 힘을 합하는 건데 당연하지.」

「나 혼자서도 할 수 있다니까요.」

「당신이 그렇게 생각이 모자를 줄은 몰랐어.」

「앨런, 내 말 좀 들어봐요. 아버진 아버지 나름대로의 방식이 있어요. 그래서 아버지한테 반대해봤자 벽에 대고 하는 거나 똑같아요. 자기 방식을 따르지 않으려면 포기하고 나가떨어지라는 식이라니까요. 그렇게는 못해요, 앨런, 절대로.」

「줄리, 내 말대로 해야 할 거야.」

앨런의 목소리는 단호했다.

줄리는 한참 동안 앨런을 쏘아보다가 몸을 숙이고 양손을 깍지끼면서 물었다.

「대체 왜 이러는 거예요? 언제 결정한 거예요? 혹시 나한테 복수하려고 이러는 거 아니에요?」

「내가 그렇게 속 좁은 남자 같아?」

「정말 안 그랬으면 좋겠네요.」

줄리가 앨런을 똑바로 쳐다보면서 말했다.

「당신이 일부러 그랬다는 걸 알면 더 기가 막힐 테니까요. 아마 옆에 있는 것조차 끔찍하게 싫어지겠죠. 그리고 이건 확실히 알아두세요. 아버지랑 같이 일하지 않겠어요. 소재를 끌어낸 사람도 나고, 각색도 내가 했다구요. 스웜프 킹덤은 누가 뭐라고 해도 내 거예요.」

「그거야 감독님 방식으로 바꾸면 되지.」

앨런이 '님'자를 강조하면서 대꾸했다.

「차라리 자막에 조감독으로 나오는 게 낫겠어요.」

줄리는 냉정한 목소리로 대꾸했다. 스필버그나 로버트 밴튼, 올리버 스톤 같은 감독들이라면 제작자 갈아치우는 건 자기들 맘대로겠지. 그런 생각이 언뜻 머리에 스쳤다. 그런 흥행사들이 벌어들이는 돈이나 영화계 내에서의 영향력을 생각하면 당연한 일이겠지만, 자신은 아직 그런 감독들과 비교할 처지가 못 됐다.

「자막 정도야 당신이 하고 싶은 대로……..」

「지금 내가 자막 때문에 그러는 거예요?」

의자 팔걸이에 주먹을 내리치면서 소릴 질렀다.

「내가 생각한 이미지를 화면에 담고 싶은 거예요. 내가 한 대로 그냥 하던가 아니면 다 관둬요.」

앨런이 눈을 크게 뜨고 물었다.

「지금 나한테 그만두겠다고 위협하는 거야?」

「위대하신 불 불러드 감독님이 오실 건데 뭘 걱정해요?」

앨런은 할말을 잃었는지 가만히 줄리의 안색만 살피고 있었다.

「아무래도 당신이 했을 때랑은 좀 다르겠지.」

「내 말이 그 말이에요.」

「그래도 감독님더러 오시지 말라곤 할 수 없어. 벌써 오시는 중이야.」

「그럼 다시 돌아가 달라고 하면 되겠네요.」

줄리가 황당해하며 대꾸했다.

「그럴 순 없어. 감독님은 당신과 일하게 됐다고 아주 좋아하셨단 말이야.」

줄리가 숨을 크게 들이마시면서 말했다.

「돈 줄 테니 포기하란 소린 안 해요? 여태 아부에다 위협도 하고 애원까지 했잖아요. 거기다 이젠 공갈까지 동원하질 않나.」

「그런 식으로 당신 맘을 상하겐 안 해.」

「내 능력을 믿는다면서 왜 이런 식으로 나오는 거예요?」

앨런은 다 식어빠진 홍차를 한 모금 마셨다. 그리고 애원하는 눈빛으로 줄리에게 말했다.

「그래, 당신 의견을 먼저 물어봤어야 하는 건데. 그건 미안하게 생각해. 그렇긴 해도 지금 와선 어쩔 수 없잖아. 감독님이 오늘밤이나 내일쯤 여기 오실 거라는데, 그런 마당에 감독님한테 '다 취소됐으니 그냥 가십시오' 할 수 있겠냐구.」

「내가 대신 아버지한테 말씀드려줘요?」

앨런은 일순간 흠칫해서 가만히 있다가 말을 이었다.

「이봐, 왜 그렇게 사람이 삐딱해진 거야? 또 뭐가 그렇게 불만이어서 이래저래 까다롭게 구는 거냐구? 그 동안 이렇게 변한 걸 내가 왜 몰랐지?」

그건 줄리 자신도 몰랐다. 여태껏 중요한 일을 결정하면서 서로 부딪친 적이 별로 없었다. 거기다 이렇게 오랫동안 떨어져 있어본 적도 없었다. 그러니 앨런으로선 줄리가 변한 걸 눈치채지 못하는 게 당연했다.

「일 얘기나 계속해요.」

줄리가 냉정하게 대꾸했다.

「그래, 그러자구. 당신이 감독님한테 직접 말씀드려. 어떻게 해야 영화가 제대로 될지 한번 의논해보라구. 그러다보면 뭔가 해결점이 나올 거 아냐. 어쨌든 그분은 당신 아버지잖아.」

「딴게 아니라 그게 문제예요.」

앨런은 꿈쩍도 안 하고 줄리의 대답만 기다리고 있었다.

「알았어요, 아버지와 얘기해볼게요. 그래봤자 변한 건 하나도 없어요.」

앨런이 벌떡 일어나 다가오더니 줄리를 일으켜 세웠다.

「생각 정말 잘했어. 이렇게 말하면 알아듣는 사람인데 말이야. 자, 이제 기분 풀고 나한테 키스해줘. 내가 속 좁은 사람 싫어하는 거 알지?

그러고 보니 다시 만나서 반갑다는 인사도 못 받았잖아.」

줄리는 아무 생각 없이 반사적으로 그의 입술에 키스했다. 따뜻하면서도 가벼운 입맞춤이었다. 갑자기 레이와 나눴던 키스가 머릿속에 떠올랐다. 그때 같은 열정이나 성적 자극이 왜 생겨나지 않는 걸까? 달콤한 느낌도 없고……. 줄리는 그때 있었던 일을 떠올리지 않으려고 애썼다. 지금은 앨런이 하는 말에 신경을 써야 할 때였다.

「이렇게 협조적으로 나오니까 하는 말인데 들어볼 테야? 저번에 찍었던 영화 <위험한 시대>가 올해 여성 영화제 개막식에서 시사회를 갖게됐다는 사실.」

「정말이에요?」

줄리가 반신반의해서 앨런의 얼굴을 처다보았다.

「지난주에 들은 얘기야. 최우수 감독한테 시상하는 크리스털상 후보로지명됐다니까. 거기서 수상하면 여성감독들 중에서도 선두 대열에 서게되는 거라구. 에이미 헥커링이나 마사 쿨리지처럼 말이야.」

「지난주라구요? 근데 왜 지금까지 말 안 했어요?」

「비밀로 했다가 깜짝 놀라게 해주려고.」

「영화제는 이번 주에 시작되잖아요. 지금 알았는데 준비는 어떻게 하라구요?」

「갈 생각 안 했을 거 아냐. 여기 일하는 데에도 정신 하나 없을 텐데말이야. 고작 몇 분 동안 박수나 받을 걸 뭣하러 가. 뭐 영예로운 일이긴 하지만 사실 영화감독협회에서 개최하는 것도 아닌데 뭐.」

줄리가 앨런을 노려보았다. 자기 자신이나 영화를 깔보는 건 아닌가싶었다. 아니면 여자들이 만든 영화를 모두 싸잡아서 비꼬는 게 아닌가싶었다. 일부러 그런 건지 아니면 무의식적으로 그런 말이 나온 건지는모르겠지만. 촬영이 지연될까봐 미리 손쓸 작정으로 한 얘기 같았다. 아무래도 줄리가 거기 왔다갔다하면 영화 찍을 시간이 그만큼 줄어들 테니까. 더 이상 앨런과 말 상대할 기운이 없었다.

「상 받는 기회가 흔하지 않은 게 영화계 현실이에요. 그런 마당에 받을 건 다 챙겨야 되지 않겠어요?」

「당신 하고 싶은 대로 해. 난 반대 없으니까.」

「그래요?」

줄리가 몸을 뒤로 빼면서 말했다.

「일하러 가야겠어요. 임시직이 될진 몰라도 아직 감독 자리에 있으니까 해야죠.」

「줄리, 잠깐만 기다려.」

앨런의 다급한 소리를 등뒤로 하고 줄리는 트레일러를 나왔다.

사무실에서 서류를 검토하는데, 눈에 들어올 리가 없었다. 촬영장에서 시끌벅적대는 소리를 들어야 좀 살 것 같았다. 사무실 문을 열고 거의 뛰다시피 계단을 내려왔다. 줄리는 걸음을 좀 늦추고 주변을 살펴보았다.

밴스는 사이프러스 아래에서 팬들과 얘기를 나누고 있었다. 어린애에서 할머니까지 다양한 연령층의 여자들한테 둘러싸여 있었다. 다시 살펴보니 기자가 인터뷰를 하는 중이었다. 빗자루같이 뻣뻣한 머리카락에 뿔테안경을 쓴 여자가 열심히 뭔가 받아 적고 있었다. 가끔씩 녹음기가 제대로 작동되는지 확인하는 모습이 보였다.

오필리아가 주차장 저쪽에서 걸어오고 있었다. 오늘 아침엔 기분이 좋아 보였다. 밝은 오렌지색 옷에다가 엄청나게 큰 귀고리를 달고 있어서 그렇게 보였는지도 모른다. 가죽끈에 옥과 나무, 오렌지색 유리를 끼워서 만든 귀고리였다. 손에는 증명사진을 붙인 신청서를 가득 들고 있었다.

「거리 신에서 써먹을 엑스트라 후보감들이야. 시간 있을 때 한번 살펴봐. 그리고 참 나쁜 소식이 하나 있다. 섬머의 선생이 아주 떠나셨어. 임신한 딸이 예정보다 빨리 분만하게 됐다나봐. 어젯밤에 울어서 눈은 퉁퉁 부어 가지고 LA로 갔다니까.」

「기가 막혀서! 되는 일 하나도 없네.」

줄리가 한숨을 내쉬면서 말했다. 캘리포니아 노동법은 아역배우들한테 선생이 딸려 있어야 한다고 명시하고 있었다. 아역배우의 복지를 위해 만든 탓인지 일명 복지 교사라고 불리는 사람이 꼭 필요했다. 교사는 아역배우의 교육이나 건강, 안전, 그리고 도덕적인 면까지 옆에서 챙기는 역할을 했다. 영화사가 캘리포니아에 있다보니 거기 법을 따라야 할 수밖에 없었다. 그 동안 있었던 여교사는 쓸데없이 피곤하게 구는 법이 없어서 아주 좋았다. 영화 찍을 때 방해하는 일도 전혀 없었다.

「이 지방 교육위원회에 연락을 해야겠어. 거기서 알아서 추천해주겠지.」

「잠깐, 레이가 오면 한번 물어봐. 도나 리슬릿한테 할 생각 있냐고 말이야. 전에 선생님을 했다고 들었거든.」

「아까 도착한 거 같던데.」

오필리아가 신청서 한 귀퉁이에 뭔가 끼적거리면서 말했다.

「주차장에 세워둔 차를 봤거든.」

갑자기 아랫배가 긴장되는 느낌이었다. 앨런이 오는 바람에 레이 기분이 어떤지 살필 기회가 없었다. 이렇게 많은 사람들 앞에서 볼 생각을 하니 긴장이 더 고조되었다. 줄리는 마음을 진정시키려고 양손을 모아 쥐었다.

오필리아가 고개를 들고서 물었다.

「참, 너희 아버지 얘긴 또 뭐야?」

「그럼 벌써 소문이 퍼진 거야?」

「순식간에 퍼졌지. 스태프들 반은 너네 아버지가 사랑스런 딸을 만나러 오는 거라고 수군대더라. 나머지 스태프들은 감독직이 넘어가느냐 마느냐 내기까지 걸고 말이야. 나한테 해줄 말 없어?」

「아직까진 몰라.」

「좋아. 그래도 미리 얘길 해줘야 방과 사무실을 준비해둘 거 아냐.」

「미리 알고 있었으면 얘길 했지. 나도 지금에야 알았어.」

줄리가 냉담하게 대꾸했다.

「제길, 저 인간들 때문에 정말 미치겠다.」

오필리아가 밴스 있는 곳을 가리키면서 말했다.

「저기 왕자님같이 앉아 있는 것 좀 봐. 인터뷰하느라고 정신이 반쯤 나갔잖아. 바느질 봉사회 아주머니들과 자기가 슈퍼맨에 나오는 로이스 레인쯤 되는 걸로 착각하고 있는 여자한테 싸여서 말이야. 다들 어머나, 오, 아니, 같은 감탄사만 연발하는군. 누가 보면 밴스가 아주 감명 깊은 말이라도 하는 줄 알겠다. 기가 막혀.」

「바느질 봉사회?」

「가정주부들이 만든 모임 같은 거지 뭐. 며칠 전에 전화해서 촬영장에 오면 안 되냐고 물어보더라. 밴스가 사무실에 있을 때 전화가 왔거든. 아줌마들이 밴스가 나오는 연속극은 맨날 빼먹지 않고 본다고 난릴 쳐 댔지. 그 말에 혹해서 저러고 있는 거야. 리포터는 어디서 온 건지 모르겠어. 가짜 리포터만 아니길 바랄 뿐이야.」

스타와 잠깐 얘기라도 해볼 생각에 방송국에서 나온 것처럼 꾸미는 사람들이 적지 않았다. 어떻게 해서든지 그런 사람은 막으려고 해도 소용없을 때가 가끔 있었다. 인기에 연연하는 배우들한테도 잘못이 있었다.

「나도 모르겠다.」

줄리가 대꾸했다.

「밴스가 리포터 앞에서 팬티 자랑 했다는 얘기 들어봤어? 정말 몰라? 뉴멕시코였나 거기서 촬영하는데 아주 예쁘게 생긴 여자애가 촬영장에 왔더래. 대학 신문사에서 취재차 왔다면서 밴스의 팬클럽을 만들기로 했다나. 그래서 인터뷰를 했는데 좀 야한 쪽으로 나갔나봐. 밴스가 어떤지 알잖아. 여자애가 하는 말이 팬티는 어디 제품을 입느냐고 그러더래. 팬클럽 회원들한테 얘기해주고 싶다면서 말이야. 밴스가 대답을 해줬더니 못 믿겠다는 식으로 나왔대. 자기 할아버지가 입는 거랑 똑같다나 어쨌다나 그러면서. 그래서 밴스가 자기 바지를 벗고 팬티를 보여줬대. 뭐 꿍꿍이속이 딴 데 있었을지도 모르지만. 아무튼 여자애가 상표를 차근차근 살펴보더랜다. 물론 엉덩이까지 봤겠지. 그러고 나선 고맙다고 한마디 하더니 가버렸대. 나중에 보니까 그런 대학 신문사는 있지도 않았대더라.」

줄리가 머리를 흔들면서 웃었다.

「불쌍한 밴스, 그래서 자기 엉덩이가 나오는 걸 그렇게 싫어했군.」

「불쌍하지. 아니 취소. 내가 지금 무슨 말을 하는 거야. 저 인간이 뭘 하든지 다 자업자득인데 말이야. 최고의 스타가 될 수만 있다면 카메라 앞에서 바지 벗는 건 아무것도 아닐걸. 벗으라고 말하기도 전에 아마 다 벗을 거다. 사람들 하는 짓 보면 황당하다니까. 너도 예술을 위해서라면 뭐든지 할 거잖아.」

밴스가 갑자기 이쪽을 쳐다보면서 얼굴을 찌푸렸다. 원래 오필리아의 목소리가 쩌렁쩌렁한 편이었다. 아무래도 두 사람이 하는 말을 들은 게 아닌가 싶었다. 그쪽에 신경을 쓰다보니 마지막 말을 놓쳤다. 줄리는 고개를 돌리고 물었다.

「방금 전에 뭐라 그랬니?」

「시치미떼긴.」

오필리아가 줄리의 어깨 너머로 시선을 주면서 말했다.

「안녕, 레이! 기분은 좀 어때? 우리 귀염둥이 섬머, 레이를 아예 선생님으로 모신 거냐?」

「레이 아저씨랑 같이 아침 먹은 거예요.」

레이를 누가 빼앗아갈까 봐 겁이라도 나는지 아이는 레이의 손을 꽉 붙들고 있었다. 고개를 빳빳이 쳐들고 있는 게 꼭 오필리아를 깔보는 것처럼 보였다.

「오늘 아침에 애 엄마가 몸이 안 좋다고 해서 그랬지.」

레이가 말했다.

「엄마는 머리가 아프시대요. 선생님도 안 계시는데 어떻게 하냐고 그러시던데요.」

「우리가 알아서 할 테니까 걱정 마.」

오필리아가 줄리한테 윙크를 하면서 말했다.

「난 가서 일해야지. 우리 나중에 얘기하자.」

오필리아는 사무실로 걸어갔다. 옆에서 레이가 섬머를 내려다보면서 말했다.

「엄마한테 가서 필요한 건 없으신가 여쭤봐야지. 그러고 나서 엄마한테 한두 시간 정도 아저씨하고 강에 나갔다 와도 되냐고 물어보고.」

순간 아이의 얼굴이 환해졌다.

「바로 올게요.」

레이는 아이가 뛰어가는 걸 보고 있었다. 조금 있다 레이는 따뜻한 눈으로 바라보면서 물었다.

「오늘 기분은 어때? 아직도 졸린 거야?」

「그랬으면 좋겠어요.」

줄리가 뒷목을 만지면서 말했다.

「나도 오늘 아침엔 일어나기가 힘들던걸.」

레이가 미소지으면서 말했다.

「앨런 때문에 기분 상했으면 미안해요. 원래 그런 사람이 아닌데.」

「내가 그 치였다면 상대방을 죽이고 싶었을 거야.」

「앨런은 폭력을 싫어하는 사람이에요. 차라리 말발을 세워서 당신을 쓰러뜨리려고 하겠죠.」

줄리가 맘속으로 레이와 앨런의 체구를 비교하면서 말했다.

「아주 문화인이시군. 난 별로 맘에 안 들지만.」

트레일러에서 나오는 섬머를 보고 레이가 재빨리 덧붙였다.

「아네트 대버트가 알코올 중독자란 거 알고 있었어?」

「아뇨. 뭐 그렇다고 놀랄 건 하나 없지만.」

「오늘 아침에 보니까 잔뜩 취해 있던데, 어쩌면 술이 아니라 마약에 취한 걸지도 몰라. 이번이 처음이 아닌 것 같아. 섬머가 자꾸 감추려고 하더라구. 언뜻 들으니까 자기 엄마가 시도 때도 없이 약을 한 뭉치씩 먹는다는 거야.」

「참 섬머한테 선생님이 필요한데, 저기 도나가 하면…….」

「줄리, 가기 전에 당신을 만나서 다행이야.」

앨런이 계단에서 내려오면서 큰 소리로 외쳤다. 한 손에 여행가방을 들고 계단을 뛰어내려왔다. 레이는 완전히 무시하고 줄리한테 가까이 와서 덧붙였다.

「LA에서 전화가 왔는데 감독님이 오늘 아침 출발하셨다는 거야. 내가 지내는 호텔에서 만나자고 하셨다는데, 거기 가봐야겠어. 오늘밤에 다같이 모여서 저녁식사를 해야 할 것 같아. 오필리아한테 리무진을 부르라고 했어. 다들 모여서 술도 마시고 맛있는 음식도 먹는 거야. 촬영장 밖에서 허심탄회하게 얘기도 나누고 좋잖아.」

「다들 모인다니 누굴 말하는 거예요?」

줄리가 굳은 목소리로 말했다.

「뻔하지. 밴스와 마들린, 섬머, 그리고 아네트, 거기다 주요 관계자들, 아무튼 당신이 알아서 데리고 와. 그리고 다들 떠나고 나서 당신은 거기 남아 있으면 되잖아. 당분간 윈저 왕실 호텔에서 나랑 같이 지내자구. 그러니까 올 때 짐 챙겨 오는 거 잊으면 안 돼.」

앨런은 줄리를 보지 않고 줄리 옆에 서 있는 남자에게 시선을 던지고 있었다. 레이도 질세라 냉정한 시선을 되받더니 줄리에게 눈길을 돌렸다. 입술 한쪽 끝이 올라가더니 레이의 입가에 미소가 떠올랐다. 눈에 웃음기라곤 하나도 없었다.

앨런과 레이를 보는 줄리의 얼굴에 분노와 수치심이 교차했다.

「잘 들어요, 앨런. 딴사람들 오기 전에 아버지와 얘기해볼 거예요. 그리고 나중에 사람들과 나도 같이 돌아올 거예요. 호텔에 있긴 곤란해요. 여기서 뉴올리언스까지 왔다갔다하긴 아무래도 불편하다구요.」

앨런이 줄리의 팔을 당기면서 말했다.

「어떻게 해보면 되겠지. 그러지 말고 가면서 애기하자구.」

갑자기 저쪽에서 사무실 문이 벌컥 열렸다. 오필리아가 귀고리를 흔들면서 달려나오고 있었다. 잔뜩 상기된 얼굴에 눈은 반짝거리고 있었다.

「잠깐만 기다려요, 앨런. 다들 내 말 좀 들어봐요.」

오필리아의 목소리가 강 저쪽까지 울려 퍼졌다. 앨런이 눈썹을 찌푸리면서 고개를 돌렸다.

「지금 당장 주차장을 깨끗이 비워요.」

오필리아가 양손을 허리에 얹고 다리는 벌린 채 외쳤다.

「빨리빨리 차랑 트럭을 끌어내요. 주차장에 한 대도 놔두면 안 돼요. 지금 댈러스에서 전화가 왔는데 불 불러드 감독님이 지금 여기로 오고 있대요. 50분만 있으면 도착할 거예요.」

「왜 그렇게 흥분한 거야? 감독님 오신다니까 반갑긴 하겠지만 그래도 그렇게 소란 피울 건 없잖아?」

「착륙할 때 쓸 받침대가 없잖아요. 그걸 50분 동안 만들어놔야 하는데 어떻게 하냐구요. 지금 헬리콥터로 오고 있다니까요.」

11

　먼지와 자갈이 한데 섞여 소용돌이쳤다. 나무는 앞뒤로 흔들렸고 풀잎들은 바람을 따라 몸을 눕혔다. 수면 위에 잔물결이 일었다. 강둑에 매어둔 보트들은 좌우로 흔들거렸고 로프들도 팽팽히 당겨졌다. 헬리콥터 소리가 하도 요란해서 말소리가 안 들렸다. 줄리는 머리카락을 넘기면서 그쪽을 쳐다보았다.

　불 불러드를 태운 헬리콥터가 서서히 하강하더니 주차장 공터 위에 가만히 멈춰 섰다. 하도 다급히 치워놔서 차들이 이리저리 흩어져 있었다. 날개 회전이 서서히 잦아들더니 헬리콥터는 땅 위에 내려앉았다.

　줄리 근처에 서 있던 기자가 좋아서 어쩔 줄 몰라했다. 아까 밴스를 인터뷰했던 여기자였다. 기자는 밴스에게 다가가서 큰 소리로 외쳤다.

　「정말이네요. 정말 불 불러드잖아요. 한마디 해달라고 하면 해줄까요?」

「한번 가봐요. 밑져야 본전이니까.」

밴스가 눈을 찡긋하면서 말했다.

「그럴까요? 정말 너무 고마워요. 경비원한테 말해서 여기 남을 수 있게 해주셨잖아요. 스튜어트 씨는 정말 너무 멋진 분이세요.」

「내 애길 쓸 때 잘 써줄 거죠? 잊으면 안 돼요.」

「그럼요, 당연하죠.」

기자가 큰 소리로 외쳤다.

마들린은 레이와 줄리 사이에 서 있었다. 힐끔 밴스와 기자를 보더니 입가에 미소를 흘렸다.

「밴스가 또 자화자찬을 이끌어내는군. 정말 감동적인걸.」

「스타란 게 원래 그런 거잖아요. 안 그래요?」

줄리의 신경은, 헬리콥터에서 몸을 일으키는 아버지한테 가 있었다. 울퉁불퉁한 얼굴이 갈색으로 그을려 혈색이 좋아 보였다. 회색으로 센 머리는 뒤로 바싹 빗어 넘긴 상태였다.

마들린이 옆에서 말했다.

「나 같으면 좀 자제를 하겠어. 인기 있으면 좋기야 하겠지만, 그래도 은퇴하고 나면 무슨 소용이야.」

「마들린이야 그런 거 걱정 안 해도 괜찮잖아요.」

「나도 산전수전 다 겪어봤어. 뭐 저기 계신 감독님만큼은 안 되겠지만. 우리가 전에 깊은 관계였다는 거 알고 있었어?」

줄리가 마들린을 향해 고개를 획 돌렸다.

「아버지하고 말이에요?」

「뭘 그렇게 놀라. 새엄마 될 가능성은 거의 없었으니까 상관없잖아. 난 감독님 타입이 아니었어.」

「우리 아버지도 마들린 타입은 아닌 거 같은데요.」

「아니, 감독님 나름대로의 매력이 있어. 복잡하지도 않고 단순한 면이 있거든. 남자는 남자 여자는 여자, 아주 간단하잖아. 나도 내가 번 돈으로 정직하게 쓰는 걸 좋아하는 사람이야. 그래도 가끔 한턱 쓰는 남자가 옆에 있으면 기분은 나쁘지 않지. 문도 대신 열어주고 말이야.」

불은 헬리콥터 조종사와 악수를 하고 있었다. 줄리의 아버지는 몸을 돌려서 이쪽을 쳐다봤다. 앨런이 먼저 다가가 인사를 했다. 줄리 아버지가 앨런한테 뭐라고 하는 게 보였다. 그 말을 듣고 앨런이 줄리가 서 있는 쪽을 가리켰다. 아주 행복한 미소를 지으면서 불이 줄리에게 다가왔다.

리포터가 머리카락을 휘날리면서 그를 가로막았다. 손엔 녹음기가 들려 있었다. 리포터는 한껏 상기된 얼굴로 물었다.

「감독님, 루이지애나에 오신 걸 환영합니다. 기사에 쓸 수 있게 몇 마디 해주실 수 있으신지요.」

「나중에 합시다. 지금은 말고.」

불이 손을 내저었다.

「몇 초면 될 텐데요. 왜 여기까지 오셨는지 한 말씀 부탁합니다. 스웜프 킹덤의 감독을 새로 맡으신다는 게 사실인가요?」

「글쎄 할말 없다니까요. 난 내 딸을 보러온 것뿐이니까.」

불이 날카롭게 쏘아보면서 녹음기를 들어대는 여기자를 밀었다. 그리고 양팔을 벌리고 줄리한테 다가갔다.

줄리는 입가에 미소를 지으면서 한 발 앞으로 내디뎠다. 왠지 안도감이 온몸을 휩싸는 것 같았다. 어쨌든 아버진 아버지였다. 아버지 품은 따뜻하고 아늑했다. 보호받고 사랑받고 있다는 느낌이 새록새록 자랐다.

줄리는 눈물을 감추고는 웃으면서 몸을 뒤로 뺐다. 줄리는 아버지에게 레이를 인사시켰다. 두 사람은 힘껏 악수를 했다. 양쪽 다 상대편을 가늠해보느라 정신이 없어 보였다.

「만나서 반갑습니다, 감독님.」

「뭐 이런저런 얘기 많이 들었네. 그 동안 수고 많았다고 그러던데, 나중에 한번 같이 검토해보자구.」

레이가 고개를 끄덕이는데, 갑자기 마들린이 끼여들었다.

「너무 오버하는 거 아닌가 싶네. 그렇게 요란하게 소리를 내면서 등장할 건 또 뭐예요? 여기가 아프리카쯤 되나.」

마들린이 나긋나긋한 목소리로 말했다.

「마들린, 당신은 날 너무 잘 알아서 탈이야.」

불이 큰 소리로 웃어젖혔다. 그리고 가볍게 마들린에게 키스를 했다. 마들린은 새빨간 매니큐어를 칠한 손으로 불의 목을 휘감더니 키스를 조금 더 끌었다.

뒤쪽으로 헬리콥터 이륙하는 소리가 들렸다. 모래와 자갈이 다시 소용돌이치면서 주위가 시끄러워졌다. 줄리는 불에게 기대 고래고래 악을 썼다.

「아버지한테 따로 할 얘기가 있어요. 사람들 없을 때 말이에요.」

「그러자. 그래도 사람들한테 인사 좀 해야지.」

불이 맞받아서 외쳤다.

불은 카메라맨들이나 기술자들, 조명기사, 주방에서 일하는 사람들과도 일일이 악수를 했다. 스탠은 뒤로 물러서 있다가 눈짓으로 인사를 대신했다.

어느새 사람들은 아버지한테, 촬영하면서 있었던 일을 시시콜콜 얘기하기 시작했다. 줄리는 아버지 사무실 관계로 오필리아와 얘기하고 있었다. 그런데 갑자기 모터 소리가 들려왔다. 뒤를 돌아보니 아버지와 레이, 섬머가 에어보트에 타고 강 하류로 사라지는 게 보였다. 줄리는 입술을 꼭 다물고 사라지는 배를 응시하고 있었다.

세 사람은 오후가 돼서야 돌아왔다. 불과 섬머는 햇빛에 까맣게 탄 모습이었다. 맨책 수로까지 갔다가 미든도르프에서 점심을 먹고 왔다고 했다. 불은 음식이 엄청나게 맛있었다고 떠들어댔다. 아이디어가 떠올랐다면서 줄리한테 상의를 해보자고도 했다. 하지만 그건 나중으로 미룰 수밖에 없었다. 뉴올리언스로 가기 전에 조금 쉴 필요가 있었다. 레이가 숙모네 집으로 가, 한잔 마시면서 샤워나 하자고 했다. 불은 구미가 당기는 눈치였다. 특히 한잔이란 소리를 듣더니 더했다.

줄리는 목욕하고 옷을 갈아입으면서 내내 속이 끓었다. 지금껏 아버지와 단둘이 있을 기회가 없었다. 레이와 붙어 있어서 접근할 수가 없었다. 아버지가 자신을 피하고 있는 게 분명했다. 아까까지만 해도 아버지가 앨런과 같이 이번 일을 꾸몄으리라고는 생각지 않았다. 지금은 점점 희망이 사라지는 기분이었다.

줄리는 몸에 달라붙는 복숭앗빛 실크드레스를 장롱에서 꺼내 들었다. 아버지와 레이는 아직도 주거니 받거니 하고 있었다. 아버지 모양새를 보니 한잔만 더 마셨다간 차까지 업혀가야 할 판이었다. 줄리는 그 옆에 가서 와인 한잔을 마셨다. 공작새가 산책을 나왔는지 정원을 어슬렁거리고 있었다. 하도 수없이 들은 얘기라 줄리는 아버지가 하는 얘길 가만히 듣고만 있었다. 거기다 옆에서 분위기 띄워줄 기분도 아니었다.

아무래도 레이가 옆에서 아버지를 부추기는 것 같았다. 아버진 신나서 과거 자기 행적을 늘어놓느라 정신이 없었다. 경쟁심을 불러일으키려는 건지 레이가 먼저 장황하게 자기 얘길 늘어놓았다. 그 바람에 아버지까지 침을 튀기면서 저렇게 흥분해 있었다. 레이가 무슨 꿍꿍이속으로 저러는가 싶었다. 그래도 두 사람은 큰 소리로 웃어대면서 아주 즐거워하는 눈치였다.

줄리는 마음속으로 레이 자리에 앨런을 대신 떠올려봤다. 아무래도 그건 불가능한 일이었다. 앨런은 자기 약점을 저렇게 허심탄회하게 얘기하는 타입이 아니었다. 거기다가 술 마시는 취향이 확실했다. 맥주는 별로 좋아하지 않았고 값비싼 와인 쪽을 선호했다. 위스키도 스코틀랜드산에다 최소한 12년은 묵어야 입에 댔다. 좀 저급한 브랜드의 술이 나오는 장소에 가야 할 것 같으면 아예 자기가 먹는 술을 챙겨 가지고 갔다. 확실히 여럿이서 어울리는 걸 좋아하는 사람은 아니었다.

앨런은 불한테 존경심을 품고 있으니만큼 정중하게 대하긴 했다. 그래도 둘이 있으면 영화 얘기만 빼면 할 얘기가 없었다. 공통 관심사가 너무 없었다. 지금 와서 생각해보면 당연한 일이었다. 앨런은 모든 면에서 불이랑 너무 다른 사람이었다.

거기다 아버지는 줄리가 남자랑 동거하는 걸 허락해주지 않았다. 처음엔 그 때문에 둘이서 엄청 싸우기도 했다. 아무리 호통을 쳐도 줄리가 꿈쩍 안 하자, 야단은 그만뒀지만 그래도 인정할 수 없다는 생각은 변함없었다.

아버진 연극에 소질이 있는 편이었다. 삼류영화에 조연으로 출연한 적도 있었으니 그럴 만도 했다. 할리우드에 처음 발을 들여놓았을 때 아버지는 배우로 시작했다고 들었다.

아이러니컬한 건 앨런이 아버지를 엄청나게 존경한다는 데 있었다. 그러니 아버지와 친하게 지내고 싶어하는 게 당연했다. 흥행에 성공한 감독이라 경의를 표하는 건 아니었다. 그보다는 아버지가 만든 작품 자체를 높이 평가하고 있다는 게 맞는 말이었다. 아버지는 액션과 모험 같은 걸 중요시했다. 그러면서도 방대하고 웅장한 주제를 추구하는 타입이었다. 성경이나 셰익스피어, 입센의 희곡에서 찾아볼 수 있는 그런 장엄한 주제와 별반 다를 게 없었다. 시트콤이나 만화를 보면서 영감을 얻는 한심한 감독들하곤 차원이 다르다는 게 앨런의 생각이었다. 기껏해야 사물을 겉 핥기 식으로만 파악하는 그런 감독들과 불 불러드를 비교할 순 없다는 식이었다. 사오십 대 감독들이 언제쯤 삶의 본질을 깨달을 수 있을지 궁금하다고 앨런은 말했다. 인생에서 선(善)이나 진실이 통하지 않을 때도 있다는 걸 그 나이가 되도록 깨우치지 못할 수도 있느냐고 농담하듯 덧붙였다. 물론 앨런은 줄리한테만 이런 애길 했다. 한번도 공식 석상에선 언급한 적이 없었다.

사실 아버지가 오시기 전부터 앨런은 리무진을 부르겠다는 말을 했다. 그 말을 안 들었으면 앨런이 아버지한테 잘 보이겠다는 심산에 리무진을 부른 건 아닐까 의심했을지도 모른다. 물론 스태프들이 줄리를 무시하지 못하게 하려는 생각도 있는 것 같았다. 특별대접을 함으로써 줄리의 위치가 전처럼 확고하단 걸 보여주고 싶어서 말이다. 모든 비용이 영화 제작비에 포함되니까 그게 문제였다. 그게 아니었으면 앨런한테 정말 고맙다는 생각을 했을지도 모른다.

정말 앨런이 자신한테 이럴 수 있을까 싶었다. 줄리는 거울을 들여다보면서 화장품을 집어 들었다. 얼마나 엄청난 희생을 요구하는 건지 앨런은 조금도 모르고 있었다. 줄리의 기분이 어떤지 이해해주는 것 같지도 않았다. 아깐 정신없이 화가 나서 복수심에서 그런 게 아니냐고 따졌다. 하지만 아버지가 벌써 도착한 걸 보면, 그 전에 아버지와 얘기를 끝냈다는 얘기였다. 그러니 복수심에서 그랬다는 건 말이 안 됐다.

아니면 누군가 몰래 앨런한테 이것저것 고해바쳤다면?

스태프들 중 누군가 그런 사람이 있는 건 아닌가 싶었다. 문제가 발생하면 앨런한테 세세하게 일러바치는 사람, 생각만 해도 마음이 심란했다. 스탠 말처럼 스태프들끼린 가족이나 다름없었다. 영화를 찍을 때, 감독과 스태프들이 합심해서 작업에 집중해야 한다는 건 기정 사실이었다. 그런데 누군가 고자질이나 해서 스태프들간의 신뢰감을 깨뜨리면 문제는 심각해졌다. 배신당하는 거나 마찬가지였으니까. 제작자한테 잘 보이겠다는 욕심에 자기 생각만 해서 이런 행동을 하기 마련이었다. 제작자인 앨런의 입장에서 보면 상황을 알아야 하는 게 당연한 일일지도 모른다. 그래도 뭔가 아귀가 맞지 않는 것 같았다. 앨런이 제작사나 보험회사와 결탁했다면 모를까, 꼭 그렇게 촬영장에서 생기는 일에 관해 시시콜콜 다 알아야 할 필요는 없었다.

줄리가 베란다에 나가보니 타인만 있었다. 남자들은 샤워하러 간 모양이었다. 타인은 평상복 차림 그대로였다. 줄리가 같이 가자고 했지만 숙모는 거절했다. 금요일 결혼식 때문에 음식을 준비하느라 바쁘다고 했다. 그도 그럴 것이 하객이 4백 명이나 되니 미리부터 준비할 수밖에 없었다. 예약한 식당에서 다 알아서 해주겠지만 잠발라야(케이준 요리의 일종)는 결혼 선물로 줄 거라서 직접 만들어야 한다고 했다.

줄리는 숙모와 이것저것 잡담을 나누었다. 타인은 자기 친구의 종손녀
도 결혼을 하게 됐다면서 그 얘기를 꺼냈다. 그쪽은 강가에 자리잡은 작
은 목조식 성당에서 식을 올리기로 한 것 같았다. 강에서 유유자적 노닐
수도 있고 미사도 드리고 일석이조라고 생각한 건 아닐까 싶었다. 아름
다운 자연 경관을 주신 신의 은총에 감사드릴 마음에서 성당을 바로 그
근처에 만들었다고 한다. 강에 야영장을 세워둔 사람들이 물고기나 새우
같은 걸 잡아서는 타인한테 선물로 갖다준다고 했다. 수렵 관리인으로
일하는 친구 아들이 특히 신경을 많이 써준다고도 했다.

어느새 줄리는 캘리포니아 해변에서 방황하며 지냈던 시절의 얘기를
하고 있었다. 타인은 아버지와 같이 지냈던 때의 얘기도 자연스럽게 끌
어냈다. 진심으로 자신을 배려하는 마음이 느껴져서 그런 걸까? 타인이
사적인 걸 물어봐도 아무렇지가 않았다. 아버지와 레이가 돌아오는 바람
에 고백 시간은 거기서 끝났지만, 하마터면 심중에 있는 말을 몽땅 다
털어놓을 뻔했다.

불은 양복에 와이셔츠, 넥타이를 갖춰 입고 있었다. 실용적이면서도
괜찮은 복장이긴 했다. 전부터 불은 옷맵시 같은 걸 모르는 사람이었다.
옷이란 건 필요해서 입는 거지 그 이상은 의미가 없다고 생각했으니까.
아무리 옆에서 뭐라고 해도 아버진 마음을 바꾸지 않았다.

레이의 옷차림을 보고서 줄리는 입이 다물어지지 않았다. 양복의 세련
된 무늬를 봐서는 이태리제처럼 보였다. 실크 와이셔츠에서 금으로 만든
커프스 단추가 희미하게 빛을 내고 있었다.

이렇게 깜짝쇼를 하는 게 하나도 달갑지 않았다. 레이가 부자라는 사
실이 이제야 좀 실감이 났다. 처음 만났을 때 오해가 생겨서 그랬다지만
레이 탓도 컸다. 도대체 그 늪에서 한밤중에 뭐하고 있었던 걸까? 배경
도 그렇게 엄청나다는 사람이 뭣하러 거기까지 나온 거야? 갑자기 그런
의구심이 고개를 쳐들었다. 그러면서도 레이가 뭐라고 대답할지 두려웠
다.

리무진들이 천천히 집 옆에 멈춰 섰다. 타인이 옆에서 감탄하는 소리가 들렸다.

「와, 이런, 이건 꼭 결혼식 파티 같은걸. 아니면 장례식이나.」

맞는 말이었다. 회색 리무진이 다섯 대나 와 있었다. 번쩍번쩍 윤이 나는 게 왁스로 엄청 광을 낸 것 같았다. 불이 옆에서 비웃으면서 말했다.

「파리가 앉았다간 주르륵 미끄러지겠는걸.」

집 앞에 죽 늘어서는 리무진을 보려니 얼굴이 달아올랐다. LA나 라스베이거스, 뉴욕 정도 되면 이상할 게 하나도 없었다. 하지만 타인의 소박한 집 앞에 세우고 보니 너무 천박해 보였다. 거창한 걸 좋아하는 할리우드의 저속한 면만 드러낸 것 같았다.

주연 세 사람이 각각 한 대씩, 앨런과 줄리 몫으로 한 대, 남은 차는 불을 태울 생각으로 다섯 대를 준비했을 거란 생각이 들었다. 예상과는 달리 리무진 세 대에는 스태프들이 타고 있었다. 마들린과 앨런이 같은 차에 타고 나머지는 빈 차였다. 앨런이 차에서 나와 집 안으로 들어왔다. 타인에게 인사를 하고 나서 줄리에게 말했다.

「자, 이제 슬슬 가볼까? 마들린은 감독님과 태버리랑 같이 갈 거야. 그럼 우리 둘이서 좀 얘기할 시간이 생기겠지.」

앨런은 줄리가 자신이 하자는 대로 하리란 생각을 굳힌 게 분명했다. 사람들 앞에서 두 사람 사이에 문제라곤 하나도 없는 척하는 걸 보니까 그랬다.

「미안하지만 가는 길에 아버지랑 얘길 좀 했으면 싶어요. 당신이 레이와 마들린이랑 같이 갔으면 좋겠어요. 마들린도 싫어하진 않을 거예요.」

앨런의 눈가가 움찔했다. 그는 집 안을 이리저리 살펴봤다. 줄리한테 챙겨놓으라고 한 가방이 안 보였다. 비난하는 눈빛으로 줄리를 보면서 앨런이 말했다.

「맘대로 해. 나중에 뉴올리언스에 갔을 때 얘기하자고.」

「잠깐만.」

불이 갑자기 끼여들었다.

「레이가 아까 폰샤트레인 강에 새우낚시 가는데 나도 끼워준다고 했거든. 친구들하고 다같이 간다던데.」

새우낚시라니 금시초문이었다. 줄리는 뭐라고 하려다가 그만뒀다. 레이가 있는 데서 아버지와 담판 짓긴 싫었지만 최소한 앨런보다는 낫단 생각이 들었다. 사실 레이와는 별 상관 없는 일이었으니까.

다들 자리를 잡고 앉자, 리무진이 출발했다. 무슨 행차인가 싶어 사람들이 빤히 쳐다보았다. 손을 흔드는 어린애들도 있었다. 리무진은 쭉 늘어서서 강둑이며 사탕수수밭, 화학공장을 지나 고속도로로 빠졌다.

줄리는 불투명한 유리창을 내다보고 있었다. 그러면서도 아버지가 무슨 말을 하는지 열심히 듣고 있었다. 아버지는 레이한테 질문 공세를 퍼부었다. 가만 보니까 레이가 대답을 할 새도 없이 계속 질문만 해대고 있었다.

줄리와의 얘기를 미루기 위해 일부러 그러는 게 틀림없었다. 줄리는 더 이상 참지 못하고 끼여들었다.

「아버지, 내가 물어보고 싶은 건 말이에요, 앨런과 같이 얘기를 하신 거예요? 앨런이 저랑 같이 일해주셨으면 좋겠다고 그런 거예요?」

불이 고개를 돌려 줄리의 안색을 살폈다.

「나랑 일하는 게 별로 맘에 안 드는 모양이지?」

「아버지가 나라면 좋으시겠어요? 이럴 필요가 뭐 있어요? 사람들이 감독 이름 보고 영화를 보는 건 아니라구요.」

불이 입술을 삐죽 내밀면서 말했다.

「흥행 때문에 앨런이 그러는 것 같니?」

「그럼 뭐예요? 내가 영화를 제대로 못 끝낼 거라고 생각하는 거예요? 문제가 생기긴 했어도 그런 일 한번 안 겪은 감독이 있냐구요?」

「그렇긴 하지만, 앨런 생각엔 우리 둘이서 일하면 그 전보다 신임이 더 갈 수 있을……..」

「내 영화에서 손떼셨으면 좋겠어요.」

「그렇게 생각하다니 맘이 아프다. 나도 기대를 많이 했거든.」

불이 한숨을 크게 내쉬었다.

「내가 아버지 영화를 중간에 가로채면 기분이 어떠실 것 같아요? 아마 지금이랑은 좀 다를걸요.」

「가로채려는 게 아니라 널 도와주려는 거야.」

불의 목소리엔 변명하려는 빛도 없어 보였다. 줄리는 답답했다.

「아버진 어떻게 도와야 하는지도 모르시잖아요.」

줄리가 자포자기하는 심정으로 내뱉었다.

「고등학교 때 과학박람회 일 생각 안 나세요? 발표 준비 하면서 잠깐 훑어봐 달라고 했더니 어떡하셨어요? 기술자니, 디자이너까지 다 동원해서 일 주일 내내 주물럭거리게 하셨잖아요.」

「그래서 잘 만들긴 했잖니.」

「그거야 당연하죠. 그게 어디 내가 만든 건가요? 아버지가 만든 거지. 내가 처음 생각했던 거랑은 완전히 다르게 돼버렸잖아요.」

「정말?」

「그래요. 왜 아버지랑 앨런은 내가 아무것도 모른다고 생각해요? 괜히 참견하실 필요 없어요. 내가 뭘 해야 할지 나도 다 안다구요.」

「우린 걱정이 돼서 그런 거야.」

「뭐가 걱정이 되는데요? 돈만 왕창 날리고 헛고생만 할까봐요? 걱정들 해주셔서 정말 고맙네요.」

불이 고개를 흔들면서 말했다.

「그게 아니라니까. 다 네가 어떻게 될까봐 걱정해서 그러는 거다. 이번에 실패하면 앞으로 너한테 기회가 돌아오기 힘들 거야. 비평가들이 혹평이라도 해봐. 재기할 맘도 없어지면 어쩔 거야?」

「그런 말 때문에 여자들이 시도도 해보지 않고 물러서게 된다는 거 모르세요? 이건 이래서 안 되고 저건 또 저래서 안 되고, 별별 제약을 가하는 것보다 그런 한마디 말이 더 무서운 법이에요. 난 그렇게 약해빠지지 않았어요. 내 책임을 남한테 지우진 않아요.」

「우리가 같이 일하면 네가 책임질 일도 없어질 거다.」

「내가 혼자선 못할 거란 말씀인가요? 대체 어떻게 그런 생각을 다 하셨어요?」

「앨런이 그런 생각을 했지.」

줄리는 동요하지 않고 똑바로 불을 응시했다.

「그럴 리가요. 아버지가 하라고 하지 않은 이상 안 했을걸요.」

「감독이 나만 있나. 앨런은 그나마 내가 나을 거란 생각에서 그렇게 한 거야.」

「그 사람이 잘못 생각한 거예요.」

「그럼 앨런한테 얘기해봐라. 나한테 이러지 말고. 참, 우리 어디에서 식사하기로 했지? 배가 고파서 미칠 지경이야.」

더 이상 할말이 없었다. 줄리는 레이의 시선을 피해 창 밖으로 눈을 돌렸다.

리무진은 3층 자리 건물 앞에 섰다. 조명을 받아 건물이 장밋빛으로 보였다. 길 건너편에는 마그놀리아가 건물을 빙 둘러서 심어져 있었다. 쇠로 문양을 복잡하게 만든 발코니 난간이 벽에 그림자를 드리우고 있었다.

문을 열고 들어서는데 호텔 지배인이 다가와 인사를 했다. 지배인은 미소 띤 얼굴로 2층 특별석까지 안내했다. 야경을 한눈에 내다볼 수 있는 자리였다.

밤바람이 정원에 있는 나뭇잎들을 부드럽게 흔들었다. 테이블 중앙에 장식해놓은 장미에서 은은한 향기가 풍겼다. 그 안에 갓 구운 빵 냄새가 섞여 있었다. 웨이터는 굉장히 세심하고 세련된 사람이었다. 빈 잔에 술이 다 차고 메뉴판이 놓였다. 줄리는 조금씩 긴장이 풀리는 느낌이었다. 앨런의 생각이 그렇게 나쁘지만은 않을지도 몰라, 그런 마음이 조금씩 들었다.

줄리는 샐러드와 수프, 필레를 시켰다. 다른 사람들이 주문하는 동안 앨런은 보르도 와인을 주문했다. 불이 와인 잔을 손에 들고 자리에서 일어났다.

「자, 여러분, 재능이 넘치는 감독이자 내 딸 줄리를 위해 건배합시다. 저번에 찍었던 <위험한 시대>가 여성 영화제에 출품되었답니다. 자신이 하는 일에 확고한 신념을 갖고 있는 내 딸 줄리를 위해!」

불은 미소를 지으면서 술잔을 들이켰다. 줄리도 더 이상 웃음을 참기 힘들었다. 아버지 목소리에는 애정과 자랑스러움이 한껏 담겨 있었다. 너무 띄워주려는 것 같아 좀 걸렸지만 마음이 조금씩 움직였다. 다른 사람들이 잔을 비우고서 다투어 줄리한테 축하인사를 했다. 아버지가 저렇게 나오는데 같이 일하지 않겠다고 했다간 속이 좁다느니 비협조적이다느니 할 게 뻔했다.

바게트 빵이 잘라지고 차가운 버터가 테이블을 돌았다. 파티의 흥이 점점 고조되기 시작했다. 주 화제는 당연히 영화 애기였다. 그렇긴 해도 농담이며 웃음이 끊이질 않아 분위기는 화기애애했다. 줄리 옆에 있던 밴스가 그때 그 사고 얘길 꺼냈다. 건너편에 앉아 있던 스탠과 촬영기사 앤디 러셀이 얘기 상대였다.

「내가 들은 얘기 중에 기억 나는 건 말이야, <벤허>에서 전차 신이 유명하잖아. 전차를 모는데 바퀴가 빠져서 거의 10미터쯤 붕 날았다가 떨어졌다지.」

앤디 러셀이 고개를 끄덕이면서 말했다.

「<페릴스 오브 폴린>도 장난이 아니었다던데. 그리고 그 영화가 뭐였더라? 지미 스튜어트 대역하던 스턴트맨이 비행기가 추락해서 죽었잖아.」

「<플라잇 오브 피닉스>였을걸. 클린트 이스트우드 대역으로 죽은 사람이 제일 기억에 남아. 등산하는 장면 찍다가 발을 헛디뎌서 추락했어.」

「배우들이 책임감을 느꼈을까요? 아니면 자기가 아니라서 다행이라고 생각했을까요?」

밴스가 말했다.

「두 가지 생각이 다 들었겠지.」

「거기 신사분들 웬만하면 딴 얘기 하면 안 돼요?」

줄리가 갑자기 끼여들었다.

「미안.」

밴스가 싱긋거리면서 말했다. 사실 별로 미안한 기색이 없어 보였다.

「난 지금 마들린 생각을 하던 참이었어.」

불이 장난기 가득한 얼굴로 말을 꺼냈다.

「정말?」

마들린이 뜨거운 시선을 불에게 던지면서 말했다.

「빨간 가발 사건이라고 들어봤나, 기억 나?」

불의 눈엔 장난기가 가득했다.

「당신은 정말 고약한 사람이야. 그만 해요!」

「그럴 순 없지.」

불이 테이블 주위를 둘러보면서 말을 이었다. 주위의 시선이 온통 그쪽으로 집중되어 있었다.

「<악마의 새벽>을 찍을 때였지. 멕시코 벽지였나 그랬을 거야. 거긴 정말 끔찍하게 더웠어. 마들린은 목사를 유혹하는 빨간 머리의 사이렌 역할을 했거든. 가짜 목사인 주제에 목사는 계속 거부를 하지. 해질 무렵, 호수에서 진한 장면을 찍고 있을 때였어. 두 남녀가 열정적으로 끌어안고 있는데 갑자기 스라소니가 숲에서 튀어나오는 거야. 마들린한테 달려들 기세였지. 끔찍하더라구. 총 가진 사람이 있나. 젠장, 누가 스라소니 같은 게 나올 줄 알았겠어.」

「하나도 재미없어요.」

마들린이 화가 나서 말했다.

「목사 역할 한 배우는 꽁지가 빠지게 달아났어.」

불이 마들린을 무시하고 계속 말했다.

「마들린은 강으로 뛰어들었지. 꼭 낙하산 타고 내려오는 군인 같더구만. 마들린이 가발을 안 적시려고 신경 쓰는 참에 스라소니가 물로 뛰어든 거야. 깜짝 놀라 뒤로 물러서려다가 발을 헛디뎠어. 그 바람에 물 속에 빠져서 가발이 둥둥 떴지. 그 다음에 어떻게 됐을 거 같애? 난데없이 고양이 한 마리가 나타나서 가발을 휙 채 가지고는 도망쳤다니까. 그제야 비밀이 들통났지. 머리를 아주 짧게 잘랐더라구. 그러니까 밤낮 가발을 쓰고 다녔던 거야. 우리들 모르게 촬영장 밖에서까지 가발을 쓰고 다닌 거야. 평소 우리가 봤던 마들린 머리는 진짜가 아니라 가발이었던 거지.」

「불, 어디 두고봐요. 나중에 후회할 줄 알아요.」

마들린이 목소리를 깔고 말했다.

「그럼 아니라는 거야?」

마들린은 불이 하는 말을 들은 척도 않고 대꾸했다.

「우리 식구들 모두 어렸을 때부터 회색 머리가 났어요. 집안 내력이죠. 관객들이 나이 먹은 걸로 오해하면 어떡해요. 남자배우들이야 은발이니 어쩌고들 해서 손해볼 게 없겠지만. 샘 엘리엇을 봐요. 근데 여자한텐 왜 안 그러나 몰라.」

「인생이나 영화사업이나 항상 맘먹은 대로 되는 게 아니잖습니까.」

앨런이 테이블 상석에서 입을 열었다.

「줄리가 찍은 서핑 영화 중에 발리볼 하는 장면이 들어간 게 있었죠. 근데 아무리 해도 뜨거운 태양 아래에서 즐기면서 경기하는 모습이 제대로 안 나오더라구요. 그래서 줄리가 다들 수영복 입고서 모래밭에 포즈를 취하게 했다는 거 아닙니까.」

줄리는 앨런이 무슨 말을 하려는지 알았다. 그래서 재빨리 딴 쪽으로 화제를 돌릴 생각에 입을 열었다.

「뭐 말할 게 있었겠어요. 엉망진창이었죠.」

「그랬지. 그날의 주역은 오필리아였어요. 빨갛고 하얗고 푸른 줄무늬 수영복을 입고 나온 겁니다. 꼭 서커스단 천막 같은 걸 걸치고 말이에요. 공을 받으려고 뒷걸음질치다가 고꾸라졌지 뭡니까. 모래바닥에 데굴데굴 굴러다니면서 말이죠. 그러다가 천막이 다 벗겨지는 긴급 사태가 발생, 정말 벗은 몸매가 흰 고래 같더라니까요.」

오필리아도 다른 사람들을 따라 웃었다. 그래도 얼굴이 붉어진 건 와인 때문만은 아닌 것 같았다. 조금 굳은 목소리로 오필리아가 말했다.

「찍고 보니까 하도 웃기지도 않아서 줄리가 나중에 그 부분은 편집하려고 했죠.」

「줄리는 영화의 질을 떨어뜨린다고 했지만 내가 남기라고 했습니다. 코믹해서 좋을 것 같단 생각을 했거든요.」

앨런이 끼여들었다.

줄리는 지금까지도 그때 그 장면을 삭제할걸 하는 생각이 들곤 했다. 그땐 나이가 어려서 남들 의견을 많이 수용하는 편이었다.

오필리아가 잔을 들어 단숨에 비웠다. 그리고 웨이터가 부어주기도 전에 자기가 직접 따랐다. 오필리아의 눈빛이 심상치 않았다. 계속 눈을 깔면서 다른 사람들과 시선을 맞추지 않으려고 했다. 오필리아가 겉모습과는 달리 쉽게 상처받는다는 사실을 줄리는 알고 있었다. 지금도 상처받은 게 틀림없었다.

앨런이 조용히 오필리아한테 물었다.

「내가 뭐 말실수한 거 있어? 오필리아, 당신 기분 상하게 하려던 건 아니었는데.」

오필리아는 들고 있던 잔을 세게 테이블에 내려놓았다.

「이런, 내가 그렇게 약해 보여요? 농담은 농담으로 받아들일 줄 안다구요.」

「기분 상했잖아. 가끔 나도 멍청할 때가 있다니까.」

「그건 맞는 말이네요.」

오필리아가 솔직하게 나왔다.

「용서해드리죠.」

그러다가 갑자기 웃고 있던 밴스한테 화살을 돌렸다.

「뭐가 그렇게 재밌어요? 바지가 벗겨진 걸 본 적이 있는데. 또 서커스 촬영장에서 마약에 취해 해롱거린 적도 있었고. 배경으로 그려 넣은 그네인 줄도 모르고 거기 타서 재주부리려고 했잖아요.」

밴스의 얼굴이 달아올랐다. 그러다 충격받은 아네트와 눈이 마주쳤다.

「그래. 그래도 난 최소한 취해서 비단뱀을 몸에 감고 나체로 춤춘 적은 없어.」

아네트의 얼굴에서 순식간에 핏기가 가셨다.

섬머가 눈살을 찌푸리면서 물었다.

「비단뱀이라구요?」

「웃기라고 하는 말들이 어째 다 썰렁하잖아.」

오필리아가 딱딱하게 말을 이었다.

「이제 그만들 하자구요. 다들 후식은 뭘 먹을 거예요?」

「바나나 포스터를 추천하죠.」

레이가 섬머에게 미소를 지으면서 말했다.

「신선한 바나나에 아이스크림을 곁들인 거예요. 브랜디를 가미해서 향긋한 맛을 돋워주죠.」

「난 그거 먹을래요.」

섬머가 싱글대면서 말했다.

「브랜디도 섞은 건데?」

아네트가 물었다.

「알코올은 다 날아가 버리고 향기만 남아요.」

레이가 옆에서 거들었다.

「좀 실망인데……, 그래도 나도 그걸로 하겠어.」

오필리아가 말했다.

「초콜릿 시럽을 좀 뿌려달라면 해줄까?」

불이 한쪽 눈썹을 치켜 올리며 레이한테 물었다.

「그건 안 될 말씀. 일단 맛을 한번 보시죠. 그러고 나면 초콜릿 시럽 생각은 안 하실걸요.」

줄리는 화제를 바꿔준 레이한테 고마운 마음이 들었다. 긴장과 피로가 다시 쌓이는 느낌이었다. 이런 식으로 서로 질투하고 말로 복수하는 건 정말이지 지긋지긋했다.

겉보기처럼 단순한 게 아니었다. 처음에 밴스가, 스턴트맨이 사고로 죽은 얘기를 꺼냈다. 꼭 줄리한테 오늘밤 한번 당해보란 심보로 한 얘기 같았다. 그걸 알아차리고 아버지가 마들린 얘기를 꺼냈다. 마들린이 더 이상 친근하게 굴지 못하게 하려고 그랬는지도 모르겠지만. 앨런이 오필리아 얘기를 꺼낸 건 줄리한테도 애송이 시절이 있었다는 걸 보여주려는 의도 같았다. 지금도 맘만 먹으면 줄리한테 영향력을 행사할 수 있다는 걸 말해주려고. 다들 해묵은 상처에서 비롯된 얘기들이었다. 배우라서 다들 기억력이 좋아 그런지는 모르겠지만.

「후식 먹고 버번 거리 쪽으로 슬슬 산책하러 가는 건 어떨까요?」

앨런이 좌우를 둘러보면서 물었다.

「재즈도 듣고 클럽에도 가는 거예요. 뉴올리언스의 밤을 맘껏 즐기는 거죠. 내가 다 낼 테니까 걱정 말고. 어때요?」

「그러면 고맙죠. 재밌을 것 같은데.」

마들린이 먼저 대답했다.

「섬머와 난 재즈만 듣고 모텔로 가겠어요.」

아네트가 말했다.

「에이, 엄마!」

「미성년자니까 어쩔 수 없잖니. 내가 그런 법 만든 건 아니다.」

다들 반응이 가지각색이었지만 나가서 놀 생각에 들떠 보였다. 레이만 조용히 앉아 있다가 와인 잔을 뒤집어놓았다.

「당신도 우리랑 같이 갈 거지?」

앨런이 줄리한테 물었다.

「아뇨, 그럴 맘이 안 드네요.」

줄리는 눈빛으로 레이한테 도움을 요청했다.

「여기 차가 있다고 누구한테 들은 적이 있거든요. 미안하지만 타인 숙모님댁까지 데려다줄래요?」

「그럼.」

줄리를 바라보는 레이의 시선에도 놀란 빛이 역력했다.

「정말이야? 당신 때문에 계획한 일이었단 말이야.」

앨런이 큰 소리로 말했다.

「그랬어요?」

줄리는 앨런을 쳐다보지도 않고 물었다. 그리고 자리에서 일어나 옆에 놓아둔 핸드백을 집어 들었다. 레이도 재빨리 일어나서 의자를 뒤로 빼주었다.

앨런이 냅킨을 팽개치면서 말했다.

「당신과 아버지, 나, 이렇게 셋이서 나중에 호텔에 가 얘기 좀 할 생각이었어.」

「아버지랑 둘이서 잘해봐요. 난 할말 없으니까.」

줄리는 자리를 떠났다. 레이는 사람들한테 간단히 인사를 하고서 줄리를 따라갔다.

12

「돌아가기 전에 잠깐 얘기 좀 하면 어떨까?」

줄리는 거의 기계적으로 고개를 끄덕거렸다. 앨런이나 다른 사람들과 떨어져 있기만 하면 아무래도 상관없었다. 마음이 온통 산란했다.

앨런이 너무 멀게만 느껴졌다. 그 동안 같이 지낸 세월이 얼만데 그럴 수 있을까 싶었다. 지금 와선 보는 시선이 바뀐 것 같기도 했다. 장점이 많은 사람이었다. 맘만 먹으면 따뜻한 사람이 되기도 했다. 앨런은 박물관이나 미술관, 클래식, 연극에도 조예가 깊었다. 유서 깊은 성당이나 꽃 전시회, 희귀한 화폐 전시회 같은 데도 좋아했다. 아는 것도 많고 같이 있으면 편하고 즐거운 상대였다. 그래도 앨런에 관해 아는 게 없단 생각이 드는 건 왜일까?

어떻게 그런 남자를 위해 요리를 하고 신문을 같이 읽고 속옷을 사다주고 했을까 싶었다. 애완견 재우는 것까지 챙겨줬으면서 저 남자한테 한계가 있다는 사실을 알아채지 못하다니. 어떻게 그렇게 서로에 대해 모를 수 있었지? 줄리는 씁쓸했다. 그 동안 늘 접해온 얼굴이었는데도 앨런이 타인처럼 느껴졌다. 전혀 신경 쓰고 싶지 않은 타입으로 느껴지기도 하고, 차라리 모르는 척하면서 사는 게 나을 것 같은 기분이 들기도 했다.

앨런이 아버지를 끌어들여서 화난 것만은 아니었다. 자신의 감정이나 기분보다 돈을 먼저 생각하는 것 같아 맘이 상해서 그런 것도 아니었다. 저도 모르는 사이에 앨런에게 품었던 감정들이 조금씩 증발하는 것 같았다. 어느 순간, 아무것도 남지 않은 기분이랄까.

둘이서 언제 사랑을 나눴는지 기억도 나지 않았다.

루이지애나에 오기 전날이었던 것 같은데 어디서 어떻게 뭘 했는지 생각이 안 났다. 아무리 생각하려고 해도 레이와 함께 했던 시간만이 머릿속을 맴돌 뿐이었다. 달빛 아래 해변에서 사랑을 나눴을 때의 이미지가 생생하게 떠올랐다. 빛나는 눈동자를 바라보면서 서로의 심장 고동소리가 한데 섞이는 소리를 들었다. 끝도 없이 솟구치다가 부드럽게 하강하는 그 느낌……

줄리는 레이를 한번 슬쩍 쳐다보았다. 레이의 넓은 어깨를 쓰다듬었을 때가 떠올랐다. 갑자기 온몸이 떨려왔다. 레이가 손을 꼭 쥐면서 물었다.

「추워?」

「아뇨.」

「왜 영화제 얘긴 안 했어?」

「나도 앨런한테 오늘 아침에 들었어요.」

「영화제에 가볼 거야?」

아직 마음을 정한 건 아니었다. 그래도 줄리는 조용히 대답했다.

「갈 수도 있죠.」

「섬머 걱정은 안 해도 될 거야. 도나한테 얘기했더니 하겠다는걸.」

「거리 장면, 엑스트라로 출연도 할 거라죠?」

레이가 고개를 끄덕였다.

「월요일쯤 나오겠다는데, 괜찮을까?」

「정말 잘됐어요.」

최소한 한 가지 문제는 해결된 셈이었다.

눈앞에 있는 좁은 도로에 차들이 잔뜩 밀려 있었다. 반대편 골목에선 사람들을 뚫고 지나가야만 했다. 다들 기타 연주를 듣고 있었다. 열 살 전후로 보이는 어린아이가 연주를 하고 있었는데 손 놀리는 걸 보니 예사가 아니었다. 조용하면서도 달콤한 곡조였다. 발치에 놓인 기타 케이스엔 사람들이 던져 넣은 지폐들이 꽤 많이 모여 있었다. 저쪽에서 핫도그를 파는 행상들은 손님을 상대하느라 정신들이 없었다.

거리를 걷는 동안 음악은 계속 흐르고 있었다. 그러다가 버번 거리의 어떤 칵테일 바에서 들려오는 구슬픈 트럼펫 소리에 섞여버렸다. 줄리는 저도 모르게 관능적인 리듬에 맞춰 발을 놀렸다. 레이도 그걸 느꼈는지 아래를 쳐다봤다. 줄리의 입가엔 미소가 떠올랐지만 정작 가슴은 심하게 뛰고 있었다.

그런 마음을 들킬세라 줄리가 물었다.

「지금 이게 무슨 냄새예요?」

레이가 숨을 한번 들이마시더니 대답했다.

「핫도그 냄새에 미시시피 강 냄새도 나는걸. 저쪽 식당에선 게살 냄새도 나고 술 냄새에다 양파링 냄새도 나는 것 같은데. 향수 가게에서 풍기는 향수 냄새도 있고…… 아직도 못 맞춘 거야?」

「그런 냄새는 아닌 거 같아요. 꽃 향기같이 달콤한 냄새가 나는데 뭔지 잘 모르겠어요. 여기서 전에 촬영할 때 맡아본 것 같긴 한데.」

「성당 뒤뜰에 성 안토니오 정원이 있는데 거기서 나는 냄새일지도 몰라. 아니면 우리 할머니가 가꾸시는 정원에서 나는 향기일지도 모르지.」

「할머니요?」

「그래, 여기 사시거든.」

두 사람은 어마어마하게 커다란 문 앞에 서 있었다. 레이가 벽에 붙은
초인종을 눌렀다.

줄리는 입술을 축이면서 물었다.

「실례가 되는 건 아닐까요? 우리가 오는 줄 모르시잖아요.」

「손님이 왔다고 좋아하실걸. 불편하면 잠깐만 있다가 가자구. 여기서
전화로 차를 불러오는 게 편할 것 같아서 그래. 아파트까지 걸어가려면
한참 걸리거든.」

줄리가 뭐라고 말하려는 순간 문이 열렸다. 검은 옷을 입은 반백의 노
인이 반갑게 인사를 했다. 이내 뒤로 물러서면서 들어오라는 시늉을 했
다. 그분을 따라 복도를 한참 동안 걸어갔다. 둥근 아치형 천장이며 복
도 내부가 희끄무레하게 보였다. 복도 끝에 작은 방이 있었다. 벽 전체
에 벽화가 그려져 있었다. 한쪽 벽에는 프랑스식 문이 보였다. 유리창
너머로 어두컴컴한 안뜰이 내다보였다. 양옆에는 사기로 만든 꽃병이 놓
여 있었고 마호가니로 만든 계단도 있었다.

두 사람은 계단을 올라갔다. 수없이 걸어다녀서인지 홈이 조금씩 파여
있었다. 골동품 가게에서나 맡을 수 있을 법한 냄새가 떠돌았다. 오래된
먼지 냄새며 윤내는 데 쓰는 레몬기름 냄새도 났다. 위로 올라오자, 좁
은 복도를 걸어오면서 느꼈던 답답함 대신 확 트인 전경이 기다리고 있
었다. 활짝 열린 프랑스식 문엔 푸른색 휘장이 드리워져 있었다. 두 사
람은 거실로 들어갔다.

거리가 내다뵈는 전면 유리창들이 눈에 들어왔다. 그 중 두 개는 셔터
를 잠가놓았고 하나는 열어놓은 상태였다. 열린 창문 사이로 발코니 난
간이 보였다. 바닥에는 얇지만 부드러운 질감의 카펫이 깔려 있었다. 퀸
즈 제품으로 보이는 의자들에는 꽃무늬가 섞인 실크 천을 씌워놓았다.
보기만 해도 편해 보이는 소파에는 크림색 리넨 천이 깔려 있었다. 그
옆에 놓인 테이블 위엔 백합이며 국화로 만든 꽃다발이 있었다. 소파 앞

에는 대리석 벽난로가 자리잡고 있었다.

집안 분위기처럼 우아해 보이는 할머니가 양팔을 벌리면서 앞으로 나왔다.

「레이, 얘야, 정말 잘 왔다.」

레이는 할머니를 부드럽게 끌어안았다. 그리고 줄리에게 빌라스 부인을 소개시켜줬다. 레이의 할머니는 따뜻하게 인사했다. 뭐든 꿰뚫어볼 것 같은 눈빛, 줄리는 대번에 이 할머니가 좋아졌다. 세련된 커트 머리에다 값비싼 실크드레스 차림이었는데도 타인이랑 느낌이 비슷했다. 밝은 목소리하며 호기심 가득한 눈만 봐도 그랬다.

「식사들은 한 거야?」

두 사람이 고개를 끄덕였다.

「그럼 가서 커피나 한잔 마시자.」

커피잔이 하도 섬세하고 얇게 만들어져서 바스러질 것만 같았다. 커피와 곁들여서 먹으라고 케이크도 같이 나왔다. 케이크 위에는 건포도, 호두, 코코넛, 체리가 뿌려져 있었다. 고소한 버터에 위스키 맛도 났다.

줄리는 소파에 레이의 할머니랑 같이 앉아 있었다. 레이는 난롯가에 등을 보이고 서서 커피를 마시고 있었다. 커피잔엔 신경도 쓰지 않는 모습이었다. 값비싼 커피잔이건 싸구려이건 그런 건 염두에 두지 않는 듯했다. 레이는 방 안 분위기와 너무 잘 어울렸다. 줄리는 갑자기 화가 치밀었다. 깡촌 사람처럼 행동해서 자신을 속이다니.

「얘기 많이 들었어요. 영화를 만든다구요?」

레이의 할머니가 입을 열었다.

「일하는 게 아주 즐겁겠어요.」

「손자분이 옆에서 많이 도와주세요.」

줄리는 적절히 맞장구를 쳤다.

「좋아서 하는 일인데 뭐. 요만해서 아장거릴 때부터 늪에 푹 빠졌거든. 그래서 난 좀 무서울 때가 많았다우. 애가 지나치게 관심을 쏟으니까 말이야. 이젠 안 그래요. 세상이 계속 변하는 마당에 받아들일 건 받아들여야지.」

「저런 말에 현혹되면 안 되지.」

레이가 끼여들었다.

「귀족 집안에서 고이고이 자란, 온실의 화초처럼 저렇게 말씀하시지만 나로선 글쎄올시다인걸. 1920년대엔 파리에서 방종한 생활을 하신 적이 있다지 아마. 그러다 억지로 집에 끌려와 우리 할아버지와 결혼하게 됐지만.」

「20년대 후반이었다니까. 정확히 말해야지, 괜히 나이 먹어 보이잖아.」

레이의 할머니가 레이한테 나무라듯 말했다. 웃는 얼굴을 보니 화난 건 아니었다.

「예술가가 되고 싶었거든.」

「할머닌 예술가야. 그것도 꽤 이름난 화가지.」

「엄마와 어린애들 초상화를 주로 그렸어요. 메리 카사트(미국의 유명한 여류 화가) 풍으로. 왜, 여자들이 쉽게 손댈 수 있는 주제가 그런 것들이잖아요. 파리에 계속 있었으면 그림 풍이 달리처럼 변했을지도 모르지.」

「할머니 나름대로의 화풍이 있잖아요.」

「그래, 맞는 말이야.」

레이의 할머니가 솔직하게 말했다.

「어쨌든 후회는 별로 없으니까. 처음부터 여자 달리가 되겠다는 생각 같은 건 없었는지도 몰라.」

「할머니는 부모님 말씀에 따라서 우리 할아버지랑 결혼하셨어.」

레이가 줄리한테 말했다.

「아주 매력적인 분이셨지. 장난도 잘 치시고, 미국인들과 사업도 하셨는걸. 당시에 상업이란 건 하층 사람이나 하는 걸로 알았거든. 의사나

변호사면 모를까 장사는 안 된다는 생각들을 했지. 거기다 크레올 여자
는 미국인이나 케이준을 쳐다보는 것도 안 됐다구. 자기랑 같은 계급이
랑 결혼해야 한다는 제약도 있었고.」

「미국인은 그렇다고 쳐도 케이준은 왜 안 돼요?」

줄리가 물었다.

레이의 할머니가 고개를 저었다.

「계급이 다르다고 생각했거든. 케이준들은 귀족보다는 농부에 가깝다
고 여겼어. 다 바보 같은 생각인데 말이야. 사실 크레올 조상을 살펴보
면 파리 감옥에서 썩은 사람들까지 거슬러 올라가거든. 처음 개척민들한
테 아내감이랍시고 이 땅에 보낸 여자들은 사실 전직 창녀나 도둑이었
어. 그러다가 수녀들한테 이끌려서 좋은 집안 출신 여자들이 여기 들어
왔어. 트렁크나 관 비슷한 상자에 짐을 싣고 말이야. 한 4~5년쯤 후의
일인데 왕이 개척민들을 위해 보낸 여자들이었지. 루이지애나 역사가들
이 장난 삼아 쓰는 인용구가 있거든. '운명의 장난으로 처음 보내졌던
여자들은 애를 못났는데 나중에 관을 이고 들어온 여자들이 애를 쑥쑥
잘 낳았다'라는 말. 우리 할머니나 할아버지는 관을 이고 들어온 여자들
의 후손인 셈이지.」

「맞는 말이야.」

할머니가 미소를 지으면서 말을 이었다.

「지금 그런 얘길 들으면 다들 웃을 거야. 그래도 오랜 세월 지켜온 규
범 같은 게 있잖아. 거기에 저항하면 당사자들만 힘들지. 내 딸은 정말
끔찍하게 고집불통이었어. 사위도 엄청나게 끈질긴 사람이었지. 지금 와
선 후회해요. 왜 그렇게 걔네 둘을 갈라놓으려고만 했는지.」

세 사람은 뉴올리언스에서 만들어진 영화며 셔우드 앤더슨, 윌리엄 포
크너, 스코트 피츠제럴드, 테네시 윌리엄스 같은 작가들에 관해 이야기
를 나눴다.

조금 있다가 레이는 전화를 걸러 간다고 나갔다. 그 동안 줄리는 화장

실에 갔다. 거실로 돌아오기 전에 베란다에 잠깐 나가봤다. 아래쪽 정원이 희미하게 내다보였다. 벽돌을 쌓아서 만든 벽에 나무들이 그림자를 드리우고 있었다. 뭔가 비밀스러운 구석이 있었다. 외부와는 완전히 차단된 곳에 몰래 숨겨진 비밀, 타인의 개입을 허용치 않는 개인적인 즐거움이라고나 할까.

뒤에서 발소리가 들렸다. 레이이거나 아까 집 안까지 안내를 해줬던 분일 거란 생각에 고개를 돌렸다. 그런데 아무도 없었다. 뭔가 움직이는 걸 언뜻 본 것 같단 생각도 들었다.

「레이?」

「왜 그러고 있어?」

아무 기척도 없더니, 한참 만에 문가에 선 레이의 모습이 희끄무레하게 보였다. 머리는 보이지도 않았다. 목소리에 장난기가 배어 있는 것 같아 수상쩍긴 했다. 그래도 그렇게 기척도 없이 빨리 움직인다는 긴 불가능하지 않은가. 바로 뒤에서 발소리가 들렸다. 순간적으로 고개를 돌린 사이에 없어졌다가 저쪽에서 다시 나타나다니, 아무래도 그건 아닌 것 같았다.

「어떤 남자가 여기 있었어요. 발소리를 들었거든요.」

「소리만 들었다면서 남자인지 어떻게 알아?」

「당신인 줄 알았어요.」

「기사가 낸 소릴 들었군.」

「누구요?」

「이 집을 떠돌아다니는 유령이야. 직접 본 사람들도 있어. 한 손엔 칼을 들고, 이 집이 지어질 당시 입었던 옷을 입고 있다는데.」

「그래요?」

줄리가 못 믿겠다는 얼굴로 덧붙였다.

「그럼 그 기사 이름은 뭐래요?」

「그야 모르지. 예쁜 여자가 밤에 집 안을 돌아다니면 나타난다는데.」

「나쁠 거 없죠. 목욕할 때 안 들어오기만 한다면.」

「줄리가 기사를 봤다고 했니?」

할머니가 거실에서 나왔는지 레이 뒤쪽에서 물었다.

「소리만 들었대요.」

「무슨 징조일 거야.」

할머니는 캄캄한 바깥을 한번 쳐다보더니 줄리에게 시선을 돌렸다. 뭔가 염려하는 기색이 서려 있었다.

「징조라구요?」

줄리가 되물었다.

「그냥 미신 같은 거야. 우린 좀 그런 미신적인 성향이 있거든.」

「어떤 종류의 징조예요? 혹시 이 집이 폭삭 무너진다거나 그런 끔찍한 재앙이 닥친다는 징조는 아니겠죠?」

줄리가 장난스럽게 물었다.

「그런 건 아니야. 그 기사를 목격한 사람은 평생 이곳에 속하게 될 운명이지.」

「이 집에서 살게 된다구요?」

「그런 게 아니라, 우리랑 한가족이 된다는 거야.」

레이가 장난기 가득한 눈빛으로 말했다.

「미신인 얘길 갖고 진짜처럼 그러면 어떻게 하니.」

할머니가 레이를 나무랐다. 그러고는 커피나 마시자면서 두 사람을 데리고 거실로 갔다.

조금 있는데 집사가 와서 차가 도착했다고 했다.

마들린이 말했던 그 유명한 마세라티였다. 운전석엔 턱수염을 기른 흑인이 앉아 있었다. 차에서 내리는 걸 보니 청바지에 스웨터 차림이었다. 얼굴을 봐선 어려 보였다.

「어떻게 할까요? 제가 운전할까요? 아니면 전 그냥 걸어서 돌아갈까요?」

흑인이 싱긋거리면서 물었다.

「아파트까지만 데려다줘. 이쪽은 그렉 레너드야. 날 도와주지 않을 땐 법대 다니면서 공부하는 학생이야. 그렉, 여긴 줄리 불러드 양. 스웜프 킹덤의 감독이셔. 줄리, 잠깐만 아파트에 들렀다 가도 괜찮을까? 우편물도 그렇고 확인할 것들이 있거든.」

줄리가 그렉과 악수를 하는데 레이가 말했다.

「상관없어요.」

줄리는 차에 타면서 대답했다. 그렉이 옆에 있는데 대놓고 반대하기도 뭐했다. 거기다 저렇게 예의를 갖춰 물어보는데 차마 안 된다고 할 수가 없었다. 줄리는 뒷목이 또 빳빳하게 긴장되는 느낌이었다. 지금은 사랑을 나눌 기분도 아니었다. 설마하니 뻔뻔스럽게 자기 침대로 끌어들이려는 건 아닐 테지. 레이한테 그런 속셈이 있으리라는 생각은 안 들었다. 사실 그것도 확신할 순 없었지만.

차는 좁은 도로 위를 달려가고 있었다. 그렉은 아주 조심스럽게 운전을 했다. 택시 운전사들이 조심성 없이 끼여드는데도 별로 화내는 빛이 없었다.

줄리는 아무렇지도 않게 레이한테 물었다.

「그 유령 애길 진짜 믿어요? 안 믿죠?」

「안 믿을 것 같아?」

레이가 웃으면서 말했다. 차가 커브를 도는 바람에 두 사람의 어깨가 밀착되었다.

「괴기소설에 나오는 얘기 같지? 할머니가 얘기하실 때도 웃지 않았잖아. 정말 고마워.」

「그래도 설마 진짜라고는…….」

「가끔 천둥칠 때는 있을지도 모른다는 생각이 들긴 해.」

「심각한 답을 기대한 내가 바보지.」

줄리가 장난스럽게 흘겨보면서 말했다.

「좋아, 심각한 거라⋯⋯. 이성적인 내 좌뇌는 ‘아니, 귀신 같은 건 없어’라고 하는걸. 옆에서 감정적인 우뇌가 하는 말이 ‘당연히 있다니까. 다 맞는 얘기라구. 그럼 우리, 애들 이름은 뭐라고 지을까?’」

또 딴소리하는구나 싶었지만 줄리는 아무 소리 안 하고 물었다.

「애들이요? 하나만 나을 건 아니구요?」

「네 명은 돼야지. 딸 둘에 아들 둘.」

「그거 멋지네요. 일 끝나고 돌아와 아들하고 공 차면서 놀아주면 되겠어요. 딸은 무릎에 앉혀서 데리고 놀면 되잖아요. 당신 부인은 부엌에서 저녁을 만들고 있겠죠.」

「그거야 나이에 따라 생활도 달라지겠지.」

「그렇겠죠. 그래도 당신 부인은 허구한 날 부엌에만 있을걸요.」

「나도 요리하는 걸 아주 좋아하는데.」

「모든 여자가 부러워하는 남편감이 여기 계셨네.」

줄리가 장난치듯 말했다.

「당신은 몰라.」

레이는 머뭇거리면서 뭐라고 덧붙이려다가 그만뒀다.

석재와 유리를 주재료로 만든 아파트가 하늘 높이 솟아 있었다. 아파트 발코니에서 내다보면 미시시피 강이 한눈에 내다보인다고 했다. 아파트는 건물이 아니라 숫제 탑이라고 하는 게 어울릴 것 같았다. 시내에서 시설이 이만한 아파트도 없거니와 강변에 위치한 아파트는 이것밖에 없었다. 건축법이 바뀌면서 강변에 아파트가 들어서지 못하게 된 것이다.

레이 방의 인테리어는 절충적인 느낌을 주었다. 청회색 가죽을 씌운 가구에다 골동품들, 현대식 조명시설에 촛대까지 있었다. 바닥에 깐 깔개는 레이 할머니의 거실에서 본 거랑 너무 비슷했다.

차 안에 있겠다고 우겼지만 레이한테 지고 말았다. 건물 자체 보안이 철저하다지만 이런 밤중엔 어찌될지 모른다는 얘기였다. 레이는 자기가 줄리를 데려다줄 거라면서 그렉을 돌려보냈다. 결국 두 사람만 남았다.

레이는 전화기 옆에 놓인 서류더미를 훑어보았다. 우편물을 골라내고 자동응답기를 확인해봤다. 레이를 방해하지 않겠다는 생각에 줄리는 등을 돌리고 창 밖을 내다봤다. 강은 꼭 검은 뱀처럼 구불거리면서 흘러가고 있었다.

강 위를 떠다니는 증기선이 눈에 들어왔다. 선창에 정박한 화물선들을 지나쳐 천천히 나아가고 있었다. 증기선의 등불이 수면 위를 붉게 수놓았다. 꼭 유령선 같은 기분이 들었다. 기척도, 혼적도 없이 움직이는 유령선.

유령이라, 자꾸 그런 쪽으로 상상력을 발동하면 안 되지. 줄리는 고개를 저었다. 아까 저녁때도 한번 그랬는데 또 이러면 어떻게 해. 아까는 환청을 들었던 게 틀림없었다. 레이는 또 특유의 장난기 어린 말만 해댔지만.

줄리는 어깨에 와 닿는 손길을 느끼고 흠칫 놀랐다. 레이가 하도 소리 없이 다가와서 전혀 알아채지 못했다.

「긴장 풀라구.」

레이가 긴장으로 굳어진 줄리의 어깨를 주무르면서 말했다.

「덤벼들거나 하진 않을 테니까, 약속해.」

갑자기 긴장이 풀리면서 소름이 돋았다.

「안 그러리라는 거 나도 알아요.」

「그럼 됐어. 오늘밤에 같이 여기 있어달라고 하진 않을 거야.」

뒷목에 레이의 따뜻한 숨결이 느껴졌다. 줄리는 고개를 돌렸다.

「왜요?」

레이는 줄리를 자기 쪽으로 끌어당겼다. 이마를 마주 대면서 입술을 접근시켰다. 입술이 입가를 스칠 듯 말 듯 닿았다.

「난 아주 이기적인 편이야. 당신이 나한테 온 신경을 집중할 때가 더 좋다구.」

줄리는 한숨을 내쉬면서 팔을 레이의 허리에 둘렀다.

「당신은 이해심이 많은 사람이에요. 정말 고마워요.」

레이는 부드럽게 줄리를 품에 안았다.

줄리는 눈을 감았다. 자신을 강하게 끌어안는 단단한 감촉이나 상큼한 애프터쉐이브 로션 냄새를 온몸으로 느끼고 있었다. 그의 품에 안기는 게 너무 자연스럽게 느껴졌다. 레이가 들먹였던 단란한 가정 애기도 그렇게 불가능한 것처럼 느껴지진 않았다. 어떤 남자의 아내와 애들 엄마가 되는 일이 마음 내켰던 적은 없었다. 그날 구입할 식료품 목록을 적거나 기저귀 가는 일, 애들 야구경기 보는 일 같은 건 사실 별로 구미가 당기는 일이 아니었다. 그래도 잠들어 있는 아이를 사이에 두고 둘이 누워 있으면 얼마나 좋을까. 아니면 침대에 누워서 자는 아기를 같이 들여다보는 건? 그러고 나선 이 사람 품에 안겨 잠드는 거야. 새벽에 눈을 뜨면 사랑을 나누고…….

어떻게 이런 생각을 할 수 있지. 호르몬이 잘못되기라도 한 거야? 결혼해서 애들 낳고 살면 행복할 것 같아? 그렇게 될 것 같진 않았다. 가정에 충실하는 주부 역할은 자신이 없었다. 하고 싶은 일을 포기하고 가정생활에 충실하라고 하면 어떻게 될지 뻔했다. 처음은 괜찮다고 해도 오래가지 못할 게 분명했다. 내가 미치거나 아니면 다른 사람을 미치게 만들 거야.

하지만 아직 레이가 결혼하자고 한 것도 아니었다. 농담 비슷한 말을 던지면서 얼버무린 것밖에 없었다. 결혼 상대로 생각하고 있을 리가 없었다. 분명히 수더분한 타입의 아내를 원할 게 분명했다. 아마 자기 할머니처럼 모든 걸 포기하고 결혼하길 바랄 것 같았다. 도나 리슬릿같이 가정적인 여자라면 충분하겠지. 자기 애들 엄마로 적당하다고 생각할 거야. 부드럽고 감정적이면서도 자신의 꿈은 별로 없는 그런 여자.

레이한테 자신은 아마 도전해볼 만한 대상이나 육체적으로 이끌리는 여자 정도 되지 않을까 싶었다. 그 이상은 아닐 게 분명했다. 아무래도 다른 여자들과 다르니까 흥미를 갖게 된 것 같았다. 줄리가 갖고 있는 사고력이나 용기, 육체적인 매력을 좋아하는 것처럼 보였다. 그렇긴 해도 줄리한테 홀딱 정신을 빼앗긴 건 아니었다.

　하지만 그게 사실이 아니라면? 겉으로 봐서는 통 알 수가 없었다. 농담 비슷한 말을 하도 자주 하니까 어떤 게 진심인지 알기가 힘들었다. 레이는 내면에 많은 걸 간직하고 있는 사람이었다. 겉모습만으로 판단할 그런 사람이 아니었다. 숨겨진 면을 조금은 알게 됐지만 모르는 게 아직 많았다. 그런 걸 생각하면 맘이 불편했다.

　「나도 인간이야.」

　레이가 잔뜩 긴장한 목소리로 말했다. 줄리의 팔에 놓였던 손이 어깨를 감쌌다.

　「유혹 앞에선 자제력이고 뭐고 다 사라지는 수가 있다구.」

　「그럼 안 되겠죠.」

　줄리가 천천히 말했다.

　「그럴 거야. 안 그래도 그렇게 나올까봐 은근히 걱정했지.」

　레이가 뒤돌아서 현관문을 열어주었다.

13

　촬영장은 불이 도착했다는 애기며 어젯밤에 뉴올리언스의 나이트클럽과 술집을 휩쓸고 다녔다는 애기로 떠들썩했다. 감독이 교체될 거라는 소문은 여전했다. 다들 줄리가 지나갈 때마다 말을 멈추곤 했다. 기분 나쁠 것도 별로 없었고 새삼스러운 일도 아니었다. 스태프들이 일에 집중하긴 사실 글렀다. 감독이 바뀌면 일을 다시 하게 될지도 모르는 마당에 그건 당연한 일이었다. 어떻게 해서든지 결정을 확실히 봐야지 안 그랬다간 엉망진창이 될 것 같았다.

　줄리는 일찍 나와 사무실에서 일을 하다보니 허기가 졌다. 오필리아한테 보트 클럽에 가서 커피랑 도넛을 먹자고 하려다 그만뒀다. 뒤에서 수군거리는 사람들을 대하기가 뭐했다. 트레일러에 가서 계란과 베이컨, 토스트를 만들어 먹어야겠단 생각이 들었다. 최소한 카페인에 설탕 덩어리인 커피와 도넛보다는 나을 것 같았다. 어젯밤에 자극성 있는 음식에다 술까지 먹어서 그런지 속이 그다지 편치 않았다.

트레일러로 가면서 줄리는 스탠에게 인사차 손을 흔들었다. 스탠, 레이, 그리고 특수효과 담당 이렇게 셋이서 의논을 하고 있었다. 오늘 아침에 찍을 스턴트 신에 관해서 얘기를 나누고 있는 것 같았다. 그래도 일하려는 사람들이 있긴 있었다. 주차장에 세워둔 차를 보니 마들린도 와 있었다. 밴스는 강가 사이프러스 옆에 기대서 있었다. 심심하면 자주 거기 가 있곤 했다. 지금은 스크립터와 같이 얘기를 하는 중이었다. 아네트 대버트의 짜증 섞인 목소리가 들려왔다. 섬머도 같이 도착했다는 말이었다. 앨런이나 불은 기척이 없었다. 그나마 다행이란 생각이 들었다.

트레일러에 들어가서 문을 닫는데 꼭 천국에 온 기분이었다. 줄리는 안도의 숨을 내쉬면서 문을 잠갔다. 트레일러가 철제와 유리로 만든 구조물이다보니 햇빛을 받아 내부 온도가 높은 편이었다. 갑자기 접착제랑 합성섬유 냄새가 코를 찔렀다. 줄리는 화장실에 가면서 에어컨을 틀었다.

손을 닦는데, 위에서 달가닥거리는 소리가 들렸다. 에어컨에서 나는 소리가 아닌가 싶었다. 에어컨에 이상이 생겼을지도 모르는 일이었다.

타월을 집어 들려는데 소리가 또 들렸다. 바로 아래에서 들리는 소리였다. 갑자기 머리털이 곤두서는 느낌이었다. 가만히 서서 천천히 고개를 숙였다.

검은 몸뚱이에 회색 반점이 찍힌 뱀이었다. 변기 바로 앞에서 똬리를 틀고 있었다. 대가리를 빳빳하게 세우고 조금씩 좌우로 흔들고 있었다.

늪뱀!

마음속에서 그 말이 메아리쳤다. 늪에 관해 책에서 모은 지식에다 레이한테 주워들은 얘기도 있었다. 레이가 위험에 맞부딪쳤을 때 자신을 보호하는 방법에 대해 설명하면서 뱀에 관해서도 언급한 적이 있었다.

신경이 온통, 얇은 치마 아래 드러난 다리로 갔다. 심장박동이 빨라졌다. 공포 때문에 온몸이 굳어졌다.

도와달라고 사람을 불렀다간 뱀이 공격할지도 모른다. 조금만 움직여
도 그건 마찬가지였다. 그냥 가만히 서 있어도 숨소리나 몸에서 나는 열
기 때문에 덤벼들지 모른다.

주둥이가 빛을 받아 번들거렸다. 입맛을 다시는 것처럼 혓바닥을 날름
거렸다.

그렇게 계속 가만히 있을 순 없었다. 뱀은 움직이려고 하지 않았다.
바로 앞에 줄리가 가로막고 있어서 빠져 나갈 곳도 없었다.

뱀이 덤벼들지 않을지도 모른다. 막말로, 물리면 주사를 맞으면 될 일
아닌가 싶었다.

그런 생각을 하니까 맘이 차분하게 가라앉았다. 줄리는 욕실문 뒤편으
로 몸을 던졌다. 그 바람에 반대편 벽에 쾅 소리를 내면서 부딪혔다. 줄
리는 재빨리 문을 잡고 세게 닫아버렸다.

뒷걸음질치는데 몸이 떨려왔다. 일어나서 식탁에 몸을 기댔다. 양팔로
떨리는 몸을 진정시키려고 꽉 끌어안았다. 이럴 땐 이성이 아무 소용이
없다는 걸 알고 있었다.

뱀이 어떻게 트레일러 안에 들어왔을까 하는 생각이 머리를 스쳤다.
바깥문은 잠겨 있었다. 아까 분명히 열쇠로 문을 열고 들어왔다. 밤에는
항상 잠가두곤 했다. 들락날락하기 편하게 낮에는 그냥 나뒀지만 문은
꼭 닫아놓았다. 보통 에어컨을 켜놓기 때문에 문을 열어놓질 않았던 것
이다. 그 문이 열렸다고 해도 중간에 문이 하나 더 있었다.

거기다 바깥문도 땅바닥에서 2미터 가까이 위쪽에 있었다. 계단이 있
긴 했지만 그것 역시 바닥까지 30센티미터 정도 모자랐다.

외진 곳이나 정글 같은 곳에 트레일러 같은 걸 세울 때는 야생동물이
못 들어오게 미리 신경을 쓰는 게 당연했다. 그러니 뱀이 제 발로 들어
왔다는 건 불가능한 일이었다.

뱀이 조그만 구멍을 통해 들어왔을 가능성도 있긴 했다. 그래도 그럴

이유가 없었다. 트레일러 안엔 음식이든 뭐든, 뱀을 유혹할 만한 게 없었다.

누군가 뱀을 트레일러 안에 집어넣은 게 분명했다.

누가 그런 거지? 무엇 때문에?

누가 짓궂은 장난을 한 건 아닐까 싶었다. 늪뱀을 쓰다니, 좀 과격한 면이 없지 않았다. 캘리포니아 출신이라면 얼마나 위험한지 모를 공산이 컸다. 영화사를 촬영장에서 몰아낼 생각에 그런 장난들을 치는 경우가 있었다. 어쩔 땐 손도 못 쓸 정도로 위험해지는 수도 있었다.

그런 거라면 누굴 노린 걸까? 나, 아니면 오필리아? 아니면 누군가 불이 이 트레일러를 쓰게 될지도 모른다는 걸 알고서 그런 걸까?

그게 아니라면 뭐지?

알 수가 없었다. 오필리아를 노린 건 아닌 것 같았다. 오필리아는 대부분의 사람들과 좋게좋게 지내고 있었다. 불은 온 지 얼마 안 돼서 화를 일으킬 만한 소지가 별로 없었다. 자신을 꺼리는 사람이 없는 건 아니었지만 그렇다고 이런 짓을 할 만한 사람은 떠오르지 않았다. 누군가 불한테 자리를 양보하라고 이런 짓을 했다면 그 사람한테 해주고 싶은 말이 있었다. 날 쫓아내고 싶으면 이보다 더 강력한 방법을 써야 할 거라고.

지금 그런 걸 따질 때가 아니었다. 뱀을 처리하는 게 급선무였다. 도와달라고 할 수도 있겠지만 그건 안 될 말이었다. 겁먹었다는 걸 광고하는 거나 다름없었다. 장난이 먹혀들었다는 걸 알면 아주 고소해할 게 분명한데 절대로 그럴 순 없었다. 줄리는 장난이 불발로 끝난 것처럼 보이게 하고 싶었다. 혼자서 조용히 처리하는 게 제일 좋을 것 같았다. 그러면 장난친 당사자는 왜 조용할까 의아해할 게 분명했다.

하지만 어떻게 저걸 치울까?

자신한테 해를 끼친 것도 아닌데 죽이는 건 좀 그랬다. 그렇다고 조용히 사라져줄 것 같진 않고 그렇다면 죽이는 수밖에……

하지만 어떻게 죽이지?

어렸을 때 엄마가 화단에 들어온 뱀을 처리하는 걸 본 적이 있었다. 직접 한두 마리 죽여본 적도 있었다. 그땐 정원에서 쓰는 호미가 있었다.

줄리는 벌떡 일어나 냉장고 뒤에 있는 저장실로 갔다. 쇠로 만든 손잡이가 달린 빗자루가 보였다. 빗자루 아랫부분에 V자 모양의 금속 덮개가 붙어 있었다. 줄리는 빗자루를 집어 들었다.

빗자루를 몽둥이처럼 거꾸로 들고 욕실문 쪽으로 갔다. 그리고 천천히 아주 조금씩 문을 열었다.

오래 시간 끌 것도 없었다. 뱀은 불시에 공격을 받아서 꼼짝도 못했다. 죽었는지 어쩐지 알 수가 없었다. 이를 꽉 깨물고 그 길고 묵직한 몸뚱이를 쓰레기통에 집어넣었다. 쓰레기통 위에 타월을 덮었다. 가만 생각해보니 어디다 버릴지가 문제였다. 아무래도 트레일러 뒤쪽에 있는 늪 어딘가에 버리는 게 좋을 것 같았다. 다른 사람한테 들킬 염려가 있긴 했지만 그거야 운에 맡기는 수밖에 없었다.

정작 줄리한테 시선을 두는 사람은 하나도 없었다. 뒤에서 부르는 사람 하나 없었다. 주차장을 지나 덤불에 서서, 쓰레기통을 있는 힘껏 흔들었다. 뱀은 저쪽에 떨어졌다. 줄리는 뒤도 안 돌아보고 재빨리 그 자리를 피했다.

트레일러로 돌아오는데 앨런과 아버지가 보였다. 줄리는 트레일러 계단 옆에 쓰레기통을 살짝 내려놓고 두 사람한테 다가갔다. 식욕도 싹 가신데다 트레일러에 다시 들어가고 싶은 생각도 전혀 없었다.

불은 컨디션이 아주 좋아 보였다. 사이프러스 아래에서 밴스의 의자를 차지하고 앉아 얘기를 하고 있었다. 아프리카에서 영화를 찍었을 때 생겼던 얘기들을 장황하게 늘어놓고 있었다. 할리우드의 이름난 감독인데다 입심이 워낙 좋아서 구경꾼들이 많이 모였다. 앨런은 아버지 근처에 앉아 보온병에서 커피를 따르고 있었다.

밴스도 안락의자에 앉아 있었다. 마들린은 의자 발판에 앉아서 등을 밴스의 무릎에 기대고 있었다. 전날 봤던 여자 리포터도 근처에 있었다. 섬머는 불 바로 옆에서 책상다리를 하고 앉아 있었다. 재밌어서 어쩔 줄 모르는 표정이었다. 그래도 아네트는 별로 즐거운 기색이 아니었다. 도나 리슐릿도 레이 옆에 앉아 있었다. 레이는 사이프러스에 등을 기대고 바닥에 앉아 있었다. 섬머가 자꾸 도나를 흘긋거리는 걸 보니 새로 온 선생이라고 소개를 받은 것 같았다.

방금 전에 있었던 얘길 하면 다들 어떻게 나올지 궁금했다. 사람들 반응을 살펴보는 것도 흥미로울 게 분명했다. 그래도 불이 신나게 얘기를 하는데, 분위기를 깨긴 싫었다. 거기다 질문 공세를 퍼붓기라도 하면 곤란해서 그만뒀다.

오필리아는 스탠과 카메라맨들이랑 불이 하는 얘기를 갖고 자기들끼리 야한 농담을 하고 있었다. 줄리가 오는 걸 보고 오필리아가 스토리보드와 촬영 스케줄을 들고 다가왔다. 스탠도 천천히 따라왔다.

오필리아는 다들 특수효과 담당자들이 장비 정비를 끝낼 때까지 기다리는 중이라고 했다. 그게 끝날 때까지는 불이 하는 얘길 듣고 있는 수밖에 없었다.

오늘 찍기로 예정된 스턴트 신은 영화에서 제일 중요한 부분 중 하나였다. 레이는 이번엔 밴스 역할을 하는 게 아니라 해결사 역할을 맡았다. 대본에는 도로시아가 장 피에르를 유혹하는 동안 해결사 한 명이 알리시아를 납치하기로 되어 있었다. 그걸 알고 장 피에르가 그 뒤를 쫓아가지만 아내의 배신을 알고 광분한 상태라 딸을 위험한 상태에 빠지게 하고 만다. 배가 부서져서 폭발하는 장면도 있었다. 그 뒤 장 피에르는 물에 빠진 딸을 구해낸다. 하지만 결국 딸을 늪에 데려온 바람에 이렇게 된 거라는 자책에 시달리게 된다는 내용이었다.

섬머는 안전을 생각해서 촬영에 참여하지 않기로 했다. 인형한테 가발을 씌우는 걸로 대신할 작정이었다. 다른 어린애를 대역으로 쓴다고 해도 위험하긴 마찬가지였다. 아버지가 딸을 구하는 장면은 나중에 찍기로 했다. 아버지와 딸이 허름한 야영장에서 낚시하면서 서서히 가까워지는 장면도 나중으로 미뤘다.

밴스는 폭발 신에서 자기가 그냥 하겠다고 고집을 피웠다. 딴사람만 폼 나게 하긴 싫다는 얘기였다. 그 정도야 누워서 떡 먹기다, 남들은 몰라도 최소한 자기한텐 그렇다, 딴사람을 뭣하러 쓰냐면서 막무가내였다. 사실 맞는 말이긴 했다. 배를 좀 빨리 몰고 갑자기 방향을 틀어야 할 데가 몇 군데 있어서 그렇지 위험할 건 하나도 없었다. 쾌속정이 폭발해서 분해되기 일보 직전에 탈출해야 하는 레이가 위험했다. 적당한 스턴트맨도 없고 해서 밴스는 그냥 하게 놔두기로 했다.

불이 하던 얘기를 끝냈다. 도나가 자리에서 일어나 섬머한테 손을 내밀었다.

「다른 선생님과 공부했던 교재들 좀 보여줄래? 얼마나 진도가 나갔는지 한번 보자.」

「하나만 더 듣구요. 그러고 나서 보여드릴게요.」

섬머가 애원하는 목소리로 말했다.

「얘기 다 끝내신 거 같은데.」

「아니에요. 또 하신다니까요.」

아이가 자신 있게 말했다.

「내가 할리우드에 처음 왔을 때 얘기, 다들 알지? 서부영화에서 총잡이 역할 했다는 거.」

「정말이세요?」

도나가 믿을 수 없다는 표정으로 물었다.

「진짜라니까.」

불이 큰 소리로 웃어젖히면서 얘기를 또 시작했다.

줄리는 보트 클럽에 가서 토스트와 커피를 먹었다. 커피에 크림을 넣고 젓는데 마들린이 들어왔다.

마들린도 커피잔을 들고 줄리 옆에 앉았다.

「그래서…….」

마들린은 옷에 주름이 가지 않게 하려고 실크드레스를 잘 폈다.

「불이랑 같이 일 하는 거야, 마는 거야?」

「아버지가 대신 물어봐 달라고 그래요?」

줄리가 마들린의 눈을 보면서 물었다.

「그럴 리가 있겠어? 그냥 궁금해서 물어보는 거야.」

「신경 쓸 필요 없잖아요. 불이 감독이었으면 좋겠다고 생각하면 좀 달라지겠지만.」

「신경 끄란 말이야? 사실 난 불 때문에 걱정돼서 그러는 건데.」

마들린이 메마르게 웃으면서 말했다.

「그래요? 왜 그런데요?」

「옛정 때문에 그런다면 믿겠어? 너무 지치고 힘들어하는 게 눈에 보여. 걱정거릴 싸매고 있다니까. 아마 감독이나 영화 때문에 그러는 거 같아.」

「그렇다고 제가 어떻게 하겠어요?」

「그래? 아버지 나이가 적지 않다는 걸 알아야지. 거칠고 무대포로 보여도 상처받는 건 마찬가지야.」

「나도 그런 건 알아요. 그래도 아버지 때문에 내 일까지 포기할 순 없잖아요.」

「불도 그만큼 많이 희생했잖아.」

「그게 무슨 말이에요?」

줄리가 얼굴을 찌푸리면서 물었다.

「몇 년 전에 감독이 아버지랑 같이 살겠다고 LA로 왔을 때 일이야. 같이 거의 일 년 동안 동거했는데도 날 차버렸어. 불은 미안하지만 어쩔 수 없다고 하더군. 딸이 아내랑 헤어진 걸 아직도 용서하지 않고 있다고, 딸한테 보상해주고 싶다고 했지. 딸 마음이 풀릴 때까진 감정적으로 다른 사람과 관계를 맺고 싶지 않다고 했어. 딸한테만 신경 쓰겠다는 말이었겠지.」

「그건 나도 몰랐어요.」

줄리는 마들린의 상기된 얼굴을 뚫어져라 쳐다봤다.

「그것말고 또 있어. 거절한 영화도 한두 편이 아니었어. 다른 감독들이라면 눈에 불을 켜고 달려들 그런 대작들인데 말이야. 딸과 떨어져 지내야 하는 게 싫다면서 거절했다구.」

줄리가 변명조로 말했다.

「그렇게 해달라고 한 적 없어요.」

「불은 딸 옆에 자신이 있어줘야 한다고 생각해서 그런 거야.」

「우리 엄마 옆에 있어줬으면 얼마나 좋았겠어요.」

「이런, 감독도 이 생활이 어떤지 알잖아. 영화계에 종사하는 사람들도 인간이야. 그 이상도 그 이하도 아니라구. 영웅도 악당도 없지. 최고의 스타들도 남들처럼 상처가 나면 피를 흘리고 가슴 아파하니까. 그러니 실수하는 건 당연하지. 손바닥도 마주 쳐야 소리가 난다고, 책임이 한쪽에만 있는 건 아니잖아. 그런 경우는 거의 없지. 불도 마찬가지야.」

「아주 심오하네요.」

줄리가 한숨을 내쉬면서 말했다.

「그래서 무슨 말을 하고 싶은 거예요?」

「애를 낳는 거나 이혼하는 거나 남자랑 여자 둘이서 같이 하는 거.」

줄리가 가만히 있다가 목소리를 가다듬고 말했다.

「잠깐만요. 아버지나 내 감정이 어떤가 하는 거랑 일과는 별개잖아요. 괜히 아버지 때문에 변명 같은 거 하지 마세요.」

마들린의 한쪽 입술이 올라갔다.

「그 말이 맞긴 하잖아. 감독은 아직도 불을 용서하지 못한 것 같아.」

마들린은 자리에서 일어나 커피잔을 집어 들었다. 줄리는 그냥 그 자리에 남아 있었다. 컵 밑바닥을 따라 테이블에 동그란 물 자국이 생겼다. 커피는 식어버렸고 토스트도 아직 손대지 않은 채였다. 스태프들이 줄리한테 와서 촬영 준비가 끝났다고 했다.

앨런은 사무실에서 나와 불과 오필리아랑 같이 부두에 서 있었다. 줄리가 다가오니까 몸을 돌렸다. 뭐라고 말하려는 것 같았는데 아버지가 선수를 쳤다.

「앨런과 나도 같이 가려고. 우린 그냥 구경만 할 거다, 괜찮겠지?」

「그렇게 하세요.」

줄리가 밝은 목소리로 대답했다. 손을 아버지 어깨에 살짝 올려놓으면서 먼저 배에 올라가 있으라고 했다. 그리고 마지막으로 스탠과 스턴트 신에 관한 세부적인 사항을 합의했다. 얘기가 끝나고 나서 다들 유람선을 타고 강으로 나갔다.

레이는 벌써 쾌속정을 타고 나가 촬영이 시작될 지점에 도착해 있었다. 전에 찍었던 그 장소였다. 스태프들은 촬영용 판목을 반대쪽 강둑으로 옮겨놨다. 전과는 다른 방향과 각도에서 카메라를 잡을 생각이었다.

예행연습은 아주 만족스러웠다. 총이 난사되면서 일어나는 폭발 신도 모의로 연출해봤다. 폭발이 어디쯤에서 일어날 건지 알아야 밴스나 레이가 배의 속도를 제대로 맞출 수 있을 터였다. 그 이상은 하기 힘들었다. 배가 폭발한 뒤에 레이가 탈출하는 장면은 연습하기가 곤란했다. 잘못하다가 촬영에 써야 할 보트가 부서지기라도 하면 큰일이었다. 어쨌든 시간 맞추는 부분에 관해선 스탠과 레이 두 사람이 충분히 머리를 맞대고 의논을 끝냈다.

줄리는 위험하진 않을까 하는 생각을 지우려고 기를 썼다. 애써 지금 다른 신을 찍고 있다고 상상을 해봤다. 그래봤자 긴장되긴 마찬가지였다. 쾌속정과 밴스가 탄 보트, 카메라 장비를 설치한 배가 물에서 천천히 원을 그리면서 돌고 있었다. 선글라스 너머로 자꾸 레이한테만 시선이 갔다. 레이의 검은 머리카락이 햇빛에 반사돼서 빛을 발했다. 묵직한 옷을 입은 통에 넓은 어깨가 더욱더 강조되었다. 레이를 보니 자신감이 넘쳐 보였다. 결단력 같은 것도 엿보였고 신중하려고 애쓰는 것 같았다.

줄리 자신도 그렇게 자신감이나 결단력 같은 게 있었으면 싶었다. 자신감은커녕 속이 메슥거렸다. 워키토키로 지시 사항을 얘기하려는데 날카로운 목소리가 나왔다. 자신이 듣기에도 신경질적이고 화가 난 목소리였다. 그럴 만한 이유가 있었다. 사실 줄리는 이 장면을 최대한 빨리 끝내버리고 싶었다. 사실 영화 촬영을 끝내버리고 싶단 생각이 굴뚝 같았다. 빠르게 끝날수록 좋았다.

진짜 그런 걸까? 혹시 영화 촬영이 영원히 끝나지 않았으면 하는 건 아니고? 줄리는 자신의 마음을 알 수가 없었다. 자신이 뭘 원하는지 알 수가 없었다.

주 카메라가 제자리를 잡으면서 카메라를 장착한 크레인이 삐걱 소리를 냈다. 사람들이 웅성거리는 소리도 잠잠해졌다.

배마다 제각기 다른 엔진 소리를 냈다. 음향효과 담당자가 옆에서 괴롭다는 표정을 지었다. 그 지역 사람들이 잔뜩 몰려와 있었다. 어선도 한 척 지나갔다. 모터보트가 저쪽 터널 끝에서 모습을 비치더니 촬영장 쪽으로 다가오고 있었다.

삐걱대는 소리가 요란한, 아주 낡은 배였다. 배에 탄 사람을 보니 어부나 구경꾼은 아닌 듯 싶었다. 자세히 보니 도나였다.

도나는 손을 흔들면서 뭐라고 큰 소리로 외쳤다. 엔진 소리 때문에 뭐라고 하는지 알 수가 없었다. 도나가 촬영용 판목 옆으로 보트를 접근시켰다. 줄리는 마지막 점검차 주위를 훑어보고 오필리아한테 고개를 끄덕였다.

「좋아. 자, 이제 갑니다.」

오필리아가 확성기를 대고 외쳤다.

「액션.」

「미안합니다. 방해해서 죄송해요」

도나가 숨을 몰아쉬면서 판목 위로 올라왔다.

갑자기 다들 도나한테 쉿 소리를 내면서 조용히 하란 시늉을 했다. 도나는 얼굴이 빨개져서는 줄리한테 작은 목소리로 말했다.

「죄송해요. 그래도 어쩔 수가 없었거든요. 섬머가 없어졌어요.」

「조용히 해요.」

오필리아가 도나를 째려보더니 이쪽으로 오려고 했다. 그런 걸 줄리가 손을 들어서 됐다는 신호를 보냈다.

「그래서요?」

「아침 먹으러 엄마한테 간다고 그랬거든요. 30분쯤 있다가 가봤더니 아네트 말이 애가 안 왔대요. 촬영장을 다 뒤져봤는데도 없더라구요. 여기 온 건 아닌가 해서 이렇게 온 거예요. 아는 사람한테 배를 빌려서요. 혹시 섬머 못 보셨어요?」

배들은 반쯤 가라앉은 낡은 철도 교각까지 질주하기로 돼 있었다. 강 어딘가 있다는 교각을 똑같이 본떠서 만든 거라고 들었다. 여기서 교각까지는 어림잡아 6킬로미터 정도 되는 거리였다. 줄리는 마음이 뒤숭숭했다. 이쪽 일만으로도 벅찬데 다른 일까지 신경 쓰느라 정신이 오락가락했다. 레이 때문에 걱정돼서 미치겠는데 섬머 일까지 겹쳐버렸다.

「섬머 본 사람 있어요?」

다들 고개를 젓는 걸 보니 모른다는 얘기였다.

배들이 요란하게 소리를 내면서 질주하기 시작했다. 밴스가 탄 배에 레이가 총을 난사했다. 특수효과로 강물이 분수처럼 솟아올랐다. 밴스는 고개를 푹 숙인 채 커브를 틀었다.

갑자기 머릿속에 아버지가 하는 얘기를 재밌어라 듣고 있던 섬머의 모습이 떠올랐다. 과거 자신의 모습 같았다. 외로워서 그런 거야. 사람들 눈을 끄는 일이라면 빠지질 않았지. 그런 일을 해서 아버지한테 인정받으려고도 했고. 줄리의 시선은 레이한테 고정되어 있었다. 레이는 쾌속정에서 총을 쏘면서 배의 방향을 바꾸기도 했다. 밴스가 탄 배가 점점 다가와서 쾌속정을 교각 쪽으로 밀고 갔다. 밴스 뒤편에는 가발을 씌운 인형이 앉아 있었다.

그때 인형이 움직였다.

자리에서 일어나 앉아 덮고 있던 담요를 젖혔다. 창백한 얼굴에 멍한 눈동자였다. 배가 흔들리니까 조그만 손으로 배의 가장자리를 붙들었다.

줄리는 반사적으로 워키토키를 들었다. 이럴 수는 없었다. 다시 똑같은 일이 생기게 할 순 없었다. 헛것을 본 것처럼 마음이 울렁거렸다. 줄리는 공포에 젖어 미친 듯 소리질렀다.

「그건 인형이 아니라 섬머예요. 레이, 인형이 아니라……」

마지막 소리는 폭발음에 묻혀버렸다. 화염에 사로잡힌 배 안에서 레이는 공중으로 몸을 날렸다.

14

「어떻게 거길 빠져 나올 수 있었던 거지?」

사흘 내내 불이 최소한 백 번은 더한 말이었다. 다른 사람들도 경탄하기는 마찬가지였다. 불은 객실 의자에 기대앉아 있었다. 객실 바로 옆에는 식당이 연결되어 있었다. 타인 종손녀의 결혼식 피로연이 한창 벌어지고 있는 참이었다. 불은 한 손에 샴페인을 다른 한 손엔 잠발라야를 담은 접시를 들고 의자에 앉아 있었다. 아버지로선 최대한 멋지게 차려입은 모습으로 특유의 입심을 발휘하고 있다. 하객들이며 타인의 친구들이 주위에 몰려 강에서 있었던 사고에 관해 듣고 있었다.

줄리는 레이가 어떻게 빠져 나왔는지 알고 있었다. 심장이 바싹바싹 타 들어갈 것 같은 심정으로 바라보고 있었는데 모를 수가 없었다. 거기다 그 장면을 다섯 번도 더 돌려봤다.

검은 머리의 아름다운 신부가 친구들과 사진을 찍고 있었다. 새하얀 웨딩드레스가 눈이 부셨다. 줄리의 마음속에 그때 있었던 일이 주마등처럼 떠올랐다.

줄리가 소리지르기 전에 벌써 레이는 인형이 움직이는 걸 봤다. 곧바로 좌석에 몸을 던져 재빨리 섬머를 안고서 물 속으로 뛰어들었다. 이내 하늘 위로 주황색 화염이 솟구쳤다. 폭발의 여파로 주위에 있던 나무들이 흔들렸다. 레이는 옷에 불이 붙은 채 물 속으로 뛰어들었다. 이내 보트에서 새어 나온 기름이 퍼지면서 화염은 더 거세졌다. 마침내 수면 밖으로 레이와 섬머가 머리를 내밀었다. 그때까지 줄리가 느꼈던 초조한 마음은 말로 표현할 수가 없었다.

밴스가 두 사람을 끌어올려서 촬영 판목까지 데리고 왔다. 섬머는 다친 데가 거의 없었다. 머리가 약간 탔고 강물 좀 마신 게 전부였다. 레이가 입고 있던 코트는 온통 다 타서 시꺼멓게 변해 있었다. 어깨에서 등까지, 불에 데인 흔적이 보였다. 조금만 늦었다면 목숨이 위험했을지도 모른다.

도나가 히스테리 증세를 보였다. 이해가 가긴 했지만 줄리는 견디기 힘들었다. 계속 자기 잘못이라고 하면서 흐느끼고 있었다. 섬머도 쇼크 상태이긴 마찬가지라 울음을 그치지 못했다. 자신 때문에 레이는 물론 자기 자신도 죽을 뻔했다는 사실을 알고 나서부터 그랬다. 부상당한 레이 옆에 있겠다는 걸 간신히 달래서 떼어놨다.

레이는 병원에 가서 빨리 치료받아야 했다. 섬머한테도 기름 같은 게 폐 속에 들어갔으면 곤란한 일이었다.

마침내 섬머는 불한테 들었던 얘기를 듣고 그랬다고 실토했다. 멕시코 아역배우 하나가 투우장에 몰래 들어가서 스턴트맨 대신 황소와 싸우는 연기를 해냈다는 일화였다. 그 덕분에 아역배우는 일약 스타의 자리에 올라섰다는 얘기였다. 거기다 오늘 아침에 누군가가 자신에 관해 뒷말하는 걸 들었다고 했다. 정체를 알 수 없는 그 사람은 폭발 신에서 섬머가 연기를 못해서 인형을 대신 쓰는 거 아니냐고 비웃었다는 것이다. 그래서 섬머는 몰래 배에 숨기로 맘먹었다. 아무리 생각해도 좋은 생각 같았다. 레이 아저씨가 옆에서 도와줄 건데 무서워할 필요가 없었다.

인형을 숨기고 자기가 대신 들어가 앉아 있는데 갑자기 팔이 뜨끔거렸다. 그러고 바로 잠이 들었는데 깨보니까 총소리가 들렸다고 했다.

불은 욕을 퍼붓다가 사과를 했다가 오락가락했다. 자기 애기 때문에 섬머가 그랬다고 하니 아연실색할 수밖에 없었다. 아침에 뒷말을 해서 섬머를 부추긴 사람이 누군지 도무지 알 수가 없었다.

「너 말이다, 진짜 너한테 누가 그런 애기 하는 걸 들은 거냐? 네가 그냥 생각해 낸 건 아니고?」

불의 질문에 섬머가 입술을 삐죽거리면서 대답했다.

「정말 들었단 말이에요.」

「진짜 팔도 뜨끔했니? 이불 속에서 후덥지근하니까 가려웠던 건 아니고?」

「내가 그런 것도 구분 못할 것 같으세요?」

섬머가 화가 나서 소리쳤다.

「배가 그렇게 흔들거리는데 어떻게 계속 자요? 엔진 소리도 얼마나 요란했는데.」

보안관이 와서 물어봤을 때도 섬머는 똑같은 말을 했다. 팔뚝에 주사자국 같은 게 있긴 했다. 혈액 검사를 거쳤지만 이상한 점은 발견되지 않았다.

조사 결과 섬머가 보트 안에 들어가는 걸 본 사람은 아무도 없었다. 만약에 본 사람이 있었다면 아이가 그런 짓은 못하게 했을 터였다. 섬머가 꾸며댄 거라고들 하는 사람들도 있었다. 증거가 불충분하다는 이유로 수사는 금세 종결되었다.

오늘 보니 섬머는 아무렇지도 않아 보였다. 결혼식엔 핑크색 드레스에 같은 색 모자를 쓰고 왔다. 낡은 교회당에서 거행된 예식을 구경하면서 섬머는 즐거워서 어쩔 줄 몰라했다. 피로연에서도 엄청난 양의 음식을 먹어치웠다. 의자에 앉아 하객들을 살피기도 했다. 배우 기질을 발휘해 남의 말이나 행동을 보고 나중에 연기에 써먹으려고 하는 것 같았다.

다들 먹고 마시고 웃느라 정신들이 없었다. 격식을 차린 분위기와는 거리가 멀었다. 두 남녀가 떳떳한 성인으로 새 출발을 하게 된 것을 축복해주는 의식이었다. 가족과 친지, 이웃들이 함께 신혼부부의 행복을 빌어주었다.

신부의 미소는 가슴이 저릴 정도로 행복해 보였다. 흰색 턱시도를 입은 신랑의 미소에는 신부에 대한 애정과 자랑스러움이 엿보였다.

주위는 온통 음식 냄새로 가득했다. 케이크에서 나는 달콤한 냄새도 그 중 하나였다. 커다란 화이트 케이크엔 난초 화관을 고정시켜놨다. 설탕을 녹여 만든 큐피드와 리본으로 장식을 한 케이크였다.

신부 들러리들이 이리저리 왔다갔다하는 게 보였다. 신랑 들러리들도 그 뒤를 쫓아다니느라고 바빴다. 신부의 어머니는 멍한 표정으로 서 있었는데 언제쯤 저 음식을 맛볼까하는 생각에 빠진 것 같았다.

하객들은 이쪽 뷔페 테이블에서 저쪽으로 옮겨 다녔다. 다들 교회에 장식한 꽃이 어떻다느니 신부님 하신 말씀이 어떻다느니 하면서 이야기 꽃을 피우고 있었다. 한쪽 구석에선 비디오를 촬영하고 있었다.

「결혼식에 오니까 재밌어? 음식은 많이 먹었구?」

타인이 줄리 옆에서 물었다. 한 손에는 와인 잔을 다른 손에는 소시지를 찍은 포크를 들고 있었다.

「그럼요. 너무 많이 먹어서 배가 꽉 찼어요」

줄리가 배에 손을 올려놓으면서 말했다.

「얘기 좀 해주세요. 케이준들은 원래 이렇게 늘 즐거워들 하면서 살아가는 거예요?」

타인이 포크를 흔들면서 쾌활하게 대답했다.

「그래, 늘 이런 식이야. 이 나라에 올 때 다들 음식이며 집, 가구, 옷까지 정말 모든 걸 두고 왔지. 입고 있는 옷만 빼고 말이야. 배에 타면서 가족들끼리 헤어진 사람들도 있고……, 여기저기 떠돌이 생활을 했어. 추위와 배고픔, 거기다 상실의 아픔 때문에 수많은 사람들이 목숨을 잃었지. 루이지애나에 정착할 수 있었던 사람은 극소수였어. 말로 할 수 없는 고통을 겪고 나서 한 가지 교훈을 얻었다면 이런 거지. 삶이란 건 짧고 죽으면 아무것도 아니라는 사실 말이야. 그리고 우리가 누리는 이 순간 순간에 모든 걸 걸어야 한다는 것도. 지금 바로 이 순간 우리는 누군가를 미워할 수도 있고 마음껏 즐거워할 수도 있지. 둘 중 뭘 택하겠어? 아무래도 즐거운 게 더 낫잖아.」

줄리는 주위를 한번 둘러보면서 천천히 말했다.

「무슨 말씀인지 알 것 같아요.」

「그래. 소시지 좀 먹어봐. 너무 맛있다니까.」

악기와 스피커를 조정하고 있던 밴드가 음악을 연주하기 시작했다. 신랑 신부가 내려와 벽돌이 깔린 안뜰에서 왈츠를 추기 시작했다. 그러고 나서 신부는 아버지와 신랑은 어머니와 춤을 췄다. 결혼식 때 꽃을 들고 입장했던 처녀와 신랑을 위해 반지를 들고 있던 신랑 친구가 빙글빙글 원을 그리면서 돌았다. 하객들은 웃으면서 그 모습을 지켜보았다. 신랑 신부 들러리들이 모두 레게음악에 맞춰 원을 그리면서 돌았다. 어느새 황혼이 조금씩 어둠 속으로 사라지고 있었다. 손님들까지 다들 춤을 추기 시작했다.

스태프들 중에서 손님으로 초대된 사람은 줄리와 불 외에 섬머와 아네트뿐이었다. 결혼식에 드는 비용 문제도 그렇고 다들 갈 순 없는 노릇이었다. 그런데 도나가 섬머도 데려와야 한다고 우겨댔다. 아무래도 사고 때 일을 무마하고 싶다는 생각인 것 같았다. 아이한테 샴페인까지 조금 맛보라고 권하기도 했다. 나쁠 건 없다, 몰래 마시는 것보다 차라리 사람들 있을 때 마셔보는 게 낫다는 얘기였다. 섬머는 점점 도나가 좋아지는 눈치였다. 사실 처음엔 선생님이 바뀐다고 해서 시큰둥했다.

레이는 섬머와 춤을 추고 있었다. 신혼부부한테 축하인사를 해줄 때나 친구들과 얘기하는 모습을 언뜻언뜻 보긴 했다. 그래도 그 동안 한번도 의자에 앉는 걸 보질 못했다. 붕대를 잔뜩 감은 통에 예복이 편치 않은 게 분명했다. 그런데도 아픈 기색 하나 없이 섬머가 하는 수다를 다 받아주고 춤 상대까지 돼주고 있었다. 레이가 섬머를 뱅글뱅글 돌릴 때마다 치마가 확 퍼졌다. 레이는 섬머의 등에 한 손을 올려놓고서 거꾸로 회전하는 방법을 일러주었다. 섬머는 레이를 올려다보면서 웃음을 터뜨렸다. 레이는 자못 심각하게 설명하는 것 같았지만 특유의 농담을 빼먹진 않았다. 아이는 레이를 숭배하는 눈빛으로 바라보고 있었다. 아이한 테는 그게 당연한 일인지도 모른다. 줄리는 마음속으로 그런 이미지가 영원히 변색하지 않기를 빌었다.

도나는 친척뻘되는 신랑을 따뜻하게 안아줬다. 옆에선 아이가 아장거리면서 엄마를 따라다니고 있었다. 도나는 위로의 말을 건네는 사람들에게 침착한 태도로 답해주고 있었다. 도나가 레이와 같이 춤추는 걸 보고 얼굴을 찌푸리는 사람은 하나도 없었다. 갑자기 엄마가 없어져서 당황한 건 아이였다. 그걸 본 신부가 치마를 오동통한 아이의 손에 쥐어주면서 같이 빙글빙글 돌았다. 울상을 짓고 있던 아이가 대번에 웃는 얼굴이 되었다.

몇 분 뒤, 신부는 자기 할아버지 손을 잡고 춤을 추었다. 다리를 끌면서도 노인은 음악에 맞춰 아주 즐겁게 몸을 움직이고 있었다. 노인이 백 달러 짜리 지폐를 면사포에 살짝 꽂아주었다. 이른바 '머니 댄스'라는 시간이었다. 남자 하객들이 신부랑 춤을 추면서 웨딩드레스에 돈을 꽂아주는 의식이었다. 타인의 말에 의하면 그 돈을 모아서 신혼여행 비용으로 충당한다고 했다.

신혼부부는 오늘밤을 모텔에서 묵고 플로리다행 비행기를 탈 예정이었다. 플로리다 해변에서 일 주일 동안 밀월을 즐길 계획이었다. 두 사람이 돌아오면 부부로서 새로운 생활을 하겠지. 신부를 지켜보다가 줄리는 생각에 잠겼다. 아이도 낳고 일하면서 그렇게 살다가 언젠간 세상을 떠날 테고. 신부는 아내에서 엄마, 숙모, 결국은 할머니가 되겠지. 그런 걸 불평 한번 안 하면서 행복하게 살아갈 거야.

줄리는 그런 생활이 어떨까 생각해봤다. 소박하기 그지없으면서도 운치가 있어 보였다.

자신한테는 어울리지 않았다.

애들은 넷 정도가 좋겠지. 남자애 둘에 여자 애 둘…….

자신한테는 어울리지 않았다. 그런 삶이 자신한테 맞을 턱이 없었다. 그러기엔 꿈이나 야심이 너무 많았다.

「춤출까?」

레이가 손을 내밀었다. 줄리는 그의 손을 잡고 자리에서 일어났다. 두 사람은 함께 안뜰로 내려갔다.

줄리는 어떻게 출지 금세 감을 잡았다. 다른 사람들이 추는 걸 여태껏 구경한데다가 사교댄스도 약간은 출 줄 알았다. 줄리는 레이의 팔 안에서 밖으로 빙글빙글 돌았다. 두 사람은 완벽하게 조화를 이루면서 턴을 했다. 너무 달콤해서 두려운 느낌이 들 정도였다.

힘들더라도 그런 감정을 억눌러야 했다. 이런 감정은 맘속에만 묻어둬야 하는 거야, 줄리는 속으로 중얼거렸다.

「어때? 영화에 결혼식 장면을 넣고 싶단 생각이 들어?」

레이가 미소를 지으면서 물었다.

「그럴까 생각 중이에요. 장 피에르가 어떤 사람인지 관객들한테 보여주는데 이런 결혼식보다 좋은 게 있겠어요? 장 피에르가 어떤 삶을 사는지, 신념은 뭔지 그런 거 말이에요.」

「숙모가 아주 좋아하실걸.」

「그래요?」

「자기도 영화 찍는 데 한몫 했다고 생각하실 거야.」

「벌써 도움은 많이 주셨는데요, 뭘. 숙모님 말씀 듣고 아이디어를 얼마나 많이 얻었는지 몰라요.」

줄리로선 이런 부담 없는 얘기를 할 수 있어서 다행이었다. 예의상 그런 건지, 아니면 자기 편의 때문인지, 줄리를 생각해서 그런 건지 알 수가 없었다. 이유가 뭐든 감정에 치우치지 않을 수 있어서 좋았다. 다시 레이 품에 안기고 보니 달갑지 않은 욕구가 맹렬하게 솟구쳤다.

「어깨는 어때요?」

갑자기 레이도 같은 생각을 하고 있었던 건 아닐까 하는 생각이 언뜻 스쳤다. 자기처럼 감정에 치우치지 않으려고 부담 없는 질문을 했던 건 아닐까?

「쓰라리긴 하지만 아주 못 쓸 정도는 아니야.」

레이는 줄리를 끌어당기면서 몇 바퀴를 쉬지 않고 계속 돌렸다. 두 사람의 몸이 가슴에서 허벅지까지 밀착되었다. 줄리는 숨을 몰아쉬면서 레이한테 매달렸다. 레이는 부드럽게 줄리를 바깥쪽으로 밀었다. 레이의 빛나는 눈동자가 줄리의 시선을 붙들었다.

레이는 너무나 줄리를 잘 이해하고 있었다. 그런 걸 애써 감추려고 하지도 않았다. 레이가 만일 어딘가 사람들 눈에 안 띄는 곳으로 가자고 했다면 줄리는 하자는 대로 했을지도 모른다.

헤어지고 나면 레이를 그리워할 게 분명했다. 그의 눈동자에 어린 웃음기나 다정한 목소리가 그리울 것 같았다. 이해심이라든지 기지가 넘치는 성격도 그랬다. 레이의 부드러운 손길이나 레이의 감촉, 레이만이 해줄 수 있는 애무, 그 절제력 같은 것도……. 사실 지금 이 순간에도 그리웠다. 레이는 육체와 의지 모두 강한 사람이었다. 분명히 그 강한 면모도 그리워할 것 같았다. 하지만 지금은 그 강한 의지가 별로 달갑지 않았다.

신부가 부케를 던졌다. 사람들이 이구동성으로 꽃다발을 받은 처녀를 놀려댔다. 신혼부부는 포푸리(꽃잎과 향료를 섞어서 단지에 넣은 것) 세례를 받으면서 유유히 그 자리를 떠났다.

밴드도 짐을 챙겨서 떠나고 손님들도 하나둘씩 빠져 나갔다. 어딜 간단 얘기도 없이 불과 레이는 딴 곳으로 가버렸다. 가기 전에 레이는 자기 숙모한테 기다리지 말라고 하긴 했다. 불은 줄리한테 촬영장에서 보자면서 레이와 같이 떠났다. 아버진 다른 스태프들과 같은 모텔에서 지내고 있었다.

줄리는 타인이랑 같이 갔다. 신부 어머니랑 친지들, 친구들과 같이 뒷정리를 하고 오느라 좀 늦어졌다. 타인은 줄리한테 운전을 하라고 했다. 샴페인에 취해서 운전을 하기 힘들다는 얘기였다. 집에 도착해서 두 사람은 결혼식에서 있었던 일이며 사람들 얘기를 하면서 시간을 보냈다. 두 사람 모두 레이와 불이 대체 어딜 갔을까 궁금해하고 있었다.

줄리는 하품이 나오기 시작했다. 며칠 전 그 소동 때문에 엄청나게 시달렸다. 두려운 마음도 들고 의문도 많아서 내내 잠을 설쳤다. 자꾸 자다가 깨고 그러고 나면 잠이 오지 않았다. 할 수 없이 멍하니 천장만 바라보면서 끊임없이 생각에 열중했다. 그래도 오늘은 왠지 깊이 잘 수 있을 것 같았다.

생각처럼 쉽게 잠들 수가 없었다. 얼마 동안 언뜻 잠이 든 것 같았는데 눈이 떠졌다. 줄리는 엎드려서 탁상 시계를 집어 들었다. 새벽 한 시였다.

팔로 베개를 감싸고 얼굴을 파묻었다. 그 동안 괴롭혀왔던 의문들이 또 고개를 들었다. 생각지 않으려고 했지만 마음대로 안 됐다.

제일 맘에 걸리는 건 섬머 일이 폴 리슬릿의 죽음과 무슨 연관이 있을지도 모른다는 사실이었다. 신빙성은 별로 없어 보였다. 그렇긴 해도 두 사고에 우연이 너무 많이 겹쳤다. 섬머의 움직임을 레이가 못 봤으면 장례식을 또 한 번 치렀을지도 모른다. 배에 타선 안 될 아이가 갑자기 죽어서 발견됐다면 사건은 미궁 속에 빠졌을 게 분명했다. 무슨 이유로 아이가 배에 탔는지 설명할 만한 사람이 없었을 테니까.

그런 일이 있었으면 줄리로서도 견디기 힘들었을 것이다. 죽는 날까지 죄책감을 안고 살아가야 했을지도 모르는 일이었다. 요즘 밤마다 식은땀을 흘리면서 잠을 깨는 것도 그래서였다. 섬머가 죽었으면 다들 그 책임을 줄리한테 돌렸을지도 모른다.

아직도 석연찮은 부분이 있었다. 자신이나 영화를 해코지하려는 음모에 재수 없게 섬머가 걸려든 건 아닐까 싶었다. 뱀도 그랬다. 줄리를 겁먹게 하거나 다치게 하려고 그런 건지도 모른다.

내가 스웜프 킹덤을 감독하는 게 맘에 안 든다는 얘긴가? 아니면 영화 끝내는 꼴을 못 봐주겠다고 경고를 한 걸까? 왜? 내가 성공하든 말든 신경 쓸 사람이 누가 있지? 그렇게 내가 미운 사람이 있나? 그렇다고 아무 죄도 없는 스턴트맨으로 부족해 어린애까지 죽일 생각을 할 수 있을까?

어쩌면 자신이 잘못 생각하고 있는지도 모른다. 너무 자기 중심으로 생각하고 있는 건 아닐까 싶기도 했다. 모든 일이 자기를 중심으로 생기는 것처럼 착각하고 있는 걸지도 모른다. 스턴트맨이 부상당하는 일은 흔히 있었다. 늪에 뱀이 사는 건 당연한 일이고 촬영장에 나타났다고 해도 이상할 게 없었다. 레이가 한 말에 의하면 이 지역 사람들도 가끔 총을 들고 상류 쪽으로 나가서 뱀을 죽인다고들 했다. 뱀이 나뭇가지에 똬리를 틀고 있거나 기어가는 건 흔히 볼 수 있는 광경이었다.

하도 스트레스를 받아서 괜히 과민 반응을 하는 걸지도 모른다. 앨런한테 배신당한 것 때문에 맘이 산란한 건 사실이었다. 아버지한테 감독자리를 양보하라니, 해도 너무했다. 거기다 스태프들 중에도 자신한테 유감 있는 사람이 꽤 많았다. 확실히 스태프들이 전보다는 같이 일하기가 불편했다. 해묵은 감정이 개입하면 힘든 게 당연했다.

자꾸 이렇게 의심이 드는 것도 이젠 지겨웠다. 일을 제대로 하고 싶었지만 마음 한편으로 켕기는 부분이 있었다. 다음에 또 무슨 일이 일어날지 모른다는 두려움 때문에 긴장을 풀 수가 없었다.

창문에 헤드라이트 불빛이 획 스쳐 지나갔다. 차가 정지하면서 엔진 소리가 들렸다. 이내 엔진이 꺼지면서 소리가 잦아졌다.

한참을 기다려도 기척이 없었다. 줄리는 등을 돌렸다가 팔꿈치로 몸을 일으켜 세웠다. 레이가 집 안으로 들어올 거라고 생각했는데 아무 소리도 안 들렸다. 조금 있으려니까 뒤쪽 베란다에서 발소리가 들렸다. 쿵 소리가 들리나 싶더니 나직한 욕설, 아무래도 안락의자에 걸려 넘어진 모양이었다.

발소리는 줄리의 문 근처까지 접근했다. 그러다가 바깥에서 멈췄다. 갑자기 정적이 감돌았다.

발소리가 뒷걸음질쳤다. 음정도 맞지 않는 노랫소리가 조그맣게 들렸다. 웅얼거려서 가사가 뭔지 알 수가 없었다. 발음도 부정확했다. 줄리는 고개를 흔들면서 웃음을 억지로 참았다.

레이 태버리가 술에 취하다니, 구경하지 않고는 못 배길 것 같았다.

침대에서 일어나 가운을 걸쳤다. 베란다 문을 살그머니 열었다. 고개만 슬그머니 내놓고 살펴보는데 레이는 없었다. 갑자기 심호흡 소리가 들려서 고개를 들었다. 베란다 난간에서 뭔가 움직였다.

레이가 난간 위를 걷고 있었다. 셔츠 소매를 걷어붙이고 단추는 풀어놓은 모습이었다. 서커스에서 줄타기하는 사람처럼 걷고 있었다. 균형을 잡으려고 양팔을 벌린 상태였다. 신발에다 양말까지 벗고 맨발로 나무 난간을 꽉 붙든 모습이라니! 기둥 끝까지 갔다가 다시 방향을 바꿨다.

어디에도 아버지는 보이지 않았다. 아무래도 레이가 모텔에 모셔다드리고 온 것 같았다.

「지금 뭘 하는 거예요?」

레이는 반대편 기둥을 붙잡으면서 몸을 돌렸다.

「그런 건 왜 물어보는 거야?」

레이가 푸념하는 사람처럼 물었다.

「궁금하잖아요」

레이의 눈에 침울한 기색이 감돌았다. 그러더니 무뚝뚝하게 한마디 내뱉었다.

「난 서핑을 못해.」
「지금 그게 서핑하는 거예요?」
「바다가 없으니까.」
「그래요. 아마 바닷가 근처에 살았으면 할 수 있었을 거예요.」
레이가 고개를 흔들었다.
「난 연기도 못해.」
「그건 틀린 말 같은데요. 그래도 그냥 그렇게 믿어줄게요.」
「그렇게 해.」
줄리는 레이가 많이 취한 건 아닌가 싶어 얼굴을 살폈다.
「당신은 배우를 좋아하잖아. 서핑하는 사람들도.」
목소리에 왠지 서글픈 기색이 있었다. 줄리는 어떻게 해석해야 할지
몰라 짧게 대꾸했다.
「그런 게 흠이 된다면 어쩔 수 없죠.」
「LA 사람들, 선글라스에 선탠, 로데오 거리.」
「그런데요?」
레이가 대체 왜 저러는 걸까, 호기심이 고개를 쳐들었다.
「프로듀서들, 예술가들. 나하곤 상관없는 사람들이야.」
줄리가 듣기에도 왠지 비꼬는 말투였다.
레이가 계속 말을 이었다.
「영화에 대해서 아는 건 하나도 없어. 보기만 할 줄 알지.」
「자신을 너무 과소 평가 하는 것 아니에요?」
줄리가 끼여들었다.
레이는 심각한 얼굴로 줄리를 쳐다보았다. 줄리가 한 말에 다른 의미
가 있는 건 아닐까 궁금해하는 것 같았다. 한층 부드러워진 목소리로 레
이가 말했다.
「난 장 피에르가 아니야.」
「그거야 당연하죠.」

「당신도 도로시아가 아니고.」

레이는 도로시아라는 이름을 강조했다. 뭔가 줄리한테 일러주려고 하는 말 같긴 했지만 도무지 의도를 알 수 없었다.

「아니라구요?」

「두 사람 다 사랑하는 척만 하잖아. 미워할 줄만 알고 사랑하진 않아. 결혼이란 건 그렇게 간단한 게 아니야.」

「그렇겠죠.」

무슨 애길 하는지 도무지 감을 잡을 수 없었다. 그래도 한 가지 확실한 건 있었다. 겉보기와는 다르게 레이한테 상처받기 쉬운 면이 있다는 사실.

「난 늪쥐도 아니야.」

「당신 별명이 늪쥐잖아요.」

레이가 고개를 저었다.

「아니야.」

「그럼 뭐예요?」

「남자야. 그냥 보통 남자일 뿐이라구.」

레이가 마루에 발을 내려놓았다. 웅크리고 앉은 채로 얼굴을 찌푸렸다. 손을 머리에 짚었다가 왼쪽 어깨에 대면서 천천히 일어났다. 비틀거리더니 난간에 등을 기댔다.

줄리가 다가가서 팔을 둘러 부축했다.

「그렇게 많이 마시면 어떻게 해요?」

줄리의 어깨에 머리를 기대면서 레이가 웃었다.

「진통제는 '잭 다니엘'하곤 궁합이 안 맞아.」

「그래서 그런 거예요?」

지나치게 마신 건 아닌 것 같아 다행이었다. 그렇긴 해도 진통제에다 위스키라니, 잘못하면 목숨이 위험할 수도 있었다.

「그러면 안 된다는 거 알잖아요.」

「불이 잭 다니엘을 마시자고 고집을 부렸거든.」

「무슨 속셈으로 그러셨대요?」

레이가 쿡쿡 거리면서 웃었다. 그 바람에 입김이 가슴께를 스쳤다.

「당신과 결혼할 의사가 있냐고 물어보시던걸.」

「농담하지 말아요. 그래서 뭐라고 했어요?」

줄리가 화난 목소리로 말했다.

「무슨 의사요? 훌륭한 의사? 아님 돌팔이 의사?」

「아주 재밌네요. 그게 전부예요?」

「신경 쓰지 마시라고 했지. 상관할 일이 아니라고 말이야. 그러고 나서 한잔 더 사드렸지.」

「끝까지 그렇게 밀고 나갔을 거라고 믿어도 되죠?」

「음, 아주 좋은데.」

레이가 몸을 돌려 줄리의 허리를 감싸 안았다.

아무 대답이 없는 걸 보니 그렇게 했다는 얘기 같았다. 이 순간에 주어지는 것만큼만 받아들이면 되는 거야. 그런 생각을 하면서 줄리는 나지막한 목소리로 물었다.

「그냥 좋기만 해요?」

「편해.」

「그럼 다행이네요. 고작 그런 얘기 하려구 당신한테 술을 잔뜩 먹이신 거예요? 그런 거말고 다른 말은 없으셨어요?」

「두 잔밖에 안 마셨다니까. 정말이야. 딱 두 잔 마셨어.」

「그거 참 신통하네요.」

레이가 몸을 들썩거리면서 소리 없이 웃었다.

「불이 아주 놀라던걸.」

아버지는 주당이었다. 술을 얼마나 잘 마시는지 잘 취하지도 않았다.

「그랬을걸요.」

「내가 그랬지. 사랑…….」

줄리가 고개를 숙여 레이의 얼굴을 살폈다.

「뭐라 그랬다구요?」

「사랑, 연민의 감정, 당신과 가까워지려면 그런 게 있어야 한다고.」

「아버지가 나하고 가까워지려면 어떻게 해야 하냐고 물었어요? 당신이 그런 걸 어떻게 안다고 물었대요?」

「나도 몰라.」

「그럼 당신은 연민을 갖고 대하면 내가 마음을 열 거라고 생각하는 거예요?」

「당신 아버지 얘기지. 나말고.」

「당신은 그럼 뭐라고 생각하는데요?」

레이가 한숨을 내쉬었다.

「아무것도 아니야.」

아무것도 아니라, 내 맘을 열 방법을 모르겠단 얘길까? 아니면 그럴 생각이 없다는 말일까? 신경 쓸 가치조차 없다고 생각하는 걸까?

「난 장 피에르가 아니야.」

줄리가 가만히 있었더니 레이가 입을 열었다.

「나도 알아요.」

「그럼 됐어.」

차가운 밤바람 때문에 발이 시렸다. 레이를 자기 방에 데리고 갔다간 타인까지 깨어날 게 분명했다. 그럴 생각도 없었다. 바로 옆에 자신의 방이 있었다. 더구나 두 사람이 같은 침대에서 잔 건 이번이 처음이 아니었다.

「이리 와요. 침대에 눕혀줄 테니까.」

레이는 고분고분하게 가만히 있었다. 줄리는 레이를 부축해서 침대까지 데리고 갔다. 구겨진 시트를 펴고 나서 이불을 덮어줬다.

문을 잠그고 나서 한참을 거기 서 있었다. 자신이 동정심이 많은 건지 아니면 멍청한 건지 알 수가 없었다. 뭐 문제될 건 없었다. 자기가 하고 싶은 대로 하는 거니까. 가운을 벗어 걸고 줄리는 레이 옆에 누웠다.

「발이 차가워.」

레이가 웅얼거렸다. 줄리가 발가락으로 레이의 발목을 건드렸던 것이다.

일부러 발을 더 갖다대면서 줄리가 대꾸했다.

「그래도 싸요.」

레이가 손을 줄리의 허리에 두르더니 가까이 끌어당겼다.

「나도 알아.」

15

왜 이렇게 호텔 전화는 화재 경보기 비슷하게 울리는 거야?

귀고리를 하고 있던 중이었는데 그만 전화벨 소리에 깜짝 놀라 떨어뜨리고 말았다. 줄리는 그냥 무시해버릴까 하는 생각이 들었다. 전화 올 데도 없었다. LA 어느 호텔인지 아는 사람은 비서밖에 없었다. 촬영장에서 또 무슨 일이 벌어진 건 아닌가 싶었다. 그걸 알릴 셈으로 비서가 전화한 거라면 정말이지 받고 싶지 않았다.

줄리는 전화기를 들었다.

「불러드 양이신가요?」

상대편 전화기에서 목소리가 들려왔다.

「전 불러드 양을 모실 운전사입니다. 리무진이 도착했다고 알려드리려구요.」

「예약한 적 없는데요.」

「다른 분이 하셨습니다. 바깥에서 기다리죠.」

영화제 위원회에서 준비한 걸지도 모른다.

「바로 내려갈게요.」

줄리는 귀고리를 주워 귀에 달았다. 열쇠며 립스틱, 돈, 신용카드를 핸드백에 챙겨 넣었는지 확인했다. 머리는 깔끔하게 땋아 내렸다. 금색과 진청이 섞인 정장은 약간 음울한 분위기를 자아냈다. 목이 파이고 소매가 길어서 꼭 중세 풍이었다. 스커트는 길고 풍성했다.

도어맨이 문을 열어줬다. 호텔 문을 나와서 리무진이 있는 곳으로 갔다. 검은 유니폼의 운전사가 다가와 물었다.

「불러드 양이시죠? 반갑습니다.」

운전사는 문을 열어주면서 덧붙였다.

「들어가시죠.」

고개를 숙이고 차 안에 들어가려는데 누가 있었다. 정장을 멋지게 빼입은 남자가 뒷좌석에 앉아 있었다.

「어떻게 지냈어?」

레이였다. 줄리는 반사적으로 레이가 내민 손을 잡았다. 손이 이끄는 대로 그냥 바로 옆에 앉아버렸다. 운전사가 문을 닫아주었다.

「뭣하러 이런 짓을 해요?」

레이의 눈은 장난기가 가득했다.

「글쎄, 마세라티를 배에 싣고 여기까지 끌고 올 순 없잖아. 너무 폼만 재는 것 같고 말이야. 거기다 운전하고 있으면 당신과 말도 못하잖아.」

「또 딴소리하는 거예요?」

「난 말이지, 원래 서스펜스가 넘치느니 어쩌구 하는 건 별로야. 궁금한 건 못 참는 성미거든.」

줄리가 의아해서 물었다.

「서스펜스가 뭐요? 뭐가 궁금한데요?」

「어젯밤 무슨 일이 있었는지.」

「별일 없었어요.」

줄리의 시큰둥한 대꾸에 레이가 얼굴을 살펴보면서 물었다.

「바보 같은 말을 해댄 것 같단 말이야.」

「어젠 그런 생각 안 하는 것 같던데요.」

레이가 좌석에 푹 기대앉으면서 말했다.

「내가 한 말 중에서 제일 한심한 게 뭐였어?」

「내 발이 차갑다나요.」

「내가 난간에서 내려오기 전에 그런 거야? 아니면 나중에 그랬어?」

레이의 얼굴에 당황하는 빛이 역력했다. 줄리는 애써 웃음을 참으면서 물었다.

「그런 게 무슨 상관이에요? 기분 상한 건 하나 없었는데.」

「그럼 아무 말 없이 왜 그냥 나온 거야?」

「너무 곤히 자고 있어서 깨우기가 뭐했어요. 거기다 비행기 시간에 맞춰 나가야 하는데 어쩌겠어요.」

「미리 말 좀 해주고 가면 덧나? 불이 비서한테 알아내지 못했으면 모를 뻔했잖아.」

줄리가 머리를 한쪽으로 기울이면서 말했다.

「관심이 있을 거란 생각은 안 했죠.」

「당신한텐 중요한 일이잖아. 안 그래?」

레이가 그걸로 설명은 다 끝났다는 듯 대답했다.

줄리는 마음이 뭉클해졌다. 너무 감격해서 두려움이 들 정도였다.

레이는 지나치게 잘생겼고 부자에다 똑똑하고 세심했다. 너무 완벽했다. 그런 만큼 감당하기 힘든 결점도 있을 만했다. 사실 있긴 있었다. 비행기를 타고 여기까지 날아오면서 나름대로 생각해본 것들이었다.

줄리한테 마약 단속기관을 왜 떠나야 했는지 확실히 설명해준 적이 없었다. 줄리는 레이가 거기서 무슨 일을 했는지도 모른다. 아내가 죽었다고 했지만 그 얘길 하는 사람은 아무도 없었다. 타인 얘기를 한두 번

들은 게 전부였다. 그것도 그저 결혼했다는 사실을 언급하는 정도였다. 도나와 전에 무슨 일이 있었다는 소문도 있었다. 오래 전 일이 아니라 얼마 전에 있었던 일일지도 모른다. 처음 만난 날 수상비행기를 쫓고 있었던 것도 그랬다. 거기다 한번은 사무실에서 서류를 뒤지는 걸 본 적도 있었다.

정말이지 누가 봐도 너무 완벽한 사람이었다. 섬머는 레이를 영웅쯤으로 숭배하고 있었다. 도나도 레이한테 모든 걸 의지하고 있었다. 오필리아는 레이를 보면 경외감이 생긴다고 그랬다. 스탠은 그를 존경하는 눈빛으로 바라봤다. 아버지까지도 자기편으로 만들었다. 밴스나 앨런 빼고는 다들 그런 식이었다. 사람들한테 그런 반응을 얻는다는 게 쉬운 일은 아니었다.

무슨 생각으로 그러는 걸까? 뭔가 있는 게 분명했다.

의심에다 냉소적인 마음. LA에선 그런 감정이 들었다. 의심이니 냉소니 하는 것들은 창 밖에 늘어선 야자수처럼 LA란 도시를 이루는 부속품 같았다. 자기 방어 수단이라고 할 수도 있었다. 때로는 그런 감정들이 필요할 때도 있었고 어떤 땐 그런 게 마음 편할 때도 있었다.

줄리는 레이 태버리가 두려웠다. 자칫 잘못하다간 애써 쌓아놓은 방어벽이 다 무너질 것 같았다. 그 남자와의 정사에 모든 걸 던질까봐 두려웠다. 그럴 순 없었다. 여태껏 자신이 사는 방식이 변하는 게 싫었다. 사생활과 일이 명확하게 구분되는 그런 삶이 좋았다. 앨런과 지내는 게 때로는 사무적인 게 아닌가 싶기도 했지만 그거야 줄리가 선택한 일이었다. 일이 없는 인생이란 생각하기도 싫었다.

「혼자 가고 싶은 거야? 그럼 말해. 이 근처 어디에서 내릴 테니까.」

정말 너무 세심했다.

「그런 소릴 왜 해요? 옆에서 에스코트하겠다는데 나쁠 건 없죠.」

「내가 턱시도 입은 게 리무진이랑 어울리긴 하는 거지? 안 그래?」

계속 레이를 무시하려고 했던 건 사실이었다. 그런데도 승리감은커녕 미안한 마음이 들었다.

「뭣하러 여기까지 힘들게 온 거죠? 나로선 이해하기 힘드네요.」

「그냥 편하게 즐기면 되잖아.」

레이가 지친 목소리로 말했다.

매년 열리는 여성 영화제는 6~7년 전에 발족되었다. 앨런 말처럼 영화감독협회에서 주최하는 영화제는 아니었지만 영화축제임에는 틀림없었다. 전세계 영화계에 종사하는 여성들의 업적을 기리기 위해 만든 영화제였다. 체코슬로바키아, 모로코, 소비에트 연방 출신의 여성 감독들도 참여했다. 남성 위주의 영화산업에서 여성들이 지명도를 높인다는 게 말처럼 쉬운 일이 아니었다. 프로듀서, 감독, 작가들 중에 여성의 숫자가 점점 늘어나는 추세였다. 그렇긴 해도 워낙 성장 속도가 느려서 아직 걸음마 단계에 머물러 있었다. 거기다 성과가 있어도 알아주는 사람이 별로 없어서 더 문제였다. 그러니 여성들끼리 합심해서 이렇게라도 자축하는 수밖에 별도리가 없었다.

시사회에서 줄리의 영화는 열광적인 지지를 받았다. 최우수 감독상을 거머쥐게 되었을 때도 무슨 말을 해야 할지 알 수가 없었다. 뭔가 해냈다는 성취감을 맛볼 순 있었지만. 무엇보다 자신감을 얻을 수 있게 된 것 같아서 기뻤다. 사실 지금 줄리가 가장 필요로 하는 게 자신감이었다.

스포트라이트를 받으면서 줄리는 무대를 내려왔다. 레이는 자리에서 일어나 박수를 치고 있었다. 이런 순간에 레이가 같이 있어줘서 다행이란 생각이 들었다. 그런데도 의심하기만 했으니.

흥분해서 반짝이는 눈으로 줄리는 양팔을 레이의 목에 감았다. 그리고 약간 쉰 목소리로 말했다.

「당신이랑 같이 있어서 너무 좋아요. 정말 그래요.」

「나도 그래.」

레이가 미소를 지으면서 줄리를 내려다보았다.

식이 끝나고 나서 줄리는 레이와 같이 리무진을 타러 갔다. 문이 닫히고 폭신한 좌석에 앉으니까 천국이 따로 없었다. 몇 시간 동안 계속 초긴장 상태에 있었던 까닭에 온몸이 욱신거렸다. 기분은 좋았지만 긴장은 풀리지 않았다.

「어디 갔으면 좋겠어?」

레이가 먼저 입을 열었다.

「배는 안 고파? 혹시 어디 가고 싶은 데 있어?」

줄리가 등을 기대면서 말했다.

「모르겠어요. 배가 좀 고프긴 해요. 그래도 시끌벅적한 덴 가기 싫어요. 비스트로니 모튼스, 라스칼라 같은 덴 싫어요」

「그래? 프랑스식 저칼로리 요리를 취급하는 최고급 식당은 싫다?」

「그런 덴 취미 없어요」

「LA라는 도시에서 성공한 것처럼 보이려면 그런 데 얼굴을 내밀고 다녀야 하는 거 아닌가?」

「아버지가 벌써 그러고 다니는데 나까지 그럴 건 없잖아요」

「그럼 어딜 가지?」

「맛좋은 음식에다 바닷바람까지 갖춘 곳. 따뜻한 난롯가에서 몸을 녹일 수 있어서 좋구요, 어때요?」

「좋아, 그것만 안 하면……」

「뭘 안 해요?」

「그냥 해본 소리야. 어딘데?」

「벨에어요. 내 방에서 룸서비스 받으면 돼요.」

레이는 아무 말 없이 줄리를 쳐다보고만 있었다. 견디다 못해 줄리가 입을 열었다.

「또 왜 그래요?」

「그레이브슨 집말고? 아니면 당신 아버지 집은 어떻고?」

「뭣하러 호텔까지 가느냐고요? 복잡할 거 하나 없어요. 나한테 선심 좀 쓰려구요. 오늘 상도 받았고 기특하잖아요.」

「그게 전부야?」

「앨런 집에 가려면 산마리노까지 가야 하고 아버지 집은 말리부에 있어요. 차가 밀려서 거기까지 가긴 귀찮아요.」

줄리의 목소리에 짜증이 섞여 있었다. 아니나 다를까 레이가 그걸 알아챘는지 물었다.

「되도록 신경 안 쓰이는 데로 가고 싶다는 건가? 왜 그러는데?」

「내 심사가 별로 안 좋아서 그래요. 두 사람한테 다 유감이 있으니까 그런다구요. 이젠 됐어요?」

「그래.」

두 사람의 시선이 부딪쳤다. 줄리는 심장 박동을 느낄 수 있었다. 어떻게 이럴 수가 있을까? 레이가 손 하나 까딱 안 했는데 갑자기 숨이 가빠왔다. 미소를 던진 것도 의미 심장한 눈빛을 보낸 것도 아니었다.

줄리는 목소리를 가다듬으면서 말했다.

「호텔은 아버지 이름으로 해놔서 꽤 편해요. 내가 저녁식사 주문할 동안 난롯가에서 쉬고 있으라구요.」

「나도 가도 되는 거야?」

「그렇다니까요. 여태껏 궁금해서 어떻게 참았어요?」

「카우보이 흉내내긴 싫었거든. 무대포로 밀어붙이지 않으려고 애 좀 썼지.」

줄리가 입술을 씰룩거리면서 말했다.

「그러셨군요. 그래서 아까도 미리 전화해서 리무진을 보내도 되냐고 물어봤군요?」

「잊어버리고 있었는걸. 당신이 불장난이나 깜짝쇼 같은 건 싫어한다는 사실 말이야.」

확실히 레이는 오늘밤 이상했다. 평상시와는 다르게 너무 깍듯했다. 거기다 침울해 보이기까지 했다.

「생각해줘서 정말 고마워요. 그런데도 내가 너무 썰렁하게 굴었죠?」

「깜짝쇼도 때로는 괜찮다는 거야?」

「오늘 같은 날이라면 상관없어요.」

줄리가 짐짓 엄숙한 목소리로 말했다.

「접수해두지.」

조금 있다가 차는 호텔 쪽으로 방향을 돌렸다. 벨에어가 어렴풋이 모습을 드러냈다. 레이는 리무진 운전사를 돌려보냈다. 줄리가 먼저 문을 열고 호텔로 레이를 안내했다.

방은 사치스럽기 그지없었다. 전반적으로 녹색에다 장밋빛, 밝은 갈색 톤이 섞여 있었다. 장식장엔 텔레비전이 놓여 있었고 장롱은 소나무로 만든 것이었다. 테이블은 구식 놋쇠에다 유리로 만들었다. 전등받침이 대리석으로 만들어진 걸 보니 이태리제 같았다. 소파와 의자는 널찍하고 편해 보였다. 소파나 의자에 씌운 커버가 침대 위에 깔린 깃털 이불이며 베갯잇이랑 잘 어울렸다. 난로 앞, 벽 한구석에는 자연석이 위치하고 있었다. 발코니로 통하는 통로엔 녹청색 철제 가구가 놓여 있었다. 커다란 제라늄 화분과 담쟁이넝쿨 화분도 보였다.

줄리는 시상식에서 받은 상패를 테이블에 놓았다. 레이한테 마실 걸 한잔 주면서 룸서비스 메뉴판을 건네주었다. 그러고 나서 옷을 갈아입으러 갔다. 거실로 다시 돌아왔을 때 레이는 난롯가에 서 있었다. 밝은 불꽃이 타닥 소리를 냈다. 레이는 한 손에 맥주병을, 다른 손에는 상패를 들고 있었다.

「당신이란 사람은 일도 아주 야무지게 잘하는 것 같아.」

「상 받아서 그런 말 하는 거예요?」

줄리가 와인을 따르면서 물었다.

「사람들도 그렇게 얘기하던걸.」

「그거야 모를 일이죠. 깊이 생각해보지 않아서 나도 잘 모르겠어요. 훌륭한 스승을 옆에 모시고 있는 건 사실이긴 하지만 말이에요.」

262

「잘 모르겠다고?」

레이가 고개를 들고 물었다.

「예술 하는 사람들은 누구나 다 그럴 거예요. 자기 작품이 잘된 건지 어떤지 스스로 평가하기가 쉬운 일이 아니거든요. 만족하느냐 못하느냐 그 차이는 있겠죠.」

「비평가도 있고 대중적인 인기도 있잖아.」

「비평가도 개인마다 시각이 다를 수밖에 없죠. 그런 개인적인 시각들이 모여서 비평가 그룹을 이루는 거구요. 저속한 작품은 인기를 끌어도 오래가지 못해요. 그렇다고 가만히 앉아 시간 가기만 기다릴 순 없잖아요. 아무리 시간이 모든 걸 평가해준다고 해도 말이에요.」

「사실 얼마 전까진 영화에 대해 깊이 생각해본 적이 없었어.」

레이는 상패를 원래 있었던 자리에 놓았다. 유리가 깔린 테이블이라 크리스털로 만들어진 상패가 구분이 잘 안 됐다.

「그것도 다 먹고살자고 하는 일이에요.」

줄리가 웃지도 않고 말했다.

「감독을 안 했으면 뭘 했을 것 같아?」

줄리는 와인 잔을 응시하고 있다가 입을 열었다.

「스크립터가 됐을지도 모르겠어요. 사실 굉장히 피곤한 직업이긴 해요. 감독이나 배우들 생각하고 안 맞을 땐 정말 엄청 힘들거든요. 자의식이 강한 사람이 대본작가를 하면 고생하기 십상이에요.」

「자신의 생각보다는 돈에 더 강한 집착을 갖고 있어야 하는 건가?」

「자기가 생각했던 이미지가 화면에 생생하게 재현될 때 느끼는 희열은 있을 거예요. 기분이 아주 그만이거든요.」

줄리가 메뉴판을 가리키면서 덧붙였다.

「뭘 먹을 건지 정했어요?」

레이의 입가에 미소가 떠올랐다.

「그럼, 아까부터 그것만 생각했는걸.」

두 사람의 시선이 부딪쳤다. 레이의 노골적인 시선에 온몸이 달아오를 지경이었다. 일부러 메뉴판을 꽉 쥐었다. 그런데도 떨리는 손가락을 감추기가 힘들었다.

두 사람은 연어에 마늘 크림 소스와 야채를 곁들여 먹었다. 디저트로는 화이트 초콜릿 케이크와 딸기를 시켰다. 아른거리는 난로 앞에서 먹는 분위기가 나름대로 괜찮았다.

시간이 지나면서 그 동안 쌓여 있던 긴장이 눈 녹듯 사라지는 느낌이었다. 두 사람 모두 별로 말이 없었다. 줄리는 일어나서 디저트 접시를 테이블 위에 치워놓았다. 줄리가 음식 수레를 방문 앞에 끌어다 놓는 동안 레이는 커피를 만들었다. 줄리는 샌들을 벗고 안락의자에 몸을 웅크리고 앉았다. 카펫 바닥에 앉으면서 레이가 한쪽 어깨를 의자에 기댔다. 다리는 난로 쪽으로 쭉 펴고 있었다. 테이블에 놓여 있던 디저트 접시를 레이한테 건네주었다.

디저트도 커피도 남김없이 다 사라졌다. 난롯가의 불길이 조금씩 사그라졌다. 줄리는 턱을 괴고 레이를 가만히 살펴보았다.

「오늘은 아주 조용하네요. 어깨가 아픈 건 아니에요?」

레이는 잠깐 동안 멍한 표정을 지었다. 줄리가 너무 의외의 말을 해서 못 알아들은 것처럼 보였다.

「아니, 괜찮아.」

「그럼 뭐, 맘에 걸리는 거라도 있나봐요.」

레이가 살며시 미소를 지으면서 말했다.

「별 생각 안 했어.」

촬영장에서 있었던 사고 얘기를 꺼내, 레이가 어떤 생각을 하고 있는지 알고 싶었다. 사실상 불가능한 얘기였다. 그 사건에 레이가 밀접하게 관여하고 있을 거란 생각이 드는 만큼 말을 꺼내기 힘들었다.

「사실은 점잖게 구는 게 얼마나 힘든 일인지 고심하던 참이야. 근데 뭐가 그렇게 웃겨?」

「아무것도 아니에요.」

줄리가 손을 흔들면서 아니라는 시늉을 해 보였다. 웃음을 감추려고 입가에 슬그머니 손을 댔다.

「당신이 왜 여기까지 날 데려왔는지, 그 의도가 뭔지 밝혀내고 싶은 걸 참고 있었지. 당신이 한 말을 곱씹으면서 숨은 의미는 없는지 살펴보면서 말이야.」

줄리는 자세를 고치면서 의자에 똑바로 앉았다. 화를 내야 하는데 오히려 가슴이 뛰었다.

「그런 말을 하다니.」

「절망감에서 그냥 주절거리는 거야. 그 얇은 옷 때문에 자꾸 정신이 산란해. 여기서 보니까 꼭 날 유혹하려는 것 같잖아. 김칫국부터 마시는 건진 몰라도.」

「내가 생각에도 그런 거 같은데요.」

「당신은 자기 마음도 몰라?」

목소리에 지친 기색이 가득했다.

「당신도 확실히 모르는 걸 내가 알 턱이 있어요?」

「여긴 내 방도 아니니까 내 맘대로 할 수 없잖아. 나가달라고 하면 나갈 수밖에. 같이 있어달라고 하면 사정이 달라지겠지만.」

「같이 있어줘요.」

레이의 표정이 바뀌더니 자리에서 일어나 줄리 앞에 무릎을 꿇었다.

「강요할 생각은 없었어.」

「그럼 어쩌려고 했는데요?」

줄리는 팔걸이에 놓인 레이의 손을 쓰다듬었다. 갈색으로 보기 좋게 그을린 손이 강인해 보였다.

「당신이 하고 싶은 대로 하게 놔둘 생각이었지.」

「이젠 내가 뭘 하고 싶은지 알았잖아요.」

줄리는 레이의 손에 겹쳐진 자신의 손만 쳐다보고 있었다.

「그럴까?」

줄리가 맑은·눈동자로 레이를 올려다봤다.

「내가 싫다고 할 거 같아요?」

「아무래도 내가 신사적이지 못하단 생각이 들어서 말이야.」

「유혹한 쪽은 나잖아요. 거기다 전엔 뭐 그런 적 없었나요? 어쨌든 난 그렇게 고상한 타입은 아니에요.」

「그럼……」

「당신도 고상해질 필요가 없단 말씀.」

줄리는 미소 띤 얼굴로 입술을 레이한테 접근시켰다.

레이는 단추 하나를 끄를 때마다 줄리한테 괜찮겠느냐고 물어왔다. 줄리한테는 그게 고문처럼 여겨졌다. 확실히 좋다고 얘기하기 전엔 절대로 먼저 애무하는 법이 없었다. 아무리 애원을 해도 소용이 없었다. 도저히 참을 수가 없어서 줄리는 노골적으로 레이를 재촉했다.

레이는 참고 있던 웃음을 터뜨리면서 줄리를 카펫 위에 뉘었다. 타 들어가는 난로 불빛 앞에서 두 사람의 몸이 겹쳐졌다. 레이는 쾌락이라는 유희에 줄리를 끌어들였다. 상대방에게 솔직하게 원하는 걸 말하기만 하면 뭐든지 해주는 일종의 게임이었다.

레이의 단단한 가슴이 유두에 닿을 때마다 전율이 온몸을 파고들었다. 근육으로 뭉쳐진 단단한 허벅지가 다리에 닿았을 때의 느낌이란. 자신의 육체가 나약하다는 사실이 기분 좋을 수도 있다는 걸 처음 알았다. 레이의 입에서 나오는 신음소리가 자극적이었다. 줄리는 손끝에 와 닿는 탄탄한 피부의 감촉을 즐겼다.

아무 제약도, 죄책감도 없었다. 두 사람은 상대방의 온몸을 탐험했다. 때로는 노예처럼 상대방을 즐겁게 해주는 데 몰두했다가 끊임없이 요구하고 재촉하는 주인 역할을 했다. 숨을 몰아쉬면서 레이가 상체를 일으켜 세웠다. 줄리의 눈을 보면서 레이가 물었다.

「괜찮겠어?」

「그럼요.」

레이의 몸이 파고든 순간 줄리의 입에서 비명소리가 터져 나왔다. 줄리는 눈을 꼭 감고 레이가 이끄는 대로 몸을 내맡겼다. 온몸이 부서질 것 같은 느낌이었다.

「그럼요…….」

줄리는 절정의 여파가 사라지기 전에 한 번 더 속삭였다. 난로 불빛이 다 꺼지고 재만 남아 있었다.

줄리가 잠에서 깨어났을 땐 침대 위였다. 옷은 벗은 채였지만 이불을 덮고 있었다. 발코니로 통하는 문이 활짝 열려 있었다. 신선한 바람에 후추나무며 풀 냄새가 실려왔다. 장밋빛 커튼이 바람 때문에 펄럭거렸다. 레이는 통로에 가만히 서 있었다. 아침 햇살에 조각 같은 몸매가 드러났다. 허리에 두른 타월이 바람에 흔들렸다.

줄리는 레이의 벗은 몸을 마음껏 즐기고 있었다. 자세히 살펴보니 꼭 보초 선 사람처럼 잔뜩 긴장한 모습이었다. 레이처럼 긴장이라고는 모르는 사람이 저러는 건 드문 일이었다.

줄리는 레이가 자신과 함께 있다는 사실을 실감할 수가 없었다. 여기까지 찾아온 이유가 뭘까? 레이가 기분 좋으라고 한 말을 액면 그대로 믿을 수는 없었다. 뭔가 이유가 따로 있을 게 틀림없었다.

그런 생각은 나중으로 미뤄두기로 했다.

「왜 벌써 일어났어요?」

줄리가 졸린 목소리로 물었다.

레이는 고개를 돌리면서 미소를 지었다.

「비가 내리는 걸 보고 있었어.」

「캘리포니아에서 비라니, 웬 엉뚱한 소리예요.」

자리에서 일어나는 바람에, 줄리의 벗은 몸이 허리까지 드러났다.

「진짜야. 바다 저쪽에 안개까지 자욱하게 낀걸. 비행기가 뜨긴 좀 힘들겠어.」

속이 다 들여다보이는 말이었다.

「낙심 천만이네요」

줄리가 시치미를 떼면서 말했다.

「정말 그렇지?」

레이는 타월을 벗어 던지면서 침대로 다가왔다.

「내일쯤이면 날씨가 좋아지겠죠?」

줄리가 중얼거렸다. 레이는 줄리 옆자리로 미끄러져 들어왔다. 샤워를 한 후라 머리카락이 젖어 있었다. 상큼한 비누 냄새가 몸에서 풍겨 나왔다. 피부에 와 닿는 레이의 손길이 느껴졌다. 몸이 떨리는 건 레이의 손이 차가워서 그런 것만은 아닌 것 같았다.

레이가 속삭이듯 말했다.

「그래, 그럴지도 모르지.」

다음날 오후 늦게 두 사람은 촬영장에 도착했다. 해가 서서히 지평선으로 움직이고 있었다. 거대한 화염덩어리 같은 태양을 가운데 두고 하늘은 온통 장밋빛에 분홍, 금색으로 물들어 있었다. 석양빛을 받아 나무들은 석탄처럼 까맣게 윤곽이 도드라져 보였다. 돌아오는 길에 줄리는 이런 걸 놓쳤나 싶어 마음이 쓰라렸다. 자막에 쓸 배경으로 찍었으면 완벽했을 텐데.

촬영장은 너무 조용했다. 촬영이 없으니까 당연히 조용하겠지만 그냥 한번 들러보고 싶었다. 트레일러나 사무실, 식당엔 아무도 없었다. 다들 모텔에 있거나 뉴올리언스 시내로 나간 게 분명했다. 줄리가 없으니까 이때다 싶어 놀러간 것 같았다. 경비원이 줄리를 보고 인사를 했다.

「아무 일 없어요?」

줄리가 큰 소리로 물었다.

「뭐 보통 때랑 똑같죠」

경비원이 혁대를 획 돌려 총이 제자리에 오게 했다.

「다들 강에 구경갔어요. 불 불러드가 일하는 걸 보러 간다고 그러던데요.」

갑자기 온몸에 한기가 돌았다. 줄리는 억지미소를 지으면서 경비원에게 물었다.

「지금 뭘 한대요?」

「해돋이 장면을 찍는다고 그럽디다.」

「그래요? 나도 가서 구경해드려야 할 것 같은데요.」

「줄리…….」

레이가 입을 열었다.

「강까지 데려다줄래요? 타고 갈 보트가 남아 있을 거예요.」

「다들 올 때까지 기다리면 안 될까? 어차피 다 돌아올 거야.」

해가 넘어가서 어두워지기 전까진 돌아올 게 분명했다. 그렇긴 해도 아무 상관이 없었다.

「아니, 지금 가봐야겠어요, 당장.」

「내가 데려다주지.」

레이가 냉랭한 목소리로 말했다.

레이가 쓰던 에어보트가 아직 선착장에 있었다. 두 사람이 탄 에어보트는 강 하류로 내달렸다. 물보라가 얼굴이며 머리에 튀었다.

멀리 갈 필요도 없었다. 불은 근처 운하에서 촬영을 하고 있었다. 카메라는 해돋이를 배경으로 천천히 노를 젓는 조지프 영감의 모습을 담고 있었다.

눈앞에서 벌어지는 광경을 보고도 실감이 나지 않았다. 보고만 있어도 가슴이 저몄다. 카메라는 지금 황금색으로 물든 하늘에서 햇빛이 조금씩 사그라지는 광경을 잡고 있을 터였다. 고요한 수면 위에 비친 나이 지긋한 사공과 그의 배, 그가 일생 동안 함께 해온 늪까지도

자신이 늘 머릿속에 그려오던 이미지 그대로였다. 너무 똑같아서 줄리는 할말을 잃었다.

　그때 갑자기 모터 소리가 요란하게 울리면서 밴스를 태운 배가 등장했다. 밴스는 손을 흔들면서 노인이 탄 배를 지나쳤다. 조지프 영감은 고개만 끄덕거렸다. 그리고 밴스가 사라진 쪽을 쳐다보았다. 카메라는 밴스가 탄 배의 움직임을 뒤에서 쫓고 있었다.

　줄리는 상처받은 마음을 애써 억누르면서 말했다.

「당신이 말했군요. 해돈이에 관해서 말이에요」

　레이는 아무 말 하지 않았다. 눈 속에 후회 비슷한 게 스쳐갔다.

　그때 불이 줄리를 발견했다. 여기서 봐도 몸이 굳어지는 게 느껴졌다.

「컷!」

　쉰 목소리로 불이 소리쳤다.

16

불은 붉으락푸르락 잔뜩 찌푸린 얼굴로 사무실에 들어왔다. 엄청난 기세로 문을 닫는 바람에 트레일러가 흔들렸다. 책상 양쪽을 잡고 줄리한테 몸을 숙였다. 한참을 쳐다보고만 있다가 숨을 고르면서 말했다.

「정말 미안하다.」

의외의 말이었다. 촬영 장면을 보고서 화가 치민 참에 레이까지 무뚝뚝하게 인사를 하면서 가버렸다. 사무실에 혼자 앉아 있는데 화가 사그라지질 않았다. 아버지 얼굴을 마주 대하고 보니 화가 폭발하기 일보 직전이었다. 그런데 생각지도 않은 사과를 받고 보니 당황스러웠다. 그렇지만 말 한마디로 모든 걸 무마시키려는 건가 싶어 분노가 치솟았다.

「왜 미안하신데요? 들켜서 속상하단 말은 안 하세요?」

「너한테 허락도 안 받고 맘대로 장비며 스태프들까지 동원한 거 말이다. 미리 허락을 받았어야 하는 건데. 화난 거 안다. 그거야 당연하지.

나라면 반쯤 죽여놓고 싶었을 거야.」

「그럼 왜 그러셨어요?」

줄리가 양손을 깍지끼면서 의자에 등을 기댔다.

「오늘 아니면 못 찍을 거 같았거든. 레이 말이, 내일부터 내리 며칠
동안 비가 온다고 하더라구.」

「아하, 그래서 둘이 짜고서 내가 없을 동안 찍기로 한 거예요? 레이가
하루 정도는 자기가 어떻게 해볼 테니까 걱정 말고 잘 찍으라고 하던가
요? 그런 거냐구요?」

불이 의자에 털썩 주저앉았다.

「젠장, 그런 게 아니라니까. 어제 찍으려고 했어. 조지프 영감이 도미
노 대회에 나간다나 어쩐다나 해서 못한 거야.」

줄리는 그 말을 믿어야 할지 어쩔지 알 수가 없었다. 그렇긴 해도 긴
장이 조금은 사라졌다.

「나한테 전화를 하셨어야 할 거 아니에요.」

「전화했으면 분명히 손떼라, 아니면 신경 꺼라 그랬을 거 아니냐.」

「비가 오면 촬영도 못할 뻔했는데 아버지 덕에 살았다고 넙죽 절이라
도 할까봐서요? 안 그래도 들통날 일을 언제까지 숨기실 작정이었어요?
아버지 때문에 레이가 일부러 그런 거예요? 날 방심하게 만들려고 그런
거냐구요?」

불이 눈을 깜빡거리면서 대답을 회피했다.

「촬영 도중에 네가 돌아올 줄은 몰랐어. 나중에 네가 그 장면을 놓쳤
구나 생각할 때쯤 알려줄 참이었다.」

「그래서 이런 식으로 하다보면 내 영화가 아버지 영화가 되는 건 식
은 죽 먹기겠어요.」

「얘야.」

불의 얼굴 한편에 고뇌의 빛이 스쳐 지나갔다. 그는 고개를 숙여 바닥
을 보고 있다가 머리를 들었다.

「좋다, 내가 여기 있는 걸 네가 꺼릴 거란 생각은 못했어. 앨런이 그러라고 해도 네 자리를 꿰어찰 생각은 전혀 없었다. 앨런이 그런 생각을 하는 것도 아니고 너랑 그냥 같이 일하고 싶을 뿐이야. 그것도 안 되는 거니?」

「정말 제가 왜 그러는지 모르세요?」

「무슨 말 하려는지 나도 알아. 원래 감독들한텐 조감독이 따르는 법이야. 난 그저 조감독을 하려는 거야.」

「자막에 조감독으로 나와도 상관없다는 말씀이세요? 퍽이나 그러시겠어요.」

「그런 게 무슨 상관이냐.」

「내가 아버지 조감독으로 나올 공산이 더 크네요.」

줄리가 딱딱하게 말했다.

「너한테 그런 짓은 절대 안 한다.」

「앨런은 그렇게 하고 싶을걸요. 흥행 때문에라도 그럴 거예요.」

「넌 오해하고 있는 거야. 너 때문에 영화를 구제하려고 애쓰고 있다니까.」

「구제라니, 무슨 말씀이세요? 제가 처리 못한 건 하나도 없어요.」

「그 때문에 신경 쓰이니? 네가 일하는 게 영 시원찮아서 나까지 끌어들인 거라고 생각하는 거냐? 그건 정말 아니올시다야. 감독이 너라는 걸 모를 사람은 아무도 없어. 촬영 시작한 지 벌써 얼마나 됐냐? 필름도 벌써 3분의 2는 찍었잖아. 마무리만 하고 나면 금세 철수할 텐데 뭘 그래.」

「제 말이 그 말이에요. 다 끝나가는 마당에 왜 끼여들려고 그러세요?」

불이 눈살을 찌푸렸다.

「네가 걱정돼서 그래. 사고도 두 번이나 있었잖냐. 누군지 모르겠지만 네 영화를 방해하려는 사람이 있어. 옆에서 누가, 왜 그러는지 지켜볼 거다. 거기다 딴 이유가 또 있어.」

「그게 뭔데요?」

줄리는 공허해지는 마음을 애써 무시하면서 물었다.

「일이 필요해서 그래. 기분 전환 좀 할 수 있는 그런 일을 하고 싶다. 창조력이 몽땅 고갈된 느낌이야. 이제 그런 건 하나도 안 남은 거 같아.」

「저번 영화도 흥행에 성공했잖아요. 근데 무슨 말씀 하시는 거예요?」

줄리가 얼굴을 찌푸리면서 말했다.

「그렇긴 했지. 그래도 영화는 사실 별로였어.」

「평론가들도 다들 칭찬했잖아요.」

「평론가들이 영화 만드는 데 돈 대주니? 투자가들은 또 투자한 만큼 돈을 벌여 들였으면 하지. 어떻게 하면 많이 벌어들일까 눈이 벌게진 작자들이라구. 사실, 딴게 아니라 영감이 사라져서 그래. 정말 전 같지가 않아.」

「말도 안 되는 소리 마세요. 그럴 리가 없잖아요.」

줄리가 날카롭게 내쏘았다.

「진짜라니까. 너한테만 말하는 거야. 정말 나한텐 남은 게 없어. 몽땅 고갈된 느낌이라구. 제작사에서도 눈치를 챘는지 몇 달 동안 전화가 없어. 좀 있으면 매스컴에서도 좋아라 떠들어대겠지.」

「말도 안 돼요.」

줄리가 말했다. 아버진 포기란 걸 모르는 사람이었다. 평생 영화에만 매달릴 사람이었다. 딴사람이면 몰라도 아버진 절대 그만두거나 할 사람이 아니었다.

「나한테도 슬럼프라는 게 있다.」

너무 작은 목소리로 말해서 하마터면 못 알아들을 뻔했다.

줄리는 목을 가다듬으면서 말했다.

「저랑 일하신다고 해도 달라질 건 없잖아요. 거기다 스웜프 킹덤이 흥행 보증수표나 된다면 말도 안 해요.」

「그거야 나중에 뚜껑을 열어봐야 알지. 촬영장 돌아가는 걸 보니까 아이디어가 넘치는 게 정말 나무랄 데가 없더라. 그런 분위기에서 일하다 보면 나도 자극을 받을 수 있을 것 같았다. 넌 정말 재능이 넘치는 아이야. 어디서 그런 재능이 나오는지 모르겠지만 말이야. 자기 머릿속에 있는 걸 그렇게 표현할 수 있는 사람은 별로 없어. 감정이 워낙 풍부하니까 배우들한테 그런 걸 끌어낼 수도 있을 거야. 눈먼 장님이 아닌 다음엔 관객들도 감동받는 건 당연하지. 그건 천부적인 재능이야. 전엔 나도 그랬지. 다시 한 번 그렇게 되고 싶다.」

아버지의 간곡한 말을 듣고 보니 마음이 움직였다. 아버지한테 인정을 받았단 생각에 우쭐해졌다.

「그럼 러시필름(편집을 거치지 않은 필름)을 보신 거예요?」

「앨런이 보여주더구나. 영화가 흥행에 성공할 거라고 확신하고 있던 걸. 그래서 더 신중을 기하려고 나까지 끌어들인 거야.」

「나한텐 그런 말 전혀 없었는데요.」

「말할 필요가 없다고 생각해서 그랬겠지. 아니면 말할 기회를 네가 안 줬던가.」

틀린 말은 아니었다.

「그 사람이 먼저 설명을 제대로 안 하는데 나라고 별수 있어요?」

줄리가 딱딱하게 말했다.

「그거야 너희 둘이 알아서 할 일이지. 내가 걱정하는 사람은 너밖에 없어. 그러지 말고 우리 같이 일해보자. 한번 노력이라도 해보자구.」

줄리는 손으로 머리를 가다듬었다.

「잘 모르겠어요 아버지 말처럼 그렇게 쉽게 풀리진 않을걸요.」

「네가 하라는 대로 하면 되잖니. 되도록 뒤에서 지켜보고만 있을 테니까.」

아버지가 저렇게 간청하는 걸 본 적이 없었다. 그러니 맘을 돌리는 수밖에 없었다. 그럼 안 된다는 생각이 머리에서 떠나질 않았지만.

줄리는 한숨을 내쉬었다.

「하루만 더 생각할 시간을 주세요. 그렇게 단번에 결정할 일이 아니잖아요」

「좋다. 내일 얘기하는 걸로 하자.」

불은 손을 바지에 문지르면서 고개를 끄덕였다.

아버지가 사무실을 나가고 나서 줄리는 생각에 잠겼다. 아버지랑 같이 일하는 게 아주 즐거웠던 때가 있었다. 관심 분야를 함께 나눈다는 게 얼마나 행복한 일인지 몰랐다. 배역들 상호작용에 관한 이론이라든지, 기술에 관한 정보를 교환하면서 일할 수도 있었다. 그 생각을 하면 사실 구미가 당기긴 했다. 그렇다 해도 아버지랑 같이 일했다간 통제력을 잃을까봐 두려웠다.

일단 아버지가 관여하게 되면 남은 신에만 영향을 미치는 게 아니었다. 영화는 편집 작업을 거쳐야 제 모습을 갖추기 마련이었다. 내용과 분위기가 한순간에 변해버릴 수도 있었다. 애초 아버지한테 그럴 생각이 전혀 없었다고 해도 말이다. 아버지 나름대로의 연륜이나 성공했다는 의식 때문에 자신과는 시각 자체가 다를 수밖에 없었다.

이건 내 영화야. 그 동안 얼마나 공을 들여왔는데. 몇 달째 여기에만 매달렸잖아. 줄리는 마음속으로 외쳤다. 자기 머리에 떠오른 이미지 그대로 영화가 만들어졌으면 싶었다. 그걸 원래와는 다르게 채색해서 극장에 내보낸다면 죄의식마저 들 것 같았다.

그렇다고 해도 스웜프 킹덤은 영화에 지나지 않았다. 이건 아버지가 걸린 문제였다. 그 동안 아버지가 옆에서 얼마나 많이 격려해주고 도와줬는지 모른다. 지금은 아버지에게 자신의 도움이 필요한 때였다. 그런데 어떻게 모른 척하겠는가?

안팎으로 모든 게 혼란스럽기 짝이 없었다. 애초부터 촬영장에서 사고가 일어나지 않았어야 했다. 무엇보다 이상형과는 정반대인 남자한테 생각지도 않게 마음을 빼앗겨버렸다. 말못할 과거사까지 끌어안고 사는 남자였다. 앨런까지 아버지를 끌어들여 배신을 했다. 줄리와는 거의 10년을 같이 지낸 사람이었다. 거기다 촬영장에서 받는 스트레스도 엄청났다. 웃는 얼굴을 하고 있지만 속으론 자신한테 유감이 많은 사람들이 한둘이 아니었다. 뱀을 집어넣질 않나, 어떤 사람은 악의까지 품고 있었다. 거기다 아버지까지 저렇게 간청하면서 나왔다. 이제껏 한번도 흔들리는 모습을 보여준 적이 없는 아버지였다. 모든 게 변해버렸다. 예전 같지가 않았다. 제대로 되는 게 하나도 없었다. 자기 맘 하나 어떻게 못하는 마당에 딴건 생각할 필요도 없었다.

「너 왜 그래? 불 때문에 그런 거야? 아니면 뭐 딴 일이 있었어?」

오필리아가 담배를 피워 물고 문가에서 말했다.

「둘 다.」

「내가 맞췄군. 일은 잘한다지만 너무 자기 위주야. 너희 아버지라고 난 봐주는 거 없다.」

「네 말이 맞을지도 모르지.」

「그렇다니까.」

오필리아는 줄리의 책상에 놓인 재떨이에다 담뱃재를 털었다.

「내일 스케줄이 어떻게 돼?」

두 사람은 다음주에 잡아둔, 루처 시내에서 찍을 촬영 건에 관해서 얘기를 나눴다. 오필리아가 스케줄 표를 체크하면서 말했다.

「앨런도 그때 갈 거라던데.」

「그래? LA에 돌아간 건 아니고? 아까 보니까 안 보이던데.」

오필리아가 고개를 들었다.

「너 정말 앨런이 어디 갔는지 모르는 거야? 두 사람 왜 그래? 전엔 이런 일 없었잖아?」

「나도 몰라. 이런저런 일이 꼬였어.」

줄리가 한숨을 길게 내쉬었다.

「너 그거 바보 같은 짓이다. 어차피 앨런이 프로듀서니까 같이 일해야 하잖아. 거기다 좀 있으면 다시 LA로 갈 건데 어쩔 거야.」

「두고 봐야지.」

「너희 아버지 일이 어떻게 풀리느냐에 따라 두고 보시겠다? 아니면 네 케이준 애인이랑 어떻게 될지 모르니까 두고 보겠다는 얘기야?」

줄리가 오필리아를 똑바로 쳐다보면서 대꾸했다.

「그런 거말고도 이유는 많아.」

「밴스와 둘이서 경쟁하는 거니?」

「갑자기 왜 밴스는 들먹여?」

「그 바보 같은 리포터한테 하는 수작이 다 뻔하지. 너한테 보이려고 그러는 거 아냐. 네가 레이한테 왜 그러는지 내가 모를 것 같아? 앨런한테 보이려고 그러는 거잖아.」

「말 함부로 하지 마.」

줄리는 화가 나서 저도 모르게 벌떡 일어났다.

「아니라고? 내 눈은 못 속인다. 비서가 레이한테 네가 어느 호텔에 갈 건지 다 불었어. 내가 직접 들은 거니까 아니라고는 하지 마. 둘이 같이 사라졌다가 같이 촬영장에 나타났는데 뻔하잖아. 뭔 일이 있었는지 뻔할 뻔자지.」

「참견이 너무 지나치단 생각 안 들어?」

줄리가 내쏘았다.

「그래, 네 말이 맞다.」

오필리아가 싱긋 웃으면서 덧붙였다.

「내가 원래 원초적이고 진한 얘기를 좋아하다보니 그렇다. 특히 다른 사람들 정사에 관한 얘기라면 사족을 못 쓰잖아. 남자들이랑 자는 것보다 그게 더 재밌다니까. 남들이랑 구조 자체가 틀린 건가?」

「그나저나 너와 데이트하려는 남자들 속셈이 어떤지 모르는 건 아니지? 그런데도 기분이 안 나쁜 거야?」

「내가 모르고 나가는 줄 알아? 다 알고 나가는 거야. 대신 복잡하게 머리 굴리는 일은 하나도 없잖아. 하루 만나서 즐기기만 하면 땡이지.」

「기분 나쁜 적 한번도 없었단 말이야?」

「이런 젠장, 그런 생각 해본 적도 없다.」

「처음부터 그런 맘으로 남자를 만나니까 그렇지. 복잡하게 머리 굴릴 일도 하나 없고.」

오필리아의 얼굴이 벌겋게 달아올랐다.

「어쨌든 지금 그게 무슨 상관이야? 며칠만 있으면 짐 싸서 돌아갈 건데. 나도 너처럼 하는 일이 있는 사람이야. 일하는데 골치 아픈 일이 생기면 피곤할 뿐이야. 너나 나한텐 앨런 같은 사람이 어울려. 우리가 하는 일을 옆에서 이해하고 도와줄 수 있는 사람 말이야.」

「그래?」

「너도 내 말이 맞다는 생각 들걸. 앨런이 아무리 인내심이 많다고 해도 계속 그렇게 해봐라. 앨런한테 군침 흘리는 여자들이 한둘이 아닌데. 앨런이 너한테 해준 게 얼마나 많니?」

「순전히 앨런 때문에 내가 여기까지 왔다 이거니? 그건 아니다.」

「그런 사람 알아둬서 나쁠 거야 없지.」

오필리아가 어깨를 한번 으쓱해 보였다.

일 때문에 앨런과 동거 생활을 시작한 건 아니었다. 앨런이 그런 생각을 하는지 어쩐지는 모른다. 그래서 거리를 두고 행동했던 걸까? 우위에 서서 늘 줄리한테 가르치려는 선생처럼 굴었던 게 그래서일까? 더 가까워지는 걸 방지하려고? 더 가까워졌다간 줄리가 그걸 빌미로 어떻게 나올지 모른다는 생각을 한 걸까?

「난 가서 이걸 좀 살펴봐야겠다.」

오필리아가 서류를 흔들어대면서 말했다.

「근처에 있을 테니까 필요하면 불러. 찾아서 없으면 아마 밴스 트레일러에 있을 거야. 내 맥주를 거기 냉장고에 넣어놨거든. 너희 아버지가 내 담배 냄새가 싫다면서 날 쫓아내더라. 황당해서. 담배 연기에 절어 있는 술집은 다 전전한 분이 어떻게 그런 얘기를 하실까?」

「진짜 대놓고 나가란 얘길 하시데?」

오필리아가 웃었다.

「그건 아니고. 계속 눈칫밥을 주더라구. 차라리 내가 피해버리는 게 속 편하지. 혼자서만 건강 생각하는 것처럼 그러는데 짜증이 안 나? 혹시 아니? 너희 아버지 개과천선해서 그 좋아하는 술 끊고 콜라만 마실지.」

줄리가 사무실을 나왔을 때는 아주 늦은 시간이었다. 차가 없는 걸 보니 레이는 먼저 돌아간 것 같았다. 렌터카 열쇠는 트레일러 안에 놓아두었다.

트레일러는 깜깜하고 아무 기척이 없었다. 수은등 불빛이 창문에 반사되고 있었다. 부엌 불을 켰더니 사방이 환해졌다. 시꺼멓게 웅크리고 있던 그림자며 어둠의 흔적이 순간 사라져버렸다. 줄리는 안도의 숨을 내쉬며 조심스럽게 걸었다.

줄리는 목이 말랐다. 돌아와서 겨우 커피 한잔 마셨을까. 냉장고에서 생수와 토마토 주스를 꺼냈다. 치즈랑 거봉도 몇 송이 꺼냈다. 크래커는 없나 싶어 찬장을 뒤졌다. 시간이 너무 늦어서 타인이 먹을 걸 남겼을지 어쨌을지 알 수 없었다. 가볍게 저녁을 때우는 게 낫겠다는 생각도 들었다.

콘플레이크를 넣어둔 상자 뒤에 봉지 하나가 눈에 띄었다. 밀가루 비슷한 게 비닐 봉지에 담겨 있었다. 줄리는 봉지를 풀어 냄새를 맡아보았다.

밀가루도 설탕도 아니었다. 소다가루나 녹말가루도 아니었다.

코카인이었다.

다른 성분이 섞이지 않은 백 퍼센트 코카인이었다. 조금만 흡입해도 환각 상태에 빠지는 마약을 코앞에 두고도 몰랐다.

이게 왜 여기 있지? 얼마나 오랫동안 여기 있었던 거야? 대체 누가 갖다놓은 걸까?

누구 걸까?

줄리는 재빨리 봉지를 묶어서 제자리에 넣어두었다. 찬장 문을 닫고서 식탁 의자에 앉아 생수를 병째 들고 마셨다.

아버지가 도움이 필요하다는 게 이것 때문일까? 코카인 때문에 창작력도 고갈되고 신용도 잃은 건 아닐까? 술보다는 마약이 더 자극적이라 그쪽에 빠진 걸지도 모른다.

오필리아한테 눈치 줬다는 얘기도 그랬다. 방해받지 않고 코카인을 즐길 생각에 그런 걸지도 모른다. 하지만 남들 눈치 볼 이유가 있을까. 할리우드에 그만큼 있었으니 죄책감 같은 건 느끼지 않을 만도 했다. 자식 눈을 피할 생각에 그런 걸까?

이런저런 생각을 아무리 해도 답이 안 나왔다. 그래도 어쩔 수 없이 감정에 치우칠 수밖에 없었다. 코카인이 아버지 거라면, 그래서 슬럼프에 빠진 거라면 도와드리지 않을 수 없었다. 그게 딸 된 도리였다. 스웜프 킹덤을 같이 만들기로 하는 수밖에 없었다.

갑자기 문손잡이가 움직였다. 줄리는 순간 온몸이 굳어버렸다. 다행히 문을 걸어놔서 안심이 좀 됐다.

이번엔 노크 소리가 들렸다.

「줄리, 나야. 문 좀 열어봐.」

밴스였다. 줄리는 숨을 들이마시고 고개를 흔들었다. 운동이라도 해야 할까봐. 그런다고 고민거리가 해결되진 않겠지만 나쁠 건 없었다.

「모텔로 안 가고 지금까지 뭐 하는 거예요?」

줄리가 문을 열면서 물었다.

환한 불빛 때문에 눈이 부신지 밴스는 얼굴을 찌푸렸다. 특유의 삐딱한 미소를 지으면서 안으로 들어왔다.

「샤워를 하고서 잠깐 눈 좀 붙였지. 하루 종일 더운 데서 고생했다니

까. 기운이 하나도 없어. 깨보니까 아무도 없던데. 창문을 보니까 불이
켜 있기에 와봤지. LA는 어떤지 궁금하기도 하고 해서.」

「거긴 비가 오던데요.」

줄리가 대꾸했다. 밴스는 냉장고 문을 열더니 음료수를 꺼냈다. 두 사
람은, 영화제는 어땠는지, 비버리 힐스 호텔과 벨에어 중에서 어디가 더
괜찮은지 그런 얘기를 나눴다.

「태버리랑 같이 갔었지?」

「정말 모르는 사람이 없네요.」

줄리가 냉랭하게 대꾸했다.

「여기선 비밀이란 게 없어. 알면서 그래. 내가 궁금한 건 왜 꼭 그 자
식이야? 같이 놀 상대라면 내가 더 낫잖아.」

「당신한텐 그 리포터가 있잖아요.」

「당신 때문에 끝내버렸어.」

줄리는 토마토 주스 캔을 따면서 말했다.

「듣기 좋은 말이긴 한데, 그래도 난 사실…….」

「그만 해. 좋은 말 안 나올 거라는 거 다 아니까. 좋으면 좋은 거지,
좋긴 하지만이라니. 난 그런 말투는 딱 질색이야.」

가시가 돋친 목소리였다. 얼굴은 창백했고 손까지 떨고 있었다. 밴스
는 가운으로 무릎을 가렸다. 길이가 짧아서 신경이 쓰이는 것 같았다.
아니면 뭔가 숨길 게 있어서 그러는지도 모른다.

「사실은 혼자 갔다 올 생각이었는데 레이가 거기까지 왔더라구요. 그
래서 오늘 같이 돌아왔어요. 이제 됐어요? 몇 시간 동안 비행기에 시달
려서 좀 피곤하네요. 가봐야겠어요.」

줄리는 자리에서 일어나 문가로 갔다. 밴스도 마저 음료수를 마시고
일어났다. 식탁에 놓인 캔이 쓰러졌다.

「여기서 자면 되잖아. 내가 편안히 침대까지 모셔다 눕혀주면 되지.」

「고맙긴 한데 타인이 걱정하실 거예요.」

282

「당신 애인도 그렇겠지. 그 예쁘장한 과부하고 다시 사이가 좋아진 거 같던데. 아까 둘이서 얘기하는 걸 봤다구.」

「그거야 내가 상관할 일이 아니죠. 시차 때문에 좀 피곤해서 가봐야겠어요.」

줄리는 주위를 둘러보면서 가방을 찾았다.

밴스가 문틀로 팔을 뻗어 앞을 가로막더니, 다른 한 손으로 줄리의 팔이며 어깨, 가슴 언저리를 더듬었다.

「뭐가 그렇게 바빠?」

밴스가 거친 목소리로 덧붙였다.

「빨리 해치우면 되잖아. 기분 좋게 해줄게.」

「됐어요. 가뜩이나 머리 복잡한데 이러지 말아요.」

줄리가 냉랭하게 대꾸했다.

「복잡할 게 뭐 있어. 당신이나 나나 둘 다 그걸 하고 싶은 건데. 서로 욕구 충족하고 얼마나 좋아.」

「무슨 소릴 하는 거예요? 행여 내가 그런 의사 비친 적 있어요?」

「괜히 내숭떨지 마. 당신 맘 다 아니까.」

밴스가 몸을 밀착했다. 뜨거운 숨결이 피부에 닿았다. 줄리는 숨이 막혀왔다. 밀쳐버리고 싶은 마음이 굴뚝 같았지만 참았다. 그랬다간 밴스가 이성을 잃고 덤벼들 게 뻔했다. 이럴 땐 말로 설득하는 게 제일 유리한 법이었다.

「정말 지금 피곤해요. 밴스, 당신도 그렇다면서요. 그러지 말고 모텔에 가서 한숨 자라고요. 거기까지 태워다줄 사람 찾아줘요?」

「상관없어. 당신은 손가락 하나 까딱 안 해도 돼. 그냥 누워서 즐기기만 하면 된다니까.」

밴스가 줄리의 목을 잡아 자기한테 끌어당겼다. 그리고 줄리의 입술을 덮쳤다. 그는 젖은 입술로 삼킬 듯이 줄리의 입술을 탐했다.

온몸에서 혐오감이 솟구쳤다. 줄리는 양팔로 밴스의 팔꿈치를 쳤다.

그 바람에 입술이 떨어졌다. 줄리는 재빨리 양손으로 어깨를 밀었다. 밴스가 비틀대면서 뒤로 물러났다.

밴스는 뒷걸음질치다가 테이블 위에 손을 짚어 간신히 넘어지지 않았다. 줄리한테 다시 덤벼들 듯 다가왔다. 줄리는 문을 획 열면서 계단을 뛰어내려갔다. 한편 밴스는 문에 부딪혀 비틀대면서도 줄리한테 몸을 날려 옷을 붙들었다.

두 사람은 같이 땅바닥에 나뒹굴었다. 줄리는 놀라서 한동안 가만히 있었다. 몸이 쿡쿡 쑤셔오자, 갑자기 화가 폭발했다. 아무 생각 없이 발로 차고 할퀴고 주먹을 날려댔다. 너무 화가 나서 자기가 무슨 행동을 하는지 모를 정도였다. 밴스도 가만있진 않았다.

누군가 소리를 내질렀다. 밴스가 몸을 움찔했다. 누군지 쳐다보고 자시고 할 여력도 없이 밴스가 벌렁 나가 떨어졌다. 밴스의 몸이 통째로 허공에 뜨는가 싶더니 자갈밭에 대자로 뻗었다. 넓은 어깨에 검은 머리카락, 분노가 가득한 레이가 밴스를 질질 끌다시피 일으켜 세웠다. 밴스한테 주먹을 내리치려는 순간 줄리가 외쳤다.

「얼굴은 안 돼요. 얼굴은 때리면 안 된다구요!」

오필리아가 달려와서 줄리를 일으켜 세웠다.

레이가 화난 눈초리로 줄리를 쏘아보았다. 동시에 주먹을 밴스의 복부에 내리꽂았다. 밴스는 헉 소리를 내면서 몸을 굽혔다. 결국 못 버티고 쿵 소리를 내면서 뒤로 쓰러졌다. 땅을 미친 듯이 구르면서 욕지기를 내뱉었다. 배를 부여잡고 눈물 콧물 다 흘리며 구역질까지 해대고 있었다.

「세상에.」

오필리아가 눈을 커다랗게 뜨고 레이를 한번 보더니 줄리한테 물었다.

「괜찮은 거야? 누구 집에 데려다줄 사람 찾아줄까? 아니면 경찰한테 연락해줘?」

「됐어, 다친 데도 없어.」

줄리는 자갈밭을 뒹굴다가 긁힌 손바닥을 비볐다.

「그래, 생각해보니 네 말이 맞다. 경찰 불러봤자 영화에 도움될 건 하나 없지. 저 바보한테 복수할 방법이 어디 그것뿐이니? 나중에 한번 본때를 보여줘라.」

줄리는 억지미소를 지어 보였다. 적을 만들어봤자 좋을 게 하나도 없었다.

오필리아는 줄리의 팔을 놓고 밴스한테 다가갔다.

「이런, 바보 같은 사람. 이런 짓을 하다니 제정신이야? 빨리 일어나서 딴 데로 가봐요. 여기 그냥 있다간 맞아 죽겠어.」

줄리가 레이한테 고개를 돌렸다. 레이는 가만히 서서 이쪽을 보고 있었다. 아직 분이 가시지 않은 얼굴로 주먹을 꽉 쥐고 있었다. 줄리를 위아래로 훑어보았다. 다친 덴 없는지 살펴보더니, 줄리가 뭐라고 하기도 전에 몸을 돌려 성큼 걸어가 버렸다.

줄리는 레이를 부르려다가 말았다. 고맙다는 말을 해봤자 받아줄 것 같지 않았다. 아까 밴스 얼굴을 치지 말라고 소리쳐서 화가 난 모양이었다. 맘대로 하라지. 내가 어쩌겠어. 그냥 놔두는 게 차라리 낫다구.

정말 그게 더 나을 거야.

17

「밴스가 이제 성가시게 안 굴 거야.」

앨런이 줄리한테 말했다. 두 사람은 거리 신 촬영 준비가 끝날 때까지 기다리고 있었다.

「오필리아가 다 얘기해줬어. 방금 전에 가서 한마디 해주고 왔지. 밴스가 알아듣게 말해놨으니까 걱정 마.」

밴스는 잔뜩 지친 얼굴로 리포터와 얘기하고 있었다. 장 피에르 역할에 맞춰 청바지에 티를 걸친 모습이었다. 조금 있으면 섬머랑 같이 마을 사람들을 만나는 장면을 찍을 예정이었다. 대본을 봐도 장 피에르가 활기 넘치는 모습을 보여야 할 필요는 없었다. 그나마 다행이면 다행이었다. 원래 배우란 사람들은 축 처져 있다가도 카메라만 돌아가면 생기를 되찾는 존재였다. 그러니 카메라가 돌아가면 밴스가 신명나는 연기를 보여줄지 모른다.

「걱정해줘서 고마워요. 그냥 놔둬도 될걸 그랬어요. 내가 처리할 수 있었을 텐데.」

줄리가 앨런한테 말했다.

「그래도 내가 말을 해야 더 잘 알아듣지. 당신 말이나 태버리 주먹보다는 그게 더 먹혀들걸. 어쨌든 잘 말해놨어. 밴스가 화내는 것도 당연하지만…….」

「당연하다니요?」

줄리가 얼굴을 찌푸리면서 물었다. 앨런은 실크와이셔츠에 넥타이, 정장 차림이었다. 바로 옆에 선 줄리가 초라해 보일 정도였다. 그도 그럴게 줄리는 면바지에 티셔츠 차림이었다.

「내가 따끔하게 얘기하는데 화가 안 나겠느냐 그 말이지, 당신한테 거부당했으니까 화낼 만도 하단 얘기가 아니었어.」

앨런은 넥타이를 고치면서 무뚝뚝하게 대답했다.

「그래요?」

「그렇다니까. 그래도 그런 남자들도 있긴 할 거야. 남들 앞에서 거부당하는 모습을 보였다고 분통을 터뜨릴 남자들 말이지.」

줄리는 앨런의 안색을 살폈다. 일부러 양심에 찔리라고 하는 얘긴지 어쩐지 알 수가 없었다.

「남들 눈을 의식하면 그런 짓 못하겠죠.」

「그러게 말이야. 나도 충분히 당신 뜻은 알아들었으니까 이제 그만 하자구. 뉴올리언스에 가서 나랑 같이 지내면 어떻겠어?」

「그렇게 간단한 문제가 아니에요.」

「정말 왜 그래? 태버리가 몇 번 구해줬다고 아예 그 치 품에 안기기라도 하겠다는 거야 뭐야? 하던 일 몽땅 청산하고 가정주부로 들어설 작정은 아니겠지.」

「하고 싶어도 나한테 가정주부로 와달라는 사람이 없어서 안 되겠네요.」

「당신은 절대 그럴 사람이 아니야. 불가능한 얘기지. 당신 아버지처럼 당신도 영화 없인 못 사는 사람이야.」

「감독도 그저 직업일 뿐이에요.」

「어릴 때부터 죽어라고 공들여서 해온 일이야. 아마 절대 포기 못할걸.」

「그거야 당신 희망 사항이죠.」

「그게 무슨 말이야?」

「그래야 내가 전처럼 당신한테 돌아갈 테니까요. 내가 영화 일을 계속해야 그게 가능한 일이겠죠. 나한테 돌아오라고 설득하는 게 피곤하니까 괜히 영화 애길 들먹인 거잖아요. 안 그래요? 당신 그거 알아요? 우리가 결혼하기로 한 게 2년이 넘었다는 사실.」

「당신이 결혼하고 싶어하는 눈치가 아닌 것 같아서 그런 거야.」

줄리는 지친 기색으로 머리를 쓸어 올렸다.

「그랬을지도 몰라요. 서로 편의상 그렇게 합의를 본 거잖아요. 그래도 인정할 건 인정해야 돼요. 우리 사이에 그 이상은 없다는 거 말이에요. 그런 건 노력한다고 될 일이 아니에요.」

「그런 식으로 생각할진 몰랐어.」

앨런의 얼굴이 창백해졌다.

「얼마 전부터 그런 생각이 들더라구요.」

「그래도 난 당신을 사랑하는걸.」

앨런이 조그만 목소리로 말했다.

「글쎄요, 그러면서도 여배우들과 데이트 잘만 했잖아요.」

「내 말 좀 들어봐.」

앨런이 목소리를 높이면서 말했다.

「우리처럼 잘 맞는 커플이 어딨어? 당신 재능과 내 재력, 당신의 연출에다 내 사업수단이 합쳐져봐. 내가 할리우드의 기성세대라면 당신은 신세대야. 내가 전부터 쌓아온 경험에다 당신의 잠재력, 정말 완벽하게 상

288

호 보완적이잖아. 당신과 같이 있으면 힘이 생겨서 젊어지는 기분이야. 나도 당신이 일류 감독이 되게 밀어주잖아. 앞으로도 그런 식으로만 하면 된다구.」

「당신한테 바라는 게 있어서 그 동안 같이 지낸 줄 알아요? 그런 적 한번도 없었어요. 그런데 지금 와서 뭣하러 그런 걸 따지겠어요.」

「그럼 이유가 뭐였어?」

줄리는 멈칫했다가 말을 꺼냈다.

「전엔 나도 학벌이니 학식 같은 걸 따졌을 때가 있었어요. 그런 게 품위가 있어 보였던 거 같아요. 거기다 당신이 내 재능을 인정해주는 것 같아서 고맙기도 했죠. 그런 마음이 좋아하는 감정으로 바뀐 거 같아요. 습관적인 애정 같은 거 말이에요. 이런 식으로밖에 설명 못하겠네요.」

「부탁이야. 전처럼 날 다시 좋아할 순 없겠어? 최소한 노력은 해봐야 할 거 아냐. 전하곤 달라질 거야. 나도 노력할게. 내 감정을 드러냈다간 당신한테 휘둘릴 것 같았어. 그게 두려워서 그랬던 거야.」

「내가 당신한테 휘둘리는 건 괜찮고요?」

「사실 이렇게 될까봐 두려웠어. 당신이 성공하면 내 곁을 떠날지도 모른다는 생각이 들었다구. 이번처럼 상도 받고 해서 자기 능력에 확신만 하게 되면 헤어지자고 할 것 같았어. 앞으론 달라질 거야. 그런 생각은 안 할 테니까.」

「글쎄요, 난 아직…….」

줄리가 말하려는데 앨런이 끼여들었다.

「생각만이라도 해봐. 요 몇 주 내내 당신이 얼마나 그리웠는지 몰라. LA로 도로 데려왔으면 하는 생각이 수도 없이 들었어. 저번 사고 일도 있고 해서 더 그랬지. 불이 와서 당신이랑 같이 일해보고 싶다는 얘길 하니까 다행이란 생각까지 들더라구. 불이 영화를 맡으면 당신은 내 곁으로 돌아올 수 있으니까.」

「확실히 말해두겠는데 그런 일 없을 거예요.」

「그래, 알았어.」

「그럼 됐어요. 혹시 당신이 먼저 아버지를 부른 건 아니구요? 애당초 이런 생각을 한 건 아니었겠죠? 내가 인정을 더 받을까봐 걱정이 돼서 그런 건 아니냐구요?」

「제발 그런 말 좀 하지 마. 그런 얘기 들으면 미칠 것 같아. 그냥 당신이 걱정되고 내 옆에 돌아왔으면 해서 그런 거라니까.」

미칠 것 같은 사람은 줄리 자신이었다. 혹시 앨런이 촬영장에서 있었던 사고를 뒤에서 꾸민 건 아닐까 하는 생각이 머리를 스쳤다. 영화에서 손떼게 하려고 그런 건 아닐까? 폴 리슬릿이 죽은 거나 섬머가 죽을 뻔한 것도 다 앨런 때문이 아닐까? 갑자기 그런 생각을 하니까 구토가 날 것만 같았다. 만약 레이가 없었으면 어땠을까? 도착하자마자 짐 싸란 얘길 하지 않았을까? 아버지한테 다 맡기고 영화에서 손떼라고 했을지도 모른다. 더 이상 밉보였다간 레이한테 아주 돌아설까봐 그러진 못한 것 같았다.

온통 골치 아픈 문제투성이였다. 그래도 영화만 다 만들면 해결될지도 모른다. 다들 각자 갈 길을 찾아가고 나면 모든 게 저절로 해결될 것 같았다.

「난 절대 당신을 포기 안 할 거야. 뭐 치사하게 무릎 꿇고 빌지도 않을 테지만. 내가 말했던 거 잘 생각해봐. 언제 시간 내서 다시 한 번 애기해보자. 이렇게 끝내긴 너무 아깝잖아. 당신이 생각하는 거 이상으로 많은 게 걸려 있는 문제야.」

그래도 애처롭게 들리긴 했다. 영화에서 연인들이 헤어질 때 쓰는 대사랑 비슷하기도 했다. 앨런으로선 많이 봐준 셈이었다. 줄리는 앨런의 뒷모습을 지켜보면서 천천히 고개를 저었다.

오늘 찍을 장면에서는 섬머가 새 청바지에 티셔츠, 조깅화를 신고 나올 예정이었다. 장 피에르가 속한 케이준 사회에 대해 알려주는 신이기도 했다. 밴스와 섬머가 새 옷을 사러 돌아다니는 장면을 담을 것이다.

세련된 도시에서 온 소녀가 촌스러운 말괄량이로 변모하는 과정이 묘사
되는 신이었다.

저쪽 구석에서 아네트가 섬머 머리를 만져주고 있었다. 뒤로 땋은 머
리에 헤어스프레이를 잔뜩 뿌려대고 있었다. 그게 싫어서 섬머는 발버둥
치면서 재채기를 해댔다.

줄리는 손짓으로 스크립터를 불렀다.

「아네트한테 가서 그냥 놔두라고 해요. 아빠가 묶어주기로 돼 있는 머
리를 저렇게 해놓으면 어째. 지금 파티 장면 찍는 것도 아닌데 말이
야.」

스크립터가 하는 말을 듣고 아네트는 헤어스프레이와 빗을 획 던져버
렸다. 섬머가 그걸 피하느라 고개를 푹 숙였다. 아네트는 섬머의 머리를
마구 흩트려놓았다. 아이는 자기 엄마의 손을 피하면서 뒤돌아서 도망쳤
다. 아네트는 스크립터한테 뭐라고 하더니 트레일러에 들어가서 문을 쾅
닫아버렸다.

「주정뱅이 같으니.」

앤디 러셀이 고개를 흔들면서 덧붙였다.

「저렇게 막 대하니 애가 견디겠어. 섬머가 오늘 연기 제대로 할지 걱
정인걸.」

줄리도 동감했다. 아네트가 저러는 게 술 때문만은 아닌 것 같았다.
그게 뭔진 알 수 없었지만.

역시나 촬영이 시작되니까 섬머가 제대로 해내질 못했다. 밴스 손을
잡아야 할 때도 하는 둥 마는 둥했다. 눈을 같이 맞춰야 하는데도 자꾸
땅바닥만 쳐다봤다. 온몸이 굳어서는 억지미소밖에 안 나왔다. 옆에서
아무리 지적을 해줘도 나아지질 않았다.

촬영이 지연되니까 밴스는 애한테 신경질적으로 딱딱거렸다. 자기도
기분이 좋지 않아 더한 것 같았다. 거의 반쯤 애를 질질 끌다시피 하면
서 걸어가고 있었다. 클로즈업해서 보니 이를 악문 표정을 하고 있었다.

할 수 없이 줄리는 휴식 시간을 만들었다. 콜라 캔 두 개를 들고 섬머한테 다가갔다. 아이는 턱을 괴고 앉아 있었다. 줄리는 콜라 하나를 건네주면서 아이 옆에 앉았다. 두 사람은 우회해서 거리를 지나가는 차들을 보고 있었다. 영화 촬영 때문에 차량 출입이 통제되고 있었다.

「힘든 거라도 있니?」

섬머가 손가락으로 콜라 캔을 문지르기 시작했다.

「다들 나만 쳐다보잖아요.」

「그거야 네가 스타니까 그렇지.」

「스태프들 말이에요. 다들 날 불쌍하다고 동정하고 있잖아요. 거기다 밴스 아저씬 나랑 일하는 걸 끔찍하게 싫어한다구요. 맨날 애들 때문에 주위가 산만해진다고 그런단 말이에요.」

「프로가 되려면, 다른 사람들한테 신경 안 쓰려고 노력해야 해. 만약에 러브 신을 찍는다고 생각해봐라. 밴스가 널 싫어한다고 생각하는데 어떻게 러브 신이 나오겠니? 여배우라면 그런 것쯤 아무렇지도 않게 넘겨야 하잖겠어?」

「지금 러브 신 찍는 게 아니잖아요.」

섬머가 벌게진 얼굴로 중얼거렸다.

「그렇긴 하지. 어쨌든 네가 해야 할 일만 하고 나머진 다른 사람들한테 맡겨. 네 엄마가 어떻게 행동하든, 그건 네 책임이 아니다. 네 엄마 몫이지. 남들한테 동정받기 싫으면 너도 자신을 동정해선 안 돼.」

「감독님은 이해 못해요. 기분이 나쁜데 어떻게 행복한 척하면서 뛰어다녀요?」

「너라면 할 수 있다니까. 행복했던 시간을 떠올리면 되잖니. 그때 감정이 어땠는지 어떻게 행동했는지 기억해봐. 레이 아저씨랑 같이 결혼식 때 춤췄던 거 생각나지? 그때 아주 즐거웠잖아. 안 그래?」

「그랬던 거 같아요.」

섬머의 얼굴에 미소가 떠올랐다.

「그래, 그러니까 밴스를 레이 아저씨로 바꿔서 상상하면 되잖니. 레이 아저씨가 데리고 나와서 새 옷을 사주고 같이 낚시하러 간다고 말이야. 그렇게 할 수 있겠어?」

섬머가 입술을 잘근잘근 씹었다. 갑자기 들고 있던 콜라를 꿀꺽 삼키더니 싱긋 웃었다.

「알았어요. 해볼게요.」

「그래, 잘 생각했다.」

줄리도 마음이 놓여 웃음이 나왔다.

「메이크업 담당자한테 가서 손 좀 봐달라고 해라. 그러고 나서 다시 한 번 해보자.」

섬머는 자리에서 일어나 줄리가 시키는 대로 했다. 섬머의 뒷모습을 지켜보고 있는데 뒤에서 발소리가 들렸다. 누군지 눈으로 확인하지 않아도 알 수 있었다. 발소리만 들어도, 남자다운 냄새만으로도 누군지 알 수 있었다.

「애한테 정말 잘해주는군.」

「힘들 거 없는데요, 뭘. 섬머도 집중력만 찾으면 전처럼 잘할 거예요.」

「인내심이 대단하던걸. 다시 봐야겠어.」

칭찬 한마디에 이렇게 가슴이 뛰다니. 줄리는 붉어진 얼굴을 숨기려고 고개를 돌렸다. 혹시 섬머 때문이 아니라 자기를 보러 온 건 아닐까 싶었다. 그런 생각이 드니까 갑자기 맥박이 빨라졌다. 줄리는 충동적으로 입을 열었다.

「저기 할말이 있는데……」

「어젯밤에는……」

두 사람은 동시에 입을 다물었다.

「당신이 먼저 얘기해봐.」

레이가 조용히 말했다.

「어제 밴스 때문에 오해했을지도 모르겠어요. 그래도 어젠 그 사람 제정신이 아니었다구요.」

「잔뜩 마약에 취해 있었단 말이지.」

「그래요. 당신이 도와줘서 고맙단 애길 하고 싶었어요.」

레이에서 얼굴에서 조금씩 긴장이 풀렸다. 레이는 한숨을 내쉬면서 말했다.

「그 자식이 당신한테 하는 짓거릴 보니까 참을 수가 없더라구. 거기다 당신까지 편드니까 더 그랬지. 가만 생각해보니까 이해가 가더라구. 영화 때문에 할 수 없이 그런 말을 했다는 거.」

「일종의 직업병 같은 거예요.」

레이가 미소를 지었다.

「사실은 저번에 불이 찍은 해돈이 신에 관해서 애길 하고 싶었어. 나한테 감독으로서 조언 좀 해줘. 나한테 화가 잔뜩 나서 말도 안 하려는 여자가 있는데 어떻게 하면 좋을까?」

「그 여자가 화났는지 어쩐지 모른 척하고 있으면 되죠.」

「무슨 뜻이지?」

레이가 고개를 갸웃거리면서 물었다.

「아버지가 말씀해 주셨어요. 날씨 때문에 그랬다면서요. 그런 걸 설명도 안 해주고 그냥 가버리면 어떡해요?」

「그땐 그러는 게 낫다 싶었지. 괜히 말 잘못했다가 불똥이 커지기라도 하면 곤란하잖아.」

「앞으론 그렇게 속으로 담아두지만 말고 얘기를 해줘요.」

줄리가 밝은 목소리로 덧붙였다.

「난 진솔한 게 정말 좋거든요.」

레이는 아무 말이 없었다. 그 대신 낯빛이 어두워졌다. 갑자기 의구심이 고개를 쳐들었다. 아버지가 한 말이 사실이 아닐지도 모른다는 생각을 떨쳐버리기 힘들었다.

하늘에 구름이 잔뜩 꼈다. 시간이 별로 없었다. 바람이 거세지면서 먼지며 나뭇잎이 사방에 날렸다.

「자, 마지막으로 한번 가보자구요.」

줄리가 큰 소리로 외쳤다.

촬영이 시작되고 주위는 고요해졌다.

섬머는 밴스의 손을 잡고 신나게 거리를 달렸다. 새 옷을 유리창에 비춰보면서 수다를 떨었다. 밴스한테 미소를 지으면서 분위기를 마음껏 살려냈다. 사랑스럽기 그지없는 딸 역할을 천연덕스럽게 해내고 있었다. 확실히 배우는 배우였다.

횡단보도가 끝나는 지점에서 촬영은 끝났다. 다들 안도의 숨을 내쉬면서 박수를 보냈다. 몇 분 지났을까, 바로 비가 쏟아지기 시작했다.

태양이 구름 뒤로 숨는가 싶더니 순식간에 폭우가 쏟아졌다. 처음엔 가볍게 내렸다가 갑자기 빗줄기가 굵어지는 그런 비가 아니었다. 너무 순식간에 폭포수처럼 쏟아져서 어안이 벙벙할 정도였다. 퀴퀴한 냄새가 공기를 채웠다.

섬머는 승리감에 취해 소리를 지르면서 뛰어다녔다. 하늘을 향해 양팔을 펼치고 쏟아지는 비를 맞았다. 섬머의 그런 모습을 보고 줄리는 웃음을 터뜨렸다. 줄리는 비를 피하려고 가게 차양 밑으로 뛰어들었다. 섬머한테 전염됐는지 줄리도 비를 맞고 싶어졌다.

갑자기 날카로운 비명소리가 공기를 갈랐다.

「안 돼, 안 돼, 안 된다니까. 바보 같은 계집애 같으니. 뭐하는 거야!」

아네트가 흙탕물을 사방에 튀기면서 달려갔다. 잔뜩 독이 오른 얼굴로 사납게 소리를 질러대고 있었다. 비에 젖어 머리며 옷이 달라붙어 버렸다. 그 바람에 비쩍 마른 몸매가 다 드러나 보였다.

섬머의 얼굴에서 미소가 사라졌다. 아네트는 뒷걸음질치는 아이를 억세게 잡아챘다. 자기 딸애 얼굴을 찰싹 때리면서 외쳤다.

「너 미쳤어? 이 바보 같은 계집애, 정신이 있는 거야 없는 거야. 감기 걸리면 어떻게 할래. 네가 아프면 돈벌이는 누가 할 거야?」

아네트는 아이를 미친 듯이 흔들어대면서 독설을 퍼부어댔다. 섬머는 울면서 자기 엄마한테 빌었다. 그래도 아네트는 얼굴을 계속 때렸다. 아이는 요리조리 기술적으로 피하면서 발버둥치기 시작했다.

줄리는 너무 기가 막혀서 그 자리에 못 박힌 듯 서 있었다. 그러다 정신이 들어 빗속을 뚫고 두 사람한테 달려갔다. 줄리는 아네트의 팔을 붙들고 그만 하라고 소리를 내질렀다. 레이가 잔뜩 쌓아둔 상자며 의자를 뛰어넘으면서 달려왔다.

레이는 아네트의 팔을 비틀어 꼼짝 못하게 했다. 그 바람에 섬머가 뒤로 넘어졌다. 아이는 눈물을 참으려고 입술을 꼭 깨물고 있다가 갑자기 벌떡 일어서더니 미친 듯이 달려갔다.

아네트에 대한 혐오감 때문에 레이의 얼굴은 잔뜩 굳어져 있었다. 눈으론 섬머의 뒷모습을 좇고 있었다. 줄리는 몸을 획 돌려서 섬머를 쫓아갔다.

횡단보도 끄트머리에서 줄리는 아이를 붙잡을 수 있었다. 차들이 물을 잔뜩 튀기면서 지나갔다. 줄리는 아무 말 없이 아이를 품에 안았다. 한참 동안 싫다고 뿌리치던 아이가 울음을 터뜨렸다. 그리고 줄리한테 매달려서 얼굴을 파묻었다. 줄리는 아이의 머리를 쓰다듬으면서 달랬다. 조금이라도 비를 피하게 해줄 생각에 아이의 조그만 몸을 감쌌다. 오래지 않아 바로 옆에 지프가 섰다. 레이가 문을 열고 두 사람한테 들어오라고 손짓했다.

「다들 뭐라고들 하는지 알기나 해?」

마들린이 손톱을 다듬으면서 큰 소리로 물었다. 빗소리에 스태프들 떠드는 소리까지 섞여 어쩔 수가 없었다. 대학 다닐 때 휴게실에서 자주 봤던 광경이었다. 카드 놀이를 하거나 책을 보는 사람이 있는가 하면 잡

담하느라 정신없는 사람도 있었다. 사실은 일하는 중이었다. 비가 쏟아
지는 늪을 찍어뒀다가 나중에 써먹을 작정이었다. 장 피에르를 쫓아 마
들린이 진흙탕에서 뒹구는 장면에 쓸 배경이었다.

「나도 다 알아요.」

줄리가 시큰둥하게 대꾸했다.

「다들 저주받은 거 아니냐고 그러던걸.」

마들린은 잠깐 멈췄다가 말을 이었다.

「스턴트맨이 죽었지, 섬머도 죽을 뻔했지. 이젠 아네트까지 병원에 들
어갔잖아. 마약에 절어 발작이나 해대고, 그게 뭐야. 다들 짐작 못한 건
아니었지만 말이야. 사실 아네트 일만 보면 별거 아니지만 그 동안 사고
가 많았잖아. 다들 뭔가 조치를 취해야 한다고 생각해. 안 그랬다간 더
끔찍한 일이 생길 거래나 뭐래나.」

「그래서 어떻게 하면 좋겠대요?」

줄리가 냉랭하게 대꾸했다.

「불, 불하고라면 괜찮을 거라고 얘기들 하던걸.」

마들린이 딱 부러지게 대답했다.

「그런 말을 들으니 기분이 그만이네요.」

마들린은 어깨에 두른 스웨터가 미끄러지자, 바로잡았다.

「영화도 사업의 일종이야. 사업을 벌여놨는데 뭔가 안 풀리는 것 같으
면 어떻게 하겠어? 그냥 끝까지 밀고 가든가, 아니면 딴 수를 강구하려
고 할 거 아냐. 그래서 불이 온 거 아냐? 솔직히 말해봐.」

「구경하러 오신 거예요.」

「그래? 루이지애나 광산 주식이라도 사둔 거야? 아버지한테 그거 팔
려고 여기까지 오게 했구나.」

마들린이 장난스럽게 말했다.

「아버지한테 물어볼 게 있었어요.」

「날 속일 순 없지. 여태껏 내가 그런 걸 한두 번 봤겠어. 한번 일이

꼬이기 시작해봐. 화장실 휴지 엉킨 거 가지고도 괜히 난리 치게 된다구. 영화사에선 뭔가 안 된다 싶으면 감독이나 스타를 갈아치우려고 하지. 솔직히 말해 난 감독이 포기해야 할 거 같아.」

줄리는 애써 웃음을 참았다. 마들린은 아직도 자신을 스타라고 생각하고 있었다. 경력 때문에 대우하는 거라고 하면 싫어할 게 분명했다.

「섬머는 어때?」

마들린이 물었다.

「타인 숙모하고 아주 잘 지내던걸요. 둘이서 같이 생강 빵을 만드는 걸 보다 왔어요. 내일쯤이면 얼굴에 난 멍도 거의 없어질 거 같아요. 화장으로 가리면 별문제 없을 거 같더라구요.」

「숙모라는 분 아주 친절도 하시네. 아네트 치료받을 때까지 섬머한테 거기 있으라고 했다며?」

「레이 생각이었어요.」

마들린이 목소리를 낮추면서 말했다.

「밴스가 아네트한테 마약을 준 건 아닐까 몰라. 요즘 들어서 밴스 눈이 훨씬 더 흐리멍덩해 보이잖아. 거기다 둘이서 아침 일찍부터 수상쩍은 짓들을 하던걸. 리포터가 등장하기 전에 둘 사이에 섬씽이 있었다니까. 아네트가 몇 살 더 많지 아마. 그래도 그게 무슨 상관이야? 밴스가 리포터한테 가니까 심적으로 타격을 엄청 받았나봐.」

줄리는 고개를 끄덕여 보였다. 사실 줄리도 비슷한 생각을 했다.

「아네트가 일부러 과다하게 흡입한 건 아니겠죠?」

「그야 모르지. 상처받은 마음 때문에 더 마약에 집착했을걸. 거기다 진통제 사느라 써댄 돈이 얼마야. 마약 같은 데다 그 많은 돈을 뿌려대다니. 나 같으면 옷이나 보석, 아니면 차를 사겠다. 그러니까 다들 마약을 팔려고 난리 치는 거지 뭐겠어. 한탕 했다 하면 돈이 얼마야. 그렇게 쉽게 돈을 억수로 벌어들이는 장사가 어딨어.」

「마약 하는 사람이 없으면 파는 사람도 없다.」

줄리가 중얼거렸다.

「무슨 소리야?」

「아무것도 아니에요. 어디서 들은 말이에요.」

「나 말이야, 불과의 좋았던 때를 회상하면서 산책이나 할까봐. 혹시
알아. 불이 대사 한두 마디 더 넣어줄지.」

마들린이 손톱을 한번 살펴보면서 말했다.

「글쎄요.」

줄리가 회의적이라는 듯 말했다.

「호랑이 잡으려면 굴에 먼저 들어가야잖아.」

마들린은 자리에서 일어나 문가로 갔다. 머리를 매만지자, 팔찌가 딸
랑거리는 소리를 냈다. 무릎 언저리가 트인 흰색 실크 치마에 하이힐을
신고 있었다. 시멘트 바닥에 하이힐 소리가 울려 퍼졌다. 그 모습을 보
니까, 줄리는 왠지 마들린이 불쌍했다. 옷이나 보석에 집착하는 것도 마
약처럼 일종의 중독이나 다름없었다. 마들린이 그런 사실을 알고 있을지
의심스러웠다. 거기다 대사 몇 줄 얻으려고 아버질 꼬일 생각이나 하다
니, 한심했다. 마들린은 배우한테 필요한 근성이 없었다.

「수다 한번 엄청나네.」

스탠이 불편한 다리를 끌면서 옆자리에 앉았다. 손가락 사이에, 피우
던 담배가 끼워져 있었다.

「기운이 넘쳐서 그래요.」

줄리가 웃으면서 말했다.

「마들린이 붙어 있으니까 내가 말을 못 하겠잖아.」

「밖에 나가실래요? 좀 후덥지근하네요.」

두 사람은 현관으로 나갔다. 바람이 상쾌하게 얼굴을 스쳐갔다. 비가
후드득 소리를 내면서 쏟아지고 있었다.

「소문이 맞는 거야? 정말 불과 같이 일하게 되는 거야?」

스탠이 숨가쁘게 물었다.

「그럴 거예요. 아직 말씀은 안 드렸지만.」

「그럼, 말하지 마.」

「뭐라구요?」

「내 말 못 들었어? 불이 들어오면 난 손뗄 거다.」

「왜요?」

「너도 알잖아. 내가 너희 아버지 싫어한다는 거. 절대 같이 일할 수 없어.」

얼굴을 살펴보니 진심으로 하는 말이었다. 갑자기 피로가 몰려와서 다리가 휘청거렸다. 애써 몸을 추스르면서 말했다.

「아저씨, 여태껏 잘해왔잖아요. 이제 얼마나 남았다고 그러세요. 그냥 눈 딱 감고 참으세요.」

「그렇게는 못해. 나한텐 내 목이 걸린 일이야.」

「무슨 말씀 하시는 거예요?」

「불과 나 사이에 해묵은 감정이 있어서 안 돼. 알고 싶으면 네 아버지한테 물어봐. 네 아버지가 여기 일 손뗴고 돌아가고 나서 말이다.」

「괜히 딴 얘기만 하지 말고 솔직히 말씀해주세요. 왜 그러시는 거예요?」

스탠은 입술을 깨물었다. 눈가엔 붉은 기운이 감돌았다.

「빨리 말씀해보세요.」

줄리의 재촉에 스탠은 아무 말 없이 줄리의 시선을 피했다.

「맘대로 하세요. 설명하지 않으셔도 돼요. 대신 아저씨 때문에 아버지를 내보낼 수 없다는 것만 알아두세요.」

스탠은 한숨을 내쉬면서 혀로 입술을 축였다. 줄리가 다시 안으로 들어가려는데 스탠의 목소리가 들렸다.

「네 엄마 때문이야.」

전혀 상상도 하지 못한 대답이었다. 줄리는 천천히 몸을 돌렸다.

「엄마 얘기가 왜 여기서 나오죠?」

「나하고 네 엄마 예전에 깊은 관계였다.」

줄리는 말문이 막혔다. 마음씨 따뜻하고 우아했던 우리 엄마가 스탠하고? 골동품 수집에다 화초 가꾸는 걸 좋아하던 우리 엄마가? 두 사람이 몰래 만나서 정분을 나눴다니 말도 안 되는 말이었다.

「놀랄 거 없다. 몇 년 전엔 나도 이렇지가 않았어.」

「그래서 어떻게 된 거예요?」

줄리가 굳어진 입술로 간신히 말했다.

「그때도 불은 자기 영화에 출연하는 금발머리 여배우와 놀아나느라 정신없었다. 난 그 영화에서 스턴트맨이었고. 언젠가 나한테 네 엄마를 파티에 에스코트해주라고 했지. 자기는 그 여배우랑 재미볼 생각이었던 거야. 네 엄마는 정말 아름다운 여자였어. 너랑 아주 비슷하게 생겼지. 난 보자마자 사랑에 빠졌어. 혼자 마음속으로 삭이고 있던 참에 네 엄마가 여배우에 관해 알게 된 거야. 불한테 복수하겠다는 생각에 나한테 왔지. 네 엄마는 나한테 그 이상의 감정은 없었다. 내 감정이 어떤지 모르고 있었던 건 아니었지. 그래도 난 상관없었어.」

「그건 그렇다 쳐도 왜…….」

「끝까지 들어봐. 네 엄마는 비밀을 숨기지 못했어. 사실 숨길 생각도 없었겠지. 결국 불이 그 사실을 알았어. 며칠 있다가 불과 나는 촬영장으로 같이 떠났지. 다이너마이트를 가득 실은 화물 마차에 타고 스턴트를 하는 신이었어. 마차가 절벽을 들이받고 폭발하는 장면이었지. 난 너무 위험하다고 말했는데, 네 아버진 화면에서 보면 굉장할 거라면서 억지로 떠밀었지. 그런데 다이너마이트가 일찍 터져버린 거야. 탈출해서 목숨은 건졌지만 절름발이 신세가 됐다. 목숨은 건졌으니 그것만으로 감지덕지해야겠지만.」

줄리는 몸이 굳어져서 스탠을 바라보았다.

「그럼 아버지가 일부러 그랬다는 거예요? 엄마와 아저씨 사이를 알아서 말이에요?」

「거의 확실한 사실이야.」

「말도 안 돼요.」

「사실이니까 믿어라. 불도 그 당시엔 제정신이 아니었을 거야. 네 엄마는 뱃속의 아이가 누구 애라는 얘길 안 하려고 했어.」

「아저씨한텐…… 말했어요?」

줄리가 듣기에도 목소리에 힘이 없었다. 등뒤에 기댈 수 있는 벽이 있어서 다행이었다. 다리에 힘이 빠져서 서 있을 기운조차 없었다.

「나한텐 불의 애라고 했지. 사실 난 그것도 의심스러웠어.」

「왜요?」

「네 엄만 아주 특별한 사람이었어. 아마 나한테 책임지란 얘긴 못했을 거다. 네 엄만 그 일이 있고 나서 불과 헤어졌어. 살인자나 다름없는 사람과는 살 수 없다면서 말이다.」

18

　줄리는 10번 고속도로를 따라 차를 몰고 있었다. 제한속도보다 조금 속도를 높여서 달리고 있었지만 다른 차들에 비하면 아무것도 아니었다.

　서두를 필요가 없었다. 와이퍼로 유리창을 닦아봤자 폭우 앞에선 말짱 헛일이었다. 반쯤 몽롱한 상태에서 정면을 응시했다. 운전에 집중해야 한단 생각이 들었지만 떠오르는 잡념은 어쩔 수 없었다.

　솔직히 말해 아버지한테 느끼는 애틋한 정 같은 건 별로 없었다. 아버지란 말이 입에서 나오질 않았다. 아버지한텐 과분하단 생각이 들었다. 어릴 때 한번도 곁에 있어주지 않은 아버지한테 아버지란 호칭은 어울리지도 않았다. 생일이며 크리스마스 때조차 카드 한 장, 선물 하나 보낸 적이 없었다. 엄마와 자신을 버렸다는 생각이 들면 증오에 가까운 분노를 느꼈다. 잡지며 신문에서 아버지 기사를 읽을 때마다 경멸 섞인 분노에 신문을 내동댕이치곤 했다. 엄마가 살아 계셨을 땐 둘이서 세상을 등지고 산 거나 다름없었다. 남자들, 특히 아버지 같은 남자들을 기피하면서 지냈다.

나중에 엄마가 돌아가시고 나서야 아버지로부터 연락이 왔다. LA에 와서 같이 살자는 말이었다. 전혀 기대하지 못한 제안이었다. 그 동안 딸한테 소홀히 했으니 최소한 아버지로서의 도리는 지키겠다는 걸로 비쳤다. 먹여주고 재워주는 일이나, 학비며 용돈을 대주는 게 줄리한텐 대수롭지 않은 일이었다. 아버지니까 당연히 그래야 하는 걸로 생각했다. 그러면서도 자신이 무슨 일을 하건 절대 아버지 간섭을 허용치 않았다. 두 사람이 같이 살 땐 불화가 끊이지 않았다. 가뜩이나 없는 의만 상한 꼴이었다.

스탠이 한 얘기를 듣고 보니 그게 아니었다. 줄리가 딸인지 어떤지 모르는데 생일이며 명절을 챙겨줄 까닭이 없었다. LA로 데려와서 같이 살게끔 배려를 한 건 사실 의외였다.

아무리 화가 머리끝까지 치솟아도 그런 얘긴 한마디도 비친 적이 없었다. 줄리가 자신의 피붙이가 아니란 말을. 확실히 아버지와의 관계를 다시 생각해봐야 할 필요가 있었다.

아버지한테 같이 일해보자는 말도 해야 했다.

그렇긴 해도……, 스탠이 착각했을 수는 있겠지만, 불이 결백하다고 할 수는 없을 것 같았다. 스탠을 죽이려고 했으니까. 살아 돌아올 수 없다는 걸 알면서도 일부러 위험에 빠지게 한 건 아닐까? 다윗이 밧세바를 취하기 위해 우리아(밧세바의 남편)를 전장에 내보냈던 것처럼.

그렇다고 스탠 말만 곧이곧대로 받아들이긴 뭐했다. 사실 객관적인 입장에서 한 얘기가 아닐 수도 있었다. 스탠은 엄마를 짝사랑했는데 이용만 당하고 버림받았다. 그러니 불한테 적의를 품고 분노의 화살을 돌려도 이상할 게 없었다. 사랑했던 여자보다는 아무래도 부정한 남편에게 분노를 퍼붓는 쪽이 쉬웠을 것이다.

아버지한테 솔직히 물어볼 작정이었다. 아버지한테 최소한 설명할 기회는 줘야 했다. 그렇지만…… 스탠 말이 사실이라면 어떻게 해야 하는 걸까? 누구 편에 서야 하는 걸까? 두 사람 다 엄마를 사랑했다. 지금으로서는 어느 쪽이 친아버지인지 알 수가 없었다.

줄리는 아버지가 숙박한 모텔 주차장에 차를 세웠다. 좌석에 앉은 채 숨을 몇 번 크게 들이마셨다.

깜빡 잊고 우산을 안 챙겨온 바람에 호텔 정문까지 뛰어갔다. 비에 젖은 얼굴을 대강 닦아내고 머리카락이며 팔을 털었다. 방 번호가 맞는지 다시 확인하면서 노크를 했다.

불은 한 손에 신문을 들고 나왔다. 금테 안경이 코끝에 달랑 매달려 있었다. 줄리를 보더니 신문이며 안경을 벗어 던지고 문을 활짝 열었다.

「빨리 들어와. 이런 한밤중에 운전을 하면 어쩌겠다는 거냐? 저녁 먹었어? 피자라도 한판 시켜야겠다. 싫다고? 젠장, 넌 어째 맨날 반항만 하려고 드냐?」

불은 침대로 가서 전화기를 들더니, 전화번호를 누르면서 어깨 너머로 말했다.

「맥주 마시고 싶으면 마셔라. 독일산 맥주도 트레일러에 놔뒀는데 오필리아가 몽땅 밴스 트레일러로 쓸어갔지 뭐야. 뭣하러 번거롭게 이사를 다 했는지 몰라.」

불이 주문을 하고 돌아서는데 줄리가 위스키를 잔에 따르고 있었다.

「넌 원래 위스키 안 마시잖아.」

「잘 안 마셔요」

「그런 거 먹었다간 간이 다 썩는 수가 있지. 그럼 갑자기 마시고 싶어진 거냐?」

아버지가 먼저 분위기를 조성해줬다. 줄리는 스탠한테 들었던 얘기를 솔직하게 털어놓았다.

불은 침대에 앉아 줄리를 쳐다보다가 벌떡 일어서더니 위스키를 한 잔 가득 따랐다. 잔을 들고 한참 들이키더니 입을 열었다.

「하느님 맙소사!」

「나도 아저씨 말 듣고 나니까 그런 소리가 절로 나오데요.」

「스탠이 어떻게 그런 말을 너한테 할 수가 있는 거냐? 몇 년 동안 아무 말 없이 넘어가더니. 네 엄마를 그렇게 좋아했으면서 어떻게 그런 애길 할 수 있는 거냐구.」

「아저씨도 어쩔 수 없었겠죠. 아버지랑 같이 일했다간 무슨 일이 생길지 모른다는 거예요.」

불은 뭐라고 툴툴대더니 갑자기 공허한 웃음을 터뜨렸다.

「멍청한 자식! 내가 죽일 생각이 있었으면 벌써 총으로 머릴 날려버렸을 거다. 답답하게 앉아서 사고나 조작할 것까지 뭐 있어. 차라리 내 손으로 확실하게 끝내는 게 낫지.」

「그럼 아저씰 죽이려고 그런 게 아니었단 말이에요?」

「젠장, 아니라니까. 그런 생각을 안 해본 건 아니지. 하지만 나중에 네 엄마가 솔직히 다 털어놓고 나선 나도 깨달았단다. 책임을 느껴야 할 사람이 누군지 말이다.」

「엄마요?」

불이 고개를 흔들면서 말했다.

「모든 책임은 나한테 있었어.」

「아저씨 얘기론 아버지가 아저씰 죽이려고 해서 엄마가 이혼하기로 했다는데요?」

「네 엄마한테 아니라고 분명히 말했어. 그 말을 믿었는지 어쩐진 모르겠다. 난 네 엄마가 나한테 신물이 나서 떠난 거라고 생각했지. 언제나 루이지애나로 돌아가고 싶어했거든. 아는 사람들이 다 거기 있으니까.」

「그럴 수도 있겠네요.」

줄리가 대꾸했다. 뭐라고 얘기 좀 해보라는 식으로 쳐다보는 사람한테 한마디쯤 해줘야 할 것 같았다.

「네 엄마가 스탠과 결혼하지 않았다는 게 난 이상하다. 상처 주는 거 알면서도 말이야.」

「아저씨 말로는 엄마가 자기한테 책임지우기 싫어했다는 거예요. 언젠지 잘 기억은 안 나지만 어렸을 때 엄마한테 왜 재혼 안 하냐고 물어봤던 적이 있었어요. 그때 엄만 한 번이면 충분하다는 말만 했어요.」

「네 엄마다운 말이로구나.」

불은 손에 든 잔을 흔들고 있었다. 열 길 물 속은 알아도 한 길 사람 속은 모른다더니, 자신과 제일 가까운 존재인 부모조차도 그랬다. 부모님이랑 스탠 아저씨가 삼각관계였다니, 한번도 그런 상상은 해본 적이 없었다. 세 사람 모두 그런 비뚤어진 욕망이니 열정 같은 것과는 거리가 멀어 보였으니까.

아버지 말을 엄마가 믿었다면 달라졌을지도 모른다. 주변에서 쉽게 찾아볼 수 있는 배우자의 부정쯤으로 끝났을 일이었다.

피자가 도착했다. 줄리는 따끈따끈한 피자를 베어 물면서 그 동안 배가 고팠다는 사실을 깨달았다. 스탠한테 얘기를 듣고 나서 얼마나 마음이 공허하고 쓸쓸했는지 이제야 알 것 같았다. 자신이 마음속으로 아버지를 믿는다는 사실도 깨달았다. 아버지 말이 신빙성이 있어서 그런 건지, 아니면 자신의 마음의 평화를 위해 그런 건진 몰랐지만. 서로 끔찍한 오해가 있어서 벌어진 일이라고 줄리는 단정지었다.

「생각해봤는데, 예정보다 한 일 주일 정도 앞당겨서 촬영을 끝낼까봐요. 분위기 살리려고 할당했던 장면이 몇 개 있거든요. 사실 없어도 스토리엔 지장이 없는 장면들이에요.」

줄리가 피자조각을 집어 들면서 말했다. 이번이 세 조각째였다.

불이 맥주를 한 모금 들이키더니 입을 열었다.

「왜 그러는데?」

「돈만 들고 별로 중요한 장면이 아니라서요.」

「그렇게 가위질하다간 영화 망치는 수가 있다. 거기다 배우들도 난리칠걸. 마들린은 벌써부터 대사 좀 늘려달라고 나한테 압력을 가하던데.

아마 소리소리 지르고 난리도 아닐 거야.」

「그래도 어쩔 수 없어요.」

「그럼 안 돼. 원래 맘먹은 대로 그냥 밀고 나가야 한다니까. 전엔 필요해서 찍으려고 했던 장면들인데 왜 갑자기 자른다는 거냐? 겁이라도 먹은 거야?」

「겁을 먹다뇨? 무슨 말씀 하시는 거예요?」

「자신감이 없든지, 무서워서이든지 둘 중 하나겠지.」

「그래요, 무서워서 그래요. 됐어요?」

불이 자리에서 일어났다.

「뭐가 무서운 거냐?」

「촬영장에서 또 누가 죽어 나갈까봐 겁난다구요. 누가 또 다쳐서 어디 손발이라도 잘려나가는 신세가 되면 어떡해요? 누가 내 영화를 뺏어갈까 봐 그것도 걱정되구요. 예산보다 돈을 더 썼다가 신용만 잃을까봐 겁나요. 거기다 누군가 날 노리고 있는 것 같아서…….」

「방금 뭐라고 했냐?」

불이 쩌렁쩌렁 울리는 목소리로 물었다. 줄리는 피자를 내려놓고 머리를 감쌌다.

「방금 말씀드렸잖아요.」

「믿기 힘든 말이라서 그래.」

「나도 그래요. 어떤 땐 그런 거 같다가 아닌 것 같기도 하고 객관적으로 봐도 촬영장에서 뭔가 일이 벌어지고 있단 생각이 든다구요. 나한테 개인적으로 앙심을 품은 사람이 있는 거 같아요.」

「앨런과 얘기해봤니?」

「아무한테도 얘기해본 적 없어요.」

「그래?」

「말해봤자 비웃음만 살 것 같아서 관뒀어요.」

줄리가 시선을 피하자, 불이 줄리의 손을 잡았다.

「내가 비웃는 건 괜찮은 모양이지?」

「아버지 앞이니까…….」

갑자기 줄리의 얼굴에서 미소가 사라졌다.

「왜 그래?」

「아저씨 말로는……, 엄마 말씀이 내가 아버지 딸이라고 그랬다는데…….」

「당연하지. 내 딸 아니면 누구 딸이야?」

불이 애정 어린 목소리로 말했다.

「그렇긴 하지만…….」

「내 말 들어봐. 네 엄마가 성인군자는 아니었지만 거짓말할 사람은 아니었어. 나한테 누구 아인지 말할 생각을 안 하더구나. 그래도 내 아이가 아니란 얘긴 없었다. 당연한 얘기지. 며칠 바깥에서 바람피운 거랑 밤낮 안 가리고 침대에서 산 거랑 비교가 되겠어? 한번도 의심해본 적 없다.」

줄리는 웃음을 터뜨렸다. 아버진 원래부터 현실적인 사람이었다. 일부러 딸의 마음을 생각해서 저러는구나 싶어 눈물이 차 올랐다. 손등으로 눈물을 훔치려는데 아버지가 당황한 목소리로 말했다.

「이런, 그만 해라.」

「알았어요. 그래도 그거 아세요? 내가 친딸이 아닐지도 모르는데 학비며 용돈까지 대줬다고 생각하니까 고맙단 생각이 다 든 거 있죠?」

「나 원, 기가 막혀서!」

「그런 생각이 드는 걸 어떡해요 스탠 아저씬 어릴 때 날 보러 자주 왔다구요. 아버진 한번도 안 그랬잖아요.」

불은 술잔을 내려다보면서 말했다.

「네 엄마가 싫어할 것 같았어. 너나 네 엄마를 혼란스럽게 만들까봐 그랬지. 뭣보다 널 보러 갔다간 가슴이 더 아플 것 같아서 그만뒀어. 가봤자 어차피 또 떨어져 지내야 하는 건 마찬가지잖니. 그래서 그냥 별거

수당에 양육비 보내는 걸로 만족해야 했지.」

줄리는 같이 일하자는 말을 꺼내려다가 그만뒀다. 그러려면 아무래도 코카인 얘기를 꺼내야 할 텐데 지금은 그러기 싫었다. 부녀지간에 모처럼 화기애애한 분위기가 조성됐는데 망치고 싶진 않았다.

불이 기침을 한번 하더니 물었다.

「스탠 일은 어쩔 거냐?」

「잘 모르겠어요.」

줄리는 손가락으로 양파 부스러기를 집어서 입에 넣었다.

「한번 말은 해봐야죠. 아버지한테 들은 대로 얘기해볼게요.」

「그건 나한테 맡겨라. 이젠 서로 터놓고 얘기할 때가 됐어.」

「진심이세요? 그럼 그렇게 하시던가요.」

「나쁠 거야 없지. 내가 해봐서 안 되면 네 힘 좀 빌리자.」

「언제 얘기하실 건데요?」

「내일쯤. 오늘은 너무 늦었잖아. 뭐라고 말할지도 생각해둬야지.」

줄리는 조금 있다가 자리에서 일어났다. 문을 열고 나가려다가 돌아서서 아버지를 꽉 껴안았다. 두 사람은 한참 동안 그러고 있었다. 불은 딸을 놔주기 싫은지 천천히, 마지못한 듯 포옹을 풀었다. 줄리는 아버지 뺨에 키스를 해주고 돌아섰다.

「조심해라.」

불이 큰 소리로 외쳤다. 아버지는 딸이 탄 차가 길 저쪽으로 사라질 때까지 계속 지켜보았다.

다음날 아침엔 옷가게며 신발가게 내부를 촬영했다. 나머지 시간은 결혼식 장면을 찍는 데 할애했다. 그 다음날은 병원 촬영이 있을 예정이었다. 사고 이후, 섬머가 병원 침대에 누워서 마들린과 밴스를 맞는 장면이었다. 엄마 아빠의 사이를 좋게 하려고 일부러 늪에 숨어버리는 장면도 찍기로 돼 있었다.

그 부분은 지금도 찍을까 말까 망설이고 있었다. 원래 대본처럼 해피엔딩으로 처리를 해야 할지 고민이었다. 늪에 관해 좀 알게 된다 싶으니까 왠지 결말이 너무 비현실적으로 느껴졌다.

해피엔딩이 비극보다 예술적으로 떨어진다는 생각은 안 했다. 알리시아가 자기 운명을 개척하고 자기가 원하는 목표를 성취하게 된다는 결말에는 불만이 없었다. 그렇긴 해도 장 피에르와 도로시아가 갑자기 자신들의 격차를 극복하고 사랑을 되찾는다는 결말은 좀 부자연스러웠다.

줄리는 촬영장으로 돌아가서 오필리아, 스탠과 같이 몇 시간 동안 다음 촬영에 관해 의논했다. 두 사람을 보내고 나서 줄리는 혼자 앉아서 메모장에 끼적거렸다. 결말 부분을 어떻게 처리할지 생각이 떠오르는 대로 다 적었다. 어떤 건 참신하기도 했고 진부한 것들도 있었다. 그래도 별로 건질 건 없었다.

차들이 주차장을 빠져 나가는 소리가 계속 들렸다. 줄리는 계속 일만 했다. 오늘 타인은 빙고 게임을 하러 갔고 레이는 뉴올리언스에 볼일이 있어서 갔다. 집에 가봤자 아무도 없을 터였다.

레이는 사업상 용무가 있다고 해서 며칠 동안 내내 바빴다. 그래서 그동안 얼굴 볼 기회가 별로 없었다. 비가 계속 오는 바람에 스턴트 장면은 찍을 수가 없었다. 그 바람에 레이는 촬영장에 안 나와도 되는 상황이었다. 아직도 뉴올리언스에 속한 레이의 생활을 상상하기가 힘들었다. 줄리한테는 늪에 잘 어울리는 레이가 더 익숙했다.

두 시간쯤 씨름하고 나니까 괜찮은 아이디어가 떠올랐다. 재빨리 떠오른 생각을 메모지에 적어 넣고 싱긋 웃었다. 이만하면 괜찮겠어.

아냐, 이게 아냐.

도로시아는 원래 감정에 좌지우지하는 타입이 아니었다. 딸을 늪에서 발견하고도 뒤로 물러나서 장 피에르가 대신 구출하게 한다는 내용은 아무래도 어색했다. 도로시아라는 인물의 성격을 생각해보면 그랬다.

메모를 구겨서 휴지통에 던져 넣었다. 정말 피곤했다. 눈이 쑤셨고 목이며 어깨도 뻐근했다. 온몸이 뻣뻣하게 굳어서 걸어가기도 힘들었다. 집에 돌아가서 잠을 자야겠단 생각이 들었다. 한잠 자고 나면 좋은 생각이 떠오를지도 모른다.

줄리는 자리에서 일어나 백을 집어 들었다. 사무실 문을 잠그고 계단을 내려왔다. 하늘을 쳐다보니 구름 한 점 없었다. 며칠 동안 비가 내려서 그런지 아직은 쌀쌀했다. 별이 아주 가깝게 보였다.

렌터카는 주차장 맨 끝에 세워두었다. 줄리는 주위를 둘러보면서 그쪽으로 갔다. 한 발짝 뗄 때마다 주위를 둘러싼 정적이 점점 더 강하게 느껴졌다. 경비실을 보니 불이 켜져 있었다. 줄리는 안도의 숨이 절로 나왔다. 경비는 의자에 앉아서 소설을 보고 있었다.

갑자기 하늘에서 비행기 소리가 들렸다. 언젠가 들어본 소리였다. 여기 처음 발을 들여놓았을 때, 늪에서 레이와 마주쳤을 때 들었던 소리가 분명했다. 제트기도 아니고 여객기도 아니었다. 개인전용 비행기나 수상비행기가 틀림없었다.

마약상들일지도 몰라. 어쩌면 스태프와 관련된 마약상들일지도 모르지.

코카인 봉지를 발견하기 전에도 그런 생각을 안 해본 건 아니었다. 스태프들 중에 마약 상습범들이 분명히 있었다. 바로 근처 늪에서 뒷거래가 많이 이뤄진다고 하니 뻔할 뻔자였다. 촬영장에 하루 종일 트럭이며 화물차가 들락날락했다. 거기다 엄청난 양의 자금을 동원할 수 있도 있었다. 마약 거래도 그렇지만 돈세탁하는 데 최적 조건을 갖추고 있었다.

그렇긴 해도 증거를 잡긴 힘들었다.

달빛이 가득한 하늘에 검은 그림자가 불빛을 깜빡이면서 붉고 푸른빛을 뿌렸다. 아까 그 비행기였다. 나무를 스칠 듯, 저공 비행을 하면서 느릿하게 움직이고 있었다. 착륙등이 켜졌는지 주위가 온통 밝아졌다. 줄리의 마음속에 의아함, 호기심, 분노, 두려움 같은 감정들이 한꺼번에 몰려들었다. 그 중에서도 분노의 감정이 제일 컸다.

312

줄리는 대번에 오필리아가 사무실로 쓰는 트레일러로 뛰어갔다. 오필리아는 한번도 문을 잠가둔 적이 없었다. 벽에 걸린 열쇠 꾸러미를 집어들고 살펴봤다. 소리도 요란하고 선체도 너무 커서 유람선은 안 될 말이었다. 다른 유람선 열쇠가 없는 걸로 봐서 스탠이 갖고 있는 것 같았다. 스탠이 몰고 다니는 트럭 열쇠가 있는 걸로 봐서 아직 돌아가진 않은 것 같았다. 아무래도 보트가 제격일 것 같았다. 줄리는 보트 열쇠를 빼서 밖으로 뛰어나왔다.

선착장엔 유람선이 하나밖에 없었다. 줄리는 그쪽은 쳐다보지도 않고 보트 안으로 뛰어들었다. 엔진을 켜고 방향을 강 쪽으로 돌렸다. 경비실에선 아무 기척도 없었다. 줄리는 고개를 한껏 쳐들고 하늘을 쳐다보았다.

비행기는 사라지고 없었다. 착륙한 게 틀림없었다. 어디쯤 착륙했을지 알 것 같았다. 저번에 레이와 같이 비행했을 때가 떠올랐다. 운하 근처에서 뭔가 수상해 보이는 유람선이 보트 창고로 들어갔던 일이 기억 났다. 아무도 모르게 거기까지 가기만 하면 될 일이었다.

배가 수면에 털썩 부딪히면서 물보라가 사방으로 튀었다. 줄리의 심장은 미친 듯이 고동치고 있었다.

눈에 언뜻 뭔가 움직이는 게 보였다. 악어였다. 강둑에서 뛰어들어 물 위를 미끄러지듯이 움직였다. 꼭 줄리가 탄 배를 뒤쫓아오는 것 같았다. 줄리는 숨을 크게 들이마시고 운전대를 틀어쥐었다.

레이는 아주 조용히 앉아 있었다. 모기 떼가 목이며 얼굴을 마구 뜯고 있었다. 집에서 나올 때 방충제를 뿌리고 나오는 건데 잘못했다. 덤불 같은 데 숨어 있을걸 하는 생각이 들었다. 재수 없게도 적당히 숨을 만한 곳이 여기밖에 없었다. 독거미한테 안 물리면 그나마 다행이란 생각이 들었다. 운하에서 비행기가 행동을 개시하고 나면 집에 갈 수 있을 것이다. 비 때문에 거래가 미뤄져 거래량을 한꺼번에 세 배 정도 늘린 것 같았다. 이 바닥에선 워낙 흔한 일이었다. 거래는 굉장히 빠른 속도로 이뤄지고 있었다. 거래에 말은 필요 없었다.

갑자기 보트 엔진 소리가 들려서 레이는 그쪽으로 고개를 획 돌렸다. 그리고 욕지거리를 내뱉었다. 생각지도 않은 불청객이었다. 어디서 정보를 듣고 호기심 때문에 몰래 엿볼 생각으로 나온 불청객 같았다. 그런 호기심 때문에 목숨을 잃을 수도 있다는 걸 아는지 의심스러웠다.

레이는 운동화를 벗어서 운동화 끈 두 개를 같이 묶어 목에 걸었다. 그리고 천천히 배 안에 몸을 싣고는 강둑까지 노를 저어서 배를 기슭에 댔다. 목에 걸고 있던 신발을 다시 신고 사이프러스 사이로 들어갔다. 아직 아무한테도 들킨 것 같진 않았다. 엔진 소리가 들리던 곳까지 조심스럽게 발걸음을 움직였다.

보트는 운하 안으로 들어가고 있었다. 운전대에 앉은 사람을 발견했을 땐 심장이 쿵 내려앉는 기분이었다. 허리에 손을 얹은 채로 그쪽을 응시하다가 고개를 하늘로 쳐들었다. 레이는 간절히 기도하는 심정으로 나지막이 내뱉었다.

「이런 젠장, 하나님 아버지, 예수님, 성모님!」

당연히 하늘에서는 아무런 응답이 없었다. 어쩔 수 없었다. 레이는 천천히 강물 속으로 들어갔다.

레이는 보트 옆쪽에서 아무 기척도 없이 수면 위로 모습을 나타냈다. 손으로 보트 가장자리를 짚으면서 조금씩 몸무게를 실었다. 균형이 잡혔다 싶을 때, 배 위로 훌쩍 뛰어올랐다.

줄리가 무슨 일인가 싶어 획 몸을 돌렸다. 레이는 재빨리 뒤에서 팔로 잡아챘다. 그 바람에 두 사람은 바닥에 같이 뒹굴었다. 레이가 고통에 찬 신음소리를 내뱉었다. 어깨에 났던 상처가 다시 벌어졌는지 불에 데인 것처럼 쓰라렸다. 레이는 다리를 줄리의 허벅지에 올려놓으면서 손으로 입을 틀어막았다.

「소리낼 생각은 마.」

레이는 잔뜩 화가 난 목소리로 줄리의 귓가에 속삭였다.

「그랬다간 우리 둘 다 죽을 테니까.」

줄리는 꼼짝 않고 가만있었다. 가슴이 오르락내리락했다. 부드러우면서도·탄력 있는 몸매였다. 머리에서는 달콤한 향이 났다. 이렇게 배 안에서 별을 보며 사랑을 나누면 얼마나 좋을까 하는 생각이 머리를 스쳤다. 그렇긴 해도 지금처럼 타이밍이 안 맞는 때가 있을까.

레이는 한쪽 팔로 바닥을 짚으면서 몸을 일으켰다. 어깨가 쓰라렸다. 그 바람에 화가 더 치밀었다.

「지금 손을 놓을 테니까 가만히 있어야 해. 어떻게 해서든 아무 소리 안 내고 빨리 떠나야 하니까 가만있어. 내가 하라는 대로 할 거면 고개를 끄덕여봐. 안 그랬다간……」

줄리는 눈썹을 치켜 올렸다. 안 그랬다간 어쩔 거냐고 레이한테 묻고 있었다. 그걸 보고 레이는 하마터면 웃음을 터뜨릴 뻔했다.

「안 그랬다간 당신 셔츠를 찢어버릴 거야. 그걸로 당신 입에 맞는 재갈을 만들면 어떨까? 무슨 말인지 알아듣겠지?」

줄리는 살짝 고개를 끄덕였다.

레이는 줄리를 놔주면서 운전대를 잡았다. 보트의 방향을 바꿔 재빨리 그 자리를 떠났다. 줄리가 바닥에서 일어나더니 배 끄트머리에 가서 앉았다. 되도록 레이한테 멀리 떨어져 앉으려는 심사가 엿보였다.

레이의 마음속에 후회 비슷한 감정이 스쳐갔다. 레이는 애써 마음속에서 그런 감정을 떨쳐냈다. 나중에 설명하면 될 일이었다. 그럴 시간이 주어질지 알 순 없었지만.

줄리는 촬영장이 가까워질 때까지 묻고 싶은 걸 꾹꾹 눌러 참았다. 레이가 자신을 믿고 모든 걸 털어놓기를 바랐다. 줄리는 소리가 울려 퍼지지 않게 목소리를 낮추면서 물었다.

「지금쯤 뉴올리언스에 있어야 되는 거 아닌가요?」

「여기서 얼마 되지도 않는걸. 갔다가 돌아왔지.」

단호한 말투를 써봤지만 줄리한테 먹혀들 리 없었다.

「이 한밤중에 늪에서 뭐하고 있었어요?」

「낚시.」

「그럴 줄 알았어요」

「내 취미야.」

「그런 소리 할 거면 집어치워요」

줄리는 상대에 대한 혐오감 때문에 고개를 돌렸다.

두 사람 모두 선착장에 도착할 때까지 아무 말이 없었다. 수은등 불빛이 수면 위를 비추고 있었다. 괴이한 분위기를 자아내는 선홍색 불빛 아래 하얀 유람선이 모습을 드러냈다.

배 끄트머리에 누군가 고개를 처박은 모습으로 양팔을 대롱거리고 있었다. 하얀 선체를 물들인 검붉은 액체가 수면에 퍼졌다.

19

스탠이었다.

두 사람은 스탠을 유람선 갑판에 눕혔다. 줄리는 스탠 옆에 무릎을 꿇고 앉아 맥박이 뛰는지 살폈다. 레이는 소용없는 짓이라고 했지만 직접 확인해봐야 했다. 축 늘어진 손목을 계속 붙들고 있었지만 맥박이 뛰는 기미는 전혀 없었다. 밀랍같이 창백한 얼굴을 보면서도 실감이 나지 않았다.

스탠이 죽었다. 얼마 전까진 걷고 얘기하고 걱정하고 생각도 했던 사람이 이렇게 누워 있었다. 잠깐이었지만 친아버지일지도 모른다고 생각한 사람이었다. 그런 아저씨가 이젠 저 세상으로 떠났다.

갑자기 목이 메어왔다. 눈물이 뺨을 타고 흘러내렸다. 줄리는 억지로 이성을 그러모아 생각에 잠겼다.

총상은 없었다. 칼에 찔려 죽은 모양이었다. 아까 보트를 타기 전에 유람선 쪽은 제대로 살펴보지 않았다. 만약 그때까지 스탠이 살아 있었다면 자신이 구할 수 있었을지도 모른다.

「가서 보안관 사무소에 연락해야지.」

레이가 손을 줄리의 어깨에 올려놓으면서 말했다.

「난 여기 있겠어요.」

「안 돼.」

줄리는 눈물을 닦아내면서 레이를 올려다봤다. 레이의 목소리가 너무 단호해서 깜짝 놀랐다.

「그럼 내가 가서 전화할 테니까 당신이 남아 있던가요.」

「둘이서 같이 가야 돼. 이런 짓을 한 녀석이 근처에 남아 있을지도 몰라.」

줄리는 뭐라고 하려다가 입을 다물었다. 저쪽에서 손전등 불빛이 사방으로 움직였다. 경비원이 순찰을 도는 것 같았다. 최소한 경비는 무사한 것 같았다.

레이는 보안관 사무소에 연락했다. 살인사건이니만큼 보안관이 주 경찰에 알릴 공산이 크다고 레이는 말했다. 아무래도 이번 수사는 폴 리슬릿 때보다 더 길어지고 강력해질 것 같았다.

레이가 전화를 끊고 나서 줄리는 앨런과 아버지한테 전화를 걸었다.

아버지는 한참 만에 졸린 목소리로 전화를 받았다. 줄리한테 얘기를 듣고 잠이 다 깼는지 붉은 소리를 버럭 질렀다.

「이런, 말도 안 되는 일이! 어떻게 된 거야?」

불이 당장 달려오겠다고 하면서 급히 전화를 끊었다. 줄리는 수화기를 들고 한참을 서 있었다. 아버지 목소리가 너무 냉정했던 건 아닐까, 별로 놀라는 기색이 없었던 건 아닐까, 몇 번이고 머릿속에 떠올려봤다. 이러긴 정말 싫었지만 의심이 자꾸 들었다.

이젠 누굴 믿어야 할지 알 수가 없었다.

레이가 갑자기 운하 저쪽에서 나타났던 것도 그랬다. 어떻게 줄리가 탄 보트까지 왔는지 알 수가 없었다. 늪에서 뭘 하고 있었는지는 안 봐도 뻔했다. 레이가 위협조로 나온 걸로 봐서는 그때 그 수상쩍은 비행기에 관해 뭔가 알고 있다는 얘기였다.

문제는 경찰한테 어떤 식으로 설명하느냐 하는 것이었다. 자신이 추측하고 있는 사실을 얼마만큼 알려야 하는 건지 감이 안 잡혔다.

스탠은 죽었다. 무슨 짓을 해도 죽은 사람을 되살릴 순 없는 일이 아닌가. 스탠이 아버지와 오랫동안 불화가 있었다고 했다간 아버지가 체포될지도 모른다. 거기다 영화사가 모종의 마약 거래에 개입해서 그런 걸지도 모른다고 했다가는 어떻게 될지 뻔했다. 몇 주 동안 촬영이 중단될 테고, 그랬다간 자신의 영화며 미래까지 한순간에 물거품이 될 수도 있었다.

어차피 촬영이 지연될 게 분명했다. 보험회사 직원 데이비스가 또 찾아와서 손떼라고 할 테지. 줄리는 속으로 비명을 내질렀다.

혹시 스탠이 나 대신 죽은 건 아닐까? 누군가 날 감독 자리에서 물러나게 하려고 이런 짓을 한 건 아닐까? 말도 안 돼. 내가 밉다고 죄 없는 사람까지 죽이다니.

줄리는 자신이 괜히 과민 반응을 보이고 있는지도 모른다고 생각했다. 여태껏 촬영장에서 발생한 사고들이 자신과는 무관한 일이었는지도 모른다. 어쩌면 폴 리슬릿이나 스탠의 죽음도 마약과 연관된 건 아닐까?

가능성은 많았지만 어떤 게 진실일지 알 수가 없었다. 자신도 확실히 모르는데 경찰한테 말한다는 건 좀 내키지 않았다. 아버지와 영화를 위해 입을 다물거나, 경찰한테 시시콜콜 말하거나 둘 중 하나였다. 결정할 시간은 10분 정도밖에 없었다.

레이는 창 앞에 서서 선착장을 내다보고 있었다. 쉽사리 말을 건네기 힘들 정도로 냉랭한 분위기가 감돌았다. 머리카락이며 옷이 다 젖어 있었다. 어깨에 붉은 핏자국이 남아 있었다.

「피가 났잖아요.」

줄리가 날카롭게 말했다.

레이는 상처 자국을 못 보게 할 생각인지 등을 벽 쪽으로 돌렸다.

「별거 아니야.」

「그러지 말고 따라와요. 오필리아가 준비해둔 구급상자가 있어요.」

두 사람은 오필리아의 트레일러로 들어갔다. 줄리는 구급상자를 꺼내면서 혼잣말을 했다.

「이젠 다 끝난 건가.」

하루 사이에 너무 많은 일이 있었다. 줄리는 알코올에 담가둔 솜과 가제, 반창고를 꺼냈다. 옆에서 지켜보고만 있던 레이가 입을 열었다.

「일하느라고 지금까지 남아 있었던 거야?」

줄리가 고개를 끄덕이면서 다가왔다. 레이는 책상에 앉아서 등을 돌렸다. 상처에 알코올을 묻힌 솜을 댔더니 몸을 움찔했다.

「미안해요.」

「혹시 수상한 사람이 근처에서 얼쩡거리진 않았어?」

「아뇨, 하도 들락날락하는 사람들이 많아서 잘 모르겠네요. 거기다 일하느라 딴 데 신경 쓸 여력이 없었어요.」

「그럼 다들 제시간에 돌아들 간 건가?」

「스탠만 빼고요.」

줄리는 솜으로 핏자국을 닦아냈다. 갑자기 아까 유람선을 물들였던 붉은 선혈이 머릿속에 떠올랐다. 온몸이 발작적으로 떨려왔다. 줄리는 피가 묻은 솜을 휴지통에 버리고 새걸 꺼냈다.

「아까 보니까 트럭 열쇠를 놔뒀더라구요.」

「다른 사람들 차 열쇠는 없었던 거야?」

「그건 아닌 거 같은데. 잘 모르겠어요. 주차장에 그냥 세워두는 트럭들도 있긴 있어요. 일 때문에 그런 것도 있고 늦게까지 일하는 사람들 생각해서 놔두거든요.」

「누구 건지 알겠다 싶은 열쇠는 없었어?」

줄리는 고개를 내저었다. 소독한 자리에 가제를 대고 반창고를 붙였다. 반창고를 손바닥으로 꾹꾹 눌러서 고정시켰다. 레이의 몸이 잔뜩 긴장하고 있다는 게 손끝으로 느껴졌다. 갈색으로 그을린 피부는 따뜻하고 탄력이 있었다. 줄리는 마른침을 삼키면서 날카롭게 물었다.

「그런 건 왜 물어봐요? 무슨 말을 듣고 싶어서 그러는 건데요?」

「당신이 중요한 단서를 갖고 있는지 어떤지 알아보려고 했지. 그런 게 없으면 보안관 질문 공세에 괜히 시달릴 필요가 없잖아. 내가 낚시하다 돌아와서 시체를 발견했다고 하면 간단할걸 말이야.」

「운하에서 있었던 일은 말할 생각 말라 이거예요? 다른 사람한테 비행기 얘긴 입 밖에 내지 말라는 소리겠죠. 그나저나 거기서 뭐하고 있었어요?」

「오늘 일어난 사건과는 아무 상관 없는 일이야.」

「상관이 없는지 어떻게 알아요?」

「오늘 사건이 늪에 있었던 비행기와 관련이 있는지 어떤지 확실하진 않아. 그리고 비행기가 왜 거기 있었는진 나도 모르겠어. 하지만 이거 하나는 확실해. 내가 거기 간 거하고 스탠이 죽은 건 아무런 상관이 없어. 당신처럼 나도 그때 그 장소에 있었을 뿐이지.」

「그게 전부예요?」

레이는 헤아릴 수 없는 눈빛으로 줄리를 응시했다.

「날 믿어 줘. 그 수밖에 없어.」

레이의 나지막한 목소리는 두 사람이 함께 했던 시간을 떠올리게 했다. 몸과 맘을 함께 나눴던, 짧지만 특별했던 순간이 줄리의 마음속에 자리잡았다. 물론 레이는 그런 걸 빌미로 줄리의 마음을 돌리려고 할 사람이 아니었다.

레이는 자신을 믿어달라고 했다.

줄리를 보호하려고 그러는 건지 아니면 자기 자신을 위해서 그러는 건지는 알 길이 없었다. 차라리 모르는 게 약일 거란 생각이 들었다.

　무턱대고 레이를 믿을 순 없었지만 지금은 레이가 하자는 대로 해야
할 것 같았다. 줄리한테도 그게 유리했다.
　줄리가 가시 돋친 목소리로 물었다.
「몸이 젖은 건 어떻게 설명할 거예요?」
　레이의 눈 속에 한순간 안도감 비슷한 게 스쳐갔다.
「단서가 될 만한 걸 찾으러 물 속에 들어갔다고 하면 되지. 스탠이 쓰
러지면서 몸에 박혔던 칼이 물 속으로 빠졌을지도 모르잖아.」
「그랬으면 어깨 상처가 벌어졌겠죠. 그러고 나서 아마 의상 트레일러
로 가서 젖은 옷을 바꿔 입었겠군요.」
　레이의 입술이 미소를 지을 듯 말 듯 움직였다.
「비웃는 거면 가만 안 둬요. 그 정도 상상력도 없을 줄 알았어요? 없
는 이야기 지어내는 게 내 전공이라구요.」
「그러고도 남지.」
　왠지 뼈가 있는 말처럼 들렸다.
「경비원은 어떻게 하죠?」
「10시 30분에 교대하러 왔는데 수상한 사람은 못 봤다고 하던걸. 나와
친한 사람이니까 내가 말만 잘하면 괜찮을 거야.」
　줄리가 고개를 끄덕였다.
「됐어요. 그럼 보안관한테 뭐라고 얘기할지 말해봐요. 어쨌든 입을 맞
춰야 할 거 아니에요.」
　복잡한 건 하나도 없었다. 줄리가 배를 타고 늦까지 갔던 사실만 언급
안 하면 되니까. 그 대신 레이가 타고 온 보트 엔진 소리를 듣고 선착장
에 갔다고 얘기하기로 했다. 그런 후에 두 사람이 같이 스탠의 시체를
발견한 걸로 하기로 했다.
　레이가 문 앞에 서서 망을 보는 동안, 줄리는 의상 트레일러에서 장
피에르의 의상을 하나 골랐다. 자꾸만 솟아나는 의심을 떨쳐버리려고 애
쓰며 두 사람이 사무실로 돌아가는데 보안관과 부하 경관들이 도착했다.

322

얼마 지나지 않아 주 경찰도 모습을 나타냈다. 미리 짜놓은 각본대로 레이가 설명을 하고 줄리는 옆에서 한두 마디만 덧붙였다.

기나긴 밤이었다. 불이 험악한 인상을 쓰며 트레일러 안으로 들어왔다. 수염이 까칠한데다 짧게 깎은 머리가 빳빳하게 서 있었다. 오필리아도 불한테 연락을 받고 달려왔다. 다들 사무실에 둘러앉아서 커피를 마셨다.

검시관과 법정 고문들이 왔다가 돌아갔다. 그때가 새벽 4시 30분이었다. 검시 결과 스탠의 사망 시간은 11시에서 새벽 1시 사이였다. 어제 저녁 스탠의 행적을 조사해보면 더 자세한 결과를 얻을 수 있을지도 모른다. 오필리아가 스태프들한테 전화를 걸어서 그 시간에 촬영장에 남아 있었던 사람이 있었는지 일일이 확인했다.

줄리는 좀더 정확한 사망 시간을 알고 싶었다. 자신이 보트를 타고 촬영장을 떠나기 전에 죽었는지 아니면 그 이후에 죽었는지 알 길이 없었다. 그 사실이 계속 마음에 걸렸다. 선착장에서 유람선을 한번 확인해봤다면 사정은 완전히 달라졌을 것이다.

속마음을 터놓지 못하다보니 시간이 갈수록 불편한 마음은 더해갔다. 거기다 강에서 있었던 일을 입 밖에 내지 않으려고 조심하느라 신경이 바짝 곤두서 있었다. 동이 틀 때쯤 앨런이 도착했다.

앨런은 줄리의 안색을 보고 당장 돌아가서 쉬라고 했다. 아까부터 아버지와 레이가 계속 돌아가라고 했지만 거절했다. 지금은 너무 지쳐서 입씨름할 기운도 없었다. 거기다 앨런이 영화사 대표 자격으로 책임을 대신 수행할 수 있었다.

타인의 집엔 섬머가 아직 머물고 있었다. 아네트가 입원한 뒤론 도나가 아이를 돌봐주고 있었다. 타인과 도나는 순찰차 도청장치로 사고에 관한 얘기를 들었다고 했다. 두 사람은 섬머를 도나의 애들과 같이 내보냈다. 그러고 나서 줄리한테 자초지종을 물어왔다. 두 사람이 아무렇지도 않게 물어봤기 때문에 줄리도 편하게 대답할 수 있었다. 타인이 아침을 차려줬지만 줄리는 거의 손대지 않았다. 숙모는 접시를 치우면서 줄리의 어깨를 가볍게 껴안았다.

「가서 눈 좀 붙여봐. 너무 피곤해 보여. 그런 걸 옆에서 귀찮게 했으니 나도 참 주책이지. 빨리 가서 쉬라고.」

줄리는 샤워를 하고 잠옷을 입었다. 커튼을 치고 침대에 누웠지만 잠이 안 왔다.

날 믿어줘.

레이는 그렇게 말했다. 줄리는 뭐라고 반박하고 싶은 걸 간신히 참았다. 줄리가 믿기 힘들어한다는 걸 알 텐데 더 이상 설명이 없었다. 나름대로 이유가 있었기 때문에 레이가 하자는 대로 할 수밖에 없었다. 그렇긴 해도 확실히 물어보질 않고 넘어간 건 잘못한 일이었다. 뭘 감추려고 그렇게 서둘러서 자리를 피했는지 그것도 알 수가 없었다.

아이들이 뒤뜰에서 깔깔대며 떠드는 소리가 들렸다. 타인과 도나가 다치지 않게 조심하라고 주의를 주곤 했다. 왠지 맘이 차분해졌다. 어렸을 때 꿈을 꾸는 기분이었다.

줄리는 노크 소리에 놀라 일어났다. 잠옷을 입고 베란다 문을 열었다. 도나가 심각한 얼굴을 하고 문 앞에 서 있었다. 줄리는 옷깃을 여미면서 뒤로 물러섰다. 그리고 침대에 앉아 도나한테 앉으라고 손짓했다.

도나는 손을 모아 쥐고 자리에 앉았다.

「잠 깨워서 미안해요. 그래도 얘기할 게 좀 있어서요. 촬영장에선 주위 사람들 시선도 있고 일 때문에 바쁘신 것 같아서 못했어요.」

「나한테 귀띔만 해도 됐을 텐데 그랬어요. 섬머 때문에 그래요?」

「아뇨, 저기…… 레이 때문에 그래요.」

「그런데요?」

그런 말을 해서 상대가 말을 꺼내기 힘들게 할 필요는 없었다. 그렇긴 해도 사실 할말이 그것밖에 없었다. 갑자기 뱃속이 불편해졌다. 도나랑 레이가 어렸을 때 좋아한 사이였고, 폴이 죽기 전에도 그런 관계였다는 애기가 머리에 떠올랐다.

「레이 때문에 걱정이 돼요. 그 사람한테 자기 부인이 죽었다는 애긴
들었어요?」

「들은 것도 같네요.」

「아마 부인이 화가 나서 가출하려고 했던 애긴 안 했을 거예요. 레이
가 일만 하고 가정에 소홀하다고 불만이 많았거든요. 계단을 내려가다가
미끄러져서 그만 사고를 당했어요. 비가 잔뜩 와서 계단이 아주 미끄러
웠거든요. 더구나 임신한 몸에다 무거운 가방까지 들었으니 몸을 가누기
힘들었을 거예요. 그 바람에 아이도 유산되고 산모도 목숨을 잃었죠. 레
이는 모든 게 자기 탓이라고 생각하고 있어요. 그날도 일이 있어서 집에
없었거든요.」

「레이는 그런 자세한 애긴 안 했어요. 그런데 왜 나한테 이런 애기를
해주는 거죠?」

「레이의 전 부인은 나이가 어리고 고집이 있던 여자였어요. 꼭 옛날
초상화에 나오는 여자처럼 고전적인 타입이었죠. 아무래도 어리다보니까
철없는 짓을 많이 하긴 했어요. 사실 전엔 레이가 과거를 떨쳐버리지 못
하리란 생각이 들었어요. 사고가 있고 나서부터 사귀는 여자들은 모
두……, 이걸 뭐라고 표현해야 할지 모르겠지만, 다들 뭔가 결함 같은
게 있는 여자들뿐이었어요. 괜찮은 여자들이긴 했죠. 문제는 그 여자들
이 과거에 가족이나 남편한테 버림받았거나 정신적 육체적으로 학대받
은 경험이 있다는 거예요. 옆에서 봐도 꼭 도움이 필요한 여자들한테만
끌리는 것처럼 보이더라구요. 제가 하는 말 이해하시겠어요?」

「글쎄요, 그럼 레이가 절 그런 식으로 본단 애긴가요?」

「그 전까진 여자를 대할 때 애정보다는 연민의 감정을 갖고 있었다는
게 맞을 거예요. 애정이라기보다는 연민의 감정에 더 가까웠을 거예요.
당신을 만나기 전까진 말이에요.」

도나 자신이 그런 연민의 대상일지도 모른다는 생각은 안 해봤을까?

만약 레이의 취향이 그렇다면 도나한테 끌리는 게 당연했다. 도나는 매력적이면서도 아직 싱싱한 나이의 과부였다. 거기다 애가 둘이나 딸려서 생계를 꾸려가기 힘든 입장이었다. 연민의 감정을 자아내고도 남을 지경이었다.

줄리는 자리에서 일어나 문을 열면서 말했다.

「미안하지만 무슨 말을 하시려는 건지 모르겠네요. 괜찮으시다면 좀 쉬고 싶어요.」

「내가 이런 얘길 하는 걸 알면 레이가 가만있지 않을 거예요. 그래도 레이가 상처받는 걸 보긴 정말 싫거든요. 전 부인한테 당했던 것처럼 말이죠. 정말 한심한 여자였어요.」

「그럼 결혼생활이 시원찮아서 집을 나온 여자는 다 한심한 건가요?」

「그래도 레이가 무슨 일을 하는지 다 알고 결혼한 건데 그러면 쓰나요? 일 때문에 어쩔 수 없이 집을 비워도 이해를 했어야죠.」

줄리는 레이가 하는 일에 관해 좀더 자세히 알고 싶었다. 두려움의 실체를 확인해볼 필요가 있었다. 줄리는 문을 닫고 등을 기댔다.

「어떤 일을 했는데요?」

「마약 단속기관에서 비밀 수사요원으로 일했어요.」

비밀 수사요원이라!

「그래도 은퇴했다면서요.」

「몇 년 전에 그랬죠.」

「사정이 있었다던데.」

「사정이요?」

도나는 무슨 말인지 모르겠다는 얼굴을 하고 있었다.

「압수한 마약이 없어지는 바람에 그 책임을 지고 나왔다고 들었거든요.」

「아, 그거요? 압수한 마약을 트럭에 싣고 가다가 학교 근처에 잠깐 세워뒀대요. 그 학교에서 마약 중독을 예방하는 방법에 관해 연설을 하기로 했다나봐요. 그게 없어져서 한참 시끌벅적했죠. 그래도 나중에 고스란히 다 찾았어요.」

줄리가 멍하고 있다가 물었다.

「나한텐 나쁜 인상을 줄 얘기만 했군요.」

레이가 왜 일부러 악인 역할만 골라 하려는지 이유를 알 수 없었다.

「원래 좀 엉뚱한 면이 있는 사람이긴 해요.」

「집안도 좋다는 사람이 굳이 그런 일을 시작한 이유가 뭐죠?」

「레이는 원래 집안 같은 건 따지지 않는 사람이에요. 외할아버지가 딸이 케이준과 결혼하는 걸 완강하게 반대했어요. 레이가 태어나기 전까진 소식 한 장 없었대요. 그러다가 손자가 태어나니까 그제야 일 년에 한두 번 정도 찾아오곤 했다네요. 레이는 뼛속까지 케이준이에요. 어릴 때부터 레이의 아버지와 할아버지, 그 조상들이 늪에서 뒹굴며 살아왔던 방식 그대로 살았으니까요. 우리 케이준들은 모두 한식구나 다름없어요. 그런데 사업이니 부자니 집안 같은 걸 따질 필요가 뭐 있겠어요.」

줄리는 그제야 좀 이해가 갔다. 간신히 조각을 다 맞춘 기분이 들었다. 아직도 마음 한구석에 석연찮은 구석이 남아 있긴 했다. 그게 뭐라고 꼬집어서 얘기할 순 없었지만.

「그럼 부모님이 돌아가시고 나서 환경이 달라진 거군요.」

「그래요. 졸지에 상속자가 된 거죠. 전보다는 더 자주 외조부, 외조모를 찾아 뵙긴 했어요. 그래도 마음속으론 그분들을 용서할 수가 없었나봐요. 그래서 학비 말곤 그분들 도움을 받을 생각을 안 했어요. 레이한테도 자존심이란 게 있으니까요. 할아버지가 돌아가시고 할머니까지 편찮으셔서 할 수 없이 마약 단속기관을 나왔죠. 그때 처음으로 사업이란 걸 맡아서 한 거예요. 한참 동안 일만 하고 이득은 챙기지도 않았다네요. 요즘은 좀 달라진 것 같아요. 자기가 사업을 방대하게 키워놓은 마당에 계속 그러는 것도 우습잖아요.」

「어떤 쪽으로 사업을 하는데요?」

「해외 투자를 주로 하나봐요. 얘길 자세히 안 해서 잘 모르겠네요.」

「그런 사업가 기질도 있는 만큼…… 레이가 영화사를 상대로 고소하는 게 좋겠다고 하던가요?」

「고소라니, 무슨 말씀 하시는 거예요?」

「레이한테 들은 말이 있었거든요. 아무래도 제가 오해했나봐요.」

「어쨌든 그런 일은 없을 거예요. 제 남편도 위험한지 다 알고 한 일인걸요. 폴의 직업이 그런 걸 어쩌겠어요. 이해했어야죠.」

왠지 자랑스러움 같은 게 배어 있는 말이었다. 줄리는 뭔가 이상하단 생각을 했다.

「안 해도 상관없는 일이었는데요.」

「아뇨, 남편은 자기가 해야 할 일은 꼭 하는 사람이었어요. 남자 중의 남자였죠. 최고의 경찰이었구요.」

「경찰이라구요?」

줄리가 어안이 벙벙해서 물었다.

「마약 단속반이었죠. 자기가 하는 일에 자부심을 갖고 있었어요. 수사관은 그만두고 새우잡이를 하겠다고 입버릇처럼 말하긴 했지만 잘 안 됐어요. 수입도 많고 일 잘한다고 인정도 받았으니까요.」

마약 단속반, 비밀 수사요원!

줄리는 갑자기 오한을 느끼고 팔로 어깨를 감쌌다.

「레이도 아는 사실이겠죠?」

「아마 폴도 레이가 하는 일에 가담했을 거예요.」

도나가 고개를 끄덕이면서 말했다.

「다른 사람들도 아는 거예요?」

「가까운 인척들 정도 될까 별로 많진 않아요. 혹시 폴이 자기 일 때문에 그렇게 됐다고 생각하시는 건가요? 사실 사고가 아닐지도 모른다는 생각은 했어요.」

「도나도 지금은 우리랑 같이 일하는 입장이잖아요.」

328

「저도 돈이 필요하니까요.」

줄리는 한참 동안 도나를 바라보다가 입을 열었다.

「도나는 아주 보기 드문 사람이에요. 영화가 끝날 때가 다 돼서 섭섭하네요. 좀더 친해지면 좋았을 텐데 말이에요.」

「그럼 LA로 돌아가는 건가요?」

「그럼요.」

「그래요? 레이를 힘들게 하지 말라고 제가 부탁하면 들어주시겠어요?」

「힘들게 하지 말라구요? 제가 언제 그 사람 귀찮게 한 적 있어요?」

「제가 무슨 말 하는지 아시잖아요. 레이한테 감정이 없다면 그냥 그렇게 말하고 LA로 돌아가세요. 원래 사귀던 사람이 있잖아요. 레이가 잘생기고 뭔가 신비한 면도 있으니까 끌렸겠죠. 레이한테 필요한 여자는 잠깐 불장난할 상대가 아니에요. 당신은 레이가 여태껏 사귀었던 여자들과 달라요. 아마 당신이라면 레이도 진심으로 사랑할 수 있을 거예요. 그래도 까딱 잘못했다간 레이만 마음에 상처를 입겠죠. 다른 사람도 아니고 왜 레이가 그런 대접을 받아야 하나요?」

「그럼 당신은 옆에서 기다리고 있다가 대어를 건지기만 하면 되겠군요.」

「난 남편을 잃은 과부예요.」

도나가 고개를 똑바로 쳐들고 말했다.

「남편을 아주 사랑했어요. 레이도 사랑해요. 그래도 당신이 생각하는 그런 의미로 사랑하는 건 아니에요. 언제나 내가 도움이 필요할 때, 같이 있어줬고 앞으로도 그렇겠죠. 그 이상은 아니에요.」

「지금은 그렇단 얘기겠죠.」

도나가 자리에서 일어나서 문가로 갔다.

「얘기가 통할 거라고 생각했는데……, 아무래도 내가 잘못 생각한 거 같네요. 자는 걸 방해해서 미안해요.」

후회가 밀려들었다. 줄리는 한숨을 내쉬면서 말했다.

「미안한 건 내 쪽이에요. 당신 같은 사람이 레이한텐 필요할 거예요. 난 애 보기나 살림에는 익숙지 않은 사람이에요. 더군다나 남편이 위험한 일을 하는 걸 견뎌낼 재간도 없구요. 영화만 끝내면 돌아갈 테니까 걱정 말아요. 그럼 다 정리될 거예요」

도나는 나가려다 말고 그 자리에 섰다.

「그럴까요?」

줄리는 억지미소를 지었지만, 도나가 묻는 말엔 대답하지 않았다. 목이 메어 한마디도 할 수 없었다.

20

줄리는 오후에 촬영장으로 돌아왔다. 잠은 못 잤지만 쉬고 나니까 기분은 홀가분했다. 집에 있을 때도 내내 마음이 불안했다. 수사가 얼마나 진척됐는지 스태프들은 뭘 하고 있는지 궁금해서 견딜 수가 없었다.

스탠에 대한 생각이 머리에서 떠나질 않았다. 장례 문제도 그렇고 뒷수습할 게 많았다. 일리노이에 사는 누이가 있다고 들었다. 가족 묘지에 묻을 건지, 아니면 LA, 그것도 아니면 여기 루이지애나에 묻을 건지 의향을 물어볼 필요가 있었다. 시체 검시가 끝나야 결정할 수 있는 일이겠지만.

언제쯤 다시 촬영을 시작할 수 있는지도 알아야 했다. 거리 신을 조금씩만이라도 계속 찍을 수 없는지, 그것도 알아봐야 했다. 가능하다고 해도 문제는 남아 있었다. 허가 받을 일도 있었고 장비 문제도 있었다. 사고 때문에 촬영장이 아수라장이 된 만큼, 촬영이 가능할지 의문이었다.

다 핑계지 뭐야, 줄리는 속으로 중얼거렸다.

불은 사무실에서 치킨을 먹고 있었다. 줄리가 들어오는 걸 보고 불은 고개를 들었다.

「다시 올 거란 생각을 했지.」

상자에서 치킨 한 조각을 집어 들면서 흔들었다.

「날개 한 조각 먹을래?」

줄리는 예의상 한 조각을 집어 들었다.

「새로 밝혀진 사실은 없어요?」

「12시쯤 스탠을 본 사람들이 있다던데. 사망 시간이 좀 확실해졌지. 그것 말곤 없어.」

줄리는 치킨을 먹고 남은 뼈를 쓰레기통에 넣은 뒤, 냅킨을 집어 들었다.

「이번 일 때문에라도 할 수 없이 몇 장면 빼야 할까봐요. 왜 저번에 말씀드렸잖아요.」

「또 쓸데없는 소리 하네.」

불이 잔뜩 찌푸린 얼굴로 말했다.

「저라고 그렇게 하고 싶겠어요? 어쨌든 영화 못 끝내는 거보다는 백 배 낫잖아요.」

「자꾸 지연되니까 답답하기도 하겠다만 조금만 더 참아라. 계획했던 대로 다 찍을 수 있을 거다. 네 생각만큼 시간이 촉박하진 않아.」

「그건 아닌 거 같아요. 빨리 끝내는 게 나으리란 생각이 들어요. 아버지가 모르시는 문제가 있거든요.」

「마약 거래 말이냐?」

불이 스스럼없이 내뱉었다.

「어떻게……」

「눈이랑 귀가 장식으로 있는 게 아니다. 아까 레이한테 들은 것도 있고.」

「그럼 다 아시겠네요. 시간 끌어봤자 좋을 건 하나 없다는 거 말이에요. 누군가 마약을 거래하는 장소로 촬영장을 이용하고 있다구요.」

「그게 네 일과 무슨 상관이 있어? 그런 것 때문에 예술을 희생시키다니 말도 안 되지.」

「제가 하는 일을 예술이라고 표현하는 사람은 없던데요.」

줄리가 시큰둥하게 말했다.

「어떻게 해야 할지 아직 잘 모르겠어요. 여기 계속 있다가 또 무슨 일이 생겨봐요. 예술이고 뭐고 무슨 소용이 있어요. 책임은 모두 제가 져야 할 텐데요.」

「전에도 한 얘기지만 그랬다간 영화만 망친다니까. 내가 보기에 넌 절대로 쓸데없이 필름을 낭비하는 타입이 아니야. 스케줄을 보니까 뺄 부분은 없던걸. 그런 걸 빼봐라. 분위기며 줄거리를 망치는 꼴이 돼.」

「편집하면서 필름 안 자르는 감독도 있나요?」

「이건 그 얘기가 아니잖니. 찍기로 한 걸 처음부터 아예 안 찍겠다는 얘기지.」

바깥문이 열리더니 마들린이 째지는 소리로 외쳤다.

「장면을 빼다니!」

마들린이 사무실 안으로 다급히 들어왔다.

「그게 무슨 얘기예요? 자기, 어느 장면을 자른단 얘기죠?」

「당신이 나오는 장면만 골라서 다 뺄 거야.」

불이 짜증스러운 목소리로 말했다. 방해받은 게 못마땅한 눈치였다.

마들린이 부자연스런 미소를 지으면서 말했다.

「내가 그럴 줄 알았지. 잘 들어요. 병원 신에서 내 대사 한마디라도 잘라봐요. 죽을 각오가 돼 있으면 그렇게 하라구요.」

갑자기 사고를 의식했는지, 마들린이 황급히 덧붙였다.

「죽인다는 말은 너무 심했네. 내 말은 그게 아니라…….」

「병원 신은 빼지 않을 거예요.」

줄리가 끼여들었다.

「그럼 다행이야. 진흙탕에서 잔뜩 뒹군 장면은? 그것도 자르면 절대 안 돼.」

「그럴 일은 없을 거예요.」

「다행이야. 둘 중 하나라도 잘라봐. 손목을 그어버릴 테니까. 허기야 내가 대본에 간섭 못할 이유가 없지. 매니저가 그만두라고 하면 또 모를까.」

갑자기 주위가 조용해졌다. 사실 마들린은 대본을 두고 이래라 저래라 할 정도로 대단한 배우가 아니었다. 다들 뻔히 아는데도 그런 소리를 하니까 듣기 거북했다. 그때 갑자기 레이가 입을 열었다.

「그 동안 고생한 걸 생각하면 아깝잖아. 찍기로 했던 장면은 다 집어넣어야지.」

레이가 빙그레 웃으면서 덧붙였다.

「미안, 그 말은 꼭 해야 할 것 같았거든. 사실 마음의 준비를 해놓으라고 말하러 왔지. 바깥에 누가 왔는데 아무래도 보험회사 직원 같아.」

「자칭 인격자라고 하는 그 아저씨.」

마들린이 문가로 가면서 덧붙였다.

「저번에 자기 할머니, 부인, 조카들한테 준다고 사인을 받아갔다니까. 일가 친척이든 누구든, 아는 사람 건 다 부탁하더라구. 이럴 때 뒷문이 있으면 좀 좋아. 난 좀 가도 되겠지?」

마들린이 나가고 나니까 불도 일어섰다. 줄리는 황급히 말했다.

「가지 마세요. 정신적으로 옆에서 의지할 사람이 있어야 한다구요.」

「안 갈 거야. 네 책상인데 자리를 비켜줘야지. 레이가 옆에 있어도 괜찮겠지?」

불이 책상 위에 늘어놓은 쓰레기를 모으면서 말했다.

줄리가 불을 째려봤다.

「근데 누가 보험회사에 전화를 건 거예요?」

「오필리아겠지. 앨런이 시켰을지도 모르고. 어차피 닥칠 일이었잖아.」

「그 인간을 못 봐서 그래요.」

줄리가 냉랭하게 대꾸했다.

조금 있다가 회계사가 사무실에 모습을 나타냈다. 변한 건 하나도 없었다. 끔찍한 땀 냄새에다 잘난 척하는 태도는 여전했다. 줄리는 예의상 악수를 하면서 아버지와 레이를 회계사한테 소개했다.

「이런, 위대한 불 감독님을 이렇게 직접 뵙다니. 여기 와 계신단 얘길 듣고 혹시 뵙게 되지 않을까 기대는 했었죠. 저는 감독님의 열렬한 팬입니다. 특히 전쟁 영화를 좋아하죠. 감독님의 전투 신은 정말 대단해요. 정말 말로 표현하기 힘들 정도로 뛰어나요. <모래 언덕의 죽음>에 나온 전투 신이 제일 맘에 듭니다. 왜 그 폭탄으로 나쁜 놈들을 모두 날려버리는 장면 말이죠.」

줄리는 레이한테 황당하다는 시선을 보내면서 의자에 앉았다. 보험회사 직원이 줄리와 마주 보는 자리에 앉았다. 아버진 책상 오른편에 놓인 의자에, 레이는 벽에 등을 대고 서 있었다.

「또 문제가 생겼군요.」

데이비스가 딱딱한 미소를 지으면서 가방을 책상에 내려놓았다.

「그렇게 됐네요. 돌아가신 스턴트 감독은 개인적으로 친하게 지내던 분이셨죠.」

「애도를 표합니다. 그렇다고 이성을 잃어선 안 될 거 같군요. 우연한 사고로 죽은 건 아니라고 들었는데 맞습니까?」

「그래요.」

「방송국이며 신문사에서 알게 되면 다들 난리도 아니겠군요.」

「그렇겠죠.」

「호기심 많은 신문사며 방송국이 가만있다는 게 좀 이상한데요.」

「다들 왔다가 갔소.」

불이 끼여들었다.

「거 보세요. 확실히 일이 틀어져도 단단히 틀어진 겁니다. 지금 정리하지 않으면 죽도 밥도 안 될 게 뻔해요. 그러니까 제가 촬영을 중지해도 할 수 없는 일이죠.」

「촬영을 중단한다구요?」

줄리가 고개를 내저으면서 물었다.

「촬영장을 폐쇄하고 일하던 사람들을 전부 돌려보낼 거란 얘긴가요?」

「그렇죠. 이렇게 앉아 기다리면서 소모하는 돈이 장난이 아니니까요.」

데이비스는 아주 만족스럽다는 표정으로 말했다.

「장비를 내보냈다가 촬영을 시작할 때 또 들여오려면 돈이 많이 들 텐데요. 폐쇄를 안 하는 쪽이 더 경제적 아닙니까?」

레이의 말은 들은 척도 않고 데이비스가 말했다.

「지금 찍은 것만 갖고도 충분할 테니까 그건 상관없어요.」

「그건 말도 안 되는 소리예요!」

줄리가 큰 소리로 말했다.

「중요한 장면이 두 개나 남아 있는데 그건 어쩌구요?」

회계사는 고개를 내저었다.

「스튜디오 기술자들이 잘만 손보면 별 차이 없을 텐데요.」

「차이가 없다니, 그건 모르시니까 하는 소리죠. 며칠만 더 기다려서 찍으면 될 텐데 왜 이러시는지 모르겠네요.」

「제작비 생각은 안 합니까? 그걸 감안한다면 좀더 적은 비용으로 영화를 만들 수 있는 감독으로 교체해야겠죠.」

줄리의 얼굴에서 핏기가 가셨다.

「지금 와서 말인가요? 영화를 다 찍어가는 마당에?」

「여기 촬영장에서 죽어 나간 사람이 벌써 둘이라는 사실 잊었습니까?」

「그건 제 능력 밖의 문제 아닌가요?」

「다른 사람한테는 가능한 일일지도 모르죠.」

갑자기 침묵이 감돌았다. 줄리는 무슨 말로 상대를 설득할지 생각을 정리하느라 바빴다.

그때까지 가만히 듣고 있던 불이 갑자기 입을 열었다.

「나라면 할 수 있을 거 같은데.」

데이비스의 얼굴에 홍조가 감돌았다.

「감독님이 하시겠다구요?」

「기꺼이.」

불이 활달하게 말했다.

줄리는 머리를 한 대 얻어맞은 기분이었다. 천천히 등을 의자에 기댔다. 레이가 자신한테 다가오려다가 멈칫했다. 줄리는 아버지의 웃는 얼굴에서 시선을 뗄 수가 없었다.

아버지가 대신하겠다니 그 사실이 믿어지지 않았다.

차라리 아버지한테 맡기는 게 나을지도 모른다. 고분고분한 감독을 고용해서 영화를 완전히 삼류로 만들지도 모를 일 아닌가. 데이비스라면 강물 대신 물탱크를 쓰거나 천 조각으로 만든 가짜 나무를 쓰게 할지도 모른다.

「회사에 가서 의견을 타진해봐야겠어요. 이러면 문제가 완전히 달라지는데요.」

「여기서 끝냈으면 좋겠소. 최대한 시간에 맞춰 영화를 만들겠다고 약속하겠소. 촬영장에서 수사가 진행되는 동안 최소한의 인원으로 촬영을 재개했으면 싶은데, 그럼 아마 비용도 많이 절감될 거요.」

「아주 협조적이시군요. 하지만 감독님한테 지불해야 하는 비용도 만만치 않을 텐데요.」

「내가 돈 욕심이 많아 보입니까? 그런 걱정 말고 회사에 가서 보고만 해요.」

회계사가 미소를 지었다.

「그럼 조감독이며 스턴트 감독이 새로 필요하겠군요. 사실 지금 예산으로 봐서는 한 사람 들여오는 것도 빠듯한 입장이긴 하죠.」

「그건 문제없소. 내 딸이 조감독을 하면 되니까. 그리고 여기 태버리 씨가 스턴트 감독을 맡기로 같이 결정을 봤소.」

「그럼 기록을 해야겠군요. 이걸로 문제는 간단히 해결된 셈이군요.」

회계사가 필기도구를 꺼냈다.

줄리는 뭐라고 하려다가 말았다. 언제 레이를 꼬셔서 스턴트 감독을 맡으라고 했는지, 무슨 속셈으로 감독을 하겠다는 건지, 물어볼 게 태산 같았다. 그렇긴 해도 데이비스가 없을 때 얘기하는 게 낫겠다 싶었다. 데이비스는 줄리가 계속 남아서 일을 한다는 게 영 꺼림칙한 눈치였다. 그걸 보니 고소하단 느낌까지 들었다.

줄리는 레이를 쳐다보았다. 눈빛을 보니 자신을 동정하는 눈치였다. 레이는 연민의 감정을 자아내는 여자들한테만 끌리는 성향이 있다고 도나가 그랬던가. 맞는 말일지도 모른다. 줄리는 연필을 손에 쥐고 계속 굴렸다. 그러다 갑자기 연필을 집어던지고 벌떡 일어섰다.

「볼일이 있어서 전 가봐야겠네요.」

불이 계약서에 쓸 내용을 데이비스에게 불러주다가 고개를 들었다.

「잠깐만 기다려라. 할말이 있어.」

「나중에요.」

줄리는 아버지를 쳐다보지도 않고 말했다.

줄리는 사무실을 나와 정처 없이 걸었다. 사무실과 트레일러 저쪽에 위치한 공터가 눈에 들어왔다. 구석엔 나무들이 무성한 늪이 자리잡고 있었다. 거기까지 아무 생각 없이 걸어갔다. 거기선 트레일러며 사무실이 안 보였다. 사방을 둘러봐도 늪뿐이었다.

스웜프 킹덤은 이제 더 이상 자신의 영화가 아니었다. 그것도 절대로 안 그럴 거라고 생각한 사람이……, 아버지가 가만히만 있었어도 데이비스와 타협해볼 수도 있었을 것이다. 이제 자신이 원하는 식으로 영화를 만들긴 완전히 글렀다.

영화는 뺏기고 스탠은 죽고 레이마저⋯⋯.

줄리는 사이프러스에 등을 기대고 하늘을 쳐다보았다. 청명하게 보이던 하늘이 눈물 때문에 흐릿해졌다. 너무 마음이 아파서 온몸이 떨려왔다. 울음을 참느라 얼굴이 잔뜩 일그러져 있었다. 줄리는 손으로 얼굴을 감쌌다.

모든 게 다 끝나버렸다. 아버지는 자신을 배신했다. 최고의 감독이 되겠다는 꿈도 사라져버렸다. 어떤 제작사가 나서서 대작을 찍을 수 있는 기회를 줄지 의문스러웠다. 앨런과의 관계도 공허하게만 느껴졌다. 사랑하지도 않으면서 그런 척하는 것도 이젠 신물이 났다. 레이가 바라는 거라곤 섹스밖에 없었다. 그래, 연민인지 동정심인지 그게 있었지. 그걸 잊었다. 연민의 감정은 있을지 몰라도 사랑은 아니었다. 레이는 자신을 사랑하는 게 아니었다. 그건 절대 사랑이 아니었다.

「줄리?」

레이가 한 팔을 나무에 감고 서 있었다.

「저리 가요. 날 좀 가만히 내버려두란 말이에요.」

줄리는 눈물을 훔치면서 말했다.

「설명하게 해줘. 사무실에서 있었던 일은 당신이 지금 생각하는 것처럼 그런 게 아니야.」

레이가 천천히 다가오자, 줄리는 뒷걸음질쳤다.

「말할 필요 없어요. 아버지는 일이 필요하니까 내 자릴 가로챘겠죠. 어차피 감독 자릴 남한테 뺏길 게 뻔하니까요. 아버지한텐 잘된 일이죠. 당신은 수사요원인지 뭔지 그 일 때문에 촬영장에 남아 있어야 했구요. 그래서 아버지한테 스턴트 감독으로 추천해주십사 부탁한 거 아녜요. 보험회사 직원이 오지 않았으면 아버지가 나한테 직접 추천했겠군요. 이러나 저러나 마찬가지지만. 다들 원하는 대로 됐으니 잘됐잖아요.」

「무슨 말을 하는 거야?」

「됐어요. 내가 또 입을 잘못 놀렸군요. 비밀인데 말이죠. 걱정 말아요. 아무한테도 말 안 했으니까. 거기다 어젯밤에 늪에서 뭐하고 있었는지 입 한번 뻥끗 안 했잖아요. 도나한테 말조심하란 얘길 하는 게 낫겠어요. 자기 남편이 마약 단속반이었다고 얘기하던걸요. 폴이 마약 단속반이었다는 소문이 퍼지면 당신도 그냥 넘어가진 않을 거예요. 비밀 수사요원이라는 게 밝혀질지도 모르죠. 생각해보니까 복잡한 것도 아니었어요. 폴의 사고 때문에 일을 맡았던 거 아닌가요? 임무 때문에 그런 건지 아니면 개인적으로 수사해보려는 욕심 때문에 그런 건지는 모르겠지만 말이죠. 폴도 자기 임무를 수행하려고 스턴트 일을 맡았을 테구요. 폴이 죽기 전까진 일할 생각이 전혀 없었잖아요. 그러다 폴이 하던 일을 대신 떠맡기로 한 거겠죠. 당신이 일을 하겠다고만 하면 얼씨구나 좋아할 테니까. 여길 통솔하니까 내가 마약 거래의 배후에 있으리란 생각을 했을 테구요. 그래서 날 요주의 인물로 찍어놓고 감시하기로 한 거 아니에요. 너무 심하단 생각 안 들어요? 어떻게 그럴 수가 있냐구요?」

「솔직히 말해 처음엔 그런 생각을 했어. 그것만은 인정하지. 하지만 당신과 나 사이에 있었던 일과는 아무 상관이 없는 일이란 말이야.」

레이가 진심을 얘기하는 것 같았지만, 그래도 줄리는 진실을 알아야 할 필요가 있었다.

「일하기도 오죽 편했겠어요. 하루 종일 별별 일을 다 꾸미고 다녀도 뭐라고 하는 사람도 없고 얼마나 좋았겠어요. 단서는 없을까 서류도 맘대로 뒤져보고 말이죠. 그때 나한테 들켰을 때 거짓말로 대강 얼버무렸죠? 보트 회사 이름을 알고 싶다고 했나요? 그 말을 듣고 나만 바보같이 도나가 재판을 청구할까봐 걱정했잖아요. 앞으로 도나 핑계를 대고 싶으면 당사자한테 귀띔을 미리 해주고 하라구요. 미리 입을 맞춰두지 않으니까 이렇게 들통나잖아요.」

「도나까지 끌어들이지 마.」

「그렇게 해드리죠. 혹시 나중에 도나를 바하마나 LA로 데려갈 땐 단순히 여행을 목적으로 가요. 마약 유통 경로를 아는지, 아니면 현장에서 거래하는 걸 붙잡을 생각으로 데려가진 말란 얘기예요. 날 이용했으면 됐어요. 다시는 그런 짓 하지 마세요.」

「LA에 갔던 건 그 일과는 상관없는 일이었어. 괜히 오해하지 마.」

「바하마 얘긴 안 하는 걸 보니 내 추측이 맞았군요. LA에 갔을 때요? 그때쯤엔 나한테 혐의가 없단 생각이 들었을 거예요. 죄책감이 들어서 그랬던 거죠? 당신 임무 때문에 내가 위험해지는 것 같으니까 날 보호해줄 생각으로 쫓아온 거잖아요. 고맙다고 해야 하나요? 아니면 어차피 나와 재미보면서 챙길 건 다 챙겼으니까 서로 비긴 셈인가요?」

「틀린 말은 아니지.」

「내 말에 수긍할 때가 다 있네요.」

줄리의 비꼬는 말에 레이가 갑자기 캐물었다.

「뱀 얘긴 왜 비밀로 했지?」

「그건 어떻게 알았어요?」

「당신한테 무슨 일이 생길까봐 한시도 눈을 떼지 않았으니까. 트레일러에서 뱀을 죽여 이 근처에다 버렸잖아. 도대체 어떻게 된 거야?」

줄리가 어깨를 으쓱해 보였다.

「잘못해서 내 트레일러로 기어들어 왔거나 아니면 누가 장난을 친 거겠죠. 확실한 것도 아닌데 딴사람들 놀라게 할 필요는 없잖아요. 누군가 장난친 게 확실하다면 뭣하러 그 인간 기분 좋을 일을 하겠어요.」

「당신을 해치려고 그런 걸지도 모르잖아.」

「그런 생각은 웬만하면 안 하고 싶어요.」

「그럼 어떻게 할 작정인데? 그래도 내일이 있단 말을 하고 싶은 거야? 지금 영화 얘길 하는 게 아니잖아.」

「내가 스칼렛 오하라쯤 되는지 알아요? 할 일이 잔뜩 쌓여 있는데 그런 하찮은 일에 신경 쓸 여력이 어딨어요?」

「그래, 스칼렛 오하라가 아니란 말이지. 맞는 말이야. 스칼렛이라면 비명을 지르면서 레트한테 도움을 청했겠지.」

「그래도 레트가 옆에 없다면 자기가 뱀을 죽여서 숲에다 던졌겠죠.」

「그래서 도움 같은 건 필요 없으시다?」

「아뇨, 나한테 연민이니 동정심 품는 사람 따윈 필요 없단 말이에요. 내 앞가림은 내가 해요. 특히 자기 부인이 죽고 나서부터 정신적으로 불구가 된 남자의 동정 따윈 필요 없어요. 비정상적인 여자가 아니면 끌리지 않는 그런 남자 말이죠. 난 지극히 정상적인 여자예요. 그러니 도나도 걱정할 게 없어요. 정말 모두한테 다행스러운 일 아니에요? 불만 품을 사람 없고 다들 행복할 수 있어서 좋잖아요. 이젠 제발 가주세요. 부탁이에요.」

「그러지. 그렇긴 해도 당신이 방금 얘기한 건 어떻게 처리할 거야?」

「처리하고 말고가 어딨어요? 걱정거리가 너무 많아서 그런 건 신경쓸 여유가 없어요. 당신이나 아버지나 앞으로 멋대로 할 수 있겠다고 너무 좋아들 하지 말아요. 내가 가만히 있을 거 같아요? 절대 그렇게는 못해요. 이건 내 영화라구요!」

줄리는 가슴을 치면서 말을 이었다.

「누군가 내 영화를 이용해 마약 거래를 하고 촬영장에서 살인까지 저질렀다고 생각하면, 화가 나서 미칠 것 같아요. 누가 그런 짓을 했는지 알기만 하면 절대로 가만두지 않겠어요! 내가 맘 바꾸기 전에 빨리 가라구요. 전직 마약 단속요원이 가장 유력한 마약 사범 후보라는 소문이 돌면 좋을 거 없잖아요. 전용 비행기에다 늪에 관해선 모르는 게 없는 사람이 마약상을 하면 정말 이상적이겠죠? 안 그래요? 그 사람말고 그런 일 할 만한 사람이 있을까 의심스러워요.」

「맘대로 해. 여하튼 마약에 관해선 신경 끄는 게 신상에 좋을 거야. 다음 번엔 죽어서 나가는 쪽이 뱀이 아니라 사람이 될 수도 있어.」

줄리는 팔짱을 끼면서 몸을 돌렸다. 발소리가 들리는가 싶더니 사라졌다. 이젠 레이도 가고 아무도 없었다.

맘속에 쌓아둔 애길 다 털어놨는데도 어째 마음이 후련하지가 않았다. 왠지 기분이 축 늘어지는 게 울적하기만 했다. 피로가 한꺼번에 몰려들었다. 촬영장으로 돌아가 다른 사람들 얼굴 볼 생각을 하니까 끔찍했다. 자신이 원하는 방식으로 영화를 찍기 위해선 할 수 없이 아버지와 입씨름을 해야 할 것 같았다. 생각만 해도 끔찍한 일이었다. 뭣하러 영화를 시작했는지 자신이 원망스러웠다. 지금 같아선 다시 영화를 만들고 싶어질지 의문이었다. 몸과 마음 아니 영혼까지 소진한 느낌이었다. 아버지가 허구한 날 술만 마시는 것도 이해가 됐다.

햇빛이 희미한 늪 안에 스며들었다. 주위는 온통 고요했다. 멀리서 자동차 엔진 소리며 사람들의 외침 소리가 들려왔다. 그래도 늪에서 나는 소리가 훨씬 더 가깝게 들렸다. 모기 윙윙대는 소리며 새들 지저귀는 소리가 평화롭기 그지없었다. 그래도 마음은 평화와는 거리가 멀었다. 줄리는 깊게 숨을 들이마시고 촬영장으로 발길을 돌렸다.

그때 나뭇잎이 부스럭거리는 소리가 들렸다.

누군가 반대 방향에서 이쪽으로 다가오고 있었다. 새들이 요란하게 울어댔다. 나뭇잎을 밟으면서 내는 소리가 꼭 느릿한 박자로 북을 치는 소리 같았다. 줄리는 가슴이 쿵쿵거렸다. 재빨리 몸을 돌리고 촬영장을 향해 내달렸다.

조용한 늪에 총소리가 울려 퍼졌다. 그 바람에 새들이 놀라서 하늘로 날아갔다. 총소리가 천둥소리처럼 사방에 메아리쳤다.

줄리는 이마에 따끔한 통증을 느끼고 풀숲 위로 쓰러졌다. 갑자기 붉은 액체가 시야를 가렸다. 이내 시야에서 빛이란 빛은 모두 사라졌다.

21

「줄리……」

앨런 목소리가 나지막하게 들렸다. 줄리는 천천히 눈을 떴다.

머리에 둔탁한 통증이 느껴졌다. 진통제를 복용한 건지 극심한 고통은 없었다. 시간이 지나 약효가 떨어지면 머리가 깨질 듯이 아플 게 분명했다.

방 안은 어둑어둑했다. 백 송이쯤 돼 보이는 노란 장미가 화병에 꽂혀 있었다. 창가를 가득 메운 프리지어에 백합, 화분까지 있는 걸 보니 화원에 들어온 기분이었다. 크림색 바탕에 푸른 줄무늬가 그려진 벽지가 눈에 들어왔다. 받침대에 놓인 텔레비전이며 침대에 보호대가 붙어 있는 걸 보니까 병원이었다.

앨런은 줄리의 손을 붙잡고 서 있었다. 너무 지쳐 보였다. 하얀 유니폼을 입은 간호사가 옆에 앉아 줄리의 맥박을 체크했다.

「무슨 일이에요? 내가 왜 병원에 있는 거예요?」

줄리가 의아해서 물었다.

앨런이 달래듯이 대답했다.

「아주 가벼운 뇌진탕이니까 걱정할 거 없어. 금세 괜찮아질 거야.」

「무슨 일이 있었어요?」

「기억 못하는 거야?」

줄리는 고개를 내저었다. 갑자기 머리가 깨질 듯이 아파왔다.

「아직은 안정을 취하는 게 좋아요. 이런 일을 겪다보면 기억이 안 나는 수도 있으니까 괜히 무리하지 마세요.」

간호사가 끼여들었다.

「이런 일이라뇨?」

「총을 맞았어. 총알이 스쳐 지나가면서 혈관을 건드리는 바람에……. 아무튼 이마가 찢어져서 대여섯 바늘 꿰맸어. 붕대를 싸맨 게 꼭 미이라 같애.」

「정말 그래요?」

줄리가 이마께로 손을 올리자, 앨런이 그 손을 붙들면서 말했다.

「아니, 안 그래. 그냥 재밌으라고 한 얘기였어. 당신은 누워 있느라고 재밌는 구경거리를 다 놓쳤다니까. 태버리가 피를 흘리는 당신을 안고 나오는 걸 불이 봤을 때, 그 표정이 정말 압권이었어. 태버리가 총소리를 들었는지 당신을 용케 찾았더군. 난 그때 점심 먹고 돌아오는 중이었거든. 완전히 한편의 코미디를 찍었다니까. 당신을 누가 병원에 데리고 갈 건지 정하느라 태버리와 불이 난리도 아니었지. 주먹질까지 할 뻔했으니까. 어느 정도인지 알겠지? 경찰을 불러라, 총 쏜 인간을 찾아라, 하면서 고함을 치더군. 결국 스태프들 시켜서 근방을 뒤져보게 했어. 병원까지 싣고 오는데도 어쨌는지 알아? 스태프들을 자기들 차에 태워 여기까지 호위하게 했다니까. 그 사이에 낀 불쌍한 보안관과 그의 수하들은 무슨 일인지 정신이 하나도 없어 보이더군. 그 장면들을 몽땅 영화로 만

들었으면 엄청나게 히트쳤을걸. 당신이 그걸 놓쳐서 안타까울 따름이
야.」

「당신은 그런 걸 안 놓쳤으니 얼마나 행운이에요?」

「내가 하는 말이 너무 무정하게 들렸어? 그래도 난 옆에서 구경만 할
수밖에 없었다니까. 태버리와 불이 당신 옆에 가까이 가지도 못하게 하
더라구. 옆에서 거들어주는 것도 안 된다고 하면서 말이야. 기분이 과히
좋진 않더라구. 당신을 구해주는 기사 역할은 내가 하고 싶었거든.」

줄리는 어렴풋이 미소를 지었다.

「지금은 당신이 내 옆에 있으면서 뭘 그래요?」

「내가 정말 마음이 넓어서 참았지. 불과 태버리가 밤새도록 여기 있었
다니까. 의사가 불을 집에 보낸 것 같아. 하도 난리를 쳐대서 간호원들
이 미치기 일보 직전이었거든. 태버리는 당신 부상이 아주 경미하단 애
기 듣고 나서 돌아갔지.」

줄리는 병실을 한번 둘러봤다.

「경미하다면서 웬 꽃이 이렇게 많아요.」

앨런이 빙그레 웃었다.

「사실 난 당신 부상이 이렇게 가벼울진 몰랐거든. 어쨌든 나쁠 거 없
잖아.」

「언제까지 이러구 있어야 된대요?」

「그렇게 조바심 내지 마. 당신이 며칠 안 나와도 촬영엔 지장 없을 거
야.」

「어쨌든 영화를 끝내야 할 거 아니에요.」

「불이 감독을 맡기로 했잖아. 그건 기억 나지? 이번 일이 생겨서 좋은
게 하나 있군. 이걸 기회로 불이 일을 본격적으로 할 수 있을 테니까.」

「내가 다친 게 그렇게 좋아요? 어쨌든 빨리 여기서 나갔으면 좋겠어
요.」

앨런이 머리를 쓸어 올리면서 말했다.

「알았어, 알았다구. 의사는 이틀 정도 경과를 살펴봐야 한다고 했지만 별 문제 없으면 내일쯤 퇴원해도 될 거야.」
줄리는 눈을 감고 중얼거렸다.
「다행이네요.」
「그건 그렇고 경찰이 조사할 게 있다면서 당신과 얘길 해보겠다는데.」
줄리의 눈가에 대번 주름이 잡혔다.
「왜요?」
「누가 범인인지, 거기서 무슨 일이 있었는지, 뭐 그런 걸 물어보겠지.」
줄리는 눈을 번쩍 떴다. 뭔가 놀란 눈빛이었다.
「어떻게 해요? 기억 나는 게 하나도 없어요.」
「무슨 얘길 하는 거야?」
「무슨 일이 있었는지 기억이 안 난다구요. 어떻게 된 거죠?」
「괜찮으니까 진정해. 기억 나는 것만 얘길 해봐.」
「아무것도 생각 안 난다니까요.」
「어떻게 그럴 수가 있어?」
앨런이 어처구니 없다는 듯 물었다.
「설마 내가 누군지 모르겠다는 건 아니겠지?」
「모를 리가 있어요? 보험회사 직원하고 얘기하고 나서 산책을 했던 거 같긴 한데…… 나무와 새를 본 기억이 있거든요. 그 다음은 기억이 안 나요.」
「그럼 누가 총을 쐈는지 못 본 거야?」
줄리가 손을 내젓자, 간호원이 위로의 말을 던졌다.
「신경 쓰지 말아요. 머리에 부상을 입으면 그럴 수 있으니까요. 일시적인 기억 상실 같은 거죠. 억지로 생각하려고 애쓰지 말아요.」
줄리가 떨리는 목소리로 물었다.

「일시적이라구요?」

「그럴 거예요. 선생님이 따로 무슨 말씀을 해주실 거니까 그때 물어보세요. 그래도 언젠간 기억을 되찾을 테니까 걱정 마세요. 어쩌면 오늘이라도 기억이 돌아올 수 있으니까요.」

줄리가 걱정스러운 얼굴로 물었다.

「그럴까요?」

간호원이 줄리의 손을 토닥거렸다.

「기억이 안 나도 상관없잖아요. 그래봤자 몇 분 안 되는 시간인데.」

어떻게 해서든지 기억해내야 해.

줄리는 자기가 그런 얘길 실제로 입 밖에 냈는지 아니면 머릿속에서 맴도는 말인지 구분이 안 갔다. 자꾸 눈이 감겨왔다. 어느새 눈앞의 노란 장미가 수면 위에 떠다니는 연꽃으로 바뀌었다. 앨런이 잡고 있던 손을 놓는 느낌이 들었다.

줄리는 타인의 베란다에 있는 그네에 앉아 있었다. 병원에서 의식을 회복한 게 어제였다. 좀더 정확히 말해 병원에서 깨어난 지 서른두 시간도 채 안 된 상태였다. 오전 중에 퇴원 수속을 밟았다. 줄리는 타인의 집으로 와서 간단하게 점심을 때우고 방에 들어가서 쉬었다. 두통이 가라앉았다 싶으면 다시 시작되곤 했다. 그래도 아스피린을 먹으니까 견딜 만했다. 붙은 걸핏하면 줄리한테 황소고집이라고 말하곤 했다. 그 말마따나 황소 이상으로 튼튼한 것 같았다.

서너 시쯤 지나니까 환자 노릇 하기가 슬슬 지겨워져서 베란다로 나왔다. 섬머와 타인이 푹신한 쿠션에다 책 몇 권, 라디오, 케이크 몇 조각에 레모네이드까지 가져다줬다.

얼마 안 있어 보안관과 주 경찰이 찾아왔다. 요즘 하도 자주 얼굴을 대하니까 심문받는다는 기분이 안 들었다. 타인도 옆에 있다가 두 사람한테 친척들 근황을 물어보았다. 그래서인지 분위기가 화기애애했다.

줄리는 그 지역 관할 경찰과 주 경찰이 스태프들을 다루는 걸 보면 감탄사가 절로 나왔다. 스태프들이 깐깐하게 굴면서 협조를 잘 안 해주려는데도 언제나 깍듯한 태도를 지켰다. 줄리한테 질문을 할 때도 두 사람은 깍듯하게 경칭을 사용했다. 상대가 경칭을 사용하니까 기분이 좋았다. 줄리는 어떻게 해서든지 도와주고 싶었지만 기억 나는 게 별로 없었다. 레모네이드를 나눠 마시면서 재미있게 시간을 보낸 걸로 만족해야 할 것 같았다.

두 사람이 가고 나서 섬머가 뒷문으로 빠끔히 머리를 들이밀었다. 발을 질질 끌다시피 하면서 이쪽으로 오더니만 그네 밑에 털썩 주저앉았다. 섬머는 입을 삐쪽거리면서 말했다.

「심심해 죽겠어요.」

「도나는 어디 갔니?」

「아들과 함께 치과 갔어요. 나한테도 같이 가자고 하더라구요. 내가 미쳤어요, 거길 가게. 치과는 딱 질색이란 말이에요.」

아이의 풀 죽은 얼굴을 보고 있으려니까 슬그머니 웃음이 나왔다.

「그래도 조금만 참으면 촬영을 다시 시작할 수 있을 거야. 아까 보안관이 와서 그랬어. 촬영 시작하면 심심해질 일도 없을걸.」

「감독 아저씨는 내일쯤 할 수 있을 거라고 하던데요. 병원 신 찍을 때 나도 감독님처럼 머리에 붕대 감고 찍어도 되냐고 물어봤거든요. 그랬더니 감독 아저씨가 생각해보겠다고 했어요.」

감독 아저씨는 불을 칭하는 말이었다. 줄리가 얼굴을 살짝 찌푸리면서 물었다.

「그래?」

섬머는 무릎을 세우고 앉아 팔꿈치를 그 위에 올려놓았다. 아이는 양손으로 턱을 받치면서 애늙은이 같은 말투로 말했다.

「괜히 또 흥분하지 마세요 감독님한테 얘기해보고 정하겠다는 말 같았어요.」

「그래?」

「감독 아저씬 나중에 감독님이 괜찮아지면 그때 가서 보자고 했거든요.」

믿기지 않는 이야기였지만 희망이 솟아나는 건 어쩔 수가 없었다. 줄리는 마음을 가라앉히면서 물었다.

「넌 뇌진탕이 아니라 화상 입은 걸로 돼 있잖아.」

「그래도 배가 폭발하는 장면인데 머리카락이 안 탔다는 게 이상하잖아요. 그러니까 머리가 탄 것처럼 붕대를 감는 게 좋겠어요.」

「일리 있는 말이구나.」

「그리고 다리 아니면 팔이 부러진 걸로 하면 안 돼요?」

「창백한 얼굴로 병실에 누워 있는 게 멋있을 거 같아서 그러는 건 아니겠지?」

「그래도 머리에 붕대는 해도 되는 거죠?」

「그래.」

줄리가 짐짓 근엄하게 말했다.

아이는 눈썹을 잔뜩 찌푸렸다.

「그리고 코에다 튜브 꽂는 건 안 하면 안 돼요? 너무 지저분해서 싫다구요.」

「그래, 그렇게 하자.」

섬머는 자리에서 일어나 레모네이드를 한잔 따랐다. 줄리 앞에 다리를 쭉 펴고 앉더니 레모네이드를 마셨다. 섬머는 끈끈해진 입가를 핥으면서 입을 열었다.

「레이 아저씨가 우리 아빠였으면 좋겠어요.」

「너희 엄마가 들으시면 참 좋아하시겠다.」

「난리 치시겠죠. 엄마도 퇴원한 거 아세요?」

「그래?」

「이틀 전에요. 병원 음식이 너무 형편없다고 하던걸요. 그 동안 모텔

350

에 있었대요. 오늘 아침에 전화가 와서 알았어요. 나보러 자기한테 들르
래요.」

「잘됐네.」

「잘되긴 뭐가 잘돼요? 가기 싫단 말이에요. 가봤자 또 잔뜩 술에 취해
나한테 야단만 쳐댈 텐데요, 뭘. 자기 어렸을 땐 나보다 유명하고 돈도
더 많이 벌었다고 실컷 떠들어댈 게 뻔하다구요. 저러다간 어느 날 갑자
기 쓰러져서 죽을지도 몰라요.」

어린 나이라는 생각이 안 들 만큼 섬머는 너무 많은 걸 알고 있었다.
아무렇지도 않은 척하는 것도 실은 상처받은 마음을 숨기려고 그러는
게 분명했다. 줄리는 측은한 마음이 들어서 아이의 어깨를 토닥거렸다.

「좀 달라지실지도 모르잖니.」

「그럴 리가 없어요.」

섬머는 발가락을 옴쭉거리면서 말했다. 아이는 엄마가 어떻게 되든 상
관없다는 듯 발장난만 치고 있었다.

「아버지도 계시잖니. 아버지와 같이 살면 안 될까?」

「됐어요. 지저분한 여자랑 재혼해서 아들이 셋이나 딸려 있다구요.」

「정말?」

섬머는 벌게진 얼굴로 줄리를 째려봤다.

「말을 꺼낸 내가 잘못이지. 어쨌든 진짜라니까요. 재혼해서 사랑스러
운 아들까지 낳았는데 나랑 살고 싶겠어요? 스타가 될 장래성이 없다고
엄마와 이혼한 사람인데 뭘 기대해요.」

「그 맘 나도 이해한다. 나도 그런 생각을 했거든.」

「감독 아저씨 때문에요?」

「나중에 물어봤더니 엄마랑 사는 게 나을 거라고 생각하셨대.」

「우리 아빠 안 그래요.」

섬머는 뚱한 표정으로 말을 이었다.

「레이 아저씨가 우리 아빠라면 좋을 텐데. 장 피에르와 아주 똑같단

말이에요. 밴스 아저씨가 아무리 연기를 해봤자 발뒤꿈치도 못 따라간다
구요. 거기다 아저씬 날 진짜 좋아한단 말이에요. 여기 계속 있었으면
좋겠어요. 절대로 아저씨를 귀찮게 하지 않을 거예요. 다락방을 쓰면 되
잖아요. 아저씨랑 같이 할 일도 얼마나 많은데요. 생강 빵이랑 케이크도
만들고 결혼식에도 가고 낚시도 가고……」
「영화는 어떻게 하고? 배우는 그만두는 거야?」
아이는 입술을 깨물면서 중얼거렸다.
「나도 몰라요.」
「가족 같은 사람들과 같이 살면 너한테도 좋을 거야.」
「그럼요」
섬머가 작은 목소리로 말했다.
부엌문이 삐걱 열리더니 타인이 들어왔다. 숙모는 섬머한테 말했다.
「레모네이드 잔 좀 갖다줄래? 파리 떼가 몰려들까봐 걱정이다. 그러고
나서 할머니 대신 양파 좀 썰어줄래? 수프 만드는 데 필요하거든.」
아이는 타인이 하라는 대로 컵을 치웠다. 타인은 줄리한테 웃는 낮으
로 고개를 살짝 흔들었다. 그리고 섬머랑 같이 부엌으로 들어갔다.
두 사람이 조용조용 얘기를 나누는 소리가 문틈으로 새어 나왔다. 타
인은 정말 마음 씀씀이가 자상하면서도 현명한 사람이었다. 섬머한테 일
을 시켜서 쓸데없는 생각을 못하게 하려는 게 분명했다. 아이 엄마가 어
느 정도 괜찮아질 때까지 섬머한테 해줄 수 있는 건 그런 것밖에 없었
다. 아무리 봐도 아네트가 순순히 자기 딸을 내줄 것 같진 않았다. 더구
나 양육권을 포기해야 할 그런 상태는 아니었다. 촬영장에서 발작을 일
으키긴 했어도 섬머 말처럼 그렇게 심한 정도는 아니었다. 거기다 아네
트가 자기 딸을 사랑하고 있다는 사실은 의심의 여지가 없었다.
어쩌면 섬머는 자신을 영화 속의 알리시아와 동일시하고 있을지도 모
른다. 배우들은 직업상 현실과 영화를 구분하지 못하는 경우가 많았다.
섬머가 그런다고 해서 이상할 게 없었다.

섬머와 레이, 장 피에르와 알리시아의 관계를 생각하면서 줄리는 자기가 그 동안 방향을 잘못 잡고 있었다는 사실을 깨달았다. 지금까지는 성년기에 이른 아이가 독립심을 깨우치는 과정을 그려보겠다는 생각을 했다. 줄리가 생각했던 건 서로 너무 다른 부모 사이에 끼여서 목숨까지 잃은 뻔한 아이가 직접 발벗고 나서서 부모를 화해시킨다는 줄거리였다.

나름대로 괜찮은 스토리였다. 그래도 여태껏 자신이 영화에서 보여주고자 했던 건 알리시아가 성장 과정을 겪으면서 홀로 서는 과정이 아니었다. 아버지와 딸의 관계에 초점을 둔 영화였다. 아버지와 함께 부녀의 정을 나누면서 자연스럽게 자아를 다져가는 그런 내용이었다.

그 동안 생각했던 결말은 확실히 뭔가 아귀가 안 맞았다. 알리시아가 부모를 화해시키기 위해 늪으로 도망간다는 내용은 어색하기 짝이 없었다. 줄리 자신의 경험에 비춰봐도 그랬다. 알리시아가 결정권을 쥐고 있어선 안 됐다.

장 피에르가 모든 걸 결정하는 역할을 맡아야 했다. 사랑 이상의 사랑으로 희생하는 쪽은 아버지여야 했다.

자연히 병원 신의 비중이 커질 수밖에 없었다. 감상적이면서 질질 끄는 내용이 되서는 안 될 터였다. 감정은 절제돼 있으면서도 군더더기 없는 마무리가 필요했다. 지금 생각해낸 결말이라면 영화를 보는 관객들도 그 진가를 알아줄 것 같았다.

아버지한테 말을 해야 돼. 너무 갑작스럽게 떠오른 생각이라 잊어버리지 않게 기록할 필요가 있었다. 컴퓨터로 수정 작업을 해야 하는 일도 남아 있었다. 병원 신은 내일 촬영하기로 돼 있기 때문에 그만큼 할 일이 많았다.

갑자기 잊고 있었던 사실이 떠올랐다.

더 이상 감독은 자신이 아니었다. 아버지였다. 아버지는 자신과 다르게 결말을 처리하고 싶을지도 모른다.

내 말을 들어주실 거야. 꼭 그래야 한다구. 어쨌든 아버지잖아.

　나무 그림자가 풀숲 위에 흔들거렸다. 줄리는 가만히 지켜보면서 생각에 잠겼다.

　이 영화는 단순히 아버지와 딸에 관한 내용을 다룬 게 아니었다. 자신과 아버지를 다룬 영화였다.

　물론 스윕프 킹덤이 자신의 경험을 토대로 해서 만든 영화는 아니었다. 그렇지만 어렸을 때 느꼈던 희망이나 꿈, 두려움 같은 삶의 편린들이 그 안에 녹아 있었다. 어렸을 때, 특히 엄마한테 화가 났을 때면 혼자 상상하는 버릇이 있었다. 딸을 위해 아버지가 모든 위험을 무릅쓰고 달려와서 구해줄 거라는 상상이 대부분이었다. 그걸 방해하는 역할은 늘 엄마한테 주어졌다. 그런 꿈을 아버지는 배반했다. 아니, 그 동안 그렇게 생각했다. 아버지는 한번도 와주지 않았다.

　아버지가 자신과 엄마를 버린 건 딴 여자 때문이라고 생각했다. 줄리로서는 또 다른 배신이었다. 그런 아버지를 절대로 용서할 수 없었다. 아버지와 함께 살면서도 그런 마음은 마찬가지였다. 마음속 깊은 곳에서 아버지에 대한 앙금을 떨쳐버릴 수가 없었다. 한번도 아버지를 믿어본 적이 없었다. 마음 한편에선 또다시 배신당할까봐 두려워하고 있었다.

　아버지와 일하는 게 꺼림칙한 것도 그런 이유에서 비롯한 것 같았다. 영화를 뺏어갈 생각이 없다는 아버지의 얘기를 믿을 수가 없었다. 그 생각이 틀리지 않았다는 게 증명된 셈이었다. 딸이 찍던 영화를 눈앞에서 뺏어버렸다. 자신을 사랑하는 마음이 그만큼 없다는 증거였다. 아버진 다시 한 번 배신을 했다.

　잘못 생각한 걸지도 몰라.

　아버지한테 아직 설명할 기회를 주지 않았다.

　「왜 그렇게 침울한 얼굴을 하고 있어? 머리가 아픈 건 아니야?」

　타인이 흔들의자에 앉으면서 말했다. 줄리는 미소를 지으면서 고개를 내저었다. 타인의 마음 씀씀이가 너무 고마웠다. 어느새 줄리는 방금 전까지 생각하고 있었던 것들을 타인한테 털어놓기 시작했다.

줄리는 하고 싶은 말을 다 끝냈다. 아버지에 대한 해묵은 감정이며 아버지가 다시 한 번 자신을 배신하려 한다는 얘기도 했다. 한동안 타인은 아무 말 없이 흔들의자를 앞뒤로 움직이고 있었다. 줄리한테 날카로운 시선을 던지면서 타인이 입을 열었다.

「아버지가 영화를 뺏어간 거라고 생각하는 거야? 그럴 수도 있겠지. 악어만 봐도 갓 태어난 자기 새끼를 아무렇지도 않게 씹어먹으니까 말이야. 배가 고프거나 새끼들이 둔하다 싶으면 그런데. 그래도 악어보다는 사람이 훨씬 자식을 위할 줄 알지. 내 생각엔 아버지한테 솔직히 털어놓고 얘기하는 게 나을 거 같애.」

줄리는 고개를 끄덕였다.

「그럴 생각이에요. 누가 그런 건진 모르겠지만 총에 맞은 것도 남 탓할 문제가 아닌 거 같아요. 근본적인 원인은 저한테 있단 생각이 들어요.」

「무슨 소리야. 설마 누가 줄리를 죽이려고 했을까봐? 말도 안 돼.」

「글쎄요, 저번엔 스탠까지 죽었잖아요.」

줄리가 떨리는 목소리로 말했다.

「타지 사람들이 이곳까지 와서 죽어 나가다니 정말 가슴 아픈 일이야. 왜 마약 같은 걸 사고 파는지 몰라. 더러운 돈을 뿌려서 젊은애들을 꼬시는 놈들이 제일 나빠. 철없이 한몫 잡겠다는 생각에 뛰어들었다가 한순간에 목숨을 잃는 애들이 한둘이 아니야.」

「촬영장에서 일어난 사고들이 마약 거래와 관련됐다고 생각하시는 거예요?」

「그럼 그거말고 뭐겠어?」

「그 동안 그런 생각을 하긴 했지만 영화에 지장이 있을까봐 가만히 있었어요.」

「경찰도 다 짐작하고 있는 사실이야. 마약 단속기관과 맨날 이 문제 때문에 싸운다나봐. 줄리가 말 안 해도 다들 아는 얘기라구.」

「그래도 하는 일마다 엉망이 되는 기분인 거 있죠?」

「아프니까 더 그런 거야. 내일쯤 되면 그런 생각 안 할걸.」

「그럴 것 같진 않아요.」

줄리가 고개를 내저었다.

「그럼 엉망이 된 걸 직접 고치면 되잖아. 수프 만들 때처럼 말이지. 재료를 뭘 넣느냐에 따라 수프 맛도 달라지겠지? 그런 것처럼 어떤 행동을 하느냐에 따라 인생은 완전히 달라지거든. 사랑이나 미움, 희망 아니면 두려움, 뭘 선택하든지 그건 자유야. 수프를 만들다가 쓸데없이 기름 같은 게 떠오르면 어떻게 하겠어? 그냥 국자로 퍼내면 되지 그냥 놔둘까? 그러고 나서 나중에 맛없다고 불평해봤자 뭐해. 중요한 건 맛인데 말이야. 살아가면서 맘에 안 드는 일이 생겼을 때도 마찬가지야. 내 인생은 내가 바꾸는 거라구.」

「아무래도 전 수프를 다 태워먹은 거 같거든요. 다시 시작할 수 있을까요?」

「그럼, 당연하지.」

타인이 미소를 지었다.

「아무리 뛰어난 요리사라도 다들 그러는걸. 자기가 찾는 맛을 찾을 때까지 수도 없이 실패를 반복하잖아.」

줄리는 한참 동안 가만히 앉아 있었다. 안뜰에선 공작새가 날개를 한껏 펼쳐 보이고 있었다. 부엌에서는 양파에 셀러리, 마늘, 고기 냄새가 풍겨왔다. 줄리는 타인이 했던 말을 가만히 생각해보았다. 말은 안 했지만 영화보다는 사람 목숨이 더 중요하다는 얘기를 하고 싶었던 것 같았다.

불이나 레이, 앨런, 오필리아……, 살인범처럼 보이는 사람은 아무도 없었다. 사고를 조작하고 칼과 총을 써서 사람을 해칠 만한 사람들이 아니었다. 어쨌든 두 사람이 벌써 죽었고 두 명은 죽을 뻔했다.

살인범은 섬머까지 죽이려고 했다. 다른 사람이야 그렇다 쳐도 섬머를 죽이려고 한 건 이해하기 힘들었다. 뭣 때문에 어린애까지 죽이려고 한 걸까?

섬머가 뭔가 알고 있어서 그럴지도 모른다. 중요한 단서가 되는 장면을 섬머가 우연히 목격했다면? 섬머가 그걸 누군가에게 발설할까봐 걱정해서 죽이려고 한 건 아닐까? 워낙 호기심이 왕성한 아이라 가능한 얘기였다.

섬머가 뭔가 아는 게 있다면 위험에 빠질 수도 있다는 얘기였다. 아무래도 섬머와 단둘이 얘기해볼 필요가 있었다. 줄리는 노을 진 하늘을 쳐다보았다.

얘기해봐야 할 사람은 섬머뿐이 아니었다. 뭔가 마음에 걸리는 일이 있었다. 언젠가 누군가한테 들었던 말 같았다. 그게 아니면 자신이 누구한테 했던 얘기인지도 모른다. 그런데 기억 나는 게 하나도 없었다. 자꾸 맘에 걸렸다. 그게 뭔지 알아낼 때까진 맘이 편할 것 같지 않았다.

총에 맞기 바로 직전에 무슨 일이 있었는지 기억이 안 났다. 그때 있었던 일이 맘에 걸리는 건지도 모른다. 레이가 옆에 있었다는 건 기억이 났다. 무슨 얘기를 했는지 물어봐야 할 것 같았다. 그러다보면 기억이 날지도 모를 일이었다.

어떻게 해서든 영화를 망치려고 한 사람을 알아낼 거야. 어떻게 해서든 꼬리를 잡아야지. 하지만 어떤 방법을 써야 할지 감이 잡히지 않았다. 수프를 만들 때처럼, 타인은 그렇게 말했다. 무엇보다 문제가 뭔지 알아내는 게 급했다.

한번 알아보는 거야.

수프를 저을 때처럼 아주 세게 휘저어야지. 그래야 뭐가 뜨는지, 뭘 떠넬지 알 거 아니야.

불은 레이와 같이 저녁을 먹으러 왔다. 잔뜩 시달린 얼굴에다 눈이 움푹 들어가 있었다. 잔뜩 구겨진 카키색 옷을 입은 걸 보니 귀찮아서 세탁소에 맡길 생각을 안 한 것 같았다.

레이는 청바지에 닳아빠진 청색 티셔츠를 입고 있었다. 너무 활기차고 기운이 넘쳐서 짜증이 날 정도였다.

레이가 다친 덴 괜찮냐고 물어봐서 줄리는 괜찮다고 했다. 줄리는 레이한테 어깨에 난 상처는 어떠냐고 되물었다. 레이도 줄리와 똑같은 대답을 했다. 두 사람은 다 거짓말을 하고 있었다.

「결말 부분에 대해 생각해봤거든요. 아무래도 그 얘기 좀 했으면 좋겠어요.」

줄리가 아버지를 쳐다보았다.

「지금 말이냐? 저녁 먹고 얘기하면 어떻겠니? 배가 너무 고파서 코끼리 다리라도 떼어 먹었으면 하는 심정이다. 손 닦고 나서 타인 숙모 음식 솜씨 좀 봐야지.」

줄리는 얼굴을 찌푸렸다. 아버지는 어느새 집 안으로 들어가 버렸다. 피하고 싶은 일이 있을 때마다 아버지가 잘 써먹는 수법이었다. 그렇긴 해도 줄리 얘길 듣고서 기뻐하는 것 같기도 했다. 그건 나중에 해결할 문제였다. 줄리는 레이한테 얼굴을 돌렸다.

「늪에서 날 발견해 병원까지 데리고 갔다면서요. 정말…….」

「고맙다는 얘기라면 그만둬.」

레이는 베란다 난간에 비스듬하게 걸터앉았다.

「처음부터 당신을 혼자 놔두고 가는 게 아니었어. 같이 있었으면 그런 일도 없었겠지.」

「나랑 같이 있었잖아요. 그건 기억이 나는데 무슨 얘길 했는진 모르겠어요. 아버지 아니면 영화 얘기였던 거 같은데. 데이비스 때문에 화가 잔뜩 나서 정신없이 늪으로 갔던 건 기억해요.」

레이는 의심스럽다는 눈초리로 줄리의 얼굴을 뚫어져라 쳐다봤다.

「정말 기억 못하는 거야?」

「그때 느낌이 생각날 듯하긴 한데 아직까진 소득이 없어요.」

「어떤 느낌인데?」

레이의 눈동자가 빛났다. 목소리를 들어보니 재밌어하는 눈치였다.

「사실 잘 모르겠어요.」

「그럼 나한테 하늘 보면서 사랑을 나누고 싶다고 그랬던 걸 다 잊어버린 거야? 정신이 나갈 정도로 세게 안아달라고 했던 것도? 당연히 그 다음은 모르겠군. 당신이 그런 얘길 했을 때 내가 뭐랬는지 알아?」

「장난치지 말아요!」

줄리는 화가 나 냅다 소리를 질렀다. 사실 가슴은 뛰고 있었다.

「그 얘긴 내가 하고 싶은데. 그렇게 중요한 얘길 잊어버렸다니 솔직히 말해 믿기가 힘들어.」

「어떤 얘기를 했는데요?」

「말하지 않는 편이 낫겠어. 좀 무안한 얘기거든.」

「당신이 거기 앉아서 비웃고 있는데 나는 안 무안할 거 같아요? 왜 웃는지 말도 안 해주면서 정말 그럴 거예요?」

「자꾸 웃음이 나오는 걸 어떻게 해.」

줄리는 의심이 들었다. 그렇긴 해도 레이가 웃는 모습은 정말 오랜만에 본 것 같았다.

「말해줄 거예요? 아니면 계속 혼자서 실실거릴 거예요?」

「여자가 잠자리에서 열에 들떠 지껄인 말을 믿으면 안 되겠지만, 당신이 나를 미친 듯이 사랑한다고 맹세하면서 우리가 같이…….」

갑자기 레이가 말을 멈췄다. 눈 속에서 장난기가 사라졌다. 레이는 허벅지에 놓인 자기 손을 내려다보았다.

「내가 그런 얘길 진짜 했다면……, 날 무시하고 그냥 딴 데로 가버리는 게 나을 뻔했겠어요.」

레이는 갑자기 일어나서 줄리한테 등을 돌린 채 말했다.

「사실은 그런 일 없었어. 농담이 너무 지나쳤지? 사과할게. 사실 당신은 내가 도나 때문에 폴을 죽이고 스탠도 죽였다고 그랬어. 내가 한 짓을 알아차린 스탠의 입을 막을 필요가 있어서 죽인 거라고 했지.」

「그런 말…… 안 했어요. 아니 그럴 리가 없어요.」

줄리는 목이 죄는 느낌이었다.

「글쎄, 안 했다고 할 수도 있고, 그 비슷한 말을 한 것 같기도 한데. 그래봤자 달라질 건 하나도 없어.」

「왜요?」

「꼴 같지도 않은 자존심 때문에 판단력을 상실했잖아. 그 덕에 당신은 죽을 뻔했고.」

「내가 실컷 약올렸나보네요. 아무 일 없었으니까 그냥 잊어버려요.」

레이는 몸을 돌리고 주머니에 손을 꽂았다.

「그러고 싶어도 안 돼. 당신이 그날 있었던 일을 다 기억할 때까진 나도 못 잊을 거 같아.」

「그렇게 중요한 얘기였어요?」

「그럴걸.」

「내가 영영 기억 못하면 어떡해요?」

발소리가 들렸다. 저녁 준비가 다 됐다고 타인이 알리러 오는 모양이었다. 레이가 재빨리 덧붙였다.

「천운(天運)이라고 봐야겠지.」

저녁을 먹고 나서 레이는 숙모를 도와 설거지를 했다. 섬머까지 같이 끼여들었다. 타인은 줄리를 거실로 떠다밀었다.

아버지를 흘끔 보니 또 핑계를 대고 돌아갈 궁리를 하는 것 같았다. 줄리는 할 애기가 남아 있다면서 아버지를 붙들었다. 별로 크지 않은 거실은 잘 쓰이지 않았다. 타인은 사람들이 오면 주로 베란다나 식당에서 대접을 했다. 그래서인지 거실은 낡은 박물관 같은 느낌을 줬다. 오래된 오르간의 닳아빠진 페달이며 은촛대가 눈에 띄었다. 벽난로 위에 걸린 커다란 거울은 방 안의 모습을 비추고 있었다. 벽에는 고대 로마를 연상시키는 그림이 걸려 있었다. 다른 쪽 벽에는 성모 마리아와 아기 예수를 그린 액자가 있었다. 액자 뒤에는 종려나무 가지가 꽂혀 있었다. 벽난로 앞쪽으로 비단을 씌운 의자가 네 개 놓여 있었다. 30년대 전축 장식장 위에는 동시대에 찍은 사진들이 잔뜩 놓여 있었다. 레이가 학교 다닐 때 찍은 사진도 있었다.

고풍스러운 냄새가 물씬 풍기는 이 방은 촬영장과 다를 게 없었다. 배우의 연기만 기다리는 영화 촬영장과 비슷했다. 줄리는 유리잔을 만지작거리면서 미리 연습해놓은 대사를 읊었다.

「스웜프 킹덤의 결말 부분에 관해 얘기하고 싶어요. 바꼈으면 하는 부분이 있거든요.」

동시에 불도 입을 열었다.

「마지막 부분이…… 좀 맘에 걸리거든.」

두 사람은 마주 보면서 조심스럽게 웃었다.

「네가 먼저 얘기해라.」

「아뇨, 아버지가 먼저 얘기하세요. 이젠 감독이잖아요.」

「아부하는 거냐? 됐으니까 얘기해봐.」

아버지의 비웃는 듯한 말투가 신경에 거슬렸다.

「아부라니 말도 안 돼요!」

「그래, 감독은 너랑 나 두 사람이 같이 하는 거다. 그걸 잊으면 안 돼. 뜸들이지 말고 네 생각이나 얘기해봐.」

줄리는 목구멍에서 울음이 터져 나오려는 걸 애써 참았다.

결국 결말을 바꾸기로 했다. 줄리는 아버지와 레이의 도움을 받아 밤새워 대본을 고쳐 썼다. 연락을 받은 오필리아는 병원측에 전화를 걸어 촬영 시간을 연장할 수 있게 허가를 받았다.

촬영 준비를 하는 동안 마들린과 밴스, 섬머는 따로 모여서 새로 바꾼 대사를 연습했다.

머리에 붕대를 감싸고 병실에 누워 있는 섬머의 모습이 천사 같아 보였다. 이제 극 중에서 두려운 건 아무것도 없는 강한 아이로 변해 있었다.

장 피에르가 딸을 유괴한 죄로 수배를 받게 되면서 떠나야 한다고 알리시아한테 말하는 장면이 있었다. 너무 감정 연기가 리얼해서 옆에서 보는 사람들까지 울음을 터뜨릴 정도였다. 작별인사를 나누는 두 사람의 목소리에는 상대에 대한 애정이 진하게 배어 있었다. 상대방을 위해 이런 희생을 결심하기까지 얼마나 많은 용기가 필요했는지 두 사람 모두 알고 있었다. 그 모든 걸 밴스와 섬머는 눈빛만으로 보여주고 있었다. 떠나는 아버지를 지켜보는, 아이의 눈에 비친 감정의 깊이는 보는 사람들의 숨이 막히게 할 정도였다. 아이는 쪼르르 유리창으로 달려가 아버지가 탄 차가 떠나는 걸 바라봤다. 그때 '컷' 소리가 들리면서 연기에 빠져 있던 사람들이 현실로 돌아왔다. 엄청난 박수가 터져 나왔다.

줄리는 섬머를 껴안으면서 칭찬을 아끼지 않았다. 그때 갑자기 카메라 플래시가 터졌다. 밴스와 전에 소문이 있었던 리포터였다. 어디서 그런 용기가 났는지 윙크를 하면서 손을 흔들기까지 했다.

줄리는 눈살을 찌푸리면서 리포터를 쳐다보았다. 도나한테 섬머를 맡기고 나서 줄리는 밴스를 찾으러 갔다.

「자, 빨리빨리. 안됐지만 복도로 자리를 옮겨야 하니까 서둘러요.」

오필리아가 카메라맨과 음향 담당자를 재촉했다.

줄리는 복도에서 모퉁이를 돌다가 맞은편에서 오는 여자와 부딪칠 뻔했다. 아네트였다. 아네트는 소리를 지르면서 뒤로 물러섰다. 줄리를 보고 웃는 얼굴이 뭔가 불안해 보였다.

「일부러 부딪힌 거 아니에요.」

줄리가 아네트를 부축했다.

「피차 마찬가진걸요. 어디 아픈 건 아니에요?」

아네트가 머리를 내저었다.

「다 끝난 거예요? 섬머가 나온다고 해서 왔는데.」

「끝났는데 어쩌죠? 아마 지금 붕대 풀고 있을 거예요. 아니, 진짜 다친 게 아니라 연기 때문에 그랬죠. 가서 도와주세요.」

「깜짝 놀랐잖아요. 한참 나가 있다보니 줄거리까지 까먹었나봐요.」

아네트는 화장기 없는 창백한 얼굴이었다. 병원에 누워서 쉬어야 할 사람처럼 보였다.

「섬머는 괜찮아요. 아, 그리고 밴스가 저번에 말했던 얘기 사실이에요? 뱀을 몸에 감고 나체로 춤춘 적이 있다는 얘기 말이에요.」

아네트가 신음을 내뱉었다.

「그 원수 같은 인간을 죽이든가 아니면 내가 죽든가 하는 건데. 왜 그런 말을 그 인간한테 했나 몰라.」

「그 정도 가지고 뭘 그래요.」

「창피해서 죽겠다니까요. 그렇게 값싸게 굴었던 경험은 감추고 싶었는데…… 신문에 안 오른 게 다행이라고 생각해야죠. 그랬다간 섬머까지 구설수에 오를 거 아니에요.」

「그럼, 그 얘기가 사실인가요?」

「사귀던 사람과 장난 삼아 그랬던 거예요. 그리고 나체는 아니었어요. 딱 한 번밖에 그런 적 없어요. 너무 미끌미끌하고 숨이 막히는 게 얼마나 끔찍했는데…… 누가 돈주고 시켜도 다시 그 짓은 못할 거야.」

「별로 좋지도 않은 기억 되살리게 해서 미안해요. 그냥 갑자기 궁금해서 물어봤어요.」

「직업도 없이 혼자 애 키우다보니까 별의별 짓을 다하게 되더라구요. 지금은 얘기해도 무슨 얘긴지 잘 모를 거예요. 혹시라도 나중에 그런 때가 올지 모르죠. 그때는 내가 뱀춤을 출 수밖에 없었던 사정을 이해할 수 있을걸요.」

「그럴지도 모르죠.」

아네트는 줄리의 시큰둥한 대답이 불만스러운 눈치였다. 아네트는 아무 말 없이 딸을 찾으러 갔다.

줄리는 밴스와 마주쳤다. 분장을 고치러 메이크업 담당자한테 가는 중이라고 했다. 마들린과 복도에서 찍을 신이 남아 있었다. 짧지만 아주 중요한 신이었다. 장 피에르가 아내한테 모든 걸 포기한다면서 작별을 고하는 장면이었다. 딸을 맡기고 떠난다는 말에 도로시아가 상실감에 젖는 부분이었다.

「아깐 정말 잘했어요.」

줄리는 밴스의 뒤를 따라가면서 말했다.

「그 정도야 뭐. 아까 찍은 신에서야 섬머가 주인공이었지. 뭐, 나도 한 몫 했지만 말이야.」

「그랬죠.」

줄리는 고개를 끄덕였지만 속으로는 다른 생각을 품고 있었다. 밴스같이 냉혹한 사람이 어떻게 그런 감정 연기를 할 수 있는지 의심스러웠다.

밴스는 메이크업 담당자를 불렀다. 메이크업 담당자가 밴스의 얼굴에 파우더를 발랐다.

「다음 장면도 감이 잡히긴 한 거죠? 장 피에르와 도로시아가 서로의 차이를 도저히 극복할 수 없다는 걸 보여줘야 해요. 어느 한 사람이 살아온 방식을 뜯어고친다고 해서 변할 건 없다는 사실도 그렇구요.」

「알았어.」

밴스는 귀찮다는 듯 말했다.

「장 피에르가 도로시아를 사랑하지 않아서 그런 게 아니라는 것도 잘 표현해야 하구요. 헤어지긴 하지만 두 사람 모두 상대방에 대한 애정을 갖고 있다는 걸 보여줘야 한다구요.」

밴스는 차가운 눈빛으로 줄리를 바라보았다.

「알았다구. 대본 다 외웠으니까 그만 해.」

「그리고 당신 여자친구한테 사진 찍지 말라고 해요. 안 그랬다간 촬영장에서 내보낼 테니까.」

줄리가 다른 화제를 꺼내자, 밴스는 어깨에 두른 메이크업용 천을 집어던지면서 벌떡 일어났다.

「정말 못 참겠네. 설교까지 들어줬으면 됐지 왜 이러는 거야? 이젠 감독도 아니잖아. 안 그래? 이제 그만 하라구.」

줄리는 미소 띤 얼굴로 밴스의 볼을 만졌다.

「연기는 잘하는데 똑똑하진 못한가봐요. 할 수 없이 내가 당신 수준에 맞추는 수밖에 없겠네요. 잘 들어요 내가 하라는 대로 하는 게 신상에 좋을 거예요. 안 그랬다간 우리 아버지한테 고자질할 테니까.」

이런 얘기까진 하고 싶지 않았지만 밴스가 워낙 얄밉게 굴었다. 줄리는 몇 발짝 옮겼다가 다시 돌아서서 말했다.

「참, 밴스, 당신은 앨런과 알고 지낸 지 꽤 오래됐죠? 안 그래요? 그래서 앨런한테 촬영장에서 있었던 일을 다 고해 바친 건가요? 우정 때문이에요? 아니면 아부하려고 그런 거예요?」

「말 같지도 않은 소리는 집어치우라고. 난 이 영화 주연배우야. 꼬마 계집애가 연기를 잘해봤자 내가 없으면 무슨 소용이야! 아부라니, 젠장, 날 완전히 독사 같은 놈으로 보는군. 그따위 짓거리를 내가 할 것 같아? 더 이상 말 상대하기 싫으니까 딴 데 가보셔. 안 그랬다간 다음 번엔 내가 총을 쏴버릴 테니까.」

밴스가 주먹을 꽉 쥔 채 소리를 내질렀다.

「이런! 고마워요, 밴스.」

줄리는 눈썹을 치켜 올리면서 미소를 지었다.

복도를 걸어가는데 밴스가 했던 말이 떠올랐다. 독사 같은. 독사 같은. 갑자기 줄리의 머릿속에 어떤 생각이 스쳤다. 그 동안 까닭 없이 맘에 걸렸던 부분이었다. 누군가 했던 말이 이제야 단서가 될 것 같았다. 누가 영화를 망쳐놨는지, 폴과 스탠을 죽이고 자신과 섬머까지 죽이려고 했는지 짐작할 수 있었다. 범행 동기가 뭔지는 모르겠지만 그 동안 있었던 일을 돌이켜보면 너무 잘 맞아떨어졌다.

문제는 앞으로 어떻게 하느냐였다.

촬영은 계속 진행되었다. 줄리는 스태프들과 함께 복도에서 밴스와 마들린의 연기를 지켜보고 있었다. 극 진행상, 섬머가 아버지와 작별하는 장면 바로 전에 올 장면이었다. 줄리는 사실, 좋은 연기를 위해 일부러 배우들을 약올리는 방식이 별로라고 생각했다. 그런데 그게 아니었다. 다들 숨을 죽이면서 밴스의 연기를 지켜보고 있었다.

밴스의 연기는 이제껏 본 것 중에서 최상이었다. 고뇌와 슬픔을 억누르면서 애써 담담한 목소리로 아내에게 작별을 고하고 있었다. 아내가 이별의 고통을 빨리 잊을 수 있게끔 일부러 속마음과는 다르게 행동할 수밖에 없었다.

「서로 사랑하는데도요?」

마들린이 그렁그렁한 눈으로 속삭였다.

「사랑이라구?」

밴스의 얼굴에 한순간 고뇌의 빛이 스쳤다.

「사랑이 열정과 뭐가 다르지?」

마들린은 대답이 없었다. 밴스는 삐딱한 미소를 지으면서 어깨를 으쓱해 보였다.

「우리 두 사람의 감정이 뭐였든 그것만으론 충분치 않아.」

「그럼 어떻게 할 거예요?」

「떠나야지. 우리 둘 사이에 끼여서 알리시아만 힘드니까. 계속 이런 식으로 지낼 순 없어. 떠날 수 있을 때 내가 떠나겠어. 다신 돌아오지 않을 거야. 알리시아도 내가 얼마나 사랑하는지 아니까. 나도 그렇고. 그거면 충분해.」

밴스는 마들린의 곁을 떠났다. 카메라는 줄리와 불의 지시에 따라 마들린의 초췌한 얼굴을 클로즈업했다.

갑자기 복도 뒤쪽에서 흐느끼는 소리가 들렸다. 섬머가 헐렁한 잠옷을 펄럭거리면서 앞으로 튀어나왔다. 아이는 줄리의 팔을 붙잡고 흔들더니, 눈물로 범벅이 된 얼굴로 외쳤다.

「아빠가 안 돌아오면 어떡해요. 난 몰랐단 말이에요. 돌아오게 해달란 말이에요. 감독님은 할 수 있잖아요. 다시 돌아오는 걸로 해주세요.」

줄리는 아이를 꽉 끌어안았다. 섬머의 눈물이 어깨를 적셨다.

「미안해. 정말 미안하다.」

도나와 아네트가 다가왔다. 밴스는 한쪽에서 당황한 얼굴로 서 있었다. 여기저기에서 수군거리는 소리가 들렸다.

「영화에 너무 빠졌나봐. 현실이랑 구분을 못하잖아.」

「자기 엄마처럼 애가 너무 신경질적이야.」

「저렇게 밴스를 좋아하는지 몰랐는데.」

「쟨 지금 밴스 때문에 저러는 게 아니라구.」

레이가 사람들을 뚫고 모습을 나타냈다. 섬머 옆에 한쪽 무릎을 굽히고 앉아서는 아이의 팔을 잡았다. 섬머는 고개를 살짝 들더니, 줄리한테서 벗어나 레이의 가슴에 뛰어들었다.

「아저씨랑 있고 싶단 말이에요. 가지 마세요. 절 놔두고 가지 마요.」

「안 갈 거야. 여기 계속 있을 거다.」

「아저씨가 가면 난 엄마한테 돌아가야 한단 말이에요.」

「가기 싫으면 안 가도 좋아. 아저씨가 약속할게.」

「정말이에요?」

아이는 어느 정도 안심한 눈치였다.

「정말이야.」

섬머는 코를 훌쩍거리면서 레이를 꼭 붙들었다. 얼마나 꽉 쥐었는지 손톱이 하얗게 보일 지경이었다. 레이는 아이의 등을 쓰다듬으면서 달랬다.

아네트가 벌게진 얼굴로 두 사람을 떼어놓았다. 그리고 자기 딸의 팔을 잡아당겼다.

「애야, 우리 아가. 엄마가 여기 있잖니.」

아네트가 달래듯이 말을 이었다.

「울지 마라. 그냥 이건 지어낸 얘기야. 아무것도 아니라니까.」

「아니란 말이에요.」

섬머가 팔을 잡아 빼면서 소리질렀다.

아네트는 놀라 뒤로 물러서더니, 레이한테 몸을 돌리면서 말했다.

「내가 이럴 줄 알았어. 당신 때문에 애가 정이 들어서 이러는 거잖아요. 어쩌자고 애를 이 지경으로 만든 거예요?」

레이는 잔뜩 화가 난 얼굴로 아네트를 올려다봤다.

「애한테 관심을 조금만 더 쏟았다면 이렇지 않았을 겁니다. 엄마가 있는데 굳이 왜 나한테 이러겠어요.」

「당신이 영화 속에 나오는 케이준인가 뭔가하고 비슷하게 구니까 애가 착각하잖아요. 말해봐요. 당신이 어디 장 피에르냐구요?」

섬머의 울음소리가 잦아들더니 이내 조용해졌다.

「그런 걱정은 안 하셔도 될 겁니다. 섬머도 스웜프 킹덤이 영화라는 걸 너무 잘 알고 있으니까요.」

아네트는 한참 동안 말없이 레이를 노려보았다. 갑자기 얼굴이 일그러지더니 큰 소리로 울부짖기 시작했다.

「섬머는 내 딸이야! 내 딸이 없으면 난 어떻게 살라고. 나한텐 쟤밖에 없단 말이야. 쟤가 없으면 난 못 살아!」

엄마가 필사적인 목소리로 악을 써대자, 섬머는 몸을 움쭉거렸다. 아이는 고개를 들면서 천천히 레이의 품을 빠져 나왔다. 한참을 번갈아 레이와 자기 엄마를 쳐다보았다. 아이는 입술을 꼭 깨물었다. 얼굴에 결의 같은 게 떠올랐다.

레이가 부드러운 목소리로 입을 열었다.

「섬머는 엄마한테 자기가 필요하다는 걸 알고 있어요. 엄마가 자신을 사랑한다는 것도. 그리고 여기 이 늪이나 내 마음속에 자신의 존재가 항상 남아 있으리라는 사실도 말이죠.」

「나도 알아요.」

섬머가 작은 목소리로 말했다.

「잊지 않을 거지?」

「그럼요. 그 동안 정말 즐거웠어요.」

「그래, 정말 재밌었어.」

「케이준 왈츠를 어떻게 추는지 기억하고 있을게요.」

「그래, 잊으면 안 돼.」

「나중에 다시 올 거예요. 정말이에요. 아저씨랑 같이 낚시도 하고 배를 타고 늪을 탐험할 거예요.」

「네가 올 때까지 기다리고 있을게. 그 동안 아저씬 스크린으로 널 볼 수 있겠구나.」

「그럼요. 나한텐 영화가 있어요.」

섬머가 중얼거리듯 말했다.

갑자기 주위가 조용해졌다. 불이 헛기침을 크게 하더니 쩌렁쩌렁한 목소리로 말했다.

「오늘 촬영은 여기서 끝. 다들 정리하고 빨리 나가자구. 빨리 움직여!」

다들 장비를 내가고 주변을 정리했다. 밴스와 친하게 지내는 여자 리포터가 레이와 섬머를 찍으려 했다. 줄리는 그 앞을 재빨리 가로막았다.

「잠깐만요, 허가를 받았는데요. 밴스가…….」

리포터가 뒤로 물러서면서 말했다.

「밴스가 뭐라고 그랬는진 몰라도 그만 나가주세요.」

「이런 특종을 어떻게 놓쳐요? 살인에다 사고, 거기다 이런 감동적인 장면까지 기사감이 무궁무진한걸요. 대중들의 알 권리를 뺏으면 안 되죠.」

「그래요?」

줄리는 리포터의 손에 들려 있던 카메라를 잡아 뺏었다. 리포터가 카메라를 다시 뺏으려고 덤벼들었다. 줄리는 재빨리 몸을 돌려 뚜껑을 열고 필름을 빼냈다. 필름 끝을 잡아뜯고 나서 줄리는 빈 카메라를 돌려주었다.

「갖고 나가요. 또 한 번 촬영장에 나타나면 침입죄로 신고할 테니까 알아서 해요.」

리포터는 카메라를 들고 나갔다. 줄리는 뒤돌아서 레이와 섬머가 있던 자리를 훑어보았다. 두 사람은 아네트와 같이 대기실 쪽으로 걸어가고 있었다. 레이가 낮은 목소리로 섬머한테 뭔가 얘기했다. 레이를 바라보는 아이의 시선엔 신뢰와 애정이 깃들여 있었다. 아이는 엄마와 레이의 손을 양쪽에서 잡고 있었다. 더 이상 눈물은 보이지 않았다.

줄리는 달랐다. 마음속으로 뜨거운 눈물을 흘리고 있었다. 누군가에 대한 애정이 물밀듯 밀려들어 가슴 한복판에 자리잡았기 때문이었다. 자신은 한 어린애를 이해하고 도와줬던 어떤 남자를 사랑하고 있었다. 그 남자의 모든 면을 사랑했다. 강하면서도, 따뜻한 마음과 유머감각을 잃지 않는 그런 남자. 그 남자가 자신에게 주는 느낌까지 사랑하고 있었다. 미래는 아무런 상관이 없었다. 그저 그 남자를 사랑하고 있을 뿐이었다.

줄리는 벽에 등을 기대고 눈을 감았다. 온몸이 떨려왔다. 아직 회복이 덜 된 상태라 그러는지도 모른다. 아니 어쩌면 새로운 깨달음이 몰고 온 충격 때문일지도 모른다.

섬머는 상처받기 쉬운, 옆에서 돌봐줘야 할 어린아이였다. 섬머를 죽이려고 했던 사람이 언제 또 무슨 짓을 할지 모른다.

새로운 사실이 머리에 떠올랐다. 그 동안 찾지 못했던 마지막 퍼즐 조각이었다. 범인의 범행 동기가 뭔지 이제야 알 수 있을 것 같았다.

줄리는 자신이 뭘 해야 할지 알고 있었다.

23

　자신이 표적이 되려면 그렇게 연기를 하는 게 낫다 싶었다. 미련한 짓이라고 해도 할 수 없었다. 가만히 앉아 무슨 일이 생길지 기다리는 것도 이제 지긋지긋했다. 마음속 깊은 곳에 자리잡은 분노도 크게 작용했다. 누군가 자신의 영화를 도구 삼아 사람들을 죽이고 상처 입혔다는 사실 때문에 너무 화가 났다.

　줄리는 타인의 집으로 돌아와서 모텔에 전화를 걸었다. 그러고 나서 누군가한테 보낼 메모를 조심스럽게 적었다. 잘못해서 일이 커지면 공격 대상이 놀라 도망칠지도 모른다. 보낼 만한 사람은 한 사람밖에 없었다. 메모를 봉투에 넣고 겉봉에 타인의 이름을 적었다.

　줄리는 카키색 치마와 블라우스를 벗고 장에서 청바지와 티셔츠를 꺼냈다. 그러고 나서 양말과 운동화를 꺼내 신었다. 허리엔 흰색 스웨터를 둘렀다. 공기가 습한 걸 봐서 오늘밤에 비가 올 것 같았다.

섬머는 도나를 따라서 집에 돌아와 있었다. 아네트는 자청해서 약물 치료를 받겠다고 병원에 남았다. 자기 딸을 위해 정신을 차리겠다는 각오가 대단했다.

타인의 방에서 텔레비전 소리가 들렸다. 섬머인 모양이었다. 레이는 아직 집에 돌아오지 않은 상태였다. 촬영이 끝나고 나서 어딜 간다는 얘기 없이 사라져버렸다.

메모 때문에라도 선불리 행동할 수는 없었다. 줄리는 타인의 방문 앞에 서 있었다. 섬머는 잠옷 바람으로 침대에 누워서 텔레비전을 보고 있었다. 낡은 가운을 걸치고 있었는데 타인한테 빌린 것 같았다. 하도 울어서인지 아직까지 눈이 퉁퉁 부어 있었다.

줄리는 잠깐 동안 가만히 서 있었다. 과거에 있었던 일을 되돌린다는 건 불가능했다. 그래도 할 수 있는 만큼은 해봐야 했다. 마음을 다져 먹고 줄리는 방 안으로 들어갔다.

「섬머?」

아이는 희미하게 미소를 띠면서 고개를 들었다.

「심부름 좀 해줄래?」

「뭔데요?」

「한 시간쯤 있다가 타인 숙모한테 이걸 갖다 드리기만 하면 돼. 할 수 있겠니?」

「그럼요」

아이는 호기심 어린 시선으로 봉투를 받아들었다.

「꼭 전해드려야 한다. 아주 중요한 일이야.」

「알았어요.」

줄리는 방을 나가면서 고개를 돌렸다.

「고맙다.」

「어디 가는데요?」

「뱀 잡으러.」

저도 모르게 튀어나온 말이었다. 줄리는 황급히 말을 이었다.

「장난이야. 그냥 일하러 가는 거야.」

계단을 내려가는데 뒤에서 섬머가 맨발로 뛰어오는 소리가 들렸다.

「잠깐만요! 촬영장에 갈 거예요?」

아이는 눈을 커다랗게 뜨고 있었다.

「그럴까 생각 중이야.」

「날이 어두워졌는데요?」

「잠깐만 있다가 올 거야.」

「퇴원한 지 얼마 안 됐잖아요. 나처럼 연기한 것도 아니고 진짜 아팠잖아요.」

「다 나았어. 괜히 사서 걱정할 것 없다.」

「안 무서워요?」

자신을 걱정해주는 눈빛을 보니 마음이 뭉클해졌다.

「조금, 그래도 괜찮을 거야. 조심할 거니까. 이따가 타인 숙모한테 편지 꼭 전해드려야 한다.」

아이는 고개를 끄덕였다. 줄리는 아이가 방으로 돌아가서 문을 닫는 모습을 지켜봤다. 그리고 재빨리 차를 타고 촬영장으로 갔다.

트레일러 근처에 차를 세우고 엔진을 껐다. 깜깜한 곳에 앉아 바로 앞에 세워진 대형 트럭을 바라보았다. 차 안이 컴컴하고 비어 있었다.

다들 돌아가고 아무도 없었다. 보트 클럽 문은 잠겨 있었다. 정문에 켜진 노란 전등불이 건물을 비추고 있었다. 사무실이며 트레일러에도 사람 기척은 없었다. 선착장에선 유람선이 부드럽게 흔들리고 있었다. 바로 옆에 매어둔 소형보트가 말뚝에 부딪히는 소리가 들렸다. 움직이는 물체라고는 유람선과 보트밖에 없었다. 경비원은 지금쯤 초소에서 독서 삼매경에 빠져 있으리라.

줄리는 차에서 내려 문을 조용히 닫았다. 트레일러로 가는 도중에 열쇠를 꺼냈다. 바깥문을 열고 실내 문을 열었다. 들어가기 전에 잠깐 안을 들여다봤다. 어둠이 침묵 속에 웅크리고 있었다.

안으로 들어가 불을 켰다. 아무도 없었다.

한숨을 내쉬면서 가방을 식탁에 내려놓고는 문을 걸어 잠갔다. 평상시와 다름없이 방 안은 후덥지근했다. 할 수 없이 줄리는 에어컨을 틀었다. 고개를 숙였더니 머리카락이 얼굴을 덮었다. 손으로 머리를 넘기는데 이마에 뻐근한 통증이 왔다. 머리를 대강 뒤로 땋아서 고무밴드로 묶었다.

냉장고에서 치즈, 크래커, 와인을 꺼냈다. 찬장에서 와인 잔 두 개와 냅킨도 몇 장 꺼내왔다. 의자에 기대앉아 천천히 와인을 음미하면서 눈을 감았다.

잔을 거의 비울 무렵, 문 두드리는 소리가 들렸다.

「줄리, 너 안에 있는 거야?」

줄리는 일어나서 문을 열었다.

「들어와. 와인 한 잔 마셔라.」

「세상에, 너 혼자 여기까지 나오다니 제정신이니? 죽고 싶어서 환장했구나.」

「그래도 조용해서 좋잖아.」

오필리아가 웃음을 터뜨렸다.

「그거야 맞는 말이지. 무슨 일이야?」

「앉아서 이거나 마셔.」

줄리는 와인을 빈 잔에 가득 따랐다.

「촬영 일정을 정리했으면 해서. 결말을 바꿨으니까 거기에 맞춰 다른 부분도 손봐야 할 것 같아.」

「오래는 못 있어. 부레를 하러 가야 하거든. 부레가 뭔지 기억 나지? 케이준들한테 배운 그 카드게임. 그건 그렇고 네 아버지와 얘기하는 게 낫잖아. 이젠 네 아버지가 감독인데 말이야. 나야 너희 부녀가 결정한 걸 스태프들한테 알려주기만 하면 되고.」

「표면적으로야 아버지가 감독이지. 그래도 아버지는 내 생각을 웬만하면 수용하려고 해서. 실은 같이 오자고 했는데 오기가 좀 꺼려지나봐. 벽인지 옷장에서 이상한 소리가 들린대나 어쨌대나. 어때, 너도 들어본 적 있어? 아무래도 쥐가 들락거리는 소리를 듣고 그러시나봐.」

「어떨 때 보면 남자들은 꼭 애들 같다니까. 그래서 어떻게 바꿨으면 좋겠다는 건데?」

「배가 폭발해서 섬머가 죽을 뻔했던 그 장면 말이야. 레이가 섬머를 안고 물에 뛰어드는 모습이 카메라에 남았잖아. 그걸 버리면 너무 아까울 거 같애.」

오필리아가 고개를 끄덕였다.

「그야 그렇지. 그래서?」

「폭발하기 바로 직전에 찍었던 부분을 손댈까봐. 밴스 대신에 레이가 점프를 해서 유람선으로 몸을 날리는 거야. 해결사들과 엎치락뒤치락하다가 그놈들을 던져버리는 거지. 꼭 제임스 본드처럼 말이야. 레이가 섬머를 안고 뛰어드는 장면은 벌써 찍었으니까 됐고. 나머지만…….」

줄리는 갑자기 말을 멈추고 고개를 옆으로 돌렸다.

「방금 소리 들었니?」

「무슨 소리?」

오필리아가 트레일러 안을 둘러보면서 물었다.

「나도 몰라. 쉿소리가 나는 것 같기도 하고.」

「난 못 들었는데.」

「그래? 아버지 때문에 나까지 전염됐나보다. 내가 어디까지 얘기했지? 맞아, 밴스가 섬머를 안고 물에서 나오는 장면도 첨가해야겠다. 부상당한 거야 분장으로 처리하면 되고. 어때?」

「좋은 생각이네.」

「거기다 법에 저촉되느니 어쩌느니 해서 시달리지 않아도 되고 얼마나 좋아. 우연히 찍은 장면이니까 법에 걸릴 것도 없지. 어쨌든 애를 보트에 태워 죽이려 했던 인간은 제정신이 아닐 거야. 그게 사람이 할 짓이니?」

「그거야 맞는 말이지. 그 신은 내가 손댈 것도 없겠네. 네가 벌써 다 생각해놨잖아.」

「한 가지 물어볼 게 있어. 나중에 섬머를 데리고 나왔을 때 밴스의 반응은 어떻게 처리하는 게 좋을까? 자기 딸이 물에 빠져 죽을 뻔했잖아. 죽었다고 생각하고 혼비백산하다가, 살아 있다는 걸 알고 안도의 숨을 내쉬는 쪽일까, 아니면 화를 내고 복수심에 불타는 쪽일까?」

「그때 레이가 했던 대로 하면 될걸. 그러면 되겠다, 정말……」

줄리는 말을 하려다 말고 몸을 웅크리면서 비명을 내질렀다. 황급히 자리에서 피하느라 와인 잔이 떨어졌다.

오필리아도 벌떡 일어나서 부엌 뒤쪽으로 몸을 피했다.

「죽여! 죽여버리란 말이야.」

오필리아는 미친 듯이 외쳐댔다.

와인 잔이 부서지면서 조각들이 흩어졌다. 줄리는 몸이 굳어서 자기 친구를 쳐다봤다. 살의가 가득해서 잔뜩 일그러진 얼굴을 하고 있었다.

「뭘 죽이라는 건데?」

오필리아도 그렇게 멍청한 타입은 아니었다. 줄리가 말을 끝내기도 전에 자신이 무슨 행동을 했는지 깨달은 눈치였다. 눈을 재빨리 깜빡거리더니 억지미소를 끌어냈다.

「세상에, 너 때문에 깜짝 놀랐잖아. 쥐가 나온 줄 알고 도망쳤지.」

「그래?」

줄리가 몸을 일으키면서 말을 이었다.

「독사는 아닌가 생각한 거 아니야? 늪뱀 말이야. 며칠 동안 왜 기척이 없나 궁금했던 거 아니니?」

「아니, 너 무슨 소리……」

「미안하지만 내가 며칠 전에 벌써 처치했거든.」

「그럼 내가 뱀을 여기다 풀었다는 거야?」
「내가 언제 뱀이 여기 있다는 얘길 했나?」
「그런 얘기잖아. 네 말은……」
「아니, 여기 뱀이 있었다는 건 아무도 몰라. 뱀을 풀어서 날 죽이려고
한 사람은 알겠지만. 폴과 스탠을 죽인 살인자만 안단 말이야. 바로 너,
오필리아.」
오필리아의 얼굴이 대번 굳어지더니 눈가가 가늘어졌다.
「여우 같은 년. 운도 더럽게 좋지.」
오필리아의 입가가 바르르 떨렸다.
「그래, 운이야 좋지.」
「널 죽여버리고 싶었어. 정말 죽여버리고 싶었단 말이야.」
줄리는 다리가 떨려서 더 이상 서 있을 수가 없었다. 의자에 털썩 주
저앉으면서 간신히 입을 열었다.
「왜?」
줄리는 의아스러운 얼굴로 고개를 내저었다. 번개같이 어떤 생각이 머
리를 스쳤다.
「이제야 알 것 같아. 앨런 때문이구나. 그 사람을 사랑하게 됐니?」
「사랑?」
오필리아는 무슨 뜻인지 못 알아들은 것처럼 그 말을 반복하더니, 쉰
목소리로 웃으면서 말을 이었다.
「난 그 사람을 우러러볼 수밖에 없어, 이 멍청아. 나 같은 여자를 거
들떠보기나 할 것 같아? 세련되고 얼굴도 반반한데다 배경도 괜찮은 여
자를 좋아한단 말이야. 그래, 그 사람한테 잘 보이려고 내가 다 고해바
쳤어. 나한테도 기회를 주지 않을까 해서 말이야. 아무 소용이 없더군.
그래도 내 맘은 변함없어.」
「그래서 내가 그 사람하고 헤어진다고 했더니 화를 낸 거야? 나한테
떠나지 말라고 한 건 그 사람을 위해서야?」

「네가 앨런하고 헤어지면 나도 좋을 게 없잖아. 그래야 나도 그 사람 얼굴을 계속 볼 수 있을 거고. 내가 너하고 일하는 동안은 말이지.」

「그래도 마약 거래에 연루됐다는 사실이 밝혀지면 모든 게 허사가 됐을 텐데. 뭣하러 그런 위험을 감수했어? 일자리에서 쫓겨나면 앨런하고도 영영 작별인데 말이야.」

「돈 때문이지 뭐겠어? 그 동안 돈이 얼마나 필요했는지 알아? 제길, 나도 너처럼 감독을 하고 싶었단 말이야.」

「그럼 그렇게 하지 그랬어?」

「난 너처럼 아버지가 유명한 감독이 아니란 말이야, 이 멍청아. 거기다 여자니까 감독을 해봤자 돈 벌긴 글렀지. 연줄이 없으면 안 된단 말이야. 연줄을 만들려고 해도 어떤 남자가 나하고 같이 잘 생각을 하겠나? 감독이 될 만한 재능이 있다는 걸 제작사한테 보여줘야 될 거 아냐. 그러려면 돈이 억수로 든다구.」

「나도 처음 시작할 땐 적은 돈으로 시작했어. 너도 그러면 되잖아.」

「푼돈으로 시작하라구? 됐어.」

「딴 일도 그렇지만, 처음엔 배운다는 생각으로 해야 해. 네가 그런 줄 알았으면 나도 힘닿는 데까지 널 도왔을 거야.」

「내 맘이 어떤지 넌 관심도 없었잖아. 넌 감독이 될 만한 여자는 너밖에 없다고 생각하고 있지? 내가 좋아서 네 뒤나 졸졸 따라다니면서 뒤치다꺼리나 했는지 알아? 너란 인간, 생각만 해도 구역질난다.」

오필리아가 자신을 극도로 증오하고 있다는 게 목소리에서도 느껴졌다. 그 동안 알아차리지 못했다는 게 이상할 정도였다.

「난 네가 좋아서 하는 일인 줄 알았지. 낮에는 일하고 밤에는 술집에 가서 남자들과 어울리고……, 그러다가 마약 거래에 빠진 거니?」

오필리아가 코웃음을 쳤다.

「내가 얼마나 타락했는지 듣고 싶어서 안달이 났구나. 사실은 LA 뒷골목에 있는 술집에서 시작했어. 여기 거래도 LA하고 똑같아. 벌이가 짭

짤했지. 폴 리슬릿이 얼쩡거리기 전까진 말이야.」

「그래서 죽였구나.」

「그 인간 욕심이 지나쳤어. 스탠은 폴이 죽었을 때 이상한 낌새를 눈치챘어. 나도 사실 폴이 마약 단속반이란 건 몰랐지. 그냥 참견하기 좋아하는 인간이라고만 생각하고 겁만 줘서 쫓을 작정이었어. 어쨌든 불이 오고 나서 스탠은 일하기가 싫어졌다고 했어. 영화 관두고 한몫 챙겨 멕시코에서 잘살아보겠다고 욕심을 부리더군. 문제는 그 인간한텐 섬머를 처리할 배짱이 없었다는 거야. 거기다 내가 널 싫어한다는 걸 알고 있었던 거 같아. 넌 몰랐지? 내가 널 아주 싫어한다는 거 말이야. 네가 해변에서 날 살찐 광대처럼 보이게 했을 때부터 아주아주 싫어하게 됐지. 스탠은 너 때문에 잔뜩 걱정을 하더군. 나한테 협박을 했다니까. 협박을! 운 좋게 그때 칼을 갖고 있었지 뭐야. 그 인간 내가 얼마나 악질인지 몰랐나봐. 아주 놀란 눈치던걸.」

오필리아는 자기도취에 빠져 있었다.

「어떻게 어린애까지 건드릴 생각을 했어? 너도 여잔데 어떻게 그런 짓을 할 수 있냐구!」

「나도 그럴 생각은 없었어. 트럭에서 뱀을 꺼내는 걸 그 계집애가 봤단 말이야. 애완 동물이라고 꾸며대려고 했지. 도시에서만 살다 온 애가 뭘 알겠어? 나중에 생각해보니까 네가 물렸단 소리를 들으면 아무래도 기억해낼 것 같잖아. 뱀은 사라지고 아무 일도 안 생겼지만.」

「내가 죽였어. 여자라고 그런 일 못할 건 없다는 거 잘 알 텐데.」

「입을 꼭 다물고 있었으니 나라고 알 수 있나.」

「저번에 네가 여기 출입을 안 한다고 했던 게 생각나더라구. 그래서 범인이 너란 걸 알 수 있었지. 아버지가 쫓아냈다고 했지만 사실이 아니었지? 아버지는 네가 맥주를 밴스의 트레일러에 옮겨놓았다면서 불평하셨거든. 같이 지내면서 술도 나눠 마셨으면 하는 눈치셨어. 결국 네가 뱀에 관해 알고 있다는 사실만 밝혀지면 나머지도 해결되는 셈이었지.」

「똑똑하시군. 그런 분이 여기까지 혼자 올 생각을 하다니 놀라운걸.」

오필리아는 발목을 꼰 채, 싱크대에 기대섰다.

「그래, 내가 생각을 잘못했지. 그래도 난 내 생각이 틀리길 바랐어.」

준비를 안 하고 온 건 아니었다. 그래도 뭔가 차질이 생긴 것 같았다.

「그래? 네 생각이 맞으면 어쩔 생각이었는데? 날 설득해서 자수시킬 생각이라도 한 거냐?」

「물론 그런 생각도 했지. 나 혼자 왔다고 해서 나만 이 일을 알고 있다고 생각하진 마. 레이도 알고 있어. 그 사람이 마약 단속기관에서 일했다는 건 알고 있었어?」

오필리아가 코웃음을 쳤다.

「전엔 그랬지. 마약상들한테 뇌물을 받아먹었다는 거 몰라? 지금도 그 짓 하는 건 변함없고. 그랬으니까 마들린이 꼬리칠 정도로 돈을 잔뜩 모은 거 아냐. 폴이 하던 스턴트를 한다고 한 것도 달래 그런 줄 알아? 경찰들이 끼여들까봐 미리 선수를 친 것뿐이야.」

오필리아는 기묘하게 빛나는 눈빛으로 줄리를 바라보았다.

「그럼 왜 섬머를 너한테서 떼어놓으려고 그랬지? 거기다 그 사람은 섬머가 혼자 있지 않게 항상 신경 써줬어. 네가 준 마약 때문에 아네트가 발작을 일으켰을 때도 자기 집으로 데려갔잖아. 물론 트레일러에 남겨둔 마약도 네 거겠지?」

시간을 벌기 위해 일부러 꺼낸 얘기였다.

「그야 애가 불쌍하니까 그랬겠지. 그리고 애가 함부로 떠들어대지 못하게 미리 입막음을 했잖아. 내가 널 쏘았는데도 내 뒤를 밟을 생각을 안 하더군. 그런데도 레이가 마약 단속기관에서 일하느니 어쩌느니 그딴 소리를 하는 거야?」

「날 병원에 데려가려고 그런 거였어.」

「그렇게 순진해서 어떻게 살래? 아무래도 너무 시간을 끌었어. 빨리 일어서. 가자구.」

오필리아는 청바지 뒷주머니에서 총을 빼더니 줄리의 가슴께를 겨눴다. 줄리는 가만히 총구를 들여다보았다. 맥박이 미친 듯 뛰기 시작했다. 한순간 어지럼증이 몰려와 다리가 후들거렸다.

「어디로 가는 거야?」

「강으로 가야지. 뉴올리언스에서 쓰레기를 처리할 때 어디에다 버린다고 했지? 거긴 악어 떼들도 우글거린다. 산 사람은 몰라도 죽은 시체는 먹을걸.」

「들어보긴 한 것 같다.」

「그러셨겠지. 자, 빨리 앞장서. 둘이서 아주 사이좋게 나가는 거야. 그래야 경비원을 속이지. 그러고 나서 배를 타고 즐거운 여행을 하자구.」

줄리는 오필리아가 하라는 대로 따랐다. 주차장을 반쯤 지났을 때, 줄리가 물었다.

「나하고 마지막까지 같이 있었던 사람이 너라는 걸 경비원이 아는데 그건 어쩔 거야?」

「그야 무슨 상관이야. 돌아와서 몰래 트레일러 안으로 들어가기만 하면 되는걸. 그랬다가 경비원한테 인사하고 나가면 돼. 네가 아직도 남아서 일하고 있다면서 말이야. 운이 좋으면, 새벽까지 네가 없어진 사실을 사람들이 모를 수도 있지.」

「왜 한밤중에 보트를 타고 나갔냐고 물어보면 어쩔 거야?」

「촬영 장소를 찾느라고 그랬다고 하면 되잖아. 아니면 갑자기 야경을 보고 싶어서 그랬다고 해도 되고.」

아주 그럴싸한 생각이었다. 줄리는 애써 불길한 느낌을 지웠다.

「그러지 말고 나랑 같이 경찰서로 가자. 정보를 준다고 하면 정상 참작이 될 거야.」

「그래봤자 소용없어. 루이지애나에서는 살인하면 영락없이 사형이라구. 괜히 모험할 거 없지. 거기다 돈 벌 기회도 날아갈 텐데 미쳤나?」

경비원은 두 사람을 흘끗 쳐다보았다. 오필리아가 총구를 등에 바싹 들이대면서, 경비원한테 손을 흔들었다. 경비원도 두 사람을 보고 손을 흔들었다. 이내 보고 있던 책으로 눈을 돌려버렸지만.

「보트를 타.」

선착장에 도착하자, 오필리아가 말했다.

「되도록 다른 사람들 눈을 피하는 게 낫지 않겠어?」

줄리는 이런 상황이 실감 나지 않았다. 영화를 찍는 기분이었다. 누군가 저쪽에서 '컷' 소리를 낼 것 같았다. 오필리아가 앞으로 가라고 미는데도 줄리는 그 자리에서 움직이질 않았다.

「이건 미친 짓이야.」

「그래, 내가 미쳤다고 생각하겠지. 하지만 난 지극히 정상이야. 살인이나 매춘이나 다를 건 하나도 없어. 처음엔 구역질날 정도로 끔찍하다가 두 번째 아주 싫은 정도였다가 세 번, 네 번 계속 하다보면 욕지거리 몇 번 하는 걸로 끝난다구.」

「몸을 팔아봤어?」

「아니. 괜히 딴소리하지 마. 아무렇지도 않게 널 죽일 수 있으니까 걱정 마셔. 빨리 보트에 타.」

「여기서 총을 쏘면 네 계획이 다 틀어지겠지?」

「넌 이제 죽은 거나 다름없어.」

줄리는 오필리아가 하라는 대로 배에 탔다. 오필리아는 엔진을 켜면서 배의 방향을 돌렸다. 두 사람이 탄 배는 금세 수면을 헤치고 나가기 시작했다.

밤하늘에 구름이 잔뜩 끼여 있었다. 주위는 온통 어둠뿐이었다. 오필리아는 전등을 켜지도 않고 배를 강둑에 바짝 붙였다.

벌레 울음소리가 들려왔다. 박쥐 한 마리가 나무 사이를 뚫고 수로를 따라 미끄러지듯 날아갔다. 배가 다가오는 기척을 느끼고 어떤 짐승들은 물 속으로 사라졌다. 축축한 물안개에서 진흙 냄새와 생선 비린내가 났다. 썩은 냄새도 섞여 있었다. 죽음을 연상시키는 냄새였다.

줄리는 모터 배터리가 떨어질 때가 되진 않았을까 생각했다. 저번에 레이랑 같이 나갔을 때 꽤 오래 돌아다녔기 때문에 그럴 만도 했다. 그래도 배가 무리 없이 잘 미끄러지는 걸 보니 배터리를 갈아놓은 모양이었다. 배는 운하와 야영장을 지나, 목조식 성당을 지나쳤다.

성당을 보니 타인이 떠올랐다. 타인이 언젠가 얘기했던 이야기가 떠올랐다. 강에서 있었던 추억이 그 위에 겹쳐졌다. 거품을 일으키면서 엄청난 속도로 배를 몰았던 레이, 강하면서도 신비스러운 느낌. 물에 빠진 자신을 끌어내서 촬영장까지 태워다 주었는데. 언젠가 둘이서 바람을 맞으면서 강을 질주한 적도 있었다. 모든 게 꿈처럼 느껴졌다. 두 사람이 보낸 시간에 있지도 않은 의미를 부여하고 있는 건 아닐까?

그런 생각은 더 이상 하지 않기로 했다. 그래봤자 도움될 건 하나도 없었다.

지금은 생각을 집중할 필요가 있었다. 추억이니 뭐니 떠올려봤자 아무 소용이 없었다.

레이와 폴, 강에서 배를 띄우고 노는 어린애들, 블라인드 강이 아니라 광대한 미시시피 강. 뭔가 생각날 것 같았다.

셔츠며 바지에 물이 튀어 축축했다. 이가 덜덜 떨리는 것 같았다. 허리에 두른 스웨터를 풀려는데 오필리아가 날카롭게 내쏘았다. 한 손엔 총을 들고 다른 한 손으로는 키를 잡고 있었다.

「너 뭐하는 거야?」

「추워서 걸치려고 그래.」

오필리아는 코웃음을 치면서 말했다.

「맘대로 해라. 그래봤자 아무 상관 없겠지만.」

줄리는 뭐라고 한번 비꼬는 말을 해주려다가 꾹 참았다. 오필리아한테 겁먹은 것처럼 보이는 편이 더 나을 것 같았다.

줄리는 스웨터를 풀어서 어깨에 둘렀다. 한 손을 고물에 대고 뒤쪽을 돌아봤다.

「뭘 봐? 우리 쫓아올 사람은 없다니까. 내가 알아서 다 해놨지.」
관자놀이에 얼얼한 통증이 느껴졌다.
「그게 무슨 소리야?」
「타인 숙모네 들렀거든. 트레일러까지 가기 귀찮아서 가는 길에 한번 들러봤지. 오늘은 그 할머니가 빙고 게임 하러 가는 날이잖아. 잊어버렸구나? 도나가 애들이랑 같이 와 있던걸. 섬머는 소파에 너부러져서 자고 있더라. 바닥에 보니까 메모가 떨어져 있더구나. 한눈에 네 글씨인지 알아봤지. 그래서 갖고 왔어, 이렇게!」
오필리아가 주머니에서 종이를 꺼내 흔들었다. 줄리는 숨을 몰아쉬었다. 잠깐 동안, 타인과 섬머한테 무슨 일이 있었을까봐 걱정했다. 다행히 두 사람 다 무사한 것 같았다. 지금까지는.
최소한 두 사람은 무사했다. 자신은 안 그랬지만.
뼛속 깊이 냉기가 스며들었다. 아무도 와줄 사람이 없었다. 이번엔 보안관도 주 경찰도 레이도 아무도 없었다. 그저 자신과 오필리아 둘뿐이었다.

24

비가 추적추적 내리기 시작했다. 빗줄기가 수면 위에 그리고 나뭇잎에 떨어지는 소리가 나지막하게 들렸다. 머리와 어깨가 축축하게 젖어왔다. 얼굴에 와 닿는 비가 시원했다. 복잡했던 머리가 맑아지는 기분이었다. 물안개가 피어올라서 시야를 가렸다. 키를 잡은 오필리아한테는 최악의 상황이었다. 줄리는 손을 뻗어 뱃전을 꼭 붙들었다.

배는 천천히 나가고 있었다. 야외 촬영을 했던 곳까진 아직 거리가 상당했다. 줄리는 더는 못 가도 최소한 거기까지 갈 수 있었으면 하는 마음이었다. 오른편에 늪 뒤쪽으로 통하는 수로가 있었다. 배는 그쪽으로 방향을 바꿨다.

「더 멀리 갈 것도 없어. 어딜 가나 거기서 거기지. 거기다 비가 이렇게 오는데 시간 낭비할 거 없잖아.」

「거기다 몸도 젖을 테니까 말이지.」

줄리가 냉랭하게 맞받았다.

「맞는 말씀.」

오필리아가 깔깔거리면서 웃어젖혔다.

순간 줄리는 뱃전을 꽉 잡고 몸무게를 왼쪽으로 실으면서 최대한 배를 기울였다. 재빨리 양손으로 왼쪽을 붙들고 아래쪽으로 밀었다. 배가 기울자, 물 속으로 뛰어들었다.

총소리가 울려 퍼지면서 총탄이 머리 위를 스쳐갔다. 동시에 오필리아가 비명을 내지르면서 물위로 떨어졌다.

뱃전을 잡고 있던 줄리의 손이 미끄러졌다. 배가 쓰러지면서 어깨를 짓눌렀다. 줄리는 밑으로 밑으로 가라앉았다. 가슴이 뻐근할 정도로 숨이 막혀왔다. 심장을 후벼파는 통증이 몰려왔다. 운동화가 납덩이처럼 무거웠다. 바지까지 찰싹 달라붙어서 다리를 움직이기가 힘들었다. 깊이를 알 수 없는 밑바닥까지 끌려 들어가고 있었다.

줄리는 있는 힘껏 몸을 위로 움직였다. 한참 만에 거친 숨을 몰아쉬면서 수면 위로 떠올랐다. 한꺼번에 숨을 몰아쉬느라 목구멍에서 쉿소리가 섞여 나왔다. 머리가 빠개질 듯 아팠다. 힘이 하나도 없었다. 기운이란 기운은 다 빠져서 강물에 떠내려갈 것 같았다.

배는 완전히 뒤집힌 채 6미터 정도 앞쪽에 있었다. 오필리아가 정신없이 이쪽저쪽 살피고 있었다.

강둑까지는 어림잡아 20미터 정도 될 것 같았다. 평상시라면 거뜬했겠지만 지금은 불가능했다.

비가 톡톡 소리를 내면서 수면 위에 잔물결을 일으켰다. 멀리서 벌레 소리가 들려왔다.

오필리아가 몸을 돌리더니 줄리를 발견하고는 승리에 찬 소리를 내질렀다. 이쪽을 향해 힘껏 헤엄을 치기 시작했다.

줄리는 잠수를 했다. 몸이 말을 듣지 않았지만 정신력으로 버티는 수밖에 없었다. 배 바로 옆까지 다가가 조용히 수면 위로 얼굴을 내밀었다. 숨을 한번 크게 몰아쉬고 배 밑으로 들어갔다. 순식간에 주위가 깜깜해졌다. 기름 냄새며 비린내가 풍겨왔다. 숨을 몰아쉬다가 뭔가 딱딱한 물체에 부딪혔다. 해냈구나. 줄리는 숨을 몰아쉬면서 혼잣말을 했다. 레이와 폴이 어렸을 때 관광객들을 놀라게 하려고 했던 장난이 바로 이거였다.

한 손으로 뱃고물을 붙들고 줄리는 잠깐 숨을 돌렸다. 비가 점점 세차게 퍼붓고 있었다. 비를 피할 수 있어서 그나마 따뜻했다. 하지만 그도 잠시, 오필리아가 다가오는 소리가 점점 가깝게 들려왔다.

이 안에서 얼마나 버틸 수 있을지 의문이었다. 그렇게 가만히 숨어 있을 수만은 없었다. 혹시라도 줄리가 죽었으려니 생각하고 오필리아가 배로 돌아오면 큰일이었다.

배는 물위에 떠 있어서 그런지 별로 무겁지 않았다. 줄리는 신발을 벗어 던지고 강둑을 향해 움직였다.

눈앞에 보이는 게 없어 강둑으로 가는 건지 어쩐지 분간하기가 힘들었다. 하지만 어느 정도 오필리아한테서 벗어난 것 같았다.

기력이 다 빠지고 피로가 온몸을 파고들었다. 강둑까지 얼마나 남았을까? 기운 내자. 줄리는 팔을 힘껏 내저으면서 발을 찼다. 한번 움직일 때마다 배가 더 강하게 몸을 짓눌러왔다. 아무래도 배를 빠져 나가야 할 것 같았다. 그러려면 다시 잠수를 해야 하는데 기운이 하나도 없었다.

발에 뭔가 닿았다. 진흙이었다.

강둑이다! 너무 기뻐서 소리라도 내지르고 싶은 심정이었다. 양손으로 뱃전을 잡고 몸을 숙이면서 배 밑에서 빠져 나왔다.

그림자가 뒤편에서 솟아나는가 싶더니 줄리를 덮쳤다. 오필리아가 욕지거리를 퍼부으면서 달려들었다. 줄리는 균형을 잃고 물위로 넘어졌다. 오필리아가 위에서 짓누르는 바람에 숨을 쉴 수가 없었다. 입 안으로 흙탕물이 몰려들었다.

마음 한구석에 숨어 있던 분노가 되살아났다. 줄리는 몸을 틀어 오필리아한테서 벗어났지만 뒷걸음질치다가 다리를 잡히고 말았다. 손톱을 세워서 오필리아의 머리를 세차게 휘어잡았다. 그리고 잽싸게 물 속에 처박았다. 오필리아는 기침을 하면서 뒤로 물러났다. 그 틈을 놓칠세라 강둑을 향해 발을 내디뎠다.

오필리아는 흙탕물을 뚝뚝 떨어뜨리면서 몸을 날렸다. 이내 청바지를 붙잡고 늘어지더니, 줄리가 몸을 돌리자마자 얼굴에 주먹을 날렸다.

미처 주먹을 피하지 못해 붕대를 감은 이마에서 피가 흘러나왔다. 귓속에서 웅 소리가 울렸다. 의기양양하게 서 있는 오필리아의 모습이 꼭 저승사자처럼 보였다.

줄리는 남아 있는 힘을 모두 그러모아 주먹을 힘껏 휘둘렀다.

주먹은 정통으로 오필리아의 얼굴에 내리꽂혔다. 오필리아는 울부짖으면서 뒤로 나동그라지더니, 이내 피범벅이 돼 줄리를 올려다봤다. 줄리의 어깨 너머를 보는 오필리아의 몸이 순간 굳어졌다. 오필리아는 얼굴을 감싸면서 자포자기의 비명을 내질렀다.

피가 줄줄 흐르는 오필리아의 얼굴과 헝클어진 머리카락, 흙탕물이 선명하게 눈에 들어왔다. 천천히 줄리는 몸을 돌렸다. 뒤편에서 에어보트 두 대가 강렬한 불빛을 비추면서 다가왔다. 누군가가 물을 첨벙첨벙 튀기면서 이쪽으로 뛰어왔다. 줄리는 레이를 향해 미소지었다.

뒤풀이를 이렇게 거창하게 해본 적은 한번도 없었다. 보트 클럽엔 온통 영화 포스터가 붙어 있었다. 감독용이랍시고 천을 깔아놓은 의자 두 개를 제외하고는 접는 의자들이 전부였다.

영화 찍는 데 사용했던 소형 보트엔 받침대를 받쳐서 얼음 조각을 가득 채워 놓았다. 한쪽에는 맥주와 와인 쿨러가, 반대편엔 생굴이 잔뜩 놓여 있었다. 잠발라야와 구운 소시지, 훈제 칠면조 다리도 있었다. 테이블 위에는 구운 새우에 삶은 게, 감자 샐러드, 온갖 종류의 케이크와 과자, 파이까지 없는 게 없었다.

임시로 만든 무대 위에서 밴드가 연주를 하고 있었다. 리드싱어는 가창력도 풍부하고 농담도 잘해서 분위기를 띄우는 데 한몫 톡톡히 했다.

보트 클럽 회원들은 가족과 친구들까지 데리고 나왔다. 아는 사람은 모두 같이 온 모양이었다. 다들 음식이며 마실 걸 갖고 왔기 때문에 음식이 넘쳤다. 웃고 떠드는 소리가 끊일 새 없었다.

스태프들도 그 안에 자연스럽게 끼여들었다. 다들 먹고 마시면서 처음 본 사람들한테도 말을 거느라 바빴다. 촬영장에서 벌어졌던 우스운 일화를 얘기하면서 정신없이 웃어댔다. 도시에서 왔다고 실컷 잘난 체하다가 눈총을 받기도 했다. 다들 케이준 댄스를 춘다고 무대에 나섰다가 한바탕 웃음을 자아냈다.

영화 촬영에 협조한 주민들에게 인사말을 하면서 분위기가 달라졌다. 스태프들 모두 감회에 젖은 얼굴을 하고 있었다. 주연배우들이 나와서 짧막하게 소감을 발표했다. 줄리는 목이 메이는 걸 억지로 참으면서 여기서 보냈던 시간을 잊지 못할 거라는 말로 소감을 끝맺었다. 마지막으로 불이 마이크를 잡았다.

「전 원래 이런 일엔 서툰 편이죠. 저한테 이 영화, 그리고 여기서 보냈던 시간은 특별했다는 걸 말씀드리고 싶습니다. 마지막으로 우리가 겪었던 참사를 기억하는 뜻에서 한마디 덧붙이고 싶군요. 여러분, 저와 같이 건배하시겠습니까? 이 자리에 참석하지 못한 벗들을 위해!」

「이 자리에 참석하지 못한 벗들을 위해 건배!」

줄리는 잔을 들고 속삭이듯 말했다.

폴의 마지막 모습이 떠올랐다. 행복하게 웃으면서 부인한테 손을 흔들던 폴. 스탠의 모습도 떠올랐다. 생기 있는 얼굴로 스턴트에 관한 얘기를 하던 스탠. 두 사람 모두 세상을 떠났다. 줄리 자신의 야망과 그들 나름의 욕망에 의해 희생된 사람들이었다.

얼마 전에 스탠을 위한 추도식이 거행되었다. 시신은 고향에 있는 그의 누이에게 보내졌다. 고인을 비난하는 사람은 없었다. 오필리아의 말

대로 마약 밀매에 관여하려고 했던 걸까? 줄리는 아직도 알 수가 없었
다. 사실 오필리아의 말을 액면 그대로 믿긴 힘들었다. 어쨌든 불의 말
처럼 가족한테 부담을 지울 수는 없었다. 그 문제는 묻어두기로 했다.

줄리는 아버지에게 미소를 보냈다. 이젠 아버지가 겉보기와 달리 아주
자상한 사람이라는 걸 알았다.

아버지는 줄리를 구해주러 달려온 사람이었다. 촬영장에서 문제가 발
생했다는 소문을 듣고 자기가 직접 조사에 나섰다. 앨런을 설득하는 일
은 생각보다 쉬웠지만 문제는 딸을 설득시키는 일이었다. 사실 영감이나
창작 의욕이 사라진 것도 아니었다. 그저 딸의 마음을 돌리기 위해 생각
해낸 말이었다. 동정심 유발 작전을 제안했던 사람은 레이였다.

나중에 보험회사 직원이 줄리한테 감독직을 내놓으라고 했을 때도 중
간에 끼여들었다. 자기가 감독을 하고 싶어서 그런 게 아니라 줄리를 위
해서였다. 줄리가 영화를 다른 사람한테 뺏기지 않게 하려면 할 수 없었
다. 거기다 사고 때문에 소심해진 줄리가 영화를 적당히 만들겠다는 식
으로 나오는 걸 두고만 볼 수가 없었다. 결말만 봐도 그런 아버지의 마
음을 짐작할 수 있었다. 아버지는 줄리의 머리에서 나온 아이디어를 그
대로 채택했다.

줄리는 어느새 아버지를 신임하고 이해할 수 있게 되었다. 너무 많은
시간을 허비한 것 같아서 맘이 아팠다. 딸에게 아버지에 대한 편견을 주
입시킨 어머니를 나무랄 순 없었다. 어머니는 어머니 나름대로 이유를
갖고 있었다. 그 동안 아버지가 해명 한마디도 안 했다는 게 놀라울 뿐
이었다.

앨런은 며칠 전에 LA로 돌아갔다. 제작비도 생각보다 적게 들었고 줄
리와 불이 합심해서 잘해내는 걸 보고 마음을 놓은 눈치였다. 더구나 자
신이 이젠 줄리의 맘에 영향력을 행사하지 못한다는 사실을 깨달은 것
같았다.

앨런이 줄리한테 감독직을 사양하라고 한 건 아버지와는 다른 이유에

서였다. 줄리가 성공하면 떠날지도 모른다는 이기적인 독점욕 때문이었다. 줄리를 사랑한다는 말은 진심에서 나온 말일지 모르지만 자기 자신의 이득이나 감정을 먼저 챙겼다는 건 문제가 있었다. 줄리는 앨런이 잘되길 바랐지만 더 이상 사랑하진 않았다.

오필리아는 감옥에서 살인죄에 대한 판결을 기다리고 있었다. 줄리는 아직도 오필리아가 그랬다는 사실을 믿을 수가 없었다. 전엔 그렇지 않았는데, 불만과 질투가 감당하기 힘들 정도로 커져서 살인까지 저지르고 말았다.

레이는 어디에 들렀다 왔는지 뒤풀이에 늦었다. 도나와 아이들이 앉은 테이블에 같이 앉아 있었다. 섬머와 아네트도 같이 있었다. 아이들이 먹을 걸 가지고 싸우다가 레이한테 지적을 받는 모습도 보였다.

오필리아가 체포된 이후로 레이를 보기가 힘들었다. 관계 당국은 오필리아의 도움을 받아 뉴올리언스, 배튼루즈, 슈리브포트, 멀리는 휴스턴, 뉴욕, LA를 근거지로 활동하던 마약 밀매조직을 소탕할 수 있었다. 오필리아는 마약 거래상 이름과 거래 날짜, 거래 장소, 거래 방법 같은 정보를 밝혔다. 그 결과 몇 달 동안 재판해도 모자를 정도로 많은 인원이 검거됐다. 레이도 특별 수사요원이란 명목으로 바쁘게 불려 다녔다.

몇 년 전에 은퇴한 건 사실이었지만 다시 임무를 맡게 됐다. 레이만큼 늪에 관해 정통한 지식을 갖춘 사람이 없었기 때문이었다. 친구인 폴과 같이 일해왔다는 사실도 밝혀졌다. 폴이 죽었기 때문에 레이는 스턴트를 하겠다고 나섰다. 그래도 오필리아 말처럼 경찰 개입을 막으려고 그랬던 건 아니었다.

레이는 줄리가 총상을 입은 이후 오필리아를 주시하고 있었다. 보험회사 직원과 얘기를 나눌 때, 오필리아가 엿듣고 있음을 알아차린 것이다. 조감독 자리마저 내줘야 한다는 말에 자극받아 줄리를 죽이려고 했던 것이다. 레이는 오필리아한테 혐의를 두었지만, 마약 단속기관에선 오필리아를 피라미라고 단정하고 별다른 조치를 취하지 않았다고 했다.

줄리는 오필리아가 자기를 죽이려고 했던 날 밤을 떠올렸다. 레이는 쏟아지는 빛을 뚫고 철벅철벅 달려와 단단한 팔로 자신을 안아줬다. 너무 지치고 아픈데다 기운이 없어서 레이한테 필사적으로 달라붙었다. 그 일만 생각하면 아직도 얼굴이 화끈거렸다.

타인의 집으로 돌아와 진통제를 먹고 옷을 갈아입었다. 숙모가 옷을 갈아입혀준 것 같긴 한데 기억이 희미했다. 레이가 병원에 데리고 가서 치료를 받고 집으로 돌아온 것도 기억하기가 힘들었다.

타인 애기에 의하면, 오필리아가 가고 나서 깨어난 섬머는 편지가 없어진 걸 알고 이성을 잃었다고 했다. 도나에게 부탁해 타인한테 전화를 하게 한 사람도 섬머였다. 줄리가 촬영장에 갔다는 사실과 편지가 사라졌다는 것까지 모두 털어놓았다. 타인은 보안관한테 전화를 걸었고, 보안관은 바로 촬영장으로 달려갔다. 강으로 나갔다는 경비원의 말을 듣고 야영장에 있던 에어보트 두 대를 동원해 수사를 시작했다. 얼마 안 돼 줄리를 찾았다고 하지만 줄리한테는 짧은 시간이 아니었다.

레이가 바빴다는 사실은 줄리도 알고 있었다. 그래도 줄리가 총상을 입은 후로는 뭔가 확실히 거리를 두고 있었다. 며칠 전에야 그 이유가 뭔지 짐작할 수 있었다. 이런 식으로 헤어질 수는 없었다. 아무래도 지금 아니면 기회가 없으리란 생각이 들었다.

줄리는 자리에서 일어나 레이가 앉은 곳까지 걸어갔다.

레이는 느긋하게 앉아 맥주를 마시고 있었는데, 얼마 전에 머리를 짧게 잘라 시원해 보였다. 흰색 티를 입고 있어서 갈색으로 그을린 얼굴이 더 두드러져 보였다. 웬만한 영화배우 뺨치는 모습이었다. 그에 비하면 손에 부목까지 대고 있는 자신이 왠지 초라하단 생각이 들었다.

「잠깐만 시간 내줄 수 있어요? 오래 걸리지 않을 거예요.」

순간 레이의 표정이 묘하게 변했다. 레이는 고개를 끄덕이면서 자리에서 일어났다. 두 사람을 향해 도나가 미소 띤 얼굴로 말했다.

「어서 가봐요.」

레이는 도나에게 따뜻한 미소를 보냈다.

「바깥으로 나가는 게 어떨까?」

줄리는 고개를 끄덕였다. 한참 동안 아무 말 없이 두 사람은 걷기만 했다. 선착장으로 내려가면서 사람들 떠드는 소리도 사라졌다.

「시간 뺏어서 미안해요.」

그나마 좀 떨어져 있어서 다행이란 생각이 들었다. 심장 고동소리가 천둥소리처럼 들렸다.

「괜찮아.」

「난……, 떠나기 전에 하고 싶은 말이 있어요. 오필리아가 총을 쐈던 날 당신과 무슨 애기를 했는지 기억이 돌아왔거든요. 내가 했던 말……, 맘에 담아두지 않았으면 해요. 당신 일이나 사귀는 여자들 애기를 그런 식으로 표현했던 거 미안해요. 그날 너무 화가 나서 화풀이할 대상이 필요했던 거 같아요.」

「틀린 말은 아니었어. 사실 그 동안 동정심을 불러일으키는 여자들만 사귀곤 했지. 동정이나 연민을 사랑과 착각하고 있었어.」

「그런 애기는 하지 말았어야 했어요. 내가 너무 주제넘었다구요.」

「어쨌든 당신과는 걸맞지 않는 애기지. 당신처럼 동정심이나 연민 같은 게 필요하지 않은 여자는 처음 봤어.」

「그때 내가 당신이 마약 거래에 연관되어 있다고 따졌죠?」

「그럴 수밖에 없잖아. 나도 당신이나 다른 사람들이 그렇게 믿게 하려고 고생 꽤나 했다구.」

「그래도 난 당신을 은연중에 믿고 있었나봐요. 당신이 수상비행기를 쫓는 걸 봤기 때문에 마음이 흔들리긴 했지만…… 나중에 도나 애기를 듣고 당신이 비밀 수사관이라는 걸 확신하게 됐죠. 나한테 혐의를 두고 일부러 접근해서…….」

「사실이야. 그것도 일의 한 부분이니까. 사실 상부에서도 그렇게까지 하라고 강요하진 않았지. 하지만 폴 때문에라도 당신이 관련 있는지 확인해야 했어. 그래도 그건 LA에 가기 전 일이야. LA에 있을 때는 순전히 내 감정에 충실해서 그랬던 거야. 일과는 상관없는 일이었어.」

「내가 걱정돼서 따라온 건 아니었어요? 그런 느낌이 들었는데.」

「당신 살아 생전에 그 상을 못 받을 수도 있겠다는 생각이 들었거든.」

「저번에 아버지가 당신한테 잭 다니엘을 마시게 했던 날 기억해요?」

「그런데?」

「그때 뭐라고 했는지 기억해요?」

한참 만에 레이가 입을 열었다.

「당신 침대에서 일어났던 건 기억해.」

「그 전에 말이에요.」

「당신과 얘기할 생각이었는데 불이 꺼져 있기에 포기했지. 그래서 베란다 난간에 앉아 좀 쉬었어. 난간 위를 걸었던 것 같기도 한데……, 기억이 잘 안 나. 내가 그때 뭐라고 했지?」

레이는 한숨을 내쉬면서 사이프러스 가지를 올려다봤다.

「서핑도 못하고 연기도 못한다고 그랬죠.」

「그건 맞는 말이야.」

「나한테 제안을 하나 했죠. 하늘을 보면서 열정적으로 사랑을 나누자는 얘긴 없었지만요.」

줄리는 더 이상 말하기가 힘들었다. 두려움 때문에 성대가 마비된 느낌이었다.

「줄리?」

레이가 줄리의 얼굴을 살폈다. 줄리는 당장이라도 도망치고 싶었다. 하지만 여기서 포기할 순 없었다.

「당신은 장 피에르처럼 날 늪으로 데려가고 싶다고 그랬어요. 그래도 당신은 장 피에르처럼 자존심이나 자기 방식만 고집하는 사람은 아니죠. 그래서 나한테 그렇게 말했어요. 우리가 결혼하면 일 년의 반은 뉴올리언스에서, 나머지는 LA에서 지내자고 말이에요. 물론 내가 영화를 만들 땐 야외 촬영 장소도 상관없다고 했어요. 최소한 우리 애들이 태어날 때까진 말이죠. 그리고 형편에 맞춰가면서 살자고 그랬어요. 필요하면 당신이 언제든지 요리도 하고 애들도 돌봐준다고 말이에요. 자기 사업도 하면서 말이죠.」

「내가 그런 말을 했어?」

레이가 허스키한 목소리로 속삭였다.

「그랬어요.」

줄리는 용기를 그러모아 레이의 눈을 똑바로 쳐다보았다.

「그럼 당신은 뭐라고 대답했지?」

「난 당신이 장 피에르가 아니라서 행복하다고 했죠.」

레이의 입술이 줄리의 얼굴 근처를 배회하고 있었다.

「그게 전부야?」

「나쁘진 않겠다고 했어요.」

말을 하려고 해도 목소리가 잘 나오지 않았다. 줄리는 목을 가다듬고 말을 이었다.

「마약 단속기관이 늪쥐를 포기하고 놔준다면 생각해보겠다고 했죠.」

「그게 전부야?」

「아뇨, 당신을 사랑한다고 했어요. 정말 너무너무 사랑한다고 말이에요. 사실은 숨기려고 했어요. 당신 없이 살 수 있을 거라고 생각했으니까요. 하지만 그게 얼마나 바보 같은 생각이었는지 깨닫게 됐다고 했죠.」

「그럼 내가 뭐라고 대답했는지도 기억해? 당신이 내 삶의 전부라고, 내가 살아 있는 동안 언제든지 차가워진 발을 녹여줄 의향이 있다고 했지. 그리고 당신과 하늘을 보면서 열정적으로 사랑을 나눌 거라고 한 얘기를 잊은 건 아니겠지? 천벌을 받는 한이 있어도 그렇게 할 거라고 했잖아.」

「그런 말을 들은 것 같기도 하네요. 내가 언젠가 당신한테 불장난은 싫다고 했죠?」

「그랬지.」

「그건 사실이 아니었어요. 당신과의 불장난은 맘에 들었어요.」

「하나님, 감사합니다.」

레이가 장난스럽게 말을 이었다.

「그리고 예수님, 성 미가엘, 성모님한테도 감사를.」

「그분들 다한테요?」

「그래, 정말 그래.」

레이의 눈빛에서 장난기가 사라졌다.

두 사람은 상대방의 입술에서 달콤한 승리감을 맛보았다.

「사실은 말이야, 그날 베란다에서 무슨 일이 있었는지 나도 다 기억하거든.」

「그래요? 그럼, 내가 그때 일을 제대로 말한 건가요?」

「그럼, 하나도 틀린 게 없지.」

레이는 줄리의 입술을 다시 찾았다.

All We know of Heaven

천국의 사계

안나 터틀 빌리가스 지음 / 서율택 옮김

에밀리 디킨슨의 시를 따라 잔잔하게 사랑을 일구는 두 사람.
거기에는 여느 책에서 보지 못했던 진지한 사랑의 세계가 있다.
사랑은 단순히 삶의 단면이 아니라
삶 자체에 대한 은유가 될 수 있다는 가능성.
'낙원이 우리를 피해간 건 실낙원(失樂園)의
고통을 덜어주기 위한 방어조치가 아니었을까'하는
주인공의 독백은 원숙한 사랑을 경험한 자만이 경험할 수 있는,
마지막 책장을 넘기기 전까지는 결코 실감할 수 없는 표현이 되리라.

—— 소설가 **김국태** ('추천의 글' 중에서)

안나 터틀 빌리가스 *Anna Tuttle Villegas*

스탠퍼드 대학에서 문학을 전공한 안나 터틀 빌리가스는
지난 **22**년간 시와 단편소설, 에세이를 발표해 오다
1997년 첫 장편소설 『천국의 사계』를 발표했다.
두 번째 장편인 『Swimming Lessons』이 곧 발간될 예정이며,
현재 캘리포니아 센트럴 벨리에서 작문과 문학을 가르치고 있다.

ONCE A PRINCESS

춤추는 모래 위의 여인 ──

미시시피 강 주변의 허름한 선술집.
추방된 아름다운 공주는 자신의 신분도 알지 못한 채
뭇사내들의 놀이감으로 춤추기를 강요받는다.
공주를 데려가기 위해 바다를 건너온
황금색 눈동자의 악마는 공주를 격분시키는데……

별빛에 실어 보낸 유혹의 몸짓 ──

용감한 왕자는 정혼한 공주를 찾기 위해 미국으로 간다.
아름다운 요정은 그의 애정을 무시하지만,
왕자의 정열은 뜨겁게 불타오르고……
결코 복종하지 않겠다고 맹세한 타티아나를
스테판 바로니는 저돌적인 사랑으로 공격한다.

'내 안의 그대'에 이은 조안나 린지의 야심작!